KB274679

천재 광기 열정 2

톨스토이
Lev Nikolaevich Tolstoi
1828~1910

도스토옙스키
Fedor Michailowitsch
Dostojewski
1821~1881

니 체
Friedrich Nietzsche
1844~1900

클라이스트
Heinrich von Kleist
1777~1811

슈테판 츠바이크 지음
원당희 옮김

천재 광기 열정 2

발자크
Honoré de Balzac
1799~1850

디킨스
Charles John Huffam
Dickens
1812~1870

스탕달
Stendhal/Marie Henri
Beyle
1783~1842

카사노바
Giovanni Giacomo
Casanova
1725~1798

세창미디어
MEDIA

천재광기열정 2

초판 1쇄 발행 2009년 4월 25일

초판 2쇄 발행 2018년 3월 15일

_

지은이 슈테판 츠바이크

옮긴이 원당희

펴낸이 이방원

_

펴낸곳 세창미디어

출판신고 2013년 1월 4일 제312-2013-000002호

주소 03735 서울시 서대문구 경기대로 88 냉천빌딩 4층

전화 02-723-8660 **팩스** 02-720-4579

이메일 edit@sechangpub.co.kr

홈페이지 http://www.sechangpub.co.kr/

_

ISBN 978-89-5586-091-7 04850

978-89-5586-089-4 (세트)

© 2009 by Sechangmedia Publishing Company. All rights reserved.

_ 이 책에 실린 글의 무단 전재와 복제를 금합니다.

_ 책값은 뒤표지에 있습니다.

이 도서의 국립중앙도서관 출판시도서목록(CIP)은 서지정보유통지원시스템 홈페이지(http://seoji.nl.go.kr)와 국가자료공동목록시스템(http://www.nl.go.kr/kolisnet)에서 이용하실 수 있습니다. CIP제어번호: CIP2009001129

차 례

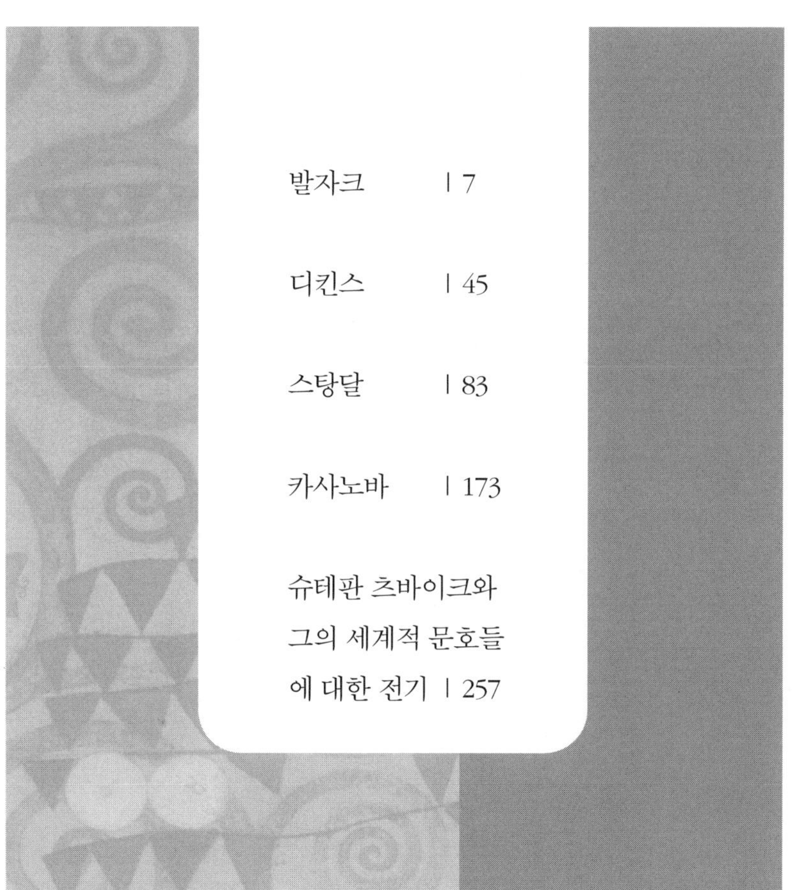

발자크
Honoré de Balzac
1799~1850

"그가 칼로써 이루지 못한 것을
내가 펜으로 이루리라."
— 본문 중에서

발자크 Honoré de Balzac는 1799년, 작가 라블레의 쾌적한 고향이자 풍요의 지방 투렌에서 태어났다. 더 정확히 말해 그는 1799년 6월생으로, 그 날짜는 되돌아볼 만한 가치가 있다. 나폴레옹 —그의 행동에 불안해진 세상사람들이 보나파르트라고도 칭했던 —은 바로 그해 이집트에서 귀향했는데, 반쯤은 승리자였고 반쯤은 도망자였다. 밤에는 모르는 성좌 아래서, 낮에는 거대한 석조물 피라미드 앞에서 격전을 치렀고, 그래서 그는 웅대하게 시작한 작품을 끈질기게 완성하는 데 지쳐 있었다. 조그마한 범선을 타고 그는 수로에 잠복한 넬슨의 전함들 사이를 슬그머니 빠져나왔다. 모국에 돌아온 며칠 뒤 그는 소수의 심복을 불러모아서, 반항하는 국민의회를 척결하고, 단칼에 프랑스의 지배권을 탈취했다. 발자크가 탄생한 1799년은 그러니까 제국의 원년元年인 것이다.

새로운 세기는 그때부터 키 작은 장군이라든가 코르시카의 모험가를 안다기보다는 프랑스의 황제 나폴레옹을 알게 된다. 10년, 아니 15년 이상 —발자크의 어린 시절 동안 —권력욕에 사로잡힌 손아귀가 유럽의 절반을 휘젓고 있는 중에도, 그의 야망에 찬 정벌의 꿈들은 쉴 새 없이 동서양을 망라한 전세계로 힘찬 나래를 펼쳐나가고 있었다. 만일 최초로 돌이켜본 자기 인생의 16년이 세계사에서 가장 환상적인 시기였을 제국의 16년과 그대로 일치한다면, 모든 것을 그리도 강렬하게 공감하는 발자크라는 인물에게 그것은 매우 뜻깊은 일이 아닐 수 없는 것이다. 그럴 수밖에 없는 것이, 어린시절의 체험과 결정이란 같은 것의 표리表裏인 내면과 외면에 불과한 까닭이 아닐까? 누군가, 어느 누군가가 푸른 물결의 지중해에 떠 있는 섬에서 파리로 왔다는 사실. 그것도 단신으로 이렇다 할 용무도 없이, 큰 소리 내지 않고 높은 품격도 갖추지 않은 채 찾아와서는, 저 고삐 풀린 권력을 갑자기 움켜쥐고 잡아채어 울타리에 가두어넣었다는 사실. 어느 누군가 한 개체가, 웬 낯선 남자가 맨손으로 파리를 얻고 드디어는 프랑스를, 나아가 전세계를 쟁취했다는 사실— 세계사에 있어서 이 모험가의 기분은 어린 발자크에게 정말이지 설화집이나 역사책 갈피의 검은 활자로부터 전달된 게 아니라 화려한 색깔로 채색되어 전해졌던 것이다. 그것은 그의 목말라 열려진 온갖 감관을 통하여 개인적 삶의 내부로 밀려들어와, 아직은 쟁론의 여지가 없는 내부세계에 형형색색의 찬란한 추억들을 새겨놓았다. 그러한 체험이 그의 행동거지에 모범이 되는 것임에 틀림없으리라.

　소년 발자크는 거만하고 투박하게, 거의 로마인과 같은 열정을 품고, 승리의 날을 예견하던 포고령에서 독서법을 체득했을지 모르며, 아마도 꼿꼿이 세운 그의 어린 손가락은 나날이 변화하는 지도의 경계선을 이리저리 따라다녔을 것이다. 지도 위에서 프랑스는 나폴레옹 군대의 행진에 따라, 넘쳐흐르는 홍수처럼 점점 더 유럽 전역으로 부풀었으니 말이다. 오늘은 세니 산을, 내일은 네바다 산맥을 가로질러 강을 건너 독일 쪽으로, 그리고 설원지대를 지나 러시아 쪽으로 프랑스 영토가 확대되는가 하면, 다른 한편으로는 영국인들이 위력적인 대포로 퇴각 중인 함대에 포격을 가하는 지브롤터 해협까지 다다랐던 것이다. 낮에는 아마도 코사크인들의 군도軍刀에 얼굴을 찔린 병사들과 거리에서 놀았을 터이고, 밤에는 아우스터리츠의 러시아 기병대의 빙벽을 깨뜨리기 위해 오스트리아로 이동하는 포마차 소리에 번번이 잠을 깨었을 터였다. 이럴진대 그의 청춘의 모든 갈망은 오로지 나폴레옹이라는 열혈의 이름과 그의 사상, 그의 표상으로 용해되어 들어갈 수밖에 없었다. 파리로부터 세계로 퍼져나가는 거대한 정원 앞에는 승리의 무지개가 피어오르고 있었다. 그 무지개 위에는 세계의 절반에 달하는, 패배당한 도시들의 명칭이 뚜렷이 새겨져 있었다. 그러니 이방의 군대가 이 도도한 아치를 뚫고 쳐들어왔을 때, 무서운 절망으로 변해버려야만 했던 지배의 감정이란 과연 어떠했겠는가!

외부의 회오리치는 세계에서 일어났던 사건들은 그의 내면을 향한 체험으로 자라났다. 일찍이 그는 정신적으로나 물질적으로 무섭게 가치가 전복됨을 체험하였다. 아시냐 지폐들 가운데 백 프랑 또는 천 프랑짜리 지폐가 공화국의 인장으로 지불보증이 되어 있었지만, 하루 아침에 쓸모없는 휴지 조각으로 날아가는 것을 보았다. 그의 손을 거쳐간 금화에는 참수당한 왕의 비만한 모습이 주조되어 있었는가 하면, 한때는 자유를 상징하는 자코뱅당의 모자가, 한때는 총독의 날카로운 얼굴이, 그러다가 황제 예복을 차려입은 나폴레옹이 선보였다. 이렇게 엄청난 변동의 시대에는 수 세기 동안이나 고정불변의 한계에 막혀 있던 도덕, 화폐, 토지라든가 법, 위계질서 등의 모든 것이 누수되거나 또는 넘쳐흐르는 법이었다. 그는 한 번도 체험해 보지 못한 변화의 시기에 살면서 일찌감치 모든 가치가 상대화되는 것을 의식하였다. 그를 둘러싼 세계가 다름 아닌 하나의 소용돌이였다. 현혹스런 그의 눈빛이 세계에 대한 조망과 하나의 상징, 이 반항의 물결 위에 떠 있는 하나의 성좌를 찾고자 했을 때, 그것은 바로 이런 사건의 전도顚倒 속에서도 수많은 충격과 동요를 일으킨 단 하나의 장본인, 오직 그 사람뿐이었다. 나폴레옹이라는 사람 자체를 발자크 또한 체험했던 것이다.

그는 나폴레옹이 자신의 뜻을 받드는 충복들과 말을 타고 행진하는 것을 바라보았다. 그의 충복들 중 특별한 인물은 이집트 왕의 근위병이었던 루스탄, 스페인을 하사받은 요셉, 시칠리아의 영주로 임명된 무라트, 배반자 베르나도트가 있었다. 그 모든 사람들에게 나폴레옹은 월계관을 씌워주고, 자신은 왕국을 정복하였으며, 과거의 아무것도 없는 상태에서 그 왕국을 발판으로 하여 현재의 영광을 획득하였다. 순식간에 역사에 있었던 어느 위대한 사실보다도 더 위대한 상이 그의 망막으로 환하게 생동하며 투사되어 들어왔다. 어린 발자크는 저 위대한 세계의 정복자를 보았던 것이다! 그러니 세계의 정복자를 바라본 소년에게 그것은 똑같은 하나가 되려는 소망과도 같지 않았겠는가? 서로 다른 두 위치에 있었기는 하지만, 이 찰나의 순간에 두 사람의 세계 정복자가 잠시 쉬고 있었다. 쾨니히스베르크에서는 무질서한 세계의 착종이 한 사람에 의해 해결될 전망을 보이고 있었고, 바이마르에서는 군대를 이끄는 나폴레옹보다도 적지 않은 전망이 괴테Goethe라는 시인에게서 서서히 싹터오르고 있었다. 그러나 이는 발자크에게 오랫동안이나 감지할 수 없었던 멀고먼 거리였다. 개별적인 것이 아니라 늘 전체만을 원하며, 전체 세계의 충만함을 갈구하는 충동, 열기에 몸을 떠는 이 명예심은 무엇보다 나폴레옹이라는 인간 본보기 때문이었다.

이렇게 엄청난 세계의지가 그 즉시로 길을 찾기에는 아직도 요원했다. 발자크는 우선 어떤 직업도 갖지 않을 생각이었다. 만일 그가 2

년만 더 일찍 태어나 십팔 세의 나이로 나폴레옹의 전열戰列에 가담했다면, 영국제 총탄이 빗발쳐 쏟아지던 동맹군 진영의 고지들이 함몰됐을지도 모른다. 그러나 세계사는 되풀이하는 것을 좋아하지 않는다. 나폴레옹 시대의 벽력치는 하늘이 끝나고, 싱겁고 온유하고 맥빠지리만큼 나른한 여름날이 찾아온다. 루드비히 18세 치하에서는 군도가 장식용 칼이 되고, 군인은 간신이 되며, 정치가는 달변의 아첨꾼이 된다. 행동의 용기, 우연성의 어두운 뿔피리가 국가의 높은 위치를 약속하는 것이 아니라, 나약한 여성의 손길이 신뢰와 호의를 선사한다. 대중의 삶은 허물어져 천박해지고, 비등하던 사건들의 포말은 잔잔한 연못의 수면을 이룬다. 무기를 가지고는 더 이상 세계를 정복할 수 없었다. 발자크 개인에게는 예외였던 나폴레옹이 다수의 사람들에게는 하나의 위험이었다. 그랬기에 예술은 남았던 것이다. 발자크는 글을 쓰기 시작한다. 그러나 다른 사람들처럼 돈을 긁어모으고, 향락하고, 책으로 서가를 가득 채우기 위해서라든가, 한가한 산책로의 잡담가가 되기 위해 그런 것이 아니다. 그가 얻고자 열망하는 것은 문학 대가의 지휘봉이 아니라 황제의 제관이다.

그의 작가생활은 다락방에서 시작된다. 자신의 역량을 시험하기라도 하듯이 그는 이름을 감추고 최초의 소설들을 집필한다. 아직은 전쟁이 아니고 다만 전쟁놀음일 뿐이다. 그것은 가상훈련에 불과하고 아직은 본격적인 전투가 아니다. 결실이 불만스럽고, 그간의 성취에도 만족할 수 없어서 그는 원고를 팽개쳐버리고 삼사 년간 다른 직종에 종사한다. 한동안 공증인 사무실의 서기로 앉아 매사를 관찰하고 주목하고 즐기면서 세상 보는 눈을 날카롭게 닦아나간다. 그러나 이런 중에도 전체성을 겨냥하는 저 무서운 의지, 거인의 환상적 욕망을 불태우면서 개별적이고 외형적인 것, 기이하고 본질에서 유리된 것을 경멸하는데, 이는 거대하게 파동치는 원환圓環, 원초충동의 비밀스런 수레바퀴를 포착하고 그 소리에 귀를 기울이기 위한 것이다. 사건을 증류시켜 순수한 요소를 추출하고, 숫자를 배합하여 총합을, 소란으로부터 조화를, 삶의 충일로부터는 본질을 획득하는 일, 짧게 말해 전체 세계를 레토르트에 밀어넣어 재창조하는 일, 그것이 그의 목적인 것이다. 어느 것도 다양성을 상실해서는 안 된다는 것, 무한한 것을 유한한 것으로, 도달 불가능한 것을 인간의 가능성으로 응축시키기 위해 하나의 과정만이 존재한다는 것, 그것이 압축의 과정이다. 그는 비본질적 요소가 그대로 남아서 순수하고 가치 있는 형식들이 누수될 때는 갖가지 현상을 하나로 결집시켜 그것을 여과하는 데 전력을 기울인다. 그리고는 제각기 분산된 개별 형식을 그의 달구어진 손으로 압축하여 그 수많은 다양을 직관적이고 개괄적인 체계로 가져온다. 개괄적 체계란 린네Linné가 수십억 종류의 다양한 식물을 전체적으로 조감한다든가, 화학자가 무수한 화합물을 불과 한 줌의 요소로 분해하는 것과 같은 것이다— 이런 것이 그의 명예심이다.

그는 세계를 단일화하여 세계를 지배하고자 한다.《인간희극 *Comédie humaine*》의 장대한 감방은 강요된 세계의 축소판이다. 이 같은 증류 과정을 통하여 그의 소설에 나오는 인간들은 언제나 전형이자 어떤 다수를 대변하는 성격의 본질로서, 그의 철두철미한 예술의지는 이로부터 쓸모없고 피상적인 모든 것을 떨쳐내 버린다. 그의 집중화는 행정의 중심체계를 문학에 도입함으로써 성립된다. 나폴레옹이 그랬듯이 그 역시도 프랑스를 세계의 원환으로, 그 가운데서도 파리를 중심지로 만든다. 그런데 이 원환의 중심지 파리에서 그는 귀족, 승려, 노동자, 시인, 예술가, 학자 등과 같은 다양한 계층을 끌어낸다. 50여 개의 화려한 살롱에서 단 하나, 카디냥 공작부인의 살롱을 무대화하며, 그 밖에도 수백 명의 재계인사들 중에서는 뉘생젠 남작을, 모든 고리대금업자들 중에서도 곱세크라는 인물을, 그 많은 의사들 중에서도 오라스 비앙숑을 대표자로 내세운다. 그가 만들어낸 이 인간들은 서로가 인접한 곳에 살면서 빈번히 접촉하고, 또 상호 간에 격렬히 싸운다. 삶이 수천 가지 유희를 만들어낼 때에, 그는 단 한 가지의 유희만을 창조한다. 혼합형이란 알지 못한다. 그의 세계는 현실보다는 빈약하지만, 그보다는 내적으로 강렬하다. 그도 그럴 것이 그의 인간들은 현실의 추출물이고, 그의 정열이 순수한 요소를 이루고 있으며, 그의 비극이 거기에 응축되어 있기 때문이다. 나폴레옹처럼 그는 파리의 정복으로부터 출발한다. 그는 먼저 지방을 잇따라 거머쥔다—어떤 의미로는 각 지방의 대변자가 발자크의 국회의사당으로 모여든다. 그리고나서는 승승장구하는 보나파르트 총독의 방식대로 그의 부대를 모든 나라로 파견한다. 그는 사방으로 팔을 뻗쳐 자기 인물들을 노르웨이의 해변이나 스페인의 뜨거운 모래벌판으로, 이집트의 시뻘건 하늘 아래로, 베레지나의 얼어붙은 다리로 파견한다.

　　그의 세계의지는 사방으로 끝없이 확장되는데, 이는 그의 위대한 형성자 나폴레옹의 의지와도 같은 것이다. 그리고 나폴레옹이 본국과 원정지 사이에서 틈을 내어 민법을 만들었듯이, 발자크 또한 《인간희극》에서의 세계정복을 잠시 미루고 근본적으로 논문이랄 수 있는 사랑과 결혼의 도덕법을 저술한다. 그는 미소까지 띠면서 위대한 작품들의 경계선에도 《우스운 이야기*Contes drolatiques*》 형식의 대담한 아라베스크를 살며시 섞어놓는다. 가장 비참한 장소, 농부의 오두막을 산책하고 생제르맹 궁전으로 돌아오는 것이다. 그는 나폴레옹의 은밀한 침소로 숨어들어가 제4의 벽과 그 은폐된 공간의 비밀을 활짝 열어젖힌다. 거기서 그는 브르타뉴 시대의 병사들과 휴식을 취하거나 주식을 사고 팔고, 또는 극장 무대를 자세히 살피고 학자의 업무를 감독해 본다. 세계의 어느 구석도 그의 마법의 불꽃이 비치지 않는 곳은 없을 것이다. 이를테면 그의 작품에서는 이천 명 내지 삼천 명의 인간들이 군대가 된다. 실제로 그는 즉흥으로 그들을 주조해 내어 손쉽게 형상을 갖추게 하였다. 그들은 발가벗은 모습으로, 아니 무無로부터 생겨나서 그가 주는 옷을 두른다. 그는 나폴레옹이 그의 총사령관들에게 했던 대로 그들에게 명성과 부富를 선사하고나서는 다시 그것을 거두어들인다. 그들은 그의 조종을 받는 인형처럼 서로가 뒤얽혀 각축한다. 사건의 다양함이라든지 그 사건의 배후로 숨어드는 무서운 열정의 복선이 이루 헤아릴 수 없을 만큼 무수히 나타난다. 현대사에서 차지하는 나폴레옹의 위치가 독보적이듯이 《인간희극》에서 보여지는 이같은 세계 정복, 전체적이며 집약적인 삶의 동시균제는 현대문학에서 독보적이다. 그러나 세계를 정복하는 것은 발자크의 소년기 꿈으로서, 실로 현실이 되어 버리는 어린시절의 계획보다 더 강렬한 것은 없는 법이다. 그가 나폴레옹의 초상 아래쪽에 다음과 같이 적었던 것도 헛된 일은 아니었다. "그가 칼로써 이루지 못한 것을 내가 펜으로 이루리라."

그런데 그의 주인공들 또한 그와 같은 유형의 인물들이다. 그들 모두가 세계정복의 욕망을 품고 있다. 그들은 어떤 구심력에 의해서 지방과 자신들의 고향을 떠나 파리로 향한다. 거기에 그들의 전쟁터가 있다. 수만 명의 젊은이들, 일군의 군대가 젖먹던 힘을 다해 아등바등 파리로 몰려간다. 그리고 그들은 그 밀폐된 공간에서 산화하는 폭발물처럼 부딪치고 절망하며, 하늘 끝까지 오르다가는 단번에 심연으로 추락한다. 어느 누구에게도 자리 하나 준비되어 있지 않다. 각자가 제 힘으로 연단을 정복해야만 하며, 청춘이라 칭하는 이 견고하고도 휘기 쉬운 금속을 수없이 담금질하여 무기가 되어야 하고, 또 자신은 정열을 다 바쳐 폭발물이 되어야만 한다. 문명의 내부에서 일어나는 이 같은 투쟁이 전쟁터에서의 투쟁만큼이나 냉혹하다는 사실을 최초로 증명하는 것이 바로 발자크의 자랑이다. "나의 시민소설이 당신들의 비극작품보다도 더 비극적이란 말이오"라고 낭만주의자들을 향해 외친다. 이 젊은이들이 발자크의 책에서 배우는 첫 번째 것이 냉혹함의 법칙이다. 그들은 자신들이 너무 지나치다는 것을 알면서도 마치 단지 속에 들어 있는 거미처럼 서로를 먹어치운다─발자크가 애호하는 아나키스트 보트랭이 이런 상에 속한다. 젊은 시절에 담금질해 두었던 무기를 경험의 치명적인 독수에 다시 한 번 담그는 것이다. 끝까지 생존하는 자만이 정당하다.《위대한 군대 *Große Armee*》의 돌격대처럼 그들은 바람이 불어오는 서른두 군데의 모든 방향에서 출몰하며, 파리로 향하는 구두는 갈기갈기 찢어진다. 여행자의 의복은 너 나 할 것 없이 흙먼지로 자욱하며, 그들의 목구멍은 향락에의 갈증으로 뜨겁게 불탄다. 그들이 우아함, 부귀와 권력의 새롭고 마법적인 영토에 도달하여 사방을 둘러볼 때면, 여기까지 가져온 몇 가지 소유물 모두가 화려한 궁전이나 아름다운 여성, 막강한 권력을 정복하기에는 쓸모없다는 느낌을 받을 것이다. 그것을 제대로 사용하려면 자신들의 능력을 새롭게 변형시키지 않으면 안되리라.

그들이 느끼는 것은 젊음을 강인함으로, 영리함을 계교로, 친밀함을 거짓으로, 미덕은 악덕으로, 무도함은 교활함으로 바꾸어야 하리라는 것이다. 왜냐하면 발자크의 주인공들은 강렬한 욕구에 사로잡혀 있고, 그들이 추구하는 것은 전체적인 것이기 때문이다. 그들은 모두가 같은 모험을 겪는다. 예컨대 그들 곁에 이륜마차가 지나가고, 마차바퀴는 그들에게 흙탕물을 튀긴다. 마부가 채찍을 서둘러 휘두르건만, 마차에는 젊은 여자가 앉아 있고, 그녀의 휘날리는 머리카락에는 장식품이 번쩍인다. 한순간은 바람결에 지나간다. 그녀는 유혹적이고, 미인이자 향락의 한 상징이다. 한데 발자크의 주인공들은 이 순간 예외 없이 단 하나의 소망을 갖고 있다. 그것은 부디 이 여자와 마차, 하인, 부귀영화, 파리, 그리고 세계가 나의 것이 되었으면 하는 간절한 소망이다. 가장 사소한 자들도 권력이라면 얻고 싶어 어쩔 줄 모른다고 하는 나폴레옹의 가르침 때문에 그들은 타락하였다. 그들은 그들의 아버지들처럼 지방에서 포도원이나 행정관료의 자리, 유산을 얻으려고 싸우는 것이 아니라 이미 상징들, 즉 권력을 얻어서, 제왕의 찬란한 태양이 빛나고 어디에나 황금의 샘물처럼 흐르는 저 광영의 보좌에 오르려고 싸운다. 그리하여 그들은 저 거대한 야망의 총아들이 되는 것이다.

발자크는 이들에게 다른 인물들보다 한층 강인한 근육과 힘찬 언변과 열정적 충동, 성급하면서도 그만큼 살아 있는 생명력을 부여한다. 그의 주인공들은 꿈을 행위로 실제화하는 인간들이다. 발자크가 말하고 있듯이 그들은 생의 질료에서 가공된 시인들이다. 그들의 공략법은 이중적인데, 천재는 특수한 길을 개척해 나가고, 그렇지 않은 인물은 평범한 길을 개척해 나간다. 권력에 도달하기 위하여 각자는 자기 방식을 찾아내고, 그렇지 못한 사람은 다른 사람의 방식, 사회의 방법론을 보고 배워야 한다. 각자가 적진에 떨어지는 대포알처럼 자신과 목표물 사이에 서 있는 다른 군중 속으로 살의를 품고 뛰어들든가, 아니면 페스트처럼 살그머니 독을 뿌려야 한다고 발자크가 사랑해 마지 않던 인물, 아나키스트 보트랭은 권고한다. 발자크 자신이 좁은 방 하나를 얻어 작가생활을 시작했던 라틴구區에는 그의 각양각색의 주인공들 또한 모여든다. 의과대학생 데스플랭, 야심가 라스티냐크, 철학자 루이 랑베르, 화가 브리도, 저널리스트인 뤼벵프레 등은 사회적 삶의 원초형식들을 이룬다 ─ 세련되지 못한 젊은이들의 서클은 순박하고도 미성숙한 성격을 보이지만, 그럼에도 불구하고 전체적 삶은 전설적인 하숙집 보케의 식탁 주변으로 정렬한다. 그렇지만 그들은 삶의 거대한 증류기로 걸러지고, 정욕의 열기로 달구어지는 동시에 절망에 부딪쳐 차갑게 몸을 떤다. 사회적 본성의 갖가지 영향들, 이를테면 기계적 마찰과 자성력磁性力, 유기분해 및 분자해체의 원리가 그들을 지배하는 것이다.

이 인간들은 개조되면서 자신의 진정한 본질을 상실해 간다. 파리라 불리는 끔찍한 산화물이 일군의 젊은이들을 용해시켜 먹어치우고 분비한다. 그들의 형체가 사라져 결정화되고 굳어지면, 다른 일군의 젊은이들이 그렇게 석화된다. 착색되고 응결되어진 변화의 모든 영향이 그들에게서 효력을 발생하며, 개별요소들이 합성되어 새로운 복합체가 생겨난다. 십여 년 뒤에는 싸움에서 살아남은 생존자들이 서로서로 유쾌한 인사를 나눈다. 유명한 의사 데스플랭, 장관이 된 라스티냐크, 위대한 화가 브리도 등의 세련된 인간들은 인생의 높은 곳에서 의미심장한 미소를 띠는 데 반해, 루이랑베르와 뤼벵프레는 속도조정간을 무섭게 움켜잡는다. 발자크가 화학을 좋아했고, 퀴비에Cuvier와 라부아지에Lavoisier의 저서를 공부했던 것도 허사가 아니었다. 왜냐하면 행동과 반응, 상호 유사성, 반동과 흡입, 이탈과 분해, 해체와 결정화結晶化의 다양한 과정 속에서, 그리고 화합물의 미세한 단일화 속에서 그는 다른 곳에서는 볼 수 없는 총체적 사회구성의 상像을 반영한 것으로 볼 수 있기 때문이다. 하나하나의 개체가 풍토와 환경, 관습 및 우연성, 특히 그에게 운명적으로 와닿은 모든 것의 형상화에 의해서 만들어진 창조물이라는 것. 더욱이 그런 개체가 자신의 본질을 대기로부터 흡입하고, 그런 연후에는 제 힘으로 새로운 대기를 만들어 발산한다는 것—내부세계 및 환경세계의 이같은 우주적 제약성이야말로 그에게는 철저한 원리였다. 그에게 예술가의 최대 사명은 따라서 무형의 것에서 유형적인 것의 압축을, 개념적인 것에서 다시 생동하는 것의 자취를, 사회적 본질 속에서 순간적으로 일어나는 정신적 소유물의 총합을 표현하고, 전체 시기의 생산물들을 특징적으로 그려내는 데 있었던 것처럼 보인다. 모든 것은 뒤얽혀 유동하고, 모든 힘들은 위로 떠오르며 쉴 줄을 모른다. 그토록 무한정한 상대성은 일체의 연속성, 성격의 일관성 자체를 부정하였다.

발자크는 그의 인물들을 언제나 사건에 따라 형상화하고 운명의 손아귀에 들어 있는 금속물처럼 변형시킨다. 그의 인물들의 이름 자체가 변화를 내포하면서도 전혀 단일함을 보이지 않는다. 발자크의 책 20여 권에 걸쳐서 프랑스 신흥귀족 라스티냐크 남작이 나오는 것이다. 사람들은 그를 이미 알고 있다고 생각한다. 길거리에서, 또는 살롱에서, 아니면 신문지상을 통하여 이 파렴치한 출세자, 짐승 같고 냉혹한 파리의 야심가를, 뱀장어처럼 법의 갖가지 허술한 틈바구니를 비집고 다니면서 퇴폐사회의 도덕을 교묘하게 구체화하는 야심가의 전형을 본 적이 있다고 생각한다. 그러나 저기 또 한 권의 책이 있다. 그 책에는 가난한 젊은 귀족 라스티냐크가 살고 있다. 그의 양친은 많은 기대를 그에게 걸면서도 거의 무일푼으로 그를 파리에 보낸다. 주인공 라스티냐크는 유약하고 온화하며, 수줍고 감상적인 성격의 소유자이다. 그런데 그 책은 그가 어떻게 하숙집 보케에, 저 형상들의 마법적 쇠사슬에, 저 천재적 축약의 하나에 빠져드는가를 설명한다. 발자크는 거기서 잘못 도배한 네 개의 벽에다 기질과 성격들의 전체적 삶의 다양성을 포함시키고 있는 것이다.

라스티냐크는 잘 알려지지 않은 리어 왕의 비극, 고리오 영감의 비극을 통찰한다. 어떻게 포부르 생제르맹의 겉만 번지르르한 공주들이

고리오 영감을 탐욕스럽게 농락하고, 또 어떻게 사회의 모든 비속함이 비극으로 해체되는가를 그는 깨닫는다. 마침내 그는 그의 집 하인과 하녀를 데리고 그 선량한 인간의 관槪 뒤를 따라가는 순간을 맞이한다. 분노의 순간에 그는 페르 라셰즈 언덕에서 사악한 종양처럼 더럽고 불결하다는 듯 파리를 발 아래 내려다본다. 이제서야 그는 삶의 모든 지혜를 깨닫는다. 바로 이때 죄수 보트랭의 목소리가 그의 귓속에서 울려퍼진다. 사람들을 다룰 때는 우편배달부의 말처럼 다루어야 하며, 그들을 마차에 묶어놓고 호되게 몰아치면 죽자사자 목적지에 도달하리라는 것이 그의 교시이다. 이 순간 그는 다른 책에 등장하는 라스티냐크 남작, 몰염치하고 냉혹한 야심가인 파리의 귀족으로 변한다. 그리고 발자크의 주인공들은 이 순간을 인생의 십자로에서 체험한다. 그들 모두는 서로가 한 발짝도 물러설 수 없는 전쟁에서의 병사가 된다. 그들 모두가 다 앞으로 진격하며, 한 사람의 시체를 넘어야 다른 사람의 길이 열린다. 각자가 자기의 루비콘 강과 워털루 전쟁을 지니고 있으며, 같은 자들이 궁전이나 오두막, 판잣집에서 서로 치열한 전투를 벌인다는 사실을 발자크는 보여준다. 그리고 성직자나 의사들, 군인들, 변호사들의 갈기갈기 찢겨진 의복 밑에는 같은 충동이 드리워져 있는바, 그걸 잘 알고 있는 인물이 보트랭이다. 그 아나키스트는 발자크의 책들에서 모든 역할을 담당하면서 열 개의 의상을 차려입고 등장하지만, 늘 동일한 인물이고, 동일한 인물로 지각된다. 현대적 삶의 균등화된 표면 아래는 점점 더 투쟁의 골이 깊어진다. 외부의 균등화에 맞서 내적인 야망이 저항하는 까닭이다. 이제는 예전의 왕이나 귀족, 성직자들처럼 자리가 예약되어 있는 것이 아니다. 누구나가 모든 것을 청구할 자격이 있고, 그리하여 그 긴장은 열 배나 첨예화되는 것이다. 가능성이 축소됨으로 해서 삶의 생명력은 배가되는 것이다.

　　바로 이런 생명력의 죽고 죽이는 투쟁이 발자크를 부추긴다. 의식
화된 생의지生意志의 표현으로서 목적지를 향하는 생명력이 그의 열정
인 것이다. 그 열정이 선한가 악한가, 영향력이 있는가 소모적인가는
상관없다. 단지 내적으로만 강렬하면 족하다. 내면의 강렬함, 의지가
모든 것인데, 왜냐하면 바로 그것이 인간의 본질이고 결과나 명성은
아무것도 아닌 까닭이다. 그래서 그를 결정하는 것은 우연성이다. 제
과점의 진열대 위에 놓인 빵 하나를 슬쩍하는 좀도둑, 그런 소심한 친
구는 무미건조하다. 유용성 때문만이 아니라 열정 때문에 강탈하는 대
도大盜, 그의 실존이 몽땅 자기파멸의 개념으로 끝나는 그런 직업적 도
둑이 장렬하다. 작품의 효과와 사실을 측정하는 것이 역사서술자의 과
제라면, 그 저변의 원인과 내면의 충일을 창출해 내는 것은 발자크의
경우 시인의 사명으로 여겨진다. 그도 그럴 것이, 목적지에 도달하지
못하는 힘만이 비극적이기 때문이다. 발자크는 잊혀진 주인공들만을
묘사한다. 그에게는 어느 시기를 막론하고 나폴레옹만이, 1796년에서
1815년까지 세계를 정복한 역사학자들의 나폴레옹만이 존재하는 것
은 아니다. 그는 나폴레옹 같은 인물을 네댓 명 더 알고 있다. 그 중 하
나는 마랭고 전투에서 쓰러진 드세Desaix였을 터이고, 다음은 실제의
나폴레옹에 의해서 이집트로 파견되어 위대한 사건으로부터 멀리 떠
나간 인물일 것이다. 세번째 인물은 가장 무서운 비극을 겪었다고 할
수 있다. 그는 또 다른 나폴레옹과도 같았으나 전쟁의 문턱에도 들어
서보지 못했다. 그는 계곡의 급류가 되는 대신에 어느 지방에서 무심
히 세월을 보내야 했다. 그러나 사소한 일에도 그는 세심한 정성을 쏟
았다. 그래서 여자들을 대할 때에도, 만일 그들이 루이 14세의 왕비들
이었더라면 정성과 미모 때문에 유명해졌을 것이고, 또 그 이름도 퐁
파두르Pompadour나 혹은 디안 드 푸아티에Diane de Poitier처럼 세상에 널

리 퍼졌을 것이라고 말한다. 그는 찰나의 불운으로 말미암아 파멸하였고, 명성 또한 얻지 못하고 사라진 시인들에 대해 언급한다. 이제라도 시인으로서의 명성이 그들에게 되돌려져야 한다는 것이다. 그는 삶의 매순간마다 대단히 많은 생명력이 그대로 소모된다는 것을 알고 있다. 그는 감상적인 시골소녀 외제니 그랑데가 욕심 많은 아버지와 그의 조카 앞에서 몸을 떨며 돈지갑을 건네주는 순간, 그녀가 장터의 광장 어디에나 대리석상으로 빛나는 잔 다르크 이상으로 용감하다는 사실을 깨닫는다. 결과가 무수한 이력履歷의 자서전들을 현혹하고 속일 수는 없는 것이다. 이같은 자서전들이 사회적 충동의 온갖 장신구와 혼합물을 화학적으로 분해해 왔으니 말이다.

오직 생명의 힘을 엿보는 발자크의 순수한 눈은 언제나 사실들의 혼잡으로부터 생동감있는 긴장만을 바라본다. 그의 눈이 포착하는 것은 저 소란의 와중에 있는 베레지나 강변이다. 그곳에는 패주하는 나폴레옹 군대의 절망과 비굴, 영웅성의 수없는 장면들이 모두 클로즈업되고 있는 것이다. 그런데 참되고 가장 위대한 영웅을 꼽아보자면 이름도 모르는 40명의 공병대원이었다. 3일간이나 그들은 가슴까지 차는 차갑고 거친 물살 속에서 저 휘청거리는 다리를 공사하기 위해 서 있었던 것으로, 그 다리 위로 군대의 절반이 탈출할 수 있었다. 발자크는 파리의 장막이 드리워진 창문 뒤에서 매순간마다 비극이 있음을, 그것도 쥘리아의 죽음이나 발렌스타인의 최후, 리어 왕의 절망에 비견되는 비극이 일어나고 있음을 알고 있다. 한데 그는 계속해서 한 마디의 말을 자랑스럽게 반복했다. "나의 시민소설은 당신들의 비극작품보다도 더 비극적이다." 그도 그럴 것이 그의 낭만주의는 내부를 향하기 때문이다. 시민의 옷을 입은 그의 보트랭은 노트르담의 방울 단 종지기, 빅토르 위고의 카지모도 정도로 비장한 인간이며, 그런가 하면 영혼의 황량하고 거친 경관이나 거대한 야심가의 가슴속에서 싹터오르는 열정과 욕망의 덤불은 앙 디즐랑드의 소름끼치는 암굴만큼이나 경악스럽다. 발자크는 비장한 것을 장식물에서나 역사적, 또는 이국적인 것의 먼 전망에서 찾는 것이 아니라 고차원적인 것, 그의 완결성 속에서 하나가 되려는 감정의 승화된 충일에서 찾는다. 그는 알고 있다. 그때그때의 감정은 어떤 것이든 그 힘이 단절되지 않을 때에야 비로소 의미심장해지며, 인간은 누구나 어떤 목표에 집중하면서 흐트러짐이 없이 개개의 욕구에 온 힘을 소모할 때에만 위대하다. 인간이 위대해지는 것은 오로지 개개의 열정이 다른 모든 사람에게 주어질 수액을 자기 것으로 빨아들이고, 강탈과 탈선적 행동을 통해서 강해지는 때이다. 그는 알고 있다. 나뭇가지는 정원사가 쌍가지를 잘라내거나 억제했을 때 비로소 두 배로 꽃피운다는 원리를.

그는 단 하나의 상징 속에서 세계를 파악하고 혼란한 윤무속에서 의미를 정립하는 열정의 그러한 계기들을 묘사했다. 열정을 체계화하는 일종의 기술이 그의 동력학動力學의 기본원리인 것이다. 각자의 삶은 어떤 식으로든 똑같은 힘의 총량을 소모한다는 철칙이 그것으로, 이는 어떤 환영에 사로잡혀 삶이 의지의 욕구를 사라지게 하는가와는 상관없다. 이런 철칙은 삶이 의지의 욕구를 분출하여 수많은 노획물을 얻든, 아니면 그 강렬한 황홀경의 대가로 얻은 것이 별로 없든 간에 문제시되는 것이 아니다. 그것은 삶의 불꽃이 연소되어 없어지든 폭발되어 없어지든 마찬가지라는 데 입각한다. 성급하게 인생을 사는 자는 그 인생이 짧지 않다. 통일적인 인생을 사는 자는 누구보다도 다양하게 산다. 오로지 전형만을 묘사하고자 하고, 순수한 요소를 추출해 내는 작품에 있어서는 그러한 계기만이 중요하다. 느슨한 인간들은 발자크의 관심을 끌지 못한다. 어느 정도는 전체적인 인간, 모든 촉각과 근육과 사고를 기울여 삶의 환영에 매달리는 인간만이 그의 관심거리이다. 사랑·예술·욕심·희생이든, 아니면 무모함이나 태연함, 정치든 우정이든, 이런 것에 매달리는 자가 관심의 대상이다. 그것이 그의 어떤 애호의 상징이지만, 그러나 그것이 그의 주요관심인 전체성이다. 자기창조의 종교를 꿈꾸는 이런 정열적 인간들은 좌우를 살피지 않는다. 그들은 서로 다른 계층의 말로 이야기하면서 서로를 이해하지 못한다. 골동품수집가에게 어느 여인, 세상에서 가장 아름다운 여인을 소개해 보라. 그는 그녀의 아름다움을 알아차리지 못하리라. 사랑하는 자에게 출세길을 제공한들, 그는 그것을 경멸하리라. 마찬가지로 수전노에게 돈 이외의 어떤 것을 주어도, 그는 자기 금고에서 눈을 떼지 않을 것이다. 그런데 그가 무엇인가에 유혹받거나 다른 사람 때문에 자기가 사랑하는 열정을 포기한다면, 그는 그것으로 끝장이다. 사용하지 않는 근육들은 급속히 이완되고, 수년 동안 긴장을 모르는 갈망은 딱딱하게 굳어지기에 그렇다.

평생 동안 한 가지 일에만 골몰하는 자, 단 한 가지 감정의 경주자는 물론 다른 분야에서는 우둔하고 약하다. 편집광이 되려고 채찍을 휘두르는 감정이 다른 사람들을 박해하고 그들의 수로를 막아서 고갈시키는 것이다. 그러나 바로 그런 감정이 다른 사람이 드러내는 가치들을 자기 내부로 빨아들여 변형시킨다. 사랑, 질투와 비애, 허탈과 황홀의 모든 눈금과 급변은 수전노의 경우 인색함으로 반영되고, 수집가의 경우에는 수집광으로 반영된다. 그도 그럴 것이, 모여진 모든 감정을 통일시키기 위해서는 언제나 절대적 계기로서의 완성이 필요하기 때문이다. 일면성의 충일은 그 감정의 내부에 이제껏 등한시되었던 욕구의 전체적 다양을 소유하고 있다. 여기에 발자크의 위대한 비극이 자리잡고 있는 것이다. 제국의 모든 은행가들을 초월하는 비상한 재주로 막대한 돈을 긁어모은 재벌 뉘생젠은 한 창녀의 손에서 놀아나는 멍청한 어린애가 되고, 저널리즘에 굴복하는 시인은 맷돌 밑에 놓여진 곡식알처럼 문드러진다. 그때 그때 상징으로 존재하는 세계의 환상은 여호와처럼 질투가 심하고, 다른 열정들의 각축을 인내하지 않는다. 그런데 열정이란 크고 작고가 없는 것이다. 그것은 이곳 저곳의 경치나 이 사람 저 사람의 꿈처럼 서열이 정해져 있는 것이 아니다. 어떤 열정도 경시될 수는 없는 것이다.

발자크는 이렇게 반문한다. "바보의 비극을 쓰지 말아야 할 이유라도 있단 말인가? 수치심이나 불안의 비극, 권태의 비극을 써서는 안 될 이유라도 있단 말인가?" 그런 것 역시 감동적이고 활동하는 힘이다. 오로지 내적으로 충분히 강렬하다면, 그 역시 의미심장한 것이다. 그것이 중단 없이 곧바로 나아가려는 노력을 보이거나 혹은 자기 운명의 둘레를 감싸듯 선회하는 한, 가장 빈곤한 삶의 곡선조차도 도약의 능력과 미의 잠재력을 소유한다. 그리고 이 힘들을—좀더 좋은 의미로는 이 실제적 원초력의 천변만화하는 형태를—인간의 가슴으로부터 쥐어짜고, 대기의 압력을 통해 뜨겁게 달구고, 감정으로써 채찍질하고, 이를 애증의 영액靈液으로 취하게 하여 황홀경에 들뜨게 하는 것, 그것이 저 발자크의 편집광이었다. 그는 이런 것 가운데 하나를 우연성의 돌출부에다 내동댕이쳐서 연결을 창출하고, 그것을 다시 압착하여 분해하며, 수전노와 수집가, 야심가와 난봉꾼 사이에 교량을 건설하고, 분출하는 힘의 착종을 이리저리 옮기고, 저 운명 속에서 위협적으로 파동치는 산마루와 협곡의 심연을 열어젖히고, 이를 상하 교대로 병치시킴으로써 인간을 노예처럼 사냥하고자 애쓴다. 여기에는 나폴레옹이 그의 병사를 파견하여 오스트리아에서 방데 지역에 이르렀던, 이를테면 바다 건너 이집트나 로마, 브란덴부르크 문과 그에 이어 알

람브라의 언덕 밑으로, 결국은 승패를 넘어서서 모스크바에 다다랐던 세계원정과도 같이 수많은 변화가 들어 있는 것이다—그 중 절반을 중도에서 허비한 것은 사방에서 쏘아대는 유탄 때문이든가 아니면 황야의 눈 때문이었다. 아무튼 전 세계를 그의 여러 인물들처럼 자르고, 하나의 경관처럼 채색하고, 그리고는 흥분에 떨리는 손으로 인형극을 지배한 것, 그것은 저 발자크의 편집광이었다.

이는 그의 작품들에서도 영원히 각인되어 있듯이 발자크라는 인물 자체가 위대한 편집광 중의 한 명이었기 때문이다. 그는 반향 없는 세계로부터 그의 모든 꿈들이 무의미하게 되울려나옴으로 해서 실망한다. 세계는 그 가난한 견습작가를 포용하지 않았고, 그래서 그는 그의 침묵의 세계에 파묻혀 스스로 세계의 상징을 창조했던 것이다. 세계가 그의 것이었고, 그는 그것을 지배하여 그와 더불어 멸망하였다. 현실적인 것이 그의 곁을 사납게 지나갔고, 그는 그것을 따라가 움켜잡지 않았다. 그는 책상에 틀어박힌 채 자기 서재에 유폐되었다. 수집가 엘리 마귀스가 그의 그림에 파묻혀 있었듯이 그는 그의 형상들의 숲에 은거해 살았다. 그의 나의 스물다섯부터는 현실이라는 것이 자기 세계의 더 높은 도약을 수행하기 위한 하나의 재료, 연소물로서밖에는 별로 관심을 끌지 못했다—그것도 현실은 이례적인 경우에만 비극이 되곤 하였다. 그는 거의 의식적으로 살아 있는 것의 외곽에 살았다. 여기에는 두 세계의 접촉, 그와 다른 사람들의 세계 접촉이 언제나 고통스러운 관계가 될 수 있다는 우려의 감정이 작용하는 듯싶었다. 저녁 여덟 시에는 녹초가 되어 잠자리에 들었고, 네 시간가량 자고는 자정이면 깨어났다. 소란한 환경세계인 파리가 번쩍이는 눈을 감고, 어둠이 오솔길의 취기 어린 정경 위로 떨어져 세계가 물러가면, 그의 잠자던 세계가 소생하기 시작했다. 그는 다른 사람들의 세계 옆에서 그의 세계를 마디마디 분절된 요소로부터 구축하였다. 그의 삶은 온통 열병으로 들뜬 황홀경의 순간들로 채워져 있었다. 이때 마비된 감각을 부단히 일깨워 독려했던 것은 진한 커피였다. 이런 식으로 열 시간 혹은 열두 시간, 가끔은 열여덟 시간 동안이나 일했다. 세계로부터 그 무엇인가가 갈라져나와 자신의 현실로 들어올 때까지 그는 무작정 일에 파묻혔다.

　이 같은 각성의 시간들을 보내는 가운데 그는 석고상 위에서 로댕이 보낸 저 눈빛의 세계를 받았다. 그것은 천구(天球)의 하늘에서 내려온 경악이나 망각된 현실에로의 갑작스런 귀환이었다. 지극히 비장하고 거의 울부짖는 듯한 눈빛, 차디찬 어깻죽지를 세차게 거머잡는 듯한 로댕의 눈빛은 잠자리를 불현듯 털고 일어나 누군가에게 자기 이름을 불쑥 외치는 몽유병자의 거동과도 같았다. 어느 작가도 이렇게 작품에 자신을 다 바쳐 몰입하는 내면의 충일을 보인다든가, 이토록 자신의 꿈을 충실히 신봉하여 그 환영을 자기환멸의 한계에까지 접근시킨 바가 없었다. 그렇다고 해서 그가 늘 흥분을 자제할 줄 몰랐다는 것은 아니다. 그는 무섭게 돌아가는 회전축을 급격히 정지시키는 기계처럼 가상과 현실을 가름하여, 이 세계와 저 세계 사이의 날카로운 경계선을 구획할 줄 알았다. 그의 책 전편에는 신들려 일하는 중에도 그가 얼마나 그의 형상들의 실존에 믿음을 보이고 있는가 하는 일화로 가득 채워져 있다. 한 권의 책에도 간간이 우스꽝스런 일화들이 섞여 있는 가운데, 약간은 섬뜩한 일화들이 주종을 이룬다. 예컨대 한 친구가 그의 방에 들어선다. 발자크는 그에게 느닷없이 달려들어 이렇게 말한다. "불행한 여자가 자살했다는 걸 생각해 보란 말야!" 그는 친구가 무섭게 놀라는 것을 보고서야 비로소 그가 말한 여주인공 외제니 그랑데가 자신의 행성에서만 일찍이 살아왔음을 깨닫는 것이다. 이렇게 지속적으로 강렬하고 완벽한 환영을 미치광이의 병리적 망상과 구별해 주는 요인은 오직 외부의 삶과 이 새로운 현실로 이루어진 법칙들의 충일성이라 할 것이다. 그러나 망상의 지속성, 그것의 격렬함과 완결성에서 보게 되면 그의 이러한 침잠은 완벽한 편집광의 행동이었다. 그의 작업은 더 이상 부지런함이 아니라 열병, 도취, 꿈과 황홀경이었다. 작업이 곧 마법의 완화제이자 수면제로서, 이런 약제가 그의 삶의 굶주림을 망각하게 하였다. 그 스스로가 어느 누구 못지않은 향락자나 방탕아 자질이 농후했다. 그는 이런 열광의 작업이 향락을 위한 수단에 불과했다고 고백한 바 있었다.

그의 책에 나오는 편집광들이 그렇듯이 이토록 무구속적인 욕구의 인간은 언제나 다른 열정을 모두 포기함으로써 그 보상을 받을 수 있었던 것이다. 그가 사랑 · 명예심 · 도박 · 부귀 · 여행 · 명성과 승리 등 삶을 위한 모든 감각의 자극들 없이 지낼 수 있었던 것도, 그 일곱 배의 보상을 창작에서 찾았던 데 있었다. 관능이란 어린애들처럼 어리숙하다. 그것은 순수함과 거짓, 기만과 실제를 구분할 줄 모른다. 그것은 먹어치우기만을 원하고, 따라서 체험이나 꿈과는 별개의 것이다. 평생 동안 발자크는 그의 관능을 속이고 살아왔다. 그의 향락욕은 관능에 굴복하는 체하면서 면전에서 관능을 우롱했다. 그는 관능의 굶주림을 관능을 거부한 대가로 얻어낸 요리 향기로 가득 채웠다. 그의 체험은 그의 피조물들의 향락에 열렬히 동참하는 행위 자체였다. 그도 그럴 것이 그는 당시의 20프랑짜리 금화 열 개를 노름판에 던지고, 룰렛이 돌아가는 동안 몸을 떨고 섰다가, 짤랑거리는 거액의 당첨금을 주머니에 찔러넣던 사람이었으니 말이다. 그는 극장에서 위대한 승리를 구가하든가, 그의 여단을 이끌고 고지를 탈환하고, 지뢰를 가지고 기반이 단단한 증권거래를 흔들어놓았던 장본인이었다. 그의 피조물들의 모든 욕망이 바로 그의 본질적인 것으로, 이 같은 욕망이 그의 외적 삶의 궁핍을 먹어치운 황홀경이었다. 그는 고리대금업자 곱세크와 같은 인간들이나 돈을 빌리기 위해 실의에 가득 차서 그에게 찾아온 궁핍한 인간들과 유희를 즐겼다. 그는 이런 인간들을 낚시로 끌어올렸다. 그들의 아픔, 그들의 욕망과 고통을 그는 시험하듯 저 배우들의 재기넘치는 자기연출로 간주하였다. 이때 그의 감정은 곱세크의 더러운 윗도리를 빌려입고 말한다. "우리가 아무리 인간감정의 가장 깊숙이 감추어진 부분을 꿰뚫어볼지라도, 그리고 우리가 그 감정의 내부에 깊숙이 들어가 그것의 발가벗은 모습을 볼지라도, 그건 아무 의미가 없는 것 아닌가?" 의지의 마법사인 그는 이렇게 꿈을 삶으로 다시 변형시켰던 것이다.

사람들은 그에 대해 다음과 같이 말했다. 젊은 시절의 발자크는 누추한 다락방에서 굳은 빵, 형편없는 식사로 끼니를 때웠고, 테이블의 접시 가장자리에는 분필로 표시를 해두었는데, 그 한가운데에다 먹어본 것 중에 가장 맛있는 음식 이름을 적어두었노라고. 그런데 이유인즉 딱딱하게 굳은 빵을 깨물면서 단지 의지의 암시를 통해 가장 값비싼 음식 맛을 느끼기 위해서라는 것이었다. 그가 여기서 즐겨하는 음식을 맛보고자 하고 또 실제로도 맛보았던 것처럼, 그는 삶의 모든 자극을 책이라는 영생의 불로초를 빌려서 무한정 흡입하였고, 자신의 가난을 소설에 등장하는 그의 노예들의 부와 사치로써 위장하였다. 영원히 죄책감에 쫓기고, 믿음으로 고뇌하였던 발자크는 저 형이하학적인 자극을 느끼지 않을 수는 없었다. 수십만 프랑의 부채라고 휘갈겨쓴 그의 메모에서도 이는 드러난다. 발자크라는 인간은 엘리 마귀스의 아름다운 상像들에 몰두하였고, 이 두 영주 부인을 그녀들의 아버지인 고리오 영감보다도 사랑하였다. 그런가 하면 세라피투스와는 한 번도 보지 못한 노르웨이의 피오르에 올랐으며, 뤼벵프레와 함께 여인들의 경탄하는 눈빛을 향유하였다. 그는 정말이지 자신을 위하여 모든 인간에게서 분출하는 용암 같은 욕망을 방출하였고, 그들의 행운과 고통을 대지의 밝고 어두운 자양분으로부터 주조해 냈다. 어느 시인도 그처럼 자신의 형상들과 향락을 나눈 바가 없었다. 그가 그토록 갈망하던 부富의 마법을 묘사하는 곳이면 어디서나 에로스적 모험에서 보다 강렬하게 자기최면자의 도취 및 고독한 인간의 몽환을 감지하게 된다.

이런 것이 그의 가장 깊은 내면의 열정이었다. 주식의 급속한 등락, 폭리와 전액 상실, 이리저리 옮겨다니는 자본들의 투매, 대차대조표의 이익 증대, 가치들의 급변, 무한히 반복되는 도산과 상승, 이런 것이야말로 그의 열정의 산물이었다. 그는 벽력처럼 나타나 수백만의 금액을 불쑥 걸인에게 넘겨주고는, 다시금 수은처럼 부드러운 손으로 자본을 슬그머니 흘려보내어, 황금의 마술인 포부르 궁전을 욕정으로 채색한다. 그렇지만 수백만, 수십억의 금액은 언제나 저 관능의 마지막 욕구로 목을 꾸르륵거리는 사람에게서 '더 이상 말할 수 없음'으로 얼버무려진다. 세라유의 여인처럼 관능적인 모습으로 궁전 내실의 호화가구들이 정열되어 있고, 제왕의 옥쇄처럼 권력을 상징하는 휘장들이 펼쳐져 있다. 그의 원고들 속에까지 이 열기가 타들어가는 것이다. 원고를 보게 되면 처음에는 잔잔하고 고상한 글귀들이 돌연 성난 사람의 핏줄처럼 솟구치고, 이리저리 비틀대면서 성급해져서는, 그의 지친 신경을 촉발하는 커피 자국의 더럽혀진 지면 위로 미친 듯이 날뛰고 다닌다. 그리하여 우리는 과열된 기계의 거의 끊임없이 덜커덩거리는 신음과 그 기계 제작자의 망상적이고 미친 듯한 경련의 울부짖음을, 모든 것을 소유하고 갖고자 하는 언어의 난봉꾼 돈 후안의, 아니 인간의 욕심이 내는 소리를 듣는다. 여기서 우리는 교정지 속에 끼여 있는 영원히 불만스러운 욕구가 다시 한 번 강렬하게 폭발함을 목도한다. 그는 이미 빳빳하게 굳어 냉각된 육체를 통하여 다시금 살아 고동치는 글들을 좇기 위해서 그 교정지의 빳빳한 몸체를 계속해서 열어젖혔던 것이다.

그런 거인적 작업은 그것이 환락이 아니었더라면 그저 애매한 상태로 남아 있을 것이다. 부언하건대, 환락은 모든 권력 형태를 금욕적으로 거절하는 인간, 예술을 표현의 유일한 가능성으로 믿었던 한 정열적인 인간의 유일한 생의지였다. 물론 한두 번쯤 다른 실질적인 것을 잠깐 꿈꾸기도 했었다. 그가 창작하는 일에 절망을 느껴 현실적인 재력을 원했을 때, 그는 최초로 실제적인 삶에 종사했다. 그는 투기꾼이 된 적도 있었고, 인쇄소와 신문사도 차렸다. 그러나 배반자에게는, 언제나 운명이 준비해 놓고 있는 저 아이러니가 있게 마련이다. 자기가 쓴 책에서는 투기로 한 건 올리기라든가 대소 사업의 기교, 고리대금업자의 술책과 같은 모든 것을 알고 있었던 그였다. 그는 사물 하나하나의 모든 가치를 알고 있었고, 그의 작품에 등장하는 수많은 인간들에게 실존의 근거를 정립하여 올바르고 논리정연한 구성 능력을 쟁취한 바 있었다. 실로 그랑데, 포피노, 크레벨, 고리오, 브리도, 뉘생젠, 베어브루스트와 곱세크를 능란한 솜씨로 만들어낸 그였다. 그런데 바로 그 자신의 자본을 몽땅 날리고, 치욕스럽게 파산했던 것이다. 남아있는 것이라고는 그가 인생의 반세기 동안이나 그의 널찍한 고역의 어깨 위에 끌고다녔던 채무의 엄청난 무게였다. 그리고 어느 날 그는 그무지막지한 노역 때문에 혈관 파열로 쓰러지고 말았다. 그의 온 정성이 담겨 있었던 유일한 것, 예술의 버림받은 열정이 무서운 업보로 그에게 다시 돌아왔던 것이다.

다른 사람들에게는 체험과 현실 위에 높이 떠 있던 기적의 꿈, 바로 사랑이 비로소 그에게 꿈의 체험이 되었다. 이국의 여인으로서 그의 후처가 된 한스카 부인은 저 유명한 편지를 받았고, 그를 대면하기도 전에 이미 그로부터 정열적인 사랑을 받았다. 그녀가 아직 현실이 아니었을 때, 그녀는 이미 금빛 눈동자의 소녀처럼, 델핀과 외제니 그랑데처럼 그로부터 정열적인 사랑을 받았던 것이다. 진정한 작가에게는 그의 꿈과 같은 창조의 열정 이외의 어떤 열정도 일탈이다. "문인은 창녀를 멀리해야 한다. 왜냐하면 창녀는 그를 타락시키기 때문이다. 문인은 형태를 그리는 것으로 만족해야 한다"고 그는 테오필 고티에 Théophile Gautier에게 말했다. 그 역시 가장 내면의 본질로부터 사랑한 것은 한스카 부인이 아니라 그녀에 대한 사랑 자체였다. 그는 자신에게 닥쳐온 상황들을 사랑한 것이 아니라 창조적 상황들을 사랑했던 것이다. 그는 아주 오랫동안이나 현실의 굶주림을 채우기 위해 환상을 먹고 살았고, 그럼으로써 절정의 순간을 맞이한 배우들처럼 그의 열정을 신봉하게 되었다. 그는 전심전력을 다하여 이 창조의 열정에 헌신하였고, 화염이 피어올라 밖으로 번질 때까지, 그리하여 멸망에 도달할 때까지 내면의 연소 과정을 끝없이 촉발시켰다. 그의 신비로운 단편소설에 나오는 고라니과 동물의 요술가죽처럼, 책이 한 권씩 나올 때마다 소망은 성취되는 데 반해 그의 삶은 점점 더 시들어갔다. 노름꾼이 카드에 미치고, 술주정뱅이가 술에, 환각자가 저주스런 마약에, 난봉꾼이 여자에게 미치듯 그는 편집광에 굴복하였다. 분에 넘치도록 소망을 성취함으로써 그는 파멸했던 것이다.

꿈을 피와 생명력으로 채웠던 그 거대한 의지가 자기 마법에 홀려 생의 비밀을 관조하고, 이를 세계법칙으로 내세웠다는 것은 당연지사일 뿐이다. 자신에 관해 아무 말도 하지 않았고, 오로지 변화하는 존재로서 프로테우스처럼 천변만화의 형상을 가졌던 사람이 개별철학을 가질 수는 없었다. 왜냐하면 그는 만물을 자신의 내부로 육화시켰기 때문이다. 그런 인간은 수도승과도 같아서 무상의 정신이 수천 개의 육신으로 미끄러져 들어가 그들 삶의 환영들에 망아지경으로 동화되었던 것이다. 그리하여 어떤 때는 낙관주의자, 어떤 때는 박애주의자, 때로는 비관주의자와 상대주의자로 시시각각 얼굴을 바꾸었다. 그는 유동하는 물결처럼 모든 견해와 가치를 자기 내부로 끌어들이고 내보낼 수 있는 능력의 소유자였다. 그에게는 불굴의 의지만이 진실하고 영원하였다. 그것은 저 마법의 언어 '열려라 참깨'의 주문처럼 그와 이방인, 모르는 사람들 모두의 가슴 앞에 놓여진 암석을 활짝 열어주었다. 그가 그들 감정의 가장 어두운 심연으로 떨어져내려가, 거기서 그들이 체험으로 얻어낸 보석을 짊어지고 다시금 그 심연 위로 올라올 수 있었던 것도 이 불굴의 의지 덕분이었다. 틀림없는 사실은 그가 어느 누구보다도 정신적인 것을 넘어서서 물질적인 것으로 변화하는 권력을 의지의 작용으로 돌리고, 이를 삶의 원칙과 세계명령으로 느끼는 경향을 보였다는 점이다. 그는 의지라고 하는 바로 이 유동체가 나폴레옹 같은 인간으로부터 발산되어 세계를 뒤흔들고 제국을 무너뜨렸으며, 또한 제후들을 선동하여 수백만의 운명을 혼란에 빠뜨렸음을 의식했다. 그리고 외부로 나가려는 정신적인 것의 이 순수한 기압이 물질적인 것에서도 발현되어 외형을 변형시키고, 육체 전체의 자연현상으로 유입될 수 있다는 것 역시 의식했다. 어느 인간에게나 계기적으로 발현되는 감흥이 표현을 촉발하고 심지어는 야수 같고 둔감한 성향 자체를 미화 내지 특질화하듯이, 끈질긴 의지와 항상적인 열정은 그런 성향들의 소질을 겉으로 끄집어내는 까닭이다.

얼굴이란 발자크에게 석고상처럼 드러난 생의지이자 용광로에서 광석에 부어진 성격이었다. 그리고 고고학이 석화된 퇴적암에서 문화 전체를 인식해야만 했듯이, 그에게는 하나의 용모와 한 인간을 둘러싼 분위기에서 그것의 내적 본질을 인식하는 것이 작가의 요구인 것 같았다. 이 같은 관상학적 관심 때문에 그는 갈Gall의 학설, 즉 뇌수에 잠재된 능력의 형태학을 즐겨 읽었고, 마찬가지로 얼굴에서 살과 뼈로 변화된 생의지, 외부로 뒤집고 나온 성격만을 관찰한 라바터Lavater의 학설을 연구했다. 내면과 외면의 비밀스런 교대작용, 이 마술이 강조하는 모든 것을 그는 성취했다. 그는 의지가 하나의 매개물에서 다른 매개물로 옮겨가는 자성적磁性的 전도의 성격을 띤다는 메스머Mesmer의 학설을 신뢰했고, 이런 관조를 스베덴보리Swedenborg의 신비적 성령설과 접합시켰다. 그리고는 완전히 이론으로 충실하지 못한 그 모든 취미들을 그의 사랑스런 인물 루이 랑베르 학설에다 요약하였다. 자기초상과 내면의 완성을 향한 동경이 미묘하게 일치되는 저 요절자의 기이한 형상이 그것이다.

개개인의 얼굴이란 그에게 해독되어야 할 수수께끼였다. 그는 어느 사람의 얼굴에서든 동물의 관상을 인지할 수 있노라 주장했고, 얼굴에 떠오른 비밀스런 징조를 보고 죽음의 운명을 판단할 수 있다고 믿었으며, 길거리를 지나가던 사람들 각양각색의 용모와 움직임, 차려입은 의상으로 미루어 직업을 알아차릴 수 있노라 자부했다. 그러나 이러한 직관적 인식이 아직도 그의 눈의 마법 가운데 최고라고 할 수 없을 것이다. 그도 그럴 것이 이 모든 것은 그저 현재의 것으로 존재하는 것만을 포괄하는 까닭이다. 그의 가장 깊은 동경은 집중력을 통하여 계기적인 것뿐만 아니라 자취로부터 나타난 과거의 것, 내리뻗은 뿌리에서 미래의 것을 감지할 수 있었던 저 수상가手相家들, 아니 점성가 내지 예지자들의 형제처럼 되는 것이었다. 태어날 때부터 '제2의 눈'이라는 혜안을 소유한 이들 모두가 외부로부터 가장 내적인 것을,

특정선상에서 무한정한 것을 인지할 수 있다고 자처하는 사람들로서, 그들은 희미한 손금을 보고도 감추어진 인생의 짧은 여정과 미래로 들어가는 뒤안길을 인도해 줄 수 있는 능력자였다. 발자크에 따르면 그런 마법의 눈은 자기의 지성을 수천 갈래로 분산시키지 않고—집중화의 이념이란 발자크에 있어 영원한 순환이다—그것을 안으로 갈무리하여 단 하나의 목적만을 향해 전진해 나가는 저런 자들에게만 주어져 있다는 것이다.

　'제2의 눈'을 소유할 수 있는 재능은 물론 마법사와 예지자의 재능만은 아니다. 어린애를 상대하는 어머니들은 '제2의 눈,' 순간적 투시력이라든지 틀림없는 천재의 특징을 갖고 있다. 발자크 소설에 나오는 의사 데스플랭도 그런 능력을 소유하고 있다. 환자의 뒤얽혀진 고통을 통하여 그는 즉시 병고의 원인과 남은 여생의 가능한 한계를 결정한다. 천재적인 군인 나폴레옹 원수가 대표적인 사례였다. 그는 여단이 투입되어야 할 장소를 그 즉시 인지해 냄으로써 전장의 운명을 좌우했다. 그 밖에도 발자크의 많은 인물들이 그러했다. 유혹자 마르세이는 찰나의 기회를 포착하여 한 여자를 망가뜨리고, 투기꾼 뉘생젠은 적당한 기회를 빌려 주가의 대폭등을 일으켜 성공한다. 영혼의 하늘을 예견하는 이 모든 점성가들은 내부를 꿰뚫어보는 혜안 덕분에 그들의 과학을 갖고 있다. 이들의 육안은 망원경을 통해 내다보듯 먼 지평을 바라보며, 거기서 잿빛 혼돈만을 가려낸다. 바로 여기에 시인의 비전과 학자의 연역법, 즉 신속하고 자발적인 개념과 느리면서도 논리적인 인식 사이의 유사성이 은연중에 정지해 있는 것이다. 자기직관의 전망이라는 것도 개념화되지 않고, 또 때로는 작품을 거의 잘못된 시각으로 관조하여 난해함을 낳았던 발자크는 논리적으로는 설명할 수 없는 신비주의의 경향을 짙게 띨 수밖에 없었다. 재래의 가톨릭주의는 이 거장의 신비주의를 만족시킬 수 없었던 것이다. 그런데 그의 가장 깊은 내면의 본질에 들어차 있었던 이 마법의 알맹이, 그리고 예술을 생의 화학물이자 연금술로 만드는 이 비개념성이 그의 후배작가들, 특히 에밀 졸라Emile Zola를 위시한 자연주의 모방자들과는 반립되는 한계치였다. 졸라가 돌조각 하나하나를 세심하게 긁어모으는 동안, 발자크는 마법사 곁을 선회하면서 벌써 수천 개의 창문이 달린 궁전을 건축해냈던 것이다. 작품에 대한 열정이 그토록이나 대단하지만, 첫인상은 언제나 생의 대여물인 작업이 아니라 마법이라고 하는 뜻밖의 선물에서 유래했다.

발자크는 창작에 몰두한 수년 동안에는 더 이상 연구도 실험도 하지 않았다 — 이런 것이 형상을 얻으려는 비밀의 알 수 없는 구름처럼 떠 있는 것이다. 그는 소설을 쓰기 전에 개별 인물에 대한 자료를 작성한 졸라나 얄팍한 책 한 권을 쓰기 위해 도서목록을 마구 뒤진 플로베르처럼 더 이상 관찰하지 않았다. 창착시의 발자크는 여간해서는 그의 세계 밖에 있는 그런 세계로 돌아가지 않는다. 그는 옥살이 같은 자신의 환각 속으로 유폐되어 들어가 작업실의 고문의자에 틀어박혔다. 간혹 그가 가벼운 산책 중에 한 번쯤 현실로의 여행을 기도하는 경우는 있었다. 이를테면 자신의 출판인과 다툰다거나 교정지를 인쇄소에 넘긴다든가, 또는 친구 집에서 식사하거나 파리의 잡화점들을 여기저기 기웃거리기 위해 외출할 때면, 그가 집으로 가져온 것들은 언제나 작품의 사전 정보라기보다는 추후 확증이었다. 그럴 수밖에 없는 것이, 그가 글쓰기 시작한 당시에는 이미 전체 삶의 지혜가 어떤 비밀스러운 방식으로 그의 내부로 밀려들어와서는 하나로 합류되고 축적된 상태였기 때문이다. 그리고 이것이야말로 셰익스피어의 거의 신비로운 현상과 더불어 세계문학의 최대 수수께끼라 할 것이다.

실로 모든 직업계층들, 기층의 내용물들, 기질과 특수한 성격에서 우러난 그 막대한 지식의 축적이 언제 어디서 어떻게 뿌리 내렸는지, 이것이야말로 수수께끼라 할 것이다. 청춘기의 3, 4년간 그는 공증인 사무실의 서기로, 그리고나서는 출판인으로, 동시에 대학생으로 직업 생활에 들어섰던 적이 있었다. 그러나 이번의 몇 년간은 모든 것, 전혀 설명할 수 없고 전혀 예측할 수 없는 사실들의 완벽함, 온갖 성격과 현상들에 대한 지식을 총동원했다. 그는 이 몇 년간 믿을 수 없을 정도로 관찰에 열중해야 했다. 그의 눈빛은 대상을 무섭게 빨아들이는 눈빛, 만나는 것이면 죄다 흡혈귀처럼 안으로, 내적인 것으로, 회상 속으로 잡아채는 갈망의 눈빛이 되었다. 어떤 것도 퇴색되거나 유실되지 않고, 어떤 것도 뒤섞여 혼탁해지지 않는 회상 속으로 잡아채 빨아들이는 눈빛이 되었다. 그리고 그의 의지와 소망의 손길이 회상의 편린을 조용히 어루만지자, 모든 것은 질서있게 정렬되고 축적되어 탑처럼 높이 솟아올랐다. 그러자 기다렸다는 듯 회상의 모든 것은 그의 본질적인 측면을 부단히 향하는 동시에, 과거의 깃털을 벗어내고 도약할 채비를 갖추었다. 발자크는 모든 일의 내막을 알고 있었다. 소송, 전쟁터, 증권시세의 조작 및 부동산 투기, 화학의 내밀한 본질, 향수 제조업자의 책략, 신학자들의 논쟁이나 신문사 경영, 극단의 속임수와 그 밖의 무대들에서 벌어지는 허위, 그리고 무엇보다 정치를. 어슬렁거리는 데는 정통한 자였던 그는 지방의 곳곳뿐만 아니라 파리의 세계를 알고 있었다. 책 속에 파묻히듯 혼잡한 거리의 특징을 속속들이 읽고 있어서, 그는 어느 집이 언제 어느 사람에게서 어느 누구를 위해 지어졌는지 알고 있었고, 심지어는 대문 위에 새겨진 문장 모양의 자세한 내용이나 건물양식의 전반적인 시기까지도 알아내었다. 실로 그가 알고 있는 것은 그뿐만이 아니었다. 작품에서 나타나는 바와 같이 집세의 가격을 알아서는 그 집의 각층마다 적당한 인원을 거주시켰고, 가구들을 들여보내, 그곳에 행복과 불행의 분위기를 채워넣었다. 이를 통해 운명의 보이지 않는 그물이 1층에서 2층, 2층에서 3층까지 휘감겨 있는 것이다. 그는 백과사전적 지식을 소유하고 있었다. 팔마 베키오의 그림이 얼마나 가치 있고, 헥타 바이델랑드의 가격은 얼마인지, 얼마를 주면 최고급 넥타이와 이륜마차를 살 수 있고, 얼마를 주면 하인을 부릴 수 있는지를 알고 있었다. 그는 고상한 인간들의 삶, 부채 더미에서 헤어나지 못하면서도 단 일 년 만에 이만 프랑을 써버리는 사람들의 삶을 알고 있었다.

그러나 여기서 책 두 장만 넘기면 불쌍한 연금생활자의 실존이 본격적으로 펼쳐지는데, 찢어진 우산과 부서진 창틀은 그의 고통으로 짜여진 인생 속에서 결국 파탄에 이르게 되는 것이다. 다시 책 몇 장을 넘기면, 이제 작가 발자크가 빈자들 가운데 섞여서 그들을 좇아간다. 이는 마치 각자가 자신의 먹고살 돈 몇 푼을 벌어들이는 것과 같은 방식이다. 물장수로 연명하는 가난한 오베르뉴 사람, 그의 동경은 물통을 끌어와야만 하는 데 있는 것이 아니라 작은 조랑말 한 마리를 갖는 데 있으며, 대학생과 여재봉사를 포함한 이 모든 사람이 대도시의 거의 식물적 생존을 영위한다. 수많은 경관이 작품에 나타나지만, 경관 하나하나가 자기운명의 배후로 걸어가 그 운명을 형상화할 채비를 갖춘다. 그런데 모든 경관은 그의 관조의 눈길 한 번에 다른 사람들이 수년간 살아온 세월의 그것보다는 훨씬 명료해진다. 잠깐 한 번 눈길로 매만진 모든 것을 그는 알고 있었다. 예술가의 기이한 역설 같지만, 그는 본 적도 없는 것을 알고 있었다. 그가 노르웨이의 피오르와 사라고사의 절벽을 꿈에서 일깨웠을 때, 그것은 현실과 같게 되었다.

놀라운 것은 재빨리 움직이는 상상의 속도이다. 그의 능력은 남들이 사방에 걸치고 수없이 둘러입고 응시한 것을 적나라하게 인식할 수 있었다는 점일 것이다. 그가 사물들의 표면에서 벗겨낼 수 있었고, 또 그 사물들이 그에게 내적 본질을 드러내었다는 사실은 모든 면에서 그의 특징이자 모든 이에게 비밀의 열쇠였다. 외부의 인상들은 그를 향해 껍질을 벗었고, 모든 것은 과실의 씨앗처럼 그의 의미가 되었다. 단번에 그는 비본질적 현실의 주름살에서 핵심적인 것을 갈취했지만, 층층을 도려내듯 천천히 여유를 두어 그것을 파헤치는 것이 아니라, 화약을 가지고 광산을 폭파하듯 삶의 금광을 폭파한다. 그는 즉각 이 실제적 삶의 형식들을 통하여 포착할 수 없는 것 또한 포착한다. 삶 위에서 가물가물 떠다니는 행복과 불행의 분위기들, 하늘과 땅 사이에서 부유하는 진동, 가까이 들려오는 포성과 대기의 급변 등이 그것이다. 남들이 보기에는 유리로 된 진열장에 놓여 있듯 그저 차갑고 희미한 윤곽일 뿐인 것을, 그의 온도계처럼 예민한 마술적 감수성은 열기 있는 상황으로 감지한다.

이렇게 무섭게 뛰어난 직관적 통찰이 발자크의 천재성인 것이다. 예술가라는 명칭이 힘의 분배자, 질서와 형태의 조각가, 결합하고 해체하는 사람 등의 그 무엇이든 간에, 발자크에게는 이렇다 할 예술가의 성격이 뚜렷하게 느껴지지 않는다. 그는 흔히 예술가라 불리는 그런 자가 전혀 아니라고 사람들은 말하려고 할지 모른다. 그만큼이나 그는 천재였다. "그런 저력을 가진 자는 예술을 필요로 하지 않는다." 이 말이 그에게도 역시 합당하다. 왜냐하면 실제로 그의 경우 힘이 너무도 장엄하고 웅대하여서, 원시림의 가장 자유로운 동물들처럼 길들여지는 것에 강력히 항거하기 때문이다. 그 힘은 제멋대로 자란 덤불이나 거센 냇물, 뇌우처럼 아름답고, 미적 가치가 오로지 자기표현의 충일 속에서 성립되는 저 모든 사물들처럼 아름답다. 그런 힘의 아름다움은 균형과 장식, 보조물, 치밀한 분할을 필요로 하지 않는다. 그것은 자기 힘의 억제되지 않은 다양성을 통해서 작용한다. 발자크는 그의 소설들을 결코 치밀하게 구성하지 않았다. 열정에 파묻히듯 그의 소설에 침잠했고, 소재 내지 맨살에 파고들듯 묘사와 언어에 파고들었다. 그는 거기서 인물들의 모습을 추려내는데, 나폴레옹이 그의 병사들에게 했던 것처럼 그들을 모든 계층·가족·프랑스 지방 전체로부터 선발하여 여단으로 분할한다. 어떤 자는 기병으로 만들고, 어떤 자는 포병대에 배속하고, 또 어떤 자는 훈련소에 입소시키고, 또한 그들 총검의 약실에 화약을 장전시켜서 그들 내부의 억압할 수 없는 충동에 굴복시킨다. 그의 《인간희극》은 그 멋들어진—그러나 부가적인!— 머리말에도 불구하고 어떤 계획도 내포하지 않는다. 삶이라는 것이 발자크 자신에게 무계획적으로 비쳐졌듯이 그것은 어떤 계획도 지니지 않는다. 그것은 도덕이나 전망을 겨냥하지 않는다. 《인간희극》은 그 자체가 변화하는 것으로 존재하면서 영원히 변화하는 것을 보여주고자 한다. 이 모든 영고성쇠 속에서 지속적인 힘이란 있을 수 없고, 다만 구름과 빛으로 짜여진 대기처럼 비물질적인 힘만이 존재하는바, 우리는 이를 시대Epoche라 칭한다. 그들의 교대적 일치에 따라 비로소 시대를 결정하는 인류는 반대로 그 시대에 의해 창조된다는 것, 그리고 그들의 도덕과 감정이 그들 자신과 마찬가지로 창조물이라는 것, 이는 어쩌면 새로운 우주의 유일한 법칙일지 모른다. 발자크에 의하면 파리에서 덕성이라 불리는 것이 아조레스 군도 밀림지역에서는 악덕이다. 어떤 것에 대해서도 고정불변의 가치는 존재하지 못하며, 정열적인 인간들이 세계를 평가해야 한다는 것이다. 발자크는 정말 그런 식으로 여자를 평가한다. 여자가 자신을 필요로 하는 한, 늘 그녀는 가치 있다고 발자크는 말한다. 이렇게 변화하는 것에서 남아 있는 것을 얻기를 거부하는 시인 —이미 그 자신이 시대의 창조물 내지 피조물일 따름이기에— 의 사명감은 자기 시대의 기압과 정신적 상황, 보편적 힘의 교대작용을 묘사할 수는 있는 것이다.

　그는 사회적 기류를 측정하는 기상학자, 의지의 수학자이자 열정의 화학자, 국가적 근원형식의 지질학자, 다시 말해 다면적인 학자이기를 원했다. 모든 도구를 사용하여 시간의 형체를 간파하고 엿듣는 학자, 동시에 모든 사실의 수집가, 사실적 경관을 그리는 정열의 화가, 그 이념들을 추구하는 군인, 이런 자가 되려는 것이 발자크의 명예심이다. 이 때문에 그는 광대무변의 사물들을 그리는 데 전력을 기울였다. 그리하여 텐Taine의 확언을 빌리자면 그의 작품은 셰익스피어 이래로 있었던 인간기록들 가운데 가장 거대한 전시장이 되었다. 발자크는 개별작품이 아니라 전체로 평가받기를 원한다. 그는 산악과 계곡, 무한정한 지평, 음침한 심연과 급류로 이루어진 하나의 경관처럼 관찰되기를 원한다. 발자크와 더불어 소설을 내적 세계의 백과사전으로 보는 사고가 시작된다—도스토옙스키가 등장하지 않았다면 이 또한 단절되었을 것이다. 그의 선배작가들은 줄거리의 미약한 동력을 앞으로 추진시켜나가기 위해 오직 두 가지 방식만을 알고 있었다. 즉 그들은 돌풍처럼 항해를 촉진시켜 선박을 앞으로 가게 하는 외부로부터의 우연적 영향을 작품의 토대로 하거나, 아니면 오로지 사랑의 전환점이 되는 에로스적 충동만을 내적 동력으로서 선택하였다. 발자크는 여기서 에로스적인 것의 변형을 시도했다. 그에게는 욕구하는 두 종류의 인간이 존재한다. 말하자면 욕망에 들떠 있고 야망있는 인물들만이 그의 관심의 대상이었다. 본래적 의미에서 에로스적 인간이란 그들의 성좌가 사랑이고, 그 성좌 아래서 태어나 사멸하는 몇몇 남성과 거의 모든 여성들이다. 그렇지만 에로스에서 분출되는 힘들이 유일한 것이 아니고, 정열의 급전急轉이라는 것도 그 밖의 인간들에게서 얼마든지 볼 수 있으며, 원초충동 또한 다른 형식이나 다른 상징을 빌려서 사방에 흩어지고 분산될 수 있다는 것을 그는 보여주었다. 이같은 적극적 인식을 통하여 발자크의 소설은 변화무쌍한 다양성을 획득하였다.

그럼에도 불구하고 두 번째 근거에서 볼 때, 발자크는 소설에 현실성을 부여했다. 무엇보다 돈이 그의 소설에 등장하였다. 절대적 가치를 인정하지 않았던 그는 상대성의 통계자로서 외부의 도덕적, 정치적 가치 및 사물의 미적 가치를 자세히 관찰했다. 특히 우리 시대에 들어와 절대적 가치에 근접한 돈의 가치, 저 보편타당한 가치에 대해 주목했다. 어느 사물이든 돈의 가치를 통해서 결정되고, 정열이라는 것도 돈의 물질적 희생을 통하여, 그리고 개개의 인간 모두가 겉으로 드러난 화폐소득을 통해서 결정되는 것이다. 숫자는 발자크가 탐구의 과제로 설정한 모종의 대기권 상태를 대치하는 측량계가 되고 있다. 그런데 돈은 그의 소설 속에서 순환한다. 거대한 자산의 증가와 붕괴, 위험천만한 투기가 묘사될 뿐만 아니라, 라이프치히와 워털루 전쟁에서처럼 정력을 고갈시키는 대살육전, 욕심과 증오, 사치와 야망으로부터 생겨나는 대략 이십여 가지의 전형들이 작품에 선보인다. 그뿐만 아니라 돈을 위해서 돈을 사랑하는 저 비속한 인간들, 아니 상징을 위해서 돈을 사랑하는 인간들이 등장하는데, 그들에게 돈은 오직 목적에 도달하기 위한 수단일 뿐이다. 발자크는 돈 자체가 어떻게 가장 고귀하고 섬세하며 비물질적인 감각들 속으로 스며들었는가를 수많은 예로써 보여준 최초의 가장 대담한 시인이었다. 그의 모든 인간들은 우리가 인생을 살아가면서 무의식중에 이렇게 행동하는 방식을 정확히 고려한다. 파리로 오는 그의 신출내기들도 훌륭한 사교계에 드나드는 것이 얼마나 돈이 들고, 또 고상한 예복이나 반짝이는 구두, 새로운 마차,

주택과 하인, 수천 가지 잡일 및 잡동사니에 얼마의 비용이 드는지를
재빨리 알아차린다. 그리고 그 모든 것을 지불하고 경험을 통해 체득
하고 싶어한다. 그들은 구식 조끼를 입었기 때문에 멸시당하는 참담한
결말을 인지할 뿐만 아니라, 돈이나 수표만이 굳게 닫힌 통로를 깨버
린다는 것 또한 그 즉시 알아차린다. 이 작은 모멸감이 끊임없이 자라
나서 거대한 정열과 강인한 야망이 되는 것이다.

발자크는 이런 자들과 함께 다닌다. 그는 방탕아들의 뒤를 따라가
그들의 지출을 산출하고, 고리대금업자에게는 이윤을, 상인에게서는
수입을, 멋쟁이들에게서는 부채를, 정치가들에게서는 그들의 뇌물을
산출한다. 총결산액은 상승하는 불안감의 체온계 숫자, 점점 더 가까
워지는 파국의 위태로운 기압을 가리킨다. 돈이 보편적인 명예심을 물
질적으로 실추시키고, 그것이 모든 이의 감정을 침윤했을 때쯤이면,
사회적 삶의 병리학자 발자크는 병든 육체의 위기를 인식하기 위하여
어김없이 혈액정밀검사를 실시했고, 그럼으로써 그것에 내재된 돈의
내실을 상당부분 입증해냈다. 요컨대 모든 이의 삶은 돈의 내실로 포
만해 있는 것이다. 그것은 기진해진 폐에 공급되는 산소와 같아서 누
구에게나 필수적인 것이다. 하지만 사랑하는 사람이 그런 행복을 위해
사랑하는 것이 아닌 것처럼, 명예심도 그런 식의 명예심을 탐하지 않
는다. 적어도 예술가가 이에 속하는데, 그것을 가장 잘 알고 있었던 사
람은 두 어깨 위에 수십만 프랑의 빚더미, 그 무거운 중량을 짊어지고
있었던 발자크 자신이었다. 가끔은 달아나듯 — 일에 빠져서 — 어깨
위에 짊어진 짐을 내팽개쳤지만, 결국은 그것으로 인해 그는 무너지고
말았다.

간과할 수 없는 것은 그의 작품이다. 열여덟 권 안에 한 시대와 세
계, 한 세대가 들어 있는 것이다. 그때까지 아무도 그토록 강력한 것을

시도한 바 없었고, 과도한 의지의 불손이 그토록 훌륭하게 보상받는 일이 없었다. 밤이면 자기들의 밀폐된 세계에서 달아나 새로운 상像, 새로운 인간이 되기를 원하는 향락자들이나 휴식자들에게, 그는 짜릿한 흥분과 변화의 유희를 수여하였다. 극작가에게는 수많은 비극의 소재를, 학자—어느 포식가가 먹다 남은 식탁의 찌꺼기처럼 태만한—에게는 문제와 자극의 충족을, 그리고 사랑하는 사람에겐 황홀경의 불타는 등불을 선사하였다. 그러나 시인들에게 물려준 유산이야말로 가장 막대한 것이다. 《인간희극》의 초안 속에는 완성된 소설 외에도 미완성 소설 및 미처 손대지 않은 40여 권의 소설이 있다. 그 중에 하나는 '모스크바'라는 제목이, 또 하나는 '바그람의 평원'이라는 제목이 붙어 있다. 그 밖에도 어떤 것은 비엔나 전투를 다루는가 하면, 또 다른 어떤 것은 수난의 삶을 다룬다. 이 소설 전부가 끝을 보지 못한 것이 오히려 다행일지 모른다. 발자크는 언젠가 이렇게 말한 적이 있었다. "천재는 언제든지 그의 사고를 행위로 옮길 수 있는 자이다. 그러나 정말 위대한 천재는 이 실행력을 부단히 펼쳐나간다. 그렇지 않다면 그는 신과 다름없으리라." 만일 그가 이 모든 것을 완성할 수 있었고, 열정과 사건의 원환을 완전히 자기 내부로 되돌릴 수 있었다면, 그의 작품은 한층 더 불가해한 것으로 변했을 것이다. 그리하여 그의 작품은 도달 불가능한 성격으로 말미암아 모든 후세들에게 괴물적인 것, 놀랍기 그지없는 것이 되었을 것이다. 반면에 그것이 미완의 토르소로서만 남아 있기에 후세들에게 가장 무서운 자극이 되는 것이다. 가장 훌륭한 본보기가 도달 불가능한 것에로의 모든 창조적 의지를 위해 존재하는 것이다.

디킨스
Charles John Huffam Dickens
1812~1870

예술이란 따뜻한 차처럼 심장을 살며시 데워주되,
뜨겁고 격렬하게 도취시켜서는 안되는 것.
— 본문 중에서

그렇다! 찰스 디킨스Charles Dickens가 얼마나 동시대인에게서 사랑을 받았던가를 알려면, 그의 책이나 자서전에 물어서는 안 된다. 사랑은 오직 공개된 말 속에만 살아 숨쉬고 있다. 이를 가장 잘 설명해 줄 수 있는 사람은 그의 소년기 추억과 아울러 최초로 결실을 맺은 저 시간대까지 이야기를 끌고 들어가는 영국인이다. 그는 50년이 지난 뒤에도 여전히 디킨스를 '픽위크'의 시인이라 부르지를 못하고, 그를 한결같이 죽마고우 시절의 비밀스런 별명 '보즈Boz'로 명명하는 친구들 중의 한 명이다. 그들의 서글픈 회상의 맥박에서는 당시에 기쁨에 떨며 저 푸른색의 월간 소설을 받았던 수천 명의 열광을 헤아릴 수 있는 것이다. 그 책들은 오늘날 도서수집가들의 귀중품이 되어 전공학부나 도서관의 서가에 누런 색깔로 보관되어 있다. 이 '늙은 디킨시언'의 한 사람이 내게 설명했듯이, 당시에 그들은 그것을 한 번도 제 날짜에 받은 적이 없었고, 집에서 우편배달부를 이제나저제나 애타게 기다린 끝에야 다발에 묶인 보즈의 푸른 신간집을 받았다고 한다. 한 달 내내 그들은 코퍼필드가 도라라는 여성과 결혼하게 될지 아니면 아그네스와 결혼하게 될지를 몰라 몹시도 애태우고, 희구하고, 논쟁하면서 우편물을 초초하게 기다렸다. 그들은 미코버의 처지가 다시 위기에 봉착해 있었음을 즐거운 마음으로 되새겼다—하지만 그들은 그가 뜨거운 주먹과 선한 마음으로 곤경을 씩씩하게 헤쳐나가리라는 것 또한 알고 있었다!

이럴 지경이니 우편배달부가 느려빠진 마차를 타고 와 그 모든 유쾌한 퀴즈들을 풀어줄 때까지 앉아서 기다릴 수가 있었겠는가? 그럴 수가 없었다. 도대체가 안 될 말이었다. 노소 불문하고 모두가 우편배달일에는 오직 그 책을 먼저 받으려고 2마일이나 배달부를 마중나갔다. 우편물을 받아 돌아올 때면 그들은 이미 책을 꺼내 읽기 시작했다. 어떤 이는 사람들 어깨너머로 책장을 엿보는가 하면, 어떤 이들은 책을 큰 소리로 낭독했다. 가장 가정적인 사람들만이 노획물을 조금이라도 빨리 처자식에게 갖다주려고 급하게 집으로 내달렸다. 당시에는 이 소읍처럼 온 마을과 도시, 그리고 나라 전체가, 아니 그것을 넘어서서 지구 전역에 뿌리내린 영어권의 세계가 찰스 디킨스를 사랑하였다. 그것도 첫 대면의 순간부터 그가 생을 마치는 최후의 순간까지 그를 사랑하였다. 19세기의 어느 곳을 둘러보아도 한 작가와 국가 사이의 조금도 변치 않는 우애관계는 결코 존재하지 않았다. 이 명성은 불꽃처럼 폭사되어 올랐으나 꺼질 줄을 몰랐고, 태양처럼 세계를 굽어보며 변함없이 빛나고 있었던 것이다. 《픽위크Pickwick》 제1호에서 400부가 출간되었던 것이 제15호부터는 40,000부가 출간되었다. 그의 명성은 이런 눈사태의 폭발력을 가지고 자기 시대의 한복판으로 쏟아져 들어갔다. 예컨대 그의 명성은 재빨리 독일에로의 길을 개척하였고, 수백 수천의 소책자들이 가장 심하게 파인 심장의 깊숙한 고랑에다 웃음과 기쁨의 씨앗을 심어놓았다. 그런가 하면 올리버 트위스트라 불리는 불쌍한 소년 니콜

라우스, 그 밖에 헤아릴 수 없이 많은 형상들이 미국과 오스트레일리아, 캐나다 등으로 주유하였다. 오늘날에 이르러서는 이미 수백만 권의 디킨스 책들이 크고 작고, 두껍고 얇은 각종 제본으로 유통된다. 빈자를 위해서는 싸구려 판이, 그리고 미국에서는 가장 값비싼 판이 유통되는데, 그 판의 제작은 일찍이 한 시인에 의해서 실행되었다(30만 마르크짜리로 생각되는데, 그것은 수십억의 갑부를 위한 책이다). 그러나 첫 페이지를 넘기자마자 그 모든 책에는, 당시나 지금이나 변함없이 재잘거리는 새처럼 날개를 펄럭이기 위한 축복의 웃음이 언제나 깃들어 있다.

이 작가의 인기는 예외가 없었던 것이다. 세월이 흘렀어도 인기가 오르지 않았다면, 그것은 오로지 더 높은 가능성에 도달할 열정이 없었기 때문이었다. 디킨스가 생전 처음 그의 독자와 눈과 눈을 맞대고 공개적으로 낭독하기를 결심했을 때, 영국은 도무지 제정신이 아니었다. 홀은 몰려든 사람들로 인산인해를 이루었고, 기둥에는 열광한 청중들이 매달려 있었으며, 오로지 사랑하는 작가의 말소리를 들으려고 그의 연단 밑으로 기어들어온 사람들도 있었다. 그의 미국 방문 시에는 마침 가장 혹독한 겨울 추위 때문에 사람들은 가져온 시트를 출납계 앞에 깔고 앉아 기다렸고, 급사들은 인근 식당에서 그들에게 음식을 나르느라 분주했지만, 그런데도 인파는 끊임없이 밀어닥쳤다. 그가 가는 연설장은 언제나 비좁았던 것으로, 마침내 그는 브루클린의 어느 교회를 낭독장소로 사용하도록 허락받는다. 그는 영국 수상 앞에서 올리버 트위스트의 모험과 넬 소년의 이야기를 낭독했다. 그에게 주어진 명성은 한결같았다. 그의 명성은 월터 스콧Walter Scott과 어깨를 나란히 했으며, 평생 동안 새커리Thackeray의 천재성을 압도했다. 그리고 디킨스가 죽어 하나의 불꽃이 명멸했을 때, 온 영국 세계는 바닥에 균열이 생긴 것 같았다. 거리에서는 모르는 사람들끼리 모여 애도의 이야기를 나누었고, 패배한 전쟁 뒤의 경악처럼 런던은 놀람에 사로잡혔다. 그의 시신은 셰익스피어와 필딩과 나란히 영국의 판테온, 웨스트민스터 사원에 안치되었다. 이때 역시 수천 명의 인파가 그곳으로 몰려들어서, 간소한 추모장은 꽃과 화환의 물결로 뒤덮였다. 40여 년이 지난 오늘날에도 그곳을 지나는 사람은 거의 언제나 추모객의 손에서 정성껏 뿌려진 꽃송이들을 보게 된다. 수십 년 세월은 하염없이 지나갔어도 명성과 사랑은 시들지 않은 것이다. 예나 지금이나 마찬가지로 영국이 예기치 못한 무명의 작가에게 세계명성이라는 뜻밖의 선물을 쥐어주던 그 순간, 찰스 디킨스는 영어권의 세계 전체에서 가장 인기 있고, 가장 많은 사랑과 찬사를 받는 서사작가로 존재하고 있는 것이다.

그렇게 대단하고, 넓이와 깊이를 동시에 관철하는 문학작품의 영향력은 오직 상호 대립하는 두 가지 요소를 통해서만 현실화될 수 있다. 다시 말해 그것은 천재적 인간과 시대전통의 동일성을 통해서만 가능하다. 일반적으로 전통적인 것과 천재적인 것은 물과 불처럼 상호 역작용을 일으키는 법이다. 천재의 특징이란 대체로 이런 것이다. 천재는 과거의 전통을 지금도 형성 중인 것의 육화된 영혼으로 간주한다. 그는 새로운 종족의 우두머리처럼 사멸한 종족의 골육상쟁을 이야기한다. 천재와 그의 시대는 실로 한데 어우러져 명암을 교대하기는 하지만, 그럼에도 불구하고 다른 반구에서 움직이는 두 세계이다. 그것은 둥근 원환의 궤적을 그리면서 만나기는 하지만, 그럼에도 결코 하나가 되지는 않는다. 여기에는 어느 한 항성의 그림자가 다른 항성의 광면光面을 채워 버려서 동일화되는 저 천체의 기적 같은 순간만이 존재한다. 디킨스는 세기의 독보적인 대시인으로서, 동시대의 정신적 욕구는 그 세기의 가장 내적인 의도와 일치한다. 그의 소설은 당대 영국의 기호와 완전히 동일하고, 그의 작품은 전통을 유형화하고 있다. 디킨스에게는 해학과 관찰, 도덕, 미학, 정신적이고 예술적인 내실이 풍부하다. 거기엔 고유성만이 아니라 때로는 영불해협 건너편에 사는 6천만 인간의 동경 어린 공감적 생활감정이 섞여 있다. 이런 작품을 창작한 것은 그가 아니라 영국의 전통, 가장 강렬하고 풍요롭고 본질적이고, 또 이 때문에 가장 위험한 현대문화의 핵심이었다. 우리는 이런 문화의 생명력을 과소평가해서는 안 된다. 영국인들은 누구나가 독일적 독일인보다 훨씬 더 영국인으로서의 개성을 지킨다. 영국적인 것은 인간 유기체 위에 채색된 니스처럼 겉치레적인 것이 아니다. 그것은 피 속에 스며들어 규칙적인 리듬으로 변하고, 가장 내적인 본질과 비밀스러움, 개체의 본원성을 이루어나간다. 이런 데서 예술가적 기질이 나오는 것이다.

예술가 역시도 독일인이나 프랑스인보다 영국인으로서의 민족적 의무에 충실하다. 영국의 예술가, 진정한 시인 모두가 이 때문에 영국적인 것 자체와 투쟁을 벌인다. 그러나 가장 철저한 증오심, 뼈에 사무친 증오심조차도 전통을 함부로 무너뜨리는 법이 없었다. 그것은 가장 미세한 혈관을 타고 심층에 내려가 영혼의 토양에 닿는다. 그런데 영국적인 것을 무너뜨리려는 자는 유기체 전체를 망가뜨리고 상처에 피를 흘리며 쓰러진다. 정신의 귀족주의자 몇몇이 자유로운 세계시민을 동경한 나머지 무모한 시도를 감행한 바 있었다. 바이런, 셸리, 오스카 와일드는 영국인 자체를 완전히 부인하려고 하였다. 이유인즉 그들은 영국인에 내재한 전통적 시민성을 증오했던 것이다. 그러나 그들은 자신의 생명만을 갈기갈기 찢어 버렸다. 영국의 전통은 세계에서 가장 강렬하고 찬연하게 빛나는 것이지만 예술에 대해서는 가장 위협적인데, 왜냐하면 그것은 음험하기 때문이다. 영국의 전통이란 냉랭하고 쌀쌀하게 얼어붙은 황무지도 아니요, 손님을 벽난로의 불로 아주 쾌적하게 대접하지도 않지만, 그러나 도덕적인 한계를 명확히 하고, 폭을 좁히고 규칙화하여 자유분방한 예술적 충동과 불화를 일으킨다. 그것은 검소하게 밀폐된 집과 같아서 삶의 위험한 폭풍을 막아준다. 그것은 시민적 만족감의 난롯불을 가지고 삶을 기쁘고 즐겁고 따뜻하게 꾸려나가지만, 그럼에도 불구하고 세계를 고향으로 여기는 사람에게나 그 욕망의 본질이 유랑민처럼 무한성에의 모험을 끊임없이 향하는 사람에게는 감옥과도 같은 것이다. 디킨스는 영국의 전통 속에서 유유자적했으며, 그 네 개의 벽 속에 거주하면서 자신을 키워나갔다. 토속적 세계에 안주하면 그는 쾌적함을 느꼈고, 그래서 평생 동안 영국의 예술적·도덕적·미학적 경계선을 넘은 일이 없었다. 그는 혁명주의자가 아니었다. 그의 내면에 들어 있는 예술성은 영국인과 화해하면서, 갈수록 그 안에서 용해되었다. 그의 작품은 무의식적인 의지, 조국의 예술이 되어 버린 의지였다. 그리하여 우리가 그의 문학의 충일성, 비상한 재능과 등한시된 가능성을 파악할 때면, 우리는 언제나 영국을 동시에 고려의 대상으로 삼아왔다.

디킨스는 나폴레옹의 영웅적 세기, 그 명예로운 과거와 그의 미래의 꿈이었던 제국주의 사이에서 영국의 전통을 문학적으로 가장 훌륭하게 표현한 작가이다. 그가 우리에게 특별한 것만을 행하고, 천재에게 하도록 예정된 강렬한 것은 행하지 못했다면, 그를 방해한 것은 영국이나 종족 자체가 아니라 영국 빅토리아 시대라는 순진무구한 찰나의 시간이다. 세익스피어 역시 영국사에 있어서 한 시대의 최고의 가능성이자 시적 성취를 이룩한 바 있었다. 그렇지만 당시는 강렬한 행위를 즐기고, 젊음의 신선한 감각을 지녔으며 글자 그대로 통치권을 향한 발톱을 곧추세웠던 엘리자베스 여왕 시대의 영국이었을 뿐만 아

니라, 넘쳐 끓는 힘으로 뜨겁게 진동하는 영국이었다. 셰익스피어는
행위와 의지, 정열의 세기에서 태어난 아들이었다. 새로운 지평들이
우뚝우뚝 솟아올랐다. 영국은 아메리카 대륙에서 모험의 왕토를 얻었
고, 불구대천의 원수를 물리쳤다. 그런가 하면 때를 같이하여 르네상
스의 불길이 이탈리아에서 북구의 안개 속으로 번져갔다. 신神, 종교는
다시금 세계에 새로운 생동적 가치를 채워넣기에 충분했다. 셰익스피
어가 영웅시대를 구가하던 영국의 화신이라면, 디킨스는 부르주아의
상징에 불과했다. 그는 다른 여왕, 부드럽고 집안일을 돌보는 주부 내
지 왜소하고 나이 먹은 여왕 빅토리아 왕조의 충실한 신하였다. 아니,
검소하고 유쾌하며, 도취와 열정 없이 정돈된 정치가였다. 그의 충동
은 배고픔이라고는 모르고 소화하기에 급급한 시대의 과중한 무게로
인해 저지되었다. 태만한 바람이 그의 배의 돛을 슬며시 감쌀 뿐, 영국
의 밀폐된 해안에서 미지의 해안에 펼쳐진 위험스런 아름다움, 통로
없는 무한성으로까지 몰고 가지 않았다. 그는 언제나 토착적이고 익숙
한 것, 기존의 것에 조심스럽게 머물러 있었다. 셰익스피어가 탐욕스
런 영국의 용기를 대변할 때에, 디킨스는 포만한 영국의 조심성을 대
변한다.

　　디킨스는 1812년에 태어났다. 그의 눈이 사방을 둘러볼 수 있을 무
렵쯤에는 바로 세계가 잠잠해질 시기인 것으로, 유럽 국가들의 썩은
기둥을 태워 버리려던 거대한 불꽃은 바야흐로 꺼져가고 있는 것이다.
워털루 전투에서는 영국 보병의 정예부대가 대승을 거두고 영국을 구
하며, 따라서 영국은 자신의 철천지원수가 고도에서 외롭게 왕관과 권
력을 떨구고 파멸해 가는 모습을 바라본다. 이런 것을 디킨스는 함께
체험하지 못했다. 그는 더 이상 세계의 불꽃이, 그 화염의 광채가 유럽
의 한 끝에서 다른 끝으로 스러져가는 광경을 목도하지 못한다. 그의

눈빛은 영국의 안개 속을 더듬거리며 들어간다. 그 젊은이는 위대한 주인공들을 알지 못하는데, 영웅의 시대가 지나간 것이다. 물론 영국인 몇몇은 그것을 믿지 않으려 한다. 그들은 힘차고 열광적인 태도로 굴러가는 시간의 수레바퀴를 낚아채어 옛날처럼 세계에 포효의 질주를 살려넣으려 한다. 그러나 영국은 평온을 원하며, 그런 것은 물리쳐 버린다. 그들은 낭만주의의 원리에 따라 고향의 구석으로 도피하거나, 가냘픈 불씨에서 화염을 다시 일으키려 한다. 그러나 운명이란 그 무엇으로도 강요되는 것이 아니다. 셸리는 티레니아 호반에서 익사하고, 바이런은 그리스 해안 미서롱지에서 열병에 걸려 재가 된다. 시대는 더 이상 모험가를 원하지 않는다. 세계는 암담한 색깔로 칠해진다. 영국은 안락하게 그저 피의 약탈물만을 낭비한다. 부르주아, 상인, 중계인이 왕인 것으로, 이들은 침대에서 뒹굴듯 옥좌에서도 제멋대로 행동한다. 영국은 먹은 것만을 새김질한다. 당시에 성립될 수 있었던 예술이란 소화를 촉진하는 데만 소용되었고, 그것에 방해되는 것은 있을 수 없었다. 예술은 격정으로 덜컥거려서는 안 되었고, 단지 부드러운 손길을 내밀어 쓰다듬는 역할만이 허용되었다. 그것은 감상적일 수는 있어도 비극적일 수는 없었다. 사람들은 번개처럼 갑자기 가슴을 쪼개고, 호흡을 자르고, 혈액을 얼음장처럼 응결시키는 소낙비를 원치 않았다—프랑스와 러시아에서 신문들이 들어왔을 때, 그런 것이 실제의 삶과 다르다는 것은 너무나 훌륭하게 구별해 냈다. 원하던 것은 오직 등골이 오싹할 정도의 재미, 잡다한 이야기 뭉치를 쉬지 않고 이리저리 굴려나가는 허풍과 속임수였다.

당시의 사람들은 벽난로 예술을 원했다. 폭풍우가 몰아쳐 기둥뿌리를 뒤흔드는 동안, 난롯가에서 기분좋게 읽힐 수 있고 또한 그 자체가 가볍고 태만한 불꽃을 여기저기서 날름대어 가끔씩 긴장을 돋우는 그런 책들만을 원했다. 예술이란 따뜻한 차처럼 심장을 슬며시 데워주되, 뜨겁고 격렬하게 도취시켜서는 안 되는 것이었다. 과거의 승리자들—가진 것을 유지하고 보존하려고만 하면서 더 이상은 모험도 변화도 원치 않는 사람들—은 그들 자신의 강렬한 감정을 두려워할 만큼 너무나 소심한 태도를 보인다. 인생에서와 마찬가지로 책 속에서도 그들은 잘 길들여진 열정만을 갈구하며, 솟구치는 환희는 기피하되 점잖게 산책하는 일상적 감정만을 언제나 희구하는 것이다. 행복은 당시의 영국에서 정관성靜觀性, 미학과 체면, 감각과 더불어 근검, 국가관과 충성, 사랑과 혼례 등의 결합과 동일시된다. 모든 삶의 가치들은 빈혈증세가 되어간다. 영국은 자만하고 변화를 원치 않는다. 그토록 비만한 국가가 인정할 수 있는 예술이란 따라서 어떻게든 자만하고, 기존의 것을 찬양하고, 더 이상의 욕망은 떨쳐 버려야 한다. 그런데 언젠가 엘리자베스 여왕 시대의 영국이 셰익스피어를 찾아낸 것처럼, 안락하고 친근하며, 화해적 예술에 대한 의지가 자신의 천재를 찾아낸다.

디킨스는 당대 영국의 걸작품이 되어 버린 예술욕구의 발로이다. 그가 시기적절한 순간에 나왔다는 것이 그의 명성을 창출했으며, 그가 이 욕구에 압도된 것이 그의 비극이었다. 그의 예술은 비만한 영국의 안락함에서 생겨난 위선적 도덕으로 길러졌다. 그래서 그의 작품 배후에 상식을 초월하는 시적 힘이 도사리고 있지 못하고, 또한 번쩍이는 황금빛 유머가 감정의 내적 평범함을 멋지게 감추지 못한다면, 그는 저 영국인의 세계에서 가치 있을 뿐이며, 영불해협 건너편에서 손장난 치는 사람들에 의해 생산되는 수천 권의 소설들처럼 우리에게는 전혀 관심없는 존재이리라. 가장 깊은 영혼으로부터 빅토리아 문화의 위선적 고루함을 증오할 때야 비로소, 우리는 한 인간의 천재성을 경탄에 가득 찬 눈으로 평가할 수 있는 것이다. 그는 우리로 하여금 이 비만함의 역겨운 세계를 흥미롭고 거의 사랑스런 것으로까지 느끼도록 했으며, 생의 가장 비속한 산문을 구원하여 시의 차원으로 끌어올렸으니 말이다.

　디킨스는 절대로 이런 영국에 맞서 투쟁한 일이 없었다. 그러나 무의식의 깊이에서는 예술가 본성이 영국과 싸우고 있었다. 그는 근원적으로는 강렬하고 상도를 벗어난 인간이지만, 그러나 갈수록 부드러워지면서, 자기 시대의 반쯤은 강인하고 반쯤은 물러빠진 토사가 되어 버린다. 그리하여 점점 더 그런 면이 많아지다가, 결국에 가서는 오랜 전통의 넓게 다져진 발짝 속으로 빠져드는 것이다. 디킨스는 자기 시대의 압권에 굴복하였다. 나는 그의 운명을 볼 때마다 소인국 난쟁이들 사이에서 모험하던 걸리버를 생각한다. 거인이 잠자는 동안 난쟁이들은 그를 수천 가닥의 가는 끈으로 칭칭 감아 땅에다 묶어놓는데, 난쟁이들은 그 거인이 항복하고 맹세코 국법을 어기지 않겠다는 선서를 하기 전에는 잠에서 깨어난 자의 포박을 풀어주지 않는다. 이런 식으로 영국의 전통은 잠자는 무명인 디킨스를 얽어매고 포박했던 것이다. 말하자면 전통이라는 것이 그를 영국 향토에 눌러살도록 하는 데 성공했으며, 이로부터 그는 돌연한 명성을 얻고 전통과 돈독한 유대를 맺게 된다. 그는 본래 오랫동안의 우울한 소년기를 보낸 뒤 의사당의 속기사가 되었다. 그리고는 그 무렵 언젠가 더 많은 수입을 올리기 위해 몇 편의 단편을 쓰고자 했는데, 이는 실상 강렬한 문학적 욕구에서 나온 것은 아니었다.

　그의 최초의 시도는 성공했고, 그는 신문과 계약을 체결했다. 그러자 신문사 발행인은 그에게 어떤 클럽에 대한 풍자문을 써달라고 제의했다. 그것은 다분히 영국 신사의 캐리커처를 그리기 위한 텍스트로 구성되어 있었다. 디킨스는 그의 제의를 수락했고, 그것이 예기치 못한 성공을 거두었다. 《픽위크 클럽*Pickwick-Club*》 제1호는 전례 없는 성공작이었다. 두 달 뒤에 보즈는 국가적인 작가가 되어 있었다. 그의 명성은 날로 높아져갔고, 픽위크로부터 소설이 출간되었다. 이 소설 또한 다시 성공을 거두었다. 이에 따라 그를 두르고 있던 작은 그물들, 국가적 명성의 비밀스런 쇠사슬이 점점 더 조밀하게 죄어들었다. 그를 향한 갈채는 한 작품에서 다른 작품으로 옮길 때마다 따라다녔고, 그것은 갈수록 프랑스어나 동시대 전반의 기호로까지 편승하였다. 그리고 갈채와 완전한 성공, 예술적 갈망의 도도한 의식 등이 혼란하게 뒤얽힌 이 수백 수천의 그물이 그를 영국땅에 꼼짝 못하도록 잡아매었고, 그리하여 그는 항복함과 동시에 그의 향토의 미적·도덕적 법칙을 결단코 어기지 않겠노라 마음으로 굳게 약속했던 것이다.

그는 영국 전통과 시민적 기호의 강압에 머물면서 소인국 사람들의 현대판 걸리버가 되었다. 한 마리의 장대한 독수리처럼 이 밀폐된 세계를 박차고 오를 수도 있었을 그의 경이로운 환상은 성공이라는 발목을 죄는 쇠사슬에 묶이고 말았다. 깊숙한 내면의 만족감이 그의 솟구치는 예술충동에는 무거운 부담이었다. 디킨스는 만족하며 살았다. 세계에 대해서, 영국에 대해서, 그의 동시대인들에 대해서 만족했으며, 그들 역시 그에게 만족해 했다. 그들 양자가 서로 달리 되기를 원치 않았다. 그에게는 자신을 교정하고, 흔들어 깨우고 자극하여 상승하려는 격렬한 사랑이 없었다. 신과 논쟁을 벌이고, 그의 세계를 배척하여 그것을 새롭게 자신의 생각에 따라 창조해 내려는 거대한 예술가 본연의 의지가 없었다. 디킨스는 경건했고 경외심이 깊었다. 단적인 예로 그는 기존하는 모든 것에 애정어린 감탄과 영원히 순박하고 어린애처럼 천진한 황홀감을 지니고 있었다. 그는 만족하며 살았고 대단한 것을 원하지 않았다. 그는 과거에 아주 가난하고, 운명으로부터 잊혀

지고, 세계로부터 공포를 느낀 소년이었다. 그런 소년의 청춘기를 채
웠던 것은 각종 불쌍한 직업들이었다. 당시에 그는 다채로운 형형색색
의 동경이 있었지만, 언제나 그를 사로잡는 것은 오랫동안이나 끈질기
게 따라다니던 일종의 두려움이었다. 그런 것이 그의 내부에서 뜨겁게
연소되었다.

그의 어린 시절이야말로 진정 시적·비극적 체험으로 가득 채워
져 있었다 — 여기에서 그의 창조적 욕망의 씨앗은 침묵으로 일관된 고
통의 옥토로 침잠해 들어간다. 즉 그가 뒤에 힘과 영향력이 커지면 이
어린 시절의 한을 풀고 말리라는 것이 그의 가장 깊은 내심에 자리잡
고 있었다. 그는 소설을 씀으로써 가난한 아이들, 버려지고 잊혀진 아
이들을 도우려고 하였다. 이는 그가 과거에 사악한 사람들이나 못 받
은 수업, 냉정한 부모, 나아가 태만하고 애정 없고 이기적인 대부분들
의 인간들 때문에 부당한 대우를 받았던 것과 똑같은 처지에 놓인 어
린아이들을 도우려는 의도였다. 그는 은총의 이슬 없이 자기 가슴속에
서 시들어 버린 어린 환희의 영롱한 꽃망울을 그들의 가슴속에 심어주
기를 원했다. 훗날에 들어와 그의 인생을 통해 모든 것이 제대로 실현
되었고, 그 역시도 더 이상 한을 품지는 않았지만, 그러나 어린시절의
한은 그의 마음에 사무쳐 응어리져 있었다. 그런데 창작이라는 내적
의지, 유일한 도덕적 의도가 이런 약점을 보완하는 데 도움이 될 수 있
었다. 여기서 그는 동시대적 삶의 질서를 개선하고 싶었다. 반면에 삶
의 질서를 거부하거나 국가의 규범에 대항하지는 않았다. 이때부터 그
는 전종족에 대해, 입법자들이나 시민에 대해, 모든 인습의 허위에 대
해 성난 주먹을 위협적으로 곧추세우는 것이 아니라, 다만 여기저기
조심스런 손가락으로 분명히 잘못된 부분만을 지적한다.

영국은 1848년 당시 혁명이 일어나지 않았던 유럽의 유일한 나라

였다. 그랬기에 그 역시도 변혁을 일으켜 새롭게 창조하는 것을 원치 않았고 오직 부분적인 수정과 개선만을 원하였다. 사회적 불의가 가시처럼 살 속에 날카롭고 고통스럽게 파고드는 일이 일어날 때만 그는 그 현상의 표피만을 슬며시 문질러 완화시키려 하였고, 그 뿌리와 본질적인 원인을 캐내어 없애려 한 것은 결단코 아니었다. 순수 영국인으로서 그는 도덕의 기초들을 감히 공격할 수 없었는데, 보수주의자에게 그것은 성가나 복음처럼 신성했기 때문이다. 그리고 이런 만족감, 자기 시대의 미지근한 기질로 달여진 이 맥빠진 포만감이 그만큼 디킨스의 특징인 것이다. 디킨스는 삶으로부터 많은 것을 원치 않았고, 그의 주인공들 또한 그러했다. 그러나 발자크의 주인공은 탐욕적이고 지배욕에 사로잡혀 있으며, 권력에로의 야망어린 동경 때문에 뜨겁게 산화한다. 어떤 것도 그에게는 충분치 않은 것이다. 발자크의 주인공들은 모두가 끝없이 불만스럽다. 각자가 한결같이 세계정복자이자 변혁자, 아나키스트이자 동시에 폭군이다. 그들은 나폴레옹의 기질을 소유한다. 도스토옙스키의 주인공들 역시 열정적이고 또한 망아적이다. 그들의 의지는 세계를 부정하고, 현실적인 삶에 대해 조금도 만족하지 못한 채 참된 삶을 추구한다. 그들은 시민이나 범인凡人이기를 원하는 것이 아니라 구세주가 되려는 위험한 자만심이 모든 굴종을 맛보면서 그들 각자의 내부에서 번뜩인다. 발자크의 주인공은 세계를 지배하고자 하며, 도스토옙스키의 주인공은 세계를 극복하고자 한다. 그들 양자는 일상성을 초월하려는 긴장, 무한성에의 지향을 공유한다. 디킨스 작품의 인물들은 모두가 겸허하다. 그렇다면 도대체 그들이 원하는 것은 무엇이란 말인가? 그들이 원하는 것은 매년 100파운드의 수입과 상냥한 여인, 12명의 아이, 좋은 친구를 접대하기 위하여 정성껏 차려진 식탁, 창문을 열면 신록이 펼쳐진 런던 근교의 오두막, 작은 정원과 한

줌의 행복이다. 그들의 이상은 세속적이고 소시민적 이상이다. 이런 눈으로 보아야 디킨스의 인물이 제대로 밝혀진다. 창조자로서 작품 배후에 서 있는 자는 거대하고 초인적인 형상의 성난 신이 아니라 만족해 하는 관찰자, 충실한 시민이다. 시민적인 것은 디킨스의 모든 소설에 나타나 있는 공통적인 분위기이다.

그의 위대하고 기념비적인 행위는 그러므로 부르주아의 낭만주의, 산문적인 것에서 시詩를 발견해 냈다는 바로 그 점에 있었다. 그는 최초로 일상의 나날을 시적인 것으로 굴절시켰다. 그 권태로운 우울을 통하여 태양을 빛나게 했던 것이다. 영국에서 한 번쯤, 뿌연 안개층에서 솟아오른 태양의 황금빛 광선이 얼마나 찬란한가를 본 적이 있는 사람은, 납덩이처럼 무거운 영혼으로부터 예술적으로 구원의 순간을 부여한 한 시인이 얼마나 그의 국가를 복되게 했던가를 알 것이다. 디킨스의 문학은 영국적 일상을 장식하는 이 황금의 반지이자, 천박한 사물과 단순한 인간들을 빛나게 하는 성스러운 광채, 영국의 전원시이다. 그는 주인공들과 그들의 운명을 다른 시인들이라면 그냥 지나쳐 버렸을 도시 외곽의 좁은 길에서 찾아냈다. 다른 시인들은 그들의 주인공을 호화로운 살롱의 귀족들에게서 찾거나, 동화에 나오는 마법의 숲길에서 찾았다. 그들이 추구하는 것도 멀리 떨어져 있고 비상식적이며, 아주 특별난 것이었다. 시민은 그들에게 실체화된 비속함의 중심으로서, 그들은 오직 정열적이고 고귀하며, 망아경 속에서 도약을 추구하는 영혼을 좇든가, 아니면 서정적 인간이나 영웅적 인간을 추구했다. 디킨스는 아주 단순한 임금노동자를 주인공으로 만드는 것을 부끄러워하지 않았다. 그는 자수성가한 사람이었다. 밑바닥부터 올라와서는 그런 환경에 감동적인 경외심을 지니게 했던 것이다. 그는 저속한 것에 대해서 매우 호기심 어린 열광을 보였고, 아주 쓸모없는 구식 물건이나 생활의 허섭스레기에 대해서도 감흥을 보였다.

그의 책 자체가 누구나 무가치하게 여길 수 있었던 잡동사니의 골동품 전시장이었다. 그것은 수십 년 동안이나 헛되이 애호가들을 기다리고 있었던 특이한 물건과 너무도 사소한 물건의 뒤죽박죽이었다. 그러나 그는 이 낡고 가치 없고 먼지 낀 물건들을 가져다가 번쩍거리게 닦았으며, 그것을 다시 짜맞추어 그의 밝은 태양빛에 진열해 놓았다. 그런데 이때 그것은 상상을 불허할 만큼 갑자기 찬란한 빛으로 번뜩거리기 시작했다. 이렇게 그는 무수한 단편의 하잘것없는 감정들을 단순한 인간들의 가슴에서 꺼내고, 숨죽여 엿들었으며, 그것이 다시 살아 재깍재깍 소리를 낼 때까지 그것의 태엽을 조립하였다. 그때마다 그것은 자그마한 멜로디 시계처럼 돌연히 윙윙거리며 소란을 떨다가는, 이어서 고운 노랫소리를 내기 시작했다. 그윽한 선조시대의 음률이 그것으로, 이는 전설의 나라에서 온 기사들의 우울한 발라드와 호수의 여인이 부르는 칸초네보다도 더욱 사랑스러웠다.

시민세계 전체를 디킨스는 망각의 뿌연 잿더미에서 털어내어 다시금 빛나게 짜맞추었다. 그의 작품 속에서야 비로소 시민세계는 다시 생동하는 세계가 되었다. 시민세계의 어리석음과 한계들을 관용을 통해서 이해하였고, 그 세계의 아름다움은 사랑을 통해서 부각되었으며, 반면에 그것에 내재된 미신들을 변형시켜 새롭고 매우 시적인 신화를 만들어냈다. 고향 난롯가의 귀뚜라미 울음 소리는 그의 소설에서 음악으로 변하고, 섣달 그믐날에 울리는 종소리는 인물들의 대화가 되는 것이며, 크리스마스 이브의 마법은 문학을 종교적 감정과 화해시킨다. 아무리 사소한 축제일지라도 그는 거기서 보다 심원한 의미를 가져왔다. 그는 주변의 모든 천박한 인간들로 하여금 일상적 삶의 시를 발견하도록 도왔으며, 그들이 이미 가장 사랑스러운 것으로 여겼던 것 이

상으로 그들을 사랑하게 만들었다. 작품에 나타나는 바와 같이 그들의
'가정home'이나 좁은 방에는 벽난로의 붉은 화염이 피어올라 마른 장
작을 후드득 태워 버리고, 테이블 옆에 놓인 후식용 차는 부글부글 끓
으면서 노래하는 것이다.

한편 희망 없는 인간들의 실존은 탐욕의 폭풍과 세계의 광폭함에
의해서 통로를 차단당한다. 일상적 삶의 시를 그는 일상의 나날에 파
묻힌 사람들이 체득하기를 원했다. 그는 이루 헤아릴 수 없이 많은 사
람들에게 영원한 것이 어디에서 그들의 삶으로 들어가기를 중단했고,
또 어디에 조용한 기쁨의 불씨가 일상의 잿더미에 파묻혀 있는가를 보
여주었다. 그는 어떻게 하면 그들이 일상의 나날을 불태워 순수히 쾌
적한 열기로 승화시킬 수 있는가를 가르쳤다. 무엇보다 그가 돕고 싶
었던 사람들은 빈자와 어린아이였다. 이 같은 인생의 중도적 위치를
물질적 또는 정신적으로 넘어서게 한 것은 그의 냉담한 태도였다. 그
는 평범한 것만을, 그 모든 심성들 중에서 평균적인 것만을 사랑했다.
부자와 귀족주의자, 삶의 은총에 편승한 자들에게 그는 증오심을 품고
있었다. 그의 책을 보게 되면 이런 작자들은 대부분 악한이거나 구두
쇠이고, 또한 본받을 만한 초상인 일은 극히 드물며, 거의 언제나 희화
적인 인물이다. 그는 그런 작자들을 좋아하지 않았다. 어린 시절 그는
너무도 자주 아버지가 구류중인 마샬리아의 채무자 구치소로 편지를
가져가곤 했으며, 종종 저당권을 보면서 돈이 자아내는 피치 못할 궁
핍을 인지했다.

해마다 그는 궁핍의 사다리를 타고 올라가 작고, 더럽고, 컴컴한
다락방에 앉아서 롤러로 구두약을 칠하고 실 감는 일을 매일같이 수백
번 반복했던 것이며, 그럴 때면 언제나 어린애의 손바닥이 벌겋게 달
아올라 수모의 눈물이 터져나왔다. 런던 스트리트의 차가운 아침 안개

를 겪으면서 그는 굶주림과 곤궁을 뼈저리게 느꼈다. 당시에는 아무도 그를 돕지 않았다. 화려한 의장마차는 꽁꽁 언 소년 곁을 무심히 지나갔고, 기사들은 말을 몰고 사라졌다. 성문은 열릴 줄을 몰랐다. 약자들에게서만 그는 선한 것을 체험했다. 이 때문에 그는 그들에게만 선물을 돌려주고 싶어했다. 그의 문학은 그런데 다분히 민주주의적이다—사회주의적이라고 하기에는 급진적인 감각이 그에게는 결여되어 있다. 오직 사랑과 공감만이 그의 문학의 열정적 불꽃을 피워낸다. 그가 가장 즐겨 머물렀던 곳은 시민세계—빈민거주지와 셋집 사이의 중간지대였다. 인간들의 세계에 머물 때만 그는 편안함을 느꼈다. 그는 그들의 좁은 셋방을 자신이 직접 거기서 살고 싶어하듯 안락하고 널찍하게 채색한다. 그는 그들에게 다채로운 운명을, 언제나 따사로운 불길로 비약하는 운명을 만들어주고, 그들의 겸허한 꿈들을 함께 꾸는 것이다. 그는 그들의 변호사이자 목사, 그들의 애인, 천박하고 우울함이 감도는 세계의 영원히 따뜻한 태양이다.

그러나 그들이 그를 통하여, 저 사소한 실존의 겸허한 현실을 통하여 얼마나 풍족해졌는가! 자질구레한 살림살이, 잡다한 작업들, 도무지 헤아릴 수 없는 감정의 혼재 등으로 짜여진 전체 시민의 집합은 그의 책 속에서 또 한번 우주가 되고, 별들과 신들이 거하는 하나의 총체가 되었다. 천하고 진부하며, 거의 생동감 없는 미물들의 거울로부터 돌연 섬광 같은 눈초리가 나타나 묻혀진 보석을 살펴보고, 그것을 섬세한 그물로 여과해 빛나게 했던 것이다. 그는 소란의 와중에서 작중 인물들을 포획해 냈다. 그것도 소도시에 거주할 수 있으리만큼 수많은 인물과 수많은 형상들을 포획하였다. 그들 중에는 잊을 수 없는 인물과 형상들이 있는데, 그들은 문학에서 영원한 존재이자 이미 그들의 실존과 더불어 민족이라는 실제적 언어개념에 들어가 있다. 픽위크와 샘 웰러, 펙스니프와 벳씨 트롯우드가 이런 자들로서, 그들의 이름은 우리의 즐거운 추억 속에서 마법의 불꽃을 일으키는 것이다. 이런 소설들은 얼마나 풍요로운가! 데이비드 코퍼필드의 에피소드는 그 자체만으로도 문학적 삶의 작품에 사실들을 충분히 삽입시켰다. 디킨스의 책들은 풍부함과 끊임없는 감동성의 의미에서 바로 현실적 소설들이다. 그의 소설들은 우리 독일어권 작가들처럼 거의 모든 것을 그저 장황하게 끌고나가는 심리적 단편소설이 아니다. 그의 소설들에는 사점死點이라고는 거의 없고, 공허하고 지루한 이야기 전개도 보기 어렵고, 또한 사건들은 밀물과 썰물의 교대를 반복한다. 그의 소설들은 현실적인 동시에 바다처럼 깊어서 쉽게 측량하고 헤아릴 수 없는 것이다. 밀집해 있는 인간들의 쾌활하고 사나운 뒤죽박죽조차도 간과되어서는 안 된다. 그들은 감정의 무대 위로 우루루 몰려간다. 그리고 하나가 다른 하나를 차례로 밀쳐낼 수 있어야 소동은 끝난다. 그저 산보하며 스쳐가는 것처럼 보이는 어떤 형상도 헛걸음치는 것이 아니다. 모든 것이 서로를 보완하고 자극하고 공존하면서 명암을 쌓아간다. 주름지고, 명쾌하면서도 진지한 착종들이 교묘하게 꼬여 있는 가운데 수많은 줄거리를 이리저리 몰고간다. 감정의 모든 가능성은 빠른 템포로 오르락내리락 울려퍼지고, 환호성과 경악, 방종과 같은 감정들이 그 안에서 혼재된다. 때로는 감동의 눈물이 뜨겁게 쏟아지는가 하면, 때로는 방만한 즐거움의 눈물이 쏟아진다. 구름 떼가 떠오르고, 흩어지고, 새롭게 층을 쌓지만, 종내는 뇌우를 보낸 청량한 대기가 경이로운 태양빛 속에서 발산되는 것이다.

이 소설들 가운데 몇 개는 수많은 개별투쟁들로 이루어진 하나의 일리아드, 신으로부터 이탈된 세속적 세계의 일리아드이고, 다른 몇 개는 단지 평화롭고 잔잔한 전원시일 뿐이다. 그러나 빼어나면서도 쉽게 해독되지 않는 모든 소설들은 호화로운 다양성의 이 같은 특징을 지니는 법이다. 그의 모든 소설들, 가장 거칠고 가장 우울한 소설들 자체가 비극적 경관의 암벽 속에 꽃처럼 작은 사랑을 찔러넣고 있었다. 그의 소설 어디에나 이 잊기 어려운 매혹감이 피어난다. 그것은 자그마한 제비꽃처럼 그의 책들의 방대하게 펼쳐진 초원 속에 수줍은 듯 숨어서 누군가를 기다린다. 어디에나 근심없는 기쁨의 투명한 샘이 험악한 사건의 어두운 돌덩이로부터 흘러내린다. 디킨스의 경우에는 경관들만을 그것이 미치는 영향의 측면에서 비교할 수 있는 장章이 있다. 작품에 나타난 경관들은 너무나 순결하고 신성하여 세속적 활동에 때묻지 않는다. 그 영향의 명랑하고 부드러운 인간성 속에서 아주 따스한 정경이 피어난다. 바로 그런 것 때문에 디킨스가 사랑받는 것이리라. 왜냐하면 그가 보여주는 미세한 기법들이 작품 도처에 너무나 화려하게 뿌려져 있어서, 그것의 충만함이 위대함으로 발전하기 때문이다. 누가 그의 인물들만을, 이 잔잔하고 상냥하고 가볍게 미소지으며 언제나 즐거운 인간들 모두를 열거할 수 있으랴? 그들은 온갖 고집과 개인적 특성을 가지고 등장하며, 가장 특이한 직업들에 틀어박혀서 가장 흥겨운 모험에 연루된다. 그들의 수가 그토록 많을지라도, 어느 한 인물도 다른 인물과 유사하지 않으며, 가장 극소한 부분까지도 그들은 개인적으로 미세하게 형상화되어 있는 것이다. 그들의 어떤 부분도 일정한 모형과 틀로 나타나지 않는다. 모든 것은 감각과 생동성으로 이루어져 있다. 그들 모두는 고안된 것이 아니라 통찰된 것이다. 거기에는 누구도 따를 수 없는 저 시인의 뛰어난 눈빛이 서려 있는 것이다.

이 눈빛은 경이롭고도 틀림없는 도구로서, 무엇보다 정확도에 있어 특출하다. 디킨스는 시각의 천재였다. 사람들은 흔히 그에 대한 초상, 어린 시절뿐만 아니라 그보다는 더 성숙한 장년기의 초상을 관찰하고 싶어한다. 그의 초상은 이 특별난 눈에 의해 절제되어 있기 때문이다. 이는 멋진 망상 속을 헤매거나 그것에 둘러싸인 시인의 눈이 아니며, 또한 부드럽고 관대하거나 열정의 환영에 사로잡힌 눈도 아니다. 그것은 차갑고 우울하며, 강철처럼 날카롭게 쏘아보는 영국인의 눈이다. 그 눈은 어떤 것도 연소되고 유실될 수 없고, 대체로 모든 것이 숨조차 쉴 수 없도록 차단되어 있는 금고처럼 강건하기 이를 데 없다. 이런 금고 안에 들어 있는 모든 것을, 그는 어느 날 외부세계로부터 받아들였다. 불명료한 시간대의 다섯 살 난 아이가 눈으로 보았던 것은 런던의 잡화상에 걸려 있던 가장 냉담하면서도 가장 대단한 어느 화려한 간판 아니면, 바로 저기 진열대 앞에서 만개하는 꽃봉오리를 자랑하던 한 그루의 나무였다. 어떤 것도 그의 눈을 비켜나가지 않았다. 그만큼 그 눈은 언제나 강렬하게 빛났다. 시시각각의 인상들은 시인이 그것을 어떤 목적으로 부를 때까지 회상의 저장고 속에 가만히 정렬해 있었다. 망각의 늪으로 달아나 창백해지거나 흐릿해지는 것은 전혀 없었다. 모든 것은 회상 속에 엎드려 기다리고, 향기와 수액을 충만하게 머금고 남아서는, 더더욱 다채롭고 명료해졌다. 어떤 것도 사멸하거나 시들지 않았다.

디킨스에게 있어서 눈으로 포착한 기억은 잊혀지질 않는다. 그는 날카로운 칼날로 어린 시절의 안개를 도막도막 잘라낸다. 익명의 자서전 《데이비드 코퍼필드*David Copperfield*》를 보면, 어머니와 하녀에 대한 두 살배기의 회상이 칼로 오려내듯 날카롭게 무의식의 배후로부터 잘게 절단되어 있다. 모호한 윤곽은 디킨스에게서 찾을 수 없다. 그는 환상의 다양한 가능성을 부여하는 것이 아니라 명료성을 강요한다. 그의 표현력은 독자의 환상이 일으키는 자유의지를 허락하는 것이 아니라 이를 다스린다. 이 때문에 그는 환상 없는 국가의 이상적 시인이 되기도 하였다. 스무 명의 화가가 그의 책을 놓고 코퍼필드와 픽위크의 그림을 그리려 해도, 지면들은 비슷한 모양으로 나타날 것이다. 비슷한 이유를 설명할 수는 없지만, 거기에는 하얀 조끼에 안경 뒤로 보이는 친절한 눈망울의 뚱뚱한 신사, 아니면 예마우스행 우편마차를 타고 있는, 귀엽고 금발머리에 불안을 감추지 못하는 소년이 스케치되어 있을 것이다.

디킨스는 너무나 날카롭고 정교하게 묘사하고 있어서, 독자들은 최면술을 거는 듯한 그의 눈빛을 따라가게 되어 있다. 그는 무질서한 형상화를 통해서야 비로소 인물들을 정념의 뜨거운 구름에서 벗어나게 하는 발자크의 마법적인 눈빛을 가진 것이 아니라 아주 세속적인 눈, 뱃사람이나 사냥꾼의 눈, 사소한 인간사를 꿰뚫어보는 매의 눈빛을 갖고 있다. 그러나 그는 사소한 일들이 생의 의미를 결정하는 요체라고 언젠가 말한 바 있다. 그의 눈빛은 조그만 특징들을 포착한다. 그는 옷에 묻은 얼룩이나 놀랐을 때의 어쩔 줄 모르는 미세한 제스처를 살피며, 가발을 쓴 자가 화났을 때, 그 밑으로 빠져나온 몇 가닥의 붉은 머리카락조차도 놓치지 않는다. 그는 미묘한 뉘앙스들을 감지한다. 악수할 때의 손가락 움직임 하나하나를 손가락 끝으로 더듬어 찾고, 동시에 미소 속의 명암을 알아낸다. 그는 문학활동을 시작하기 전에 의사당의 속기사로 일하면서 거기서 상세한 사항을 요약하고, 한 획으로 한 낱말을, 머리글 하나로 문장을 기술하는 훈련을 쌓았다. 이에 따라 훗날 일종의 현실축약의 속기술을 실행에 옮겼다. 글자를 쓰는 대신 작은 부호를 집어넣고, 여러 종류의 사실로부터 관찰의 핵심을 증류해 냈다. 그는 이 섬세한 표현들을 가능케 하는 알 수 없는 통찰력을 지니고 있었던 것이다. 그의 눈빛은 어떤 것도 간과하지 않았고, 사진기의 성능 좋은 셔터처럼 순간순간 움직이고 자세를 취하는 백 분의 일 초를 포착하였다.

어떤 것도 그의 눈빛을 벗어나지 못했다. 그리고 이 통찰력은 거울처럼 대상을 자연적 관계 속에서 모사하는 것이 아니라, 오목렌즈처럼 성격으로 밀집화하는 아주 특이한 시각의 굴절을 통하여 더욱 상승되었다. 디킨스는 항상 그의 인물들의 특징에 역점을 두는 관계로, 그들을 대상적인 것을 넘어서서 승화된 것, 풍자적 성격으로 변형시킨다. 그는 그들을 한층 더 내포적으로 만들어, 그것을 상징으로까지 상승시킨다. 총애받는 인물 픽위크 역시 영적으로 충만한 자가 되고, 천박한 인물 징글은 메마른 자, 악인은 사탄이 되며, 선인은 현세적 완성을 이룬다. 디킨스는 다른 위대한 예술가들같이 그들을 장엄한 것으로 표출하는 것이 아니라 해학적인 것으로 표출한다. 그의 표현의 전체적 영향, 이루 말할 수 없이 홍거운 영향은 도대체가 그의 기분이나 오만에서 형성된 것이 아니었다. 오히려 그런 영향은 일찍이 그의 눈의 특이한 구석자리에 숨어 있었다. 그의 예리하기 그지없는 혜안이야말로 모든 현상을 어떻게든 경이롭고 희화적인 것으로 표출하면서 삶으로 다시 반영되는 것이다.

실로 이 독특한 광학에—그의 조금은 지나친 시민정신이 아니라—디킨스의 천재성이 숨어 있는 것이다. 디킨스는 본래 심리학자, 인간의 영혼을 마법적으로 파악하고, 밝고 어두운 씨앗에서 비밀스럽게 발아 중에 있는 각양각색의 사물을 발육시키는 그런 사람이 아니었다. 그의 심리학은 눈에 띌 때 시작된다. 그는 외형을 통해서, 그러나 바로 시적 통찰에 의해서 포착될 수 있는 저 최종적이고 가장 섬세한 외형을 통해서만 사물을 성격화한다. 영국의 철학자들이 그렇듯이 그는 전제를 가지고 출발하는 것이 아니라 특징을 가지고 출발한다. 그는 가장 실제적인 모습, 영적인 것의 유형적 외관을 포획하고, 그 특유의 희화적 광학술을 통해 전체적 성격을 드러나게 한다. 요컨대 특징들로부터 종種의 개념이 인식되는 것이다. 교사 크리클에게 그는 말이 되기에는 어려운 희미한 목소리를 선사한다. 그래서 독자는 이미 말하려고 이마에 핏대를 곤두세우는 이 인물에 대한 어린애들의 공포를 예감한다. 마찬가지로 유라이어 힙은 냉담하고 침울하며, 따라서 이미 그 형상은 불쾌감과 역겨운 저항감을 풍기는 것이다. 그것은 사소하고 외형적인 것들이지만, 그러나 그런 것이 항상 영적인 것에 영향을 미친다. 그가 서술하는 것은 때때로 살아 생동하는 재치, 한 인간을 완전히 감싸고 인형처럼 그를 움직이는 기발한 착상이다. 때때로 그는 동반자를 통해서 인간을 성격화하고 ― 샘 웰러 없는 픽위크, 지프Jip 없는 도라, 까마귀 없는 헛간, 조랑말 없는 안장이 무슨 소용이겠는가!― 인물들의 특성 또한 전범典範이 아니라 음울하게 드리워진 그림자를 보고 묘사한다. 그런 성격들은 실로 특징들 개개의 총합일 뿐이지만, 그러나 워낙 세밀한 단면들로 모아져 있어서 서로가 적절히 뒤섞이고 하나의 상을 이루면서 멋진 모자이크로 변모하는 것이다.

그렇기에 성격들은 대부분 외형적이면서도 뚜렷하게 부각되고, 감정의 모호한 추억만이 아니라 눈으로 포착된 강렬한 추억을 자아낸다. 우리가 발자크나 도스토옙스키의 어느 인물 이름, 이를테면 고리오 영감이나 라스콜리니코프의 이름을 상기할 경우, 우리의 감정과 추억은 희생, 절망, 정열의 카오스 따위로 채워질 것이다. 하지만 우리가 픽위크에 대한 소감을 말할 때는, 우선 상당히 뚱뚱하고 조끼에 금 단추를 채우고 있는 친절한 신사의 모습이 떠오를 것이다. 여기서 우리는 명백한 차이점을 감지한다. 디킨스의 인물을 생각하는 것은 채색된 조각상을 생각하는 것과 같고, 도스토옙스키의 인물을 생각하는 것은 곧 음악을 생각하는 것과 같다는 점이다. 그도 그럴 것이 도스토옙스키가 그의 인물들을 직관적으로, 정신의 눈으로 창조한다면, 디킨스는 이를 단지 재생산적으로, 육체의 눈으로 창조하기 때문이다. 그는 환상적 마술이 일으키는 일곱 배의 불빛이 유령처럼 영혼을 강요하고, 그것을 무의식의 밤에서 일깨워내는 그런 곳에서 영혼을 포착하는 것이 아니다. 그는 무형의 용액이 현실적인 것에서 침전물을 남기는 지점에 가만히 잠복해 있는다. 그는 영적인 것이 육체적인 것에 미치는 수많은 영향을 재빠르게 낚아채지만, 그런 중에서 어떤 것 하나도 간과하지 않는다.

그의 환상은 본질적으로 순수 시각에 의존하며, 그 때문에 세속에 거주하는 중간영역의 저 감정들과 형상들을 표현하는 데에는 그것으로 충분하다. 그의 인간들은 평범한 감정들의 절제된 온도 속에서 형태를 보존할 뿐이다. 열정의 뜨거운 온도 속에서 그들은 밀랍의 조각상처럼 녹아 감상성에 빠지거나, 아니면 증오의 눈을 부릅뜬 채 파멸할 것이다. 디킨스는 선인이 악인이 되고, 신이 짐승으로 슬그머니 변하는, 저 흥미진진한 인간본성에는 도달하지 못하고 오직 일직선적 성격에만 도달한다. 그의 인물들은 항상 주인공으로서 빼어나지 않으면 악당으로서 비열한, 단일함을 보인다. 그들은 이마에 신성한 광륜 아니면 낙인을 갖고 있는 예정된 피조물들이다. 선과 악, 감정의 충만함과 냉정함 사이에서 그의 세계는 흔들린다. 그것을 넘어서서 비밀로 가득 찬 세계관계, 신비로운 연관의 고리로 들어가는 통로를 그의 방법은 알지 못한다. 장엄한 것은 아무리 해도 파악될 수 없으며, 영웅적인 것 또한 체득되지 못한다. 천재와 전통, 특별함과 비속함 사이의 중간에 머물렀던 것이 디킨스의 명성이자 비극이었다. 그는 세속의 규정화된 도정에, 사랑스럽고 감동적이면서, 또 때로는 유쾌하고 시민적인 것에 머물러 있었다.

그러나 이런 명성도 그를 만족시키지는 못했던 것이다. 전원시인 디킨스는 비극을 동경하였다. 그는 계속해서 비극의 경지에 오르려고 노력했다. 그런데 그는 늘 통속극으로 되돌아왔다. 여기에 그의 한계가 있었다. 이 같은 시도들이 불쾌했던 것이다. 영국에서는 그의 작품 《두 도시의 이야기 *A Tale of Two Cities*》와 《황폐한 집 *Bleak House*》이 높은 수준의 창조물로 간주될 수도 있겠지만, 우리의 감정에서 볼 때 대담한 제스처가 억지로 꾸며져 있기에 실패작이다. 비극적인 것을 얻으려는 노력은 여기에서 정말 경탄할 만하다. 디킨스는 이 소설들에서 배반의 탑을 쌓고 있으며, 그의 주인공들의 머리 위에 바윗덩이같이 거대한 파국을 얹어놓는다. 그는 작품에다 비 내리는 날 한밤중의 소나기, 민중봉기와 혁명 등을 불러오고, 공포와 경악의 모든 장치를 동원한다. 그럼에도 불구하고 저 장엄한 소나기는 결코 등장하지 않는다. 소나기는 그저 으시시할 뿐이고, 영혼의 소나기가 아니라 경악의 순수 육체적 반영일 따름이다. 번개가 때리고 지나간 뒤에는 심장으로 하여금 불안으로 애타게 만드는 저 깊은 충격, 저 뇌성 같은 영향은 그의 책들에서는 전혀 나오지 않는다. 디킨스는 위험과 위험의 더미를 쌓아놓지만, 독자들은 이를 두렵게 느끼지 않는다. 도스토옙스키의 경우, 독자들은 때때로 돌발적으로 나타나는 심연들에 소스라치게 놀란다. 이 같은 암흑, 이같이 알 수 없는 심연이 자신의 가슴속에서 입을 크게 벌리고 있음을 느끼면, 그들은 가쁜 숨을 헐떡인다. 그들은 발밑의 지반이 흔들거림을 느끼고, 또한 어떤 강한 현기증, 타는 듯 뜨거우면서도 달콤한 현기증을 감지하면서 기꺼이 엎드려 굴복하려 한다. 그렇지만 동시에 그들의 쾌감과 고통은 서로 분리될 수 없으리만큼 무시무시한 온도로 하얗게 달구어지는 것이다.

디킨스에 있어서도 그런 심연들은 존재한다. 디킨스는 그 심연의 아가리를 열어젖히고, 거기에다 암흑을 채워넣어서 그것의 온갖 위험을 제시한다. 그럼에도 불구하고 두려움이나 예술향유의 지극한 매력이라 할 정신적 타락의 저 달콤한 현기증은 느껴지지 않는다. 그의 책을 읽을 때는 언제나 어느 난간을 잡고 있는 것처럼 안정감을 느끼는데, 왜냐하면 주인공이 몰락하지 않으리라는 것을 잘 알고 있기 때문이다. 하얀 날개를 펴고 이 영국시인의 세계를 둥실둥실 떠다니는 동정심 내지 정의라고 불리는 두 천사가 이미 주인공을 모든 협곡과 심연의 건너편으로 온전하게 인도할 것이기 때문이다. 디킨스에게 결여되어 있는 것은 야수성, 진지한 비극에 도전하는 용기이다. 그는 영웅적인 것이 아니라 감상적이다. 비극이 불굴의 정신을 향한 의지라 한다면, 감상성은 슬픔을 향한 동경인 것이다. 디킨스는 눈물 없이 침묵하는 힘, 절망적 고통의 최종적인 힘에는 결코 도달하지 못한다. 이를테면 《코퍼필드》에서 도라의 죽음과 같은 부드러운 감동성이 그가 표현할 수 있는 가장 극단적으로 진지한 감정이다. 그가 진정으로 힘겨운 도약의 자세를 취한다 해도, 항상 동정심이 그의 팔을 포옹하는 것이다. 항상 동정심의 기름(가끔은 썩어 냄새나는 기름)이 요소들의 끓어오르는 폭풍을 매끄럽게 가라앉힌다. 영국소설의 감상적 전통은 힘으로 분출되는 의지를 제어하며, 소설의 말미는 하나의 묵시론, 세계재판이 되는 것이다. 선한 자는 천국으로 올라가고, 악한 자는 죄과를 받는다.

　유감스러운 일은 디킨스가 정의라는 것을 대부분의 소설에 차용했다는 점이다. 그의 인물들 중에서 악당들은 익사하거나 서로가 상대방을 살해하며, 거만한 자들이나 부자들은 파산을 당하는 데 반해, 주인공들은 양털 속에 따뜻하게 앉아 있다. 도덕적 의미의 이 같은 순수 영국인의 비만증은 디킨스의 비극소설에 대한 가장 장엄한 영감을 알게 모르게 깨어 버렸던 것이다. 이런 작품들의 세계관, 다시 말해 안정성을 유지하는 울타리 안의 팽이는 자유로운 예술가의 정의가 아니라 앵글로색슨적 시민의 정의를 의미한다. 디킨스는 감정의 활동을 자유롭게 허용하는 만큼이나 그것을 검열한다. 발자크처럼 그는 감정의 기본적인 충일을 허용하는 것이 아니라, 둑을 쌓고 구덩이를 파내어 그것이 시민적 도덕의 풍차를 돌리는 운하가 되도록 조정한다. 목사, 신학자, 상식의 철학자, 교장 등의 모든 사람이 예술가의 작업실에 그와 함께 앉아서 매사에 참견한다. 그들은 그의 최초의 소설부터 자유로운 현실의 불손한 모방보다는 젊은 사람들에 대한 경고가 되도록 그를 유인한다. 물론 선한 심성이 결국에 가서 대가를 받았음은 말할 것도 없는 일이다. 디킨스가 죽었을 때, 윈체스터의 대주교는 그의 작품의 가치를 찬양하였고, 사람들마다 어린애의 손에 그의 작품을 조용히 쥐어주었다고 한다. 그러나 문제는 그의 작품이 삶을 그의 현실대로 보여주는 것이 아니라, 어른이 아이들에게 표현하고자 하는 방식으로 보여주어, 그의 설득력의 범위를 좁힌다고 하는 사실이다. 영국인이 아닌 우리들에게는 그것이 지나치게 관습을 따르고 심지어 그것을 과시하는 것으로 보인다.

디킨스 소설의 주인공이 되려면 청교도적 이상을 갖고 있는 덕성의 모범적 인간이어야 한다. 역시 같은 영국인이면서도 감각선호적인 세기의 총아였던 필딩과 스몰렛을 보게 되면, 주인공이 어느 때는 싸움질하다가 상대방의 코를 두들겨패고, 또 어느 때는 고귀한 여성에게 뜨거운 애정을 바치고 있음에도 그녀의 머리채를 움켜잡고 잠자리를 같이하는 장면이 나오는데, 그렇다 해서 그것이 주인공을 절대로 손상시키지 않는다. 디킨스는 방탕아들이 그런 추태를 벌이도록 한 번도 허락하지 않는다. 그의 탈선적 인간들조차도 본질적으로 유순하며, 그

렇기 때문에 그들은 흥분할 줄 모르는 노처녀의 꽁무니를 쫓는 것으로
충분히 만족한다. 저 방탕아 딕 스위블러를 보라. 도대체 그의 방탕함
이란 어떤 것이란 말인가? 맙소사, 그는 남들이 맥주를 두 잔 마실 때
네 잔 마시고, 번번이 계산을 빠뜨리고, 조금은 빈둥거린다. 그것이 그
의 방탕함의 전부인 것이다. 그런데 결국 딕은 제때에 유산—물론 적
당한 유산금—을 물려받아서, 그가 덕목의 길에 오르도록 도왔던 처
녀와 아주 얌전히 결혼하는 것이다. 진정코 디킨스 소설의 불한당들은
부도덕한 인간이 아니며, 그 모든 사악한 본능에도 불구하고 냉정한
피의 소유자들이다. 이 어처구니없는 영국적 거짓말, 보기 싫은 것은
간과하는 사팔뜨기의 위선이 그의 작품들에서 불꽃의 심지로 자리잡
는다. 디킨스의 감응력 있는 눈초리는 현실을 외면하는 것이다. 빅토
리아 여왕 시대의 영국이야말로 디킨스로 하여금 그의 가장 깊은 내면
의 동경이었던 비극소설을 완성할 수 없게 한 걸림돌이었다. 바로 이
때문에 디킨스는 자신의 포만한 범용의 세계로 완전히 내려앉았고, 그
를 꼼짝 못하도록 감싸는 애정의 팔에 묶인 채, 저 시대의 성적 거짓을
방어하는 변호사가 되었다고 할 수 있다. 그런데 만약 창조적 동경의
도피처를 제공할 수 있었던 세계가 예술가에게 존재하지 않았더라면,
그는 자신을 합목적성의 둔감한 영역 위로 도도히 떠오르게 했던 저
찬란한 은빛날개를 소유하지 못했을 것이다. 행복하면서도 거의 세속
을 초월할 만한 유머란 생겨나지 않았으리라.

　　영국의 뿌연 안개가 조금도 깔려 있지 않은 행복한 세계, 포근하게
자유가 숨쉬는 세계는 어린이의 나라이다. 영국의 위선은 사람들의 감
각을 거세하고, 성인들을 권위 일변도로 만들어나간다. 그러나 어린이
들은 아직도 낙원에서 근심없이 거주하면서 그들의 감정을 간직한다.
어린이들은 아직 영국인이 아니라 작고 밝게 피어나는 인간의 꽃봉오

리이다. 위선으로 자욱한 안개는 그들의 다채로운 세계에 그림자조차 드리우지 못한다. 디킨스는 영국 부르주아의 양심과 상관없고, 또 그것에 저촉될 필요도 없는 바로 여기 어린이의 세계에서 불멸의 것을 이루었다. 그의 소설들에서 소년 시절은 유독 아름답다. 추측건대 세계문학에서 이런 형상들, 유아기의 발랄하고 진지한 에피소드는 다시는 나오지 않을 것이다. 누가 작은 숙녀 넬의 오디세이를 잊을 수 있겠는가? 넬은 백발이 성성한 할아버지와 더불어 대도시의 소란과 메마름에서 벗어나, 들판의 신선한 녹원지대에서 편안하고 조용하게 살아간다. 이 천사의 미소는 갖은 곤경과 위험을 물리치면서 행복하게 죽음을 찾아간다. 이는 모든 감상성을 초극하여 가장 순수하고 생동적인 인간 감정에 도달한다는 의미에서 감동적이다. 한편 뼛속까지 새겨진 몽둥이찜질의 고통을 잊고 사는 헐렁바지의 뚱뚱보 트래들이 있으며, 지극히 성실한 아이 키트와 꼬마소년 니클바이가 있다. 그리고는 언제나 이들 모습으로 순환하는 단 하나의 귀여운 아이, "아주 작고 별로 친절한 대우를 받지 못하던 소년"이 있으니 다름 아닌 바로 찰스 디킨스이다. 그 소년이 시인이 되어 자신의 어릴 적 즐거움과 슬픔을 어느 누구도 따르지 못할 만큼 영원불멸하게 만들었던 것이다. 그는 이 멸시받고, 버림받고, 공포와 꿈에 사로잡힌 소년, 양친으로부터는 고아처럼 길러진 소년에 대해 수없이 반복하여 서술했다. 여기서 그의 파토스, 땡땡 울리는 종소리처럼 카랑카랑하던 목소리는 실제로 눈물에 가깝다.

디킨스의 소설에서 이 어린애가 추는 윤무는 기억에서 결코 사라질 수 없는 것이다. 그의 춤에는 울음과 웃음, 숭고하고도 우스운 것이 사방으로 퍼지면서 무지개의 영롱한 광채를 이룬다. 감상적인 것과 숭고함, 비극적인 것과 희극적인 것, 진리와 문학이 조화되어 새롭고 독창적인 것을 자아낸다. 여기서 그는 영국적인 것, 세속적인 것을 극복하며, 구속에 매임 없이 위대하고 영원한 면모를 보인다. 사람들이 그의 기념비를 세우려고 했을 때, 대리석으로 된 이 어린이 윤무는 아버지나 형님 같은 보호자보다 더욱 존경스런 그의 형상을 둘러싸게 되었으리라. 그런 것을 그는 진실로 인간 본질의 가장 순수한 형식으로서 사랑했기 때문이다. 그가 인간을 동정했을 때, 인간은 어린이처럼 순수하게 나타났다. 어린이들 때문에 그는 전혀 어린이다운 것이 아니라 어리석은 자들까지도, 바보 천치들까지도 사랑했다. 이것이 그의 모든 소설들에서 일어나는 가벼운 오류들 중의 하나인 것이다. 가엾게도 길을 잃은 오류의 감각은 공중을 떠도는 하얀 새처럼 염려와 탄식의 세계 위에서 배회한다. 삶은 하나의 문제, 노고와 사명이 아니라 즐겁고도 이해되지 않는 유희, 아니 아름다운 유희이다. 그가 어떻게 인물들을 묘사하는가를 살피는 것은 지극히 감동적이다. 그는 그의 인물들을 병자처럼 조심스럽게 붙들어서, 그들의 머리에다 신의 광륜과 같은 축복을 선사한다. 그들은 그의 손길 아래서 행복하다. 왜냐하면 그들은 영원히 어린 시절의 낙원에 머물러 있기 때문이며, 그리고 어린 시절이란 디킨스의 작품에서 곧 낙원이기 때문이다.

　　디킨스의 소설들 가운데 한 권을 읽으면서 어린애들이 성장하면, 나는 항상 가슴저리는 불안을 느낀다. 이제 가장 달콤한 것, 일생에 단한 번 누릴 수 있는 것이 사라지고, 곧이어 시적인 것이 인습들과 혼합되고, 순수진리가 영국적인 거짓과 뒤섞이는구나 하고 생각되기 때문이다. 그런데 디킨스 자신은 이 감정을 가장 내면의 깊은 곳에서 느끼는 것처럼 보인다. 그는 아끼는 주인공들을 마지못해 삶에 맡긴다. 그는 그들을 때문은 인생의 잡상인이나 행상인이 되는 나이까지 데리고 다니지 않는다. 그들을 결혼식이 열리는 교회 문턱까지 데려가거나, 갖은 위험을 넘겨서 안락한 실존의 조용한 항구까지 인도하면, 그는 그들과 작별한다. 다양한 계열의 주인공들 중에서도 그가 가장 사랑한 아이는 꼬마아가씨 넬이다. 그는 자신에게 너무나 귀중했던 일찍 영면한 어느 소녀의 추억을 넬의 영원한 형상 속에서 구현하였다. 그리고 주인공 넬을 환멸의 살풍경한 세계, 거짓의 세계로 들여보내지 않았다. 그는 그녀를 어린 시절의 낙원에 영원히 보호하였다. 넬의 푸르고 잔잔한 눈동자는 일찌감치 눈이 감긴다. 돌연히 그녀의 삶은 발랄한 어린 시절을 끝내고 죽음의 어둠 속으로 미끄러져 떨어졌다. 그녀는 현실세계를 희생한 대가로 그의 사랑을 받았다.

이미 언급한 바와 같이 이 같은 세계는 디킨스에 있어서 시민적으로 절제된 세계이자 포만한 영국, 삶의 무궁무진한 가능성들을 잘라놓은 밀폐된 절단면이다. 이처럼 빈곤한 세계는 위대한 감정을 통해서만 풍부해질 수 있었다. 발자크는 그의 증오심을 통하여, 도스토옙스키는 구세주의 사랑을 통하여 부르주아 계층을 힘차게 만들었다. 그런데 예술가 디킨스 또한 그의 유머를 통하여 인간들이 짊어진 지상적 고난을 구제한다. 그는 소시민적 세계를 객관적으로 파악하지 않는다. 그는 용감한 인간들, 홀로 행복을 만들어나가는 강인함과 근엄함의 저 찬가에 동조하는 것이 아니라, 그의 인간들이 선량하면서도 즐겁게 보내는 모습을 눈여겨 바라본다. 그는 고트프리트 켈러와 빌헬름 라베처럼 그들이 소인국 사람들의 염려를 지니고 아주 작은 미소로 살아가도록 만든다. 그러나 일종의 친절하고 유쾌한 의미에서의 미소이기 때문에, 그들의 모든 익살과 해괴함조차도 사랑받는다. 유머는 태양의 눈빛처럼 그의 책 사방에 펼쳐져 있고, 그로 인해 절제된 경관은 돌연 명랑하고 한없는 사랑을 뿜어내어 수천 가지의 황홀한 기적들로 가득 찬다. 이렇게 유순히 타오르는 불길 때문에 모든 것은 더욱 활기차고 개연성 있게 변모한다. 혼탁한 눈물 자체도 다이아몬드처럼 반짝이고, 자잘한 열정들은 실제의 화염처럼 타오른다. 디킨스의 유머는 그의 작품을 초시간적 보편성으로 승화시킨다. 산악을 넘나드는 영양과도 같이, 그것은 신비로운 자태로 그의 작품들의 대기를 둥실둥실 뚫고 다닌다. 그리하여 작품들 어디에나 비밀스런 음악이 흘러넘치고, 인생의 환희를 표출하는 춤의 소용돌이가 일어난다. 어디에나 현전하는 것은 유머이다. 저 컴컴하기 이를 데 없는 혼돈의 갱도에서 그것은 광부의 램프처럼 불을 밝힌다. 그것은 팽팽히 곤두선 긴장들을 해소하고, 지나친 감상성은 아이러니의 기본음조를 통하여, 과격한 것은 그것의 그림자, 그로테스크를 통하여 완화시킨다. 유머는 그의 작품에서 화해자이자 중재자이고, 또한 불멸의 존재자이다. 그것은 디킨스의 모든 것처럼 당연히 영국적인바, 이는 정확히 말해 순수 영국적 유머인 것이다.

그러나 여기에 결여된 것은 감성으로, 자신을 망각하고 기분에 흠뻑 빠진다거나, 탈선하는 법이 전혀 없다. 영국적인 유머란 자신의 충일함에 적절히 안주하면서 라블레처럼 울화를 터뜨리고 버릇없이 트림하거나, 세르반테스의 소설에서처럼 황홀경에 빠진다거나, 아니면 미국인처럼 불가능한 것에 마구잡이로 뛰어들지도 않는다. 그것은 언제나 꼿꼿하고 냉정하게 머물러 있다. 디킨스는 모든 영국인이 그렇듯이 입으로만 미소짓고, 온몸으로는 웃는 법이 없다. 그의 쾌활함은 저절로 연소되는 것이 아니라 오직 불씨로만 살아서 그것을 다른 사람의 혈관에 반짝이며 찔러넣는다. 그것은 현실의 한복판에 위치한 매혹적인 사기꾼으로서, 수천 개의 작은 불꽃을 펄럭이고 유령처럼 배회하면서 농담의 도깨비불을 이리저리 번뜩인다. 그러므로 그의 유머라는 것도—항상 중간을 표현하는 것이 디킨스의 운명이기에—감정의 도취, 사나운 변덕과 냉정하게 미소짓는 아이러니 사이에서 조정하는 역할을 담당하는 것이다. 디킨스의 유머는 다른 위대한 영국인들의 그것과 비교도 되지 않는다. 그의 유머는 스턴의 실을 풀고 물어뜯는 아이러니나, 필딩의 여유 있고 익살맞은 시골귀족의 통쾌함과는 상관없다. 그것은 새커리의 경우에는 인간의 내부로 고통스럽게 파고드는 것도 아니고, 행복감을 주어도 괴로움을 주지 않으며, 태양의 둥근 환처럼 인간의 몸 전체를 즐겁게 희롱한다. 그의 유머는 도덕적이거나 풍자적이기를 원치 않으며, 또한 광대의 방울모자 속에 모종의 장엄한 진지함을 숨겨놓으려고도 하지 않는다. 그것은 도대체가 아무것도, 아무것도 바라지 않는 유머 그 자체로 존재한다. 그것의 실존은 뚜렷한 의도와 근거도 갖지 않는다. 이미 디킨스의 저 신기한 눈매가 머무르는 장소에 장난꾸러기가 숨어서 형상들을 멋지게 꾸미고 장식하며, 그들에게 저 절묘한 배합과 희극적 변형을 시도한다. 그리고 이런 것이 수백만 독자의 탄성을 자아내었던 것이다.

모든 것은 둥그런 빛무리를 이루고, 형상들은 내부에서 밖으로 나올 듯 빛을 던진다. 사기꾼과 악당들은 유머의 찬란한 광영에 싸이고, 디킨스가 그들을 관찰할 때는 언제나 전세계가 미소를 띠어야 하는 것처럼 보인다. 모든 것은 빛나고 어지럽게 선회한다. 안개 낀 나라의 태양을 향한 동경은 영원히 구원받을 것처럼 보인다. 언어는 빙글빙글 재주넘고, 문장과 문장은 요란하게 뒤얽히고 떨어지면서 의미와 숨바꼭질한다. 서로가 차례대로 물음을 던져 상대를 희롱하고 유혹하는 가운데, 흥겨움이 고조에 달하면 문장들은 춤판을 벌이는 것이다. 그런데 이 유머는 지극히 맵시 있다. 영국의 부엌에서는 전혀 소용없는 섹스라는 소금이 없이도 훌륭한 맛을 내는 것이다. 실제로 무거운 음영이 시인의 뒤를 좇았다 해서 그의 유머가 흐트러짐을 보인 것은 아니었다. 열기와 궁핍, 회의 속에서도 디킨스는 쾌활한 마음으로 글을 쓸 수 있었다. 그의 유머는 반항할 줄 모른다. 그것은 이 시인의 지극히 날카로운 눈 속에 고정되어 있었고, 동시에 그 눈빛과 더불어 꺼져들었다. 지상적인 어떤 것도 그를 해칠 수 없었고, 이제 흐르는 시간 역시도 그렇게는 못하리라. 그도 그럴 것이 《벽난로의 귀뚜라미》 같은 소설들을 좋아하지 않는다거나, 이 책들의 여러 에피소드에서 풍기는 쾌활함에 저항감을 가질 사람들을 생각할 수가 없기 때문이다. 영혼의 욕구는 문학적 욕구와 마찬가지로 항상 변화하는 것인지도 모른다. 그러나 우리의 의지는 쉬는 데 반해 생의 감각만이 부드럽게 자신 속에서 파문을 일으키고, 오직 심장의 순수한 율동적 홍분만을 그리워하는 저 안락함의 순간과 대면하여 앞으로도 유쾌함을 끝없이 동경하게 되는 한, 우리는 영국에서든 세계 각처에서든 이 독보적인 책들을 손에 쥘 것이다.

　　이런 것이 이 세속적인 작품들, 너무나 세속적인 작품들의 위대함이자 영원함이다. 그것은 자체 내에 태양을 소유하고서, 빛을 뿌려 세상을 따뜻하게 데운다. 우리는 위대한 예술작품의 내포성, 또는 작품 배후의 인간뿐만 아니라 그것의 외연성, 다수에 미치는 영향에 대해서도 물음을 제기해야만 한다. 우리는 금세기의 어느 누구와도 비교할 수 없을 만큼 디킨스가 세상의 기쁨을 증진시켰노라 말할 수 있을 것이다. 수백만 인간들이 그의 책을 읽을 때면 눈에서 뜨거운 눈물을 흘렸던 것이다. 그리고 웃음이 시들고 사라진 수천 명의 인간들 가슴속에다 그는 잃어버린 웃음을 새롭게 이식시켰다. 그의 영향은 이런 면에서 문학적인 것을 초월하였다. 부자들은 체르비 형제에 관해 읽었을 때, 자신을 반성하여 자선단체를 만들었다. 냉혹한 사람들의 얼었던 감정도 풀렸다. 《올리버 트위스트》가 출간되었을 때, 불쌍한 어린애들은 길거리에서 더 많은 적선을 받았다 — 이는 보증된 사실이었다. 정부는 빈민들의 집을 개량했고, 사립학교들을 통제했다. 영국의 동정심과 복지는 디킨스로 말미암아 한층 더 강화되었고, 수많은 빈민들과 불행한 사람들의 운명 또한 부드럽게 누그러졌다. 내가 알기에 그런 지대한 영향들은 어느 예술작품의 미적 가치와는 상관없다. 그러나 그 것은 중요한데, 왜냐하면 아주 위대한 작품이란 모든 창조적 의지가 신비롭고 자유롭게 활동할 수 있는 환상의 세계를 뛰어넘어 사실의 세계에서도 변화를 창출한다는 것을 보여주고 있기 때문이다. 진정으로 위대한 작품은 본질적인 것뿐만 아니라 가시적인 것, 그리고 나서는 감정적 느낌의 온도 속에서 일어나는 변화들을 창출하는 법이다. 디킨 스는―자신에 대한 공감과 인기를 바라는 작가들과는 달리―동시대의 쾌활함과 즐거움을 향상시켰고, 그 시대의 혈액순환을 자극하였다. 의사당의 젊은 속기사가 인간과 운명에 관해 글을 쓰고자 펜대를 잡은 날부터 세계는 더욱 밝아졌던 것이다.

그는 그의 시대로부터 기쁨을 구제하였고, 후대에게는 저 '메리 올드 잉글랜드,' 나폴레옹 전쟁과 제국주의 사이에 위치한 영국의 쾌활함을 구제해 냈다. 많은 세월이 지나면 사람들은 이미 제국주의의 절굿공이에 회반죽이 되어 있는 이 낡은 조상대의 진기하고 잃어버린 사명감의 세계에 아연실색할 것이다. 디킨스는 문학적으로 영국의 전원시를 창조했다―그것이 그의 작품이다. 강렬한 것에 비해 손색이 없는 만족감, 이 평온함을 주목해 보자. 역시 전원시도 어떤 영원한 것, 어떤 원초적 회귀의 성격인 것이다. 도피적이고 갈망의 소나기로부터 쉬고 있는 인간의 시가 여기서 재생되는바, 이는 항상 세대가 바뀜에 따라 시도 다시 재생되도록 되어 있는 순환의 원리와도 같다. 다시 사라지기 위해서 그런 것이 도래하는데, 이는 홍분 사이에 잠시 정지된 호흡, 긴장을 전후한 힘의 결집, 쉴 새 없이 고동치는 심장 속에서 일시적으로 이루어지는 만족감과 같은 것이다. 어떤 자가 힘을 창조하면, 어떤 자는 정적을 창조한다. 찰스 디킨스는 세계에 드리워진 정적의 순간을 시로 엮어냈다. 오늘날 삶은 더욱 떠들썩해지고, 기계들은 굉음을 울리고, 시간은 급변의 와중에서 쿵쾅거린다. 그러나 전원시는 그것이 삶의 즐거움이기에 영원하다. 전원시는 뇌우를 배경으로 하는 푸른 하늘, 영혼의 모든 위기와 충격 뒤에 찾아오는 삶의 영원한 유쾌함처럼 다시 회귀한다. 디킨스 역시도 인간들이 즐거움을 욕구한다면 망각의 잠을 깨고 영원히 회귀할 것이다. 인간들이 열정의 비극적 긴장에 지쳐, 조용히 머물러 있는 사물로부터 문학의 신비로운 음악을 듣고자 한다면, 그는 언제나 망각의 잠을 깨고 그들의 면전에 나타날 것이다.

스탕달
Stendhal/Marie Henri Beyle
1783~1842

내가 누구였던가? 지금의 나는 누구인가?
이런 말을 하기엔 참으로 난처하다.
— 스탕달

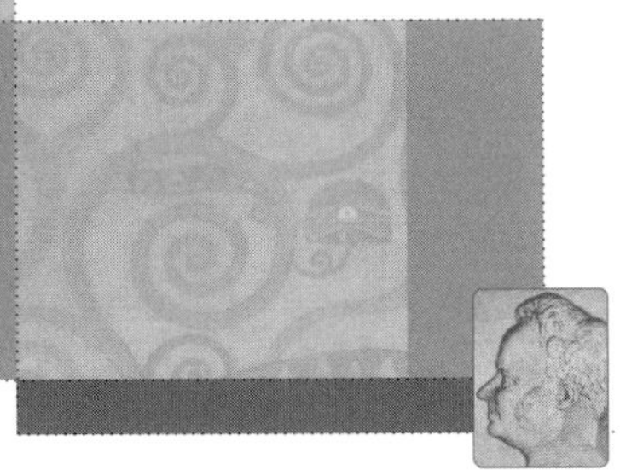

허위욕과 진리의 기쁨
나는 가면쓰기를 가장 즐기기에 이름을 바꾸었다.
— 편지 중

스탕달보다 더 많이 세계를 속이고 열정적으로 신비화한 사람은 몇 명 안 될 것이며, 그보다 더 훌륭하고 심원하게 진리를 말한 사람 또한 흔치 않을 것이다.

그의 가면극과 속임수들은 이루 헤아릴 수 없이 많다. 책을 펼치기도 전에 이미 책표지나 머리말에서 첫번째 속임수가 튀어나온다. 작가 앙리 베일은 호락호락하게 자기 본명을 대는 법이 없기 때문이다. 어느 때는 방자하게 귀족칭호를 쓰는가 하면, 어느 때는 "세자르 봉베"로 둔갑하고, 또는 그의 약칭 H.B.에다 비밀문자 A.A.를 덧붙인다. 그러나 그 배면에 숨어 있는 지극히 겸허한 '전직 병참관,' 독일어로 표현하면 '대감독관'의 태도는 어느 누구도 도저히 예측하지 못한다. 그는 익명을 사용하거나 허위로 진술할 때만 안정감을 느낀다. 한번 오스트리아의 퇴직공무원으로 가장하면, 다음에는 '전직 기사장교'로 가장하는데, 그런 중에도 자신은 그의 고향사람들에게는 수수께끼 같은 이름 스탕달을 가장 애용한다(스탕달이라는 이름은 축제 분위기 때문에 영원히 잊혀질 수 없었던 프로이센의 어느 소도시 명칭을 따온 것이다). 그가 어떤 날짜를 댄다면, 그것은 맞지 않는다고 단언할 수 있다. 그는 《파름의 수도원*La Chartreuse de Parme*》 서문에서 이 책이 1830년에, 그것도 파리에서 1,200마일 떨어진 곳에서 씌어졌다고 말하지만, 그러나 그가 이 소설을 실제로 쓴 연도는 1839년이고, 집필 장소 또한 파리 시내 한복판이었음을 속이지는 못한다. 뻔한 사실들에서조차 모순들이 뒤죽박죽 섞여서 활개치는 것이다. 한 자서전에서 그는 바그람, 아스페른, 아일라우 전투에 참가했노라 자랑 삼아 말한다. 그 말이 사실무근임은 그의 일기가 여지없이 증명한다. 그는 전투가 벌어지던 시간에 파리에서 유유자적하며 머물러 있었다. 그는 나폴레옹과의 장시간에 걸친 요담에 관해 여러 번 이야기하고 있으나, 그건 정녕 터무니없는 거짓말이다! 전집의 다음 권을 보게 되면 "나폴레옹은 나같은 바보들과는 환담을 나누지 않는다"는 고백을 분명하게 읽을 수 있다. 그렇기 때문에 스탕달을 다룰 때는 그의 주장 하나하나를 면밀하게 검토하지 않으면 안 되는 것이다.

특히 경찰에 쫓겨다니는 도망자처럼 철저히 허위로 날짜를 기재하고, 매번 다른 가명으로 서명하는 편지는 가장 믿기지 않는다. 그는 로마에서 기분좋게 산보하면서도 마치 오르비에토가 발송지인 양 둘러대고, 편지에는 브장송에서 서신을 보내는 것처럼 꾸미면서도 실제로 그는 그 날 그르노블에 있었다. 연도는 번번히 틀리고, 월력은 대부분 잘못 기재되어 있으며, 그러면서도 서명은 거의 날인되어 있는 것이다. 그러나 이는 여러 사람이 생각하듯 그를 그런 바보놀음을 하도록 만들었던 오스트리아 경찰의 어두운 밀실로부터의 도피에 불과한 것이 아니다. 거기에는 허풍, 남을 놀래키거나 자신을 분장하고 감추기 좋아하던 천성적이고 본원적인 욕망이 들어 있었다. 스탕달은 호기심을 갖는 어떤 사람도 그에게 바짝 접근하지 못하도록 모종의 신비와 익명을 반짝이는 명주처럼 자기 개성의 둘레에다 교묘하게 둘러치는데, 그가 지닌 이 허위와 사기에의 열정적 경향을 그는 결코 은폐하지는 않는다. 언젠가 편지에서 한 친구가 그를 파렴치한 사기꾼이라고 몹시 꾸짖었을 때, 그는 그 탄핵문 모서리에다 "맞아, 백번 옳은 말이구말구!"라고 적는다. 뻔뻔한 자세에 반어적 만족감을 느끼며 그는 관리증명서에 허위경력을 기재하지만, 여기에는 한편으로는 부르봉 왕조와 다른 한편으로는 나폴레옹에 대한 반감이 섞여 있다. 공적이건 사적이건 그의 모든 글에는 늪 속의 생선알 같은 부조화가 우글거린다. 그의 신비스러움 중에 최종적인 것은—모든 허위들 중의 최고기록은!—단연코 그의 유언遺言에, 몽마르트르 묘지 비석에 각인되어 있다. 오늘날까지도 그곳에 가면 거짓 비문을 읽을 수 있다. 즉 '앙리 베일'이라는 프랑스어 세례명을 가졌으며(이 또한 믿을 수 없다!) 고난의 시골도시 그르노플에서 태어난 밀라노 사람 '아리고 베일'이 이 마지막 안식처에 잠들다라고 씌어 있는 것이다. 죽음의 면전에서도 그는 가면을 쓰고 나타나려 하였다. 말하자면 죽음에 대해서조차 그는 낭만적으로 위장했던 것이다.

그럼에도 불구하고 이 분장술의 대가처럼 자신에 대한 고백적 진리를 세상에 알린 사람도 흔치 않았다. 스탕달은 꼭 필요한 경우에는 거짓말하기를 좋아하는 만큼이나 진지하였다. 처음에는 마냥 당혹감을 일으키고, 또 번번이 사람을 놀래키다가도 어느 순간에 오면 그는 비로소 냉정해지는데, 이렇게 함으로써 정말 대담하게, 그리고 가장 내밀한 체험과 자기관찰을 적나라하게 표출했던 것으로, 그런 중에 다른 사람들은 의식을 잃고 있다가 깜빡하고 진의를 놓치기 일쑤였다. 그도 그럴 것이 스탕달은 거짓말과 마찬가지로 진리를 말하는 데 있어서도 아주 대담했고, 심지어 뻔뻔함까지도 지니고 있었기 때문이다. 그는 여기저기서 모든 사회도덕의 울타리들을 거침없이 뛰어넘고 있으며, 내적 검열의 온갖 한계와 철책을 마음 내키는 대로 뚫고 다닌다. 여성들 앞에서는 수줍어하고 소심하면서도, 붓을 잡으면 그 즉시 용감해지며, 그러면 어떤 '방해물'도 그를 막지 못한다. 아니, 그가 마음속에 저항감을 느끼면, 그는 그것을 움켜잡아 끄집어내서는, 한 올 한 올 세밀하게 분해시켜 버린다. 삶에서 그를 가장 방해하던 것, 바로 그것을 그는 심리학으로 가장 훌륭하게 처리하는 것이다. 이미 1820년대에 스탕달은 천재의 행운에 걸맞은 직관력으로 백여 년 뒤에야 정신분석이 복합적 기술장치로써 분석하고 재구성한 영혼체계의 가장 섬세한 폐쇄기능 및 기관의 몇 가지를 규명하였다―그의 천부적이고도 체육학적으로 단련된 심리학자 기질은 주도면밀하게 검토되어온 과학보다도 백여 년이나 앞서 단번에 실행력을 갖는 것이다.

그런데 이를 위해 스탕달은 자기관찰 이외의 다른 어떤 실험실도 사용하지 않는다. 유일한 도구는 항상 통렬하고 날카롭게 연마된 호기심일 뿐이다. 그는 자신이 느끼는 것을 관찰하고, 그 느낌을 재차 솔직하고도 숨김없이 언어로 표출한다. 표현이 대담할수록 그것은 더욱 훌륭해지고, 표현이 내밀하면 내밀할수록 그것은 열정적이 되는 것이다. 그는 가장 불쾌하고 삐뚤어진 감정들을 철저히 탐구하기를 좋아했다. 내가 주로 기억하는 것은 그가 얼마나 자주, 그리고 얼마나 무섭게 그의 부친에 대한 증오심을 키우고 있는가 하는 것뿐이다. 그가 전하는 바에 따를 것 같으면, 부친이 죽었을 때 고통을 느끼려고 한 달 내내 노력했어도 허사였다는 것이다. 그의 성불능에 대한 뼈아픈 고백, 여자관계의 지속적인 실패, 지나친 공허감에서 생겨나는 위기, 이런 것을 그는 군사작전 지도처럼 면밀하고 컴퍼스로 재듯 독자들에게 서술한다. 그래서 스탕달을 읽는 독자들은 완전히 사적이고도 허심탄회한 모종의 보고가 임상적으로 냉철하게 기술됨을 깨닫는다. 결코 어떤 인간도 그의 면전에서 그런 솔직함을 조롱하거나 무분별한 강박으로 넘겨 버리지는 못한다. 그런 것이 그의 행위이다. 명료하고도 자아중심적으로 차갑게 얼어붙은 지성의 결정結晶 속에는 영혼의 값진 인식들 가운데 몇 가지가 영원히 응결되어 있으며, 후세에까지도 그것이 그대로 보존되어 있는 것이다. 이 분장술의 기이하기 짝이 없는 대가가 없었다면, 우리는 감정세계의 골짜기와 그 골짜기의 심층부로부터 울려 나오는 진리를 거의 알지 못할 것이다. 왜냐하면 한 번 자신에게 솔직했던 사람은 항상 그러하기 때문이다. 자신의 비밀을 알아낸 사람은 만인의 비밀 또한 인식했던 것이다.

> **초 상**
> 너무 추하나 아주 특징 있는 얼굴이다.
> — 어린 앙리 베일에 대한 가뇽 아저씨의 인상

리셸리외 가街의 조그마한 다락방의 황혼녘. 두 개의 촛불이 책상 위에서 타오르고 있는 가운데, 스탕달은 낮 열두 시부터 줄곧 그의 소설을 집필하고 있다. 이제 그는 단번에 붓을 팽개치는데, 오늘 일은 만족인 것이다! 자, 원기를 돋우러 밖에 나가 잘먹고, 사교계에서 흥겹게 얘기하고, 여성들과 어울리며 힘을 내야지!

그는 떠날 채비를 갖추고, 프록코트를 입으면서 머리카락을 매만진다. 그러나 이제 또 한 번 슬쩍 거울을 들여다보는 것이다! 한데 자신의 모습을 보자마자, 씰룩거리는 주름이 입가를 비스듬히 가로지른다. 그래, 용모가 마음에 들지 않은 것이다. 불도그처럼 투박하고 사나운 모습에, 둥글고 불그스레한 얼굴, 이 얼마나 천한 꼴을 하고 있는가! 아, 이 촌놈 얼굴 한복판을 가로지르는 펑퍼짐한 콧등은 얼마나 역겨우리만큼 두툼하고, 주먹처럼 똘똘 뭉쳐 있는가! 물론 눈은 그리 사악해 보이지 않으며, 어두운 가운데 불꽃을 튀기고, 어딘지 불안스런 호기심의 빛을 발하고 있지만, 그러나 그의 눈은 중국인처럼 널찍한 정방형 이마의 굵은 눈썹 아래로 조그맣게 움푹 패어 있는 것이다. 예컨대 눈은 당시 거울 속에서 찌푸리고 있는 눈 때문에 그를 조롱했던 것이다. 이 얼굴에서 뭐 잘난 곳이라도 있단 말인가? 스탕달은 무섭게 자신을 응시한다. 잘난 곳은 전혀 없고, 부드럽고 정신적으로 생동하는 곳 또한 전혀 없다. 모든 게 무섭고 천박하며, 더러운 부르주아 냄새를 풍긴다. 그런데 거기서 둥근 머리통, 갈색 털로 뒤덮인 머리통은 이 불유쾌한 몸뚱이에서 그나마 가장 잘난 곳이리라. 그도 그럴 것이 목은 턱 아래쪽에서 직각으로 구부러져 있는 동시에 서로가 밀착해 있어서 그는 감히 아래쪽으로 깊숙이 시선을 던질 생각을 못하기 때문이며, 또 다른 이유로는 그의 둔중하게 솟아오른 배와 너무 짤막한 다리의 모양새를 싫어하기 때문이다.

이렇게 그는 그 못난 다리로 앙리 베일이라는 육중한 몸체를 이끌고 다니는데, 그의 급우들은 그를 '걸어다니는 탑'이라고 불렀을 정도였다. 계속해서 스탕달은 거울에서 위로를 받으려고 한다. 어쨌건 손은 여성처럼 부드럽다. 손끝에는 길쭉하고 매끄럽게 다듬어진 손톱들이 유연한 모습으로 달려 있고, 그로부터 약간은 지성적인 면과 귀족성이 엿보인다. 게다가 피부는 소녀처럼 여리고 보드라워서, 감상적인 성향에 깃들어 있는 고귀함과 예민함을 드러낸다. 그러나 누가 한 남성에게서 그런 여성적 섬세함을 통찰하고 인지할 것인가? 여인들은 항상 용모만을 문제삼는다. 그가 50여 년간 경험한 바로 여인들은 어쩔 수 없이 비천하다. 오귀스탱 필롱은 그의 얼굴을 보고 도배장이라 불렀고, 몽셀레는 그의 특징을 "약종상 얼굴의 외교관" 같다고 하였다. 그러나 이 같은 평가조차 그에게는 친근한 것으로 여겨진다. 왜냐하면 스탕달은 무자비한 거울을 짜증스럽게 들여다보면서 자신을 이탈리아 푸주업자 "마첼레오 이탈리아노Macellaio Italiano"의 얼굴을 가진 것으로 판단하기 때문이다.

그러나 이 뚱뚱하고 비대한 육체의 소유자인 스탕달이 적어도 야성적이고 남성다울 수도 있을 것이다!— 실제로 널찍한 어깨를 믿음직스럽게 여기는 여인들이 있으며, 그들에게 코사크인은 멋쟁이 신사보다 여러 시간에 걸쳐 더 멋지게 봉사한다. 그렇지만 이 추하고 투박한 용모는 저열하고, 그의 혈관에 끓는 피는 다만 무서운 덫이요 육체의 타락한 욕망일 뿐이라는 것을 그는 깨닫는다. 이 비대한 남자의 하체에 미묘한, 그야말로 거의 병적인 감수성의 신경다발이 미광을 내면서 전율하는데, 이를 본 의사들은 모두가 "감수성의 괴물"이라며 놀라워했다. 그런 나비의 혼이 —저주가!— 그 거대한 표피와 비계 속에 깃들어 있는 것이다. 정말 뭔지 모를 악몽이 육체와 영혼의 요람에서 혼란을 일으켰음에 틀림없다. 왜냐하면 흥분할 때마다 병적으로 과민한 혼이 무섭게 요동치는 표피 아래쪽에서 냉각된 채 떨기 때문이다. 옆방 창이 열리면 이미 심한 빗줄기가 가늘게 맥박치는 피부를 흥건히 적시고, 문이 덜컹 닫히자마자 신경은 사납게 분열되고 떨다가 악취를 낸다. 그는 여성이 근처에만 와도 어지러워진다. 전혀 정신을 차리지 못하는 까닭은 불안, 즉 성교의 불안 때문인 것으로, 이럴 때면 그는 무례해진다. 이 같은 혼란을 누가 이해할 것인가! 어찌하여 비대한 살, 비계, 복부, 그토록 둔중한 마부의 골격이 실처럼 가늘고 약한 감정을 둘러싸고 있으며, 어찌하여 그처럼 무디고 건조하고 볼품없는 육체가 그토록이나 복잡하고 자극적인 영혼을 둘러싸고 있는가?

스탕달은 거울에서 돌아선다. 이 외모가 구제불능이라는 것을 그는 어린 시절부터 알고 있다. 조끼 밑에다 하복부 팽창을 위쪽으로 완화시키는 코르셋을 받쳐 입고, 우스꽝스런 다리 모양을 덮어주는, 유명한 리용제 비단 반바지를 지어입은, 그런 재단의 마술사도 못난 외모만은 어쩔 도리가 없다. 이미 희끗한 볼수염까지 덮어내려온, 반짝이는 갈색 머리를 검게 하는 염료도, 훤히 벗겨진 정수리의 고상한 가발도, 금색으로 가장자리를 수놓은 영사예복이나 깨끗하게 다듬어 윤이 나는 손톱도 아무 소용이 없는 것이다. 이 도구와 약품들이 모습을 조금은 떠받치고 윤기를 더해 주며, 또 비계와 쇠퇴한 부분을 감춰주지만, 그럼에도 불구하고 길거리를 오가는 어느 여인도 그를 향하지는 않을 것이다. 더욱이 레날 부인이 그의 주인공 쥘리앵에게, 아니면 샤틀레르 부인이 뤼시앵 뢰방에게 보내는 것과 같은 짜릿한 열정으로 그의 눈을 바라보는 여인은 전혀 없을 것이다. 그렇다, 그를 주목하는 여인은 아무도 없고, 그를 이미 젊은 장교로는 보지 않는다. 영혼은 고깃덩어리 속에 박혀 있고, 나이먹어 이마가 벗겨지는 이 시점에서야 그런 것은 있을 수 없다. 시간은 흐르고, 만사가 헛될 뿐이다! 그런 얼굴을 하고서야 여복女福이 있을 리 없고, 다른 행복도 존재하지 않는 것이다!

단 한 가지만이 가능성으로 남아 있다. 영리해지고 유연해지는 것, 정신적으로 매력 있고 흥미 있게 되는 것, 관심을 얼굴에서 내면으로 돌리는 것, 놀라움과 언변으로 사람들을 유혹하는 것, 그런 것만이 유일한 길이다! "재능있는 자들은 미녀가 없어도 위로할 수 있고," 재주는 어떻게든 아름다움을 대치할 수 있다. 자신의 관능을 미적으로 데울 수 없는 그런 불행한 관상을 가졌을 때에는 정신적으로 여인들을 사로잡아야 한다. 요컨대 감상적인 자들에게는 감미롭게 대하고, 경솔한 자들에게는 냉소적으로 대해야 하며, 그리고 가끔은 그 반대로 행동하되, 늘 냉철하고 정신적으로 풍부하게 행동해야만 한다. "여자를 즐겁게 하면, 여자를 얻을 것이다." 모든 약점을 지혜롭게 파악하라. 자신이 차가우면 뜨거운 척 가장하고, 뜨거울 땐 차가움으로 가장하고, 그 교대작용을 통해서 놀라움을 자아내야 한다. 트릭을 통하여 다른 사람을 어리둥절하게 만들지라도, 언제나 자신은 그들과 다르다는 것을 보여주어야 한다. 그리고 무엇보다 중요한 것은 기회를 놓쳐서는 안 되고, 또 위험을 피하지 말아야 하는데, 여자들은 남자의 얼굴을 번번이 망각하기 때문이다. 여름날 밤처럼 특별한 날에는 여신 티타니아조차도 바보와 키스한 적이 있었다.

스탕달은 유행하는 모자를 쓰고, 노란 장갑을 끼고, 그리고는 거울을 들여다보면서 냉정한 조롱조의 웃음을 실험해 본다. 실제로 그는 오늘 저녁 T 부인 집에 등장하여 반어적이고 냉소적이며, 경박하고도 차가운 태도를 취해야 한다. 놀라움과 관심을 끌어모아 눈속임하는 것, 의심스런 용모를 번쩍이는 가면처럼 달변으로 가리는 것이 중요하다. 강렬한 인상으로 사람들을 놀래키고, 그 즉시로 단번에 주의를 끄는 것, 그것이 상책이다. 순수 허풍 뒤에 내면의 소심함을 감추어야 한다. 그는 자기 집 계단을 내려갔을 때, 벌써부터 떠들썩한 등장을 계획하고 있었다. 그는 오늘 살롱에서 하녀에게 상인 세자르 봉베가 왔노라 말할 터이고, 그리고는 우선 안으로 들어가 시끄럽게 떠드는 부유한 장사꾼 흉내를 낼 것이며, 어느 누구에게도 발언권을 주지 않을 것이다. 막대한 사업에 대해서 한동안 신나게, 그러면서도 거만하게 이야기함으로써 뭇사람의 즐거운 호기심을 한껏 자아내고, 여인네들이 그의 못난 얼굴을 익숙하도록 만들 것이다. 그러면 강렬하고 유쾌한 익명들 가운데 하나의 불꽃이 그들의 억눌린 관능을 풀어줄 것이다. 그의 육체가 드리워놓은 어두운 구석은 몇 잔의 오색주五色酒로 변할 것이다. 그러면 여인들은 자정에도 그를 매력 있는 남자로 여길지 모를 일이다.

삶의 영상

1799년. 그로노블에서 파리로 가는 우편마차가 도중에서 말을 갈기 위해 네무르에 멈춘다. 흥분한 인파가 모여 있고, 격문과 신문들이 나부낀다. 젊은 장군 보나파르트가 어제 파리에서 공화국을 끝장냈으며, 의회를 점령하고 스스로 의장직에 앉았던 것이다. 모든 여행자들이 논쟁을 벌이는데, 그 중에서 오직 어깨가 넓고 뺨이 붉은 16세 소년만이 별로 관심을 보이지 않는다. 하긴 공화국이니 의장이니 하는 것이 그에게 무슨 소용이 있겠는가. 여하튼 그는 종합기술학교에서 공부하기 위해 파리로 간다지만, 사실인즉 시골에서 달아나 파리를 체험하기 위해 여행 중이다. 꿈의 도시 파리를 체험하기 위해서 여행 중인 것이다! 그 즉시 파리라는 거대한 술잔은 다채로운 꿈의 물결로 채워진다. 파리, 그것은 사치와 고상함, 경쾌함, 세련성, 자유, 그리고 무엇보다 여인들, 수많은 여인들을 의미한다. 머지않아 그는 젊고 아름답고 고상한(고향 그르노블에서 먼발치로만 수줍어하며 사랑하던 여배우 빅토린 카블리와 닮았을) 여인을 파리에서 갑자기 낭만적인 방식으로 사귀게 되리라. 미친 듯이 날뛰는 말들을 향해 달려가 부서진 이륜마차에서 고상한 여인네를 구출하리라. 그녀를 위해 무엇인가 위대한 일을 하리라. 꿈꾸는 가운데, 그녀는 그의 애인이 되어 있다.

우편마차가 덜거덕 덜거덕 길을 떠나고, 마차바퀴는 그의 무르익은 꿈들을 무자비하게 짓밟는다. 소년은 주변 경관에 눈 한 번 주지 않고, 동반자들에게는 거의 말 한 마디도 건네지 않는다. 마침내 마부는 파리 시 외곽에 마차를 세운다. 이어서 마차는 울퉁불퉁한 길거리를 지나 비좁고 불결한, 높은 건물들의 협곡으로 진입한다. 거기에는 퀴퀴한 음식과 빈곤의 냄새가 무겁게 깔려 있다. 여기가 바로 파리인데, "그렇다면 단지 그것뿐인가?" 이게 도대체 파리란 말인가? 그는 뒤에도 이 말을 항상 되풀이하게 된다. 사랑스런 첫날밤을 보내고, 생 베르나르 성당 가로수길을 넘어가며 첫번째 전쟁을 치른 이후로, 이 말은 계속 반복된다. 그토록 과도한 꿈을 꾸고난 뒤부터, 현실은 항상 무절제한 낭만적 갈망에 비해 너무나 천하고 무미건조한 것으로 나타난다.

그들은 그를 생 도미니크 가街에 있는 아무 상관없는 호텔 앞에 내려준다. 창문 대신 통풍창이 달려 있고, 격한 상심傷心의 알을 부화하기에는 적격인 5층 다락방에서, 소년 앙리 베일은 수학책 한번 들여다보지 않고 몇 주일간 그곳에 거주한다. 그는 수시간 동안 거리를 바삐 돌아다니며 여인들을 자세히 살펴본다. 그의 생각은 쳇바퀴를 돈다. 살을 허옇게 드러낸 신로마식 의상의 여인들은 얼마나 유혹적인가. 그 여인들은 경애하는 남성들과 얼마나 호의적으로 농을 걸고, 또 그녀들은 얼마나 매혹적이고 자연스럽게 웃는 법을 잘 알고 있는가. 그러나 그는 여인들에게 감히 접근하지 못한다. 촌티 나는 푸른 상의를 걸쳐

입은, 무뚝뚝한 표정의 어리석은 젊은이는 고상한 것과는 거리가 멀고, 그렇다고 뻔뻔스럽지도 못한 것이다. 그는 가로등 주변을 배회하는 값싸게 돈에 끌리는 소녀들에게 도저히 접근할 용기가 나지 않는데, 그러면서도 대담한 친구들을 씁쓸한 마음으로 부러워한다. 그는 친구도, 모임도, 일자리도 없으면서, 불결한 거리에서 일어날지도 모르는 낭만적 모험을 기대하며 멍하니 꿈을 꾼다. 때로는 완전히 자신에 침잠하여, 지나가는 마차에 깔릴 위험에 여러 번 처한다.

마침내 완전히 풀이 죽고, 또 결핍된 말과 온정, 친밀감을 찾아서 그는 부유한 친척 다뤼Daru 가家를 방문한다. 그들은 친절하게 대하고 반기면서 그를 그들의 아름다운 집으로 안내한다. 그러나―앙리 베일에게는 원죄가 있었으니!― 그들은 지방출신이고, 그는 이를 용납하지 못한다. 즉 그들은 지금 시민적으로 부유하고 풍족하게 살아가는 데 반해, 그의 돈주머니는 닳고 닳아 헐거운 상태이고, 이 때문에 그는 울화가 치미는 것이다. 그는 그들과 식탁에 앉아 있으나, 불쾌한 표정에 말없이, 퉁명스럽게, 그들에 대한 적의까지 보이면서 앉아 있다. 그의 연민에 대한 뜨거운 갈망은 시큰둥한 반어적 고집 뒤로 슬며시 숨어든다. 나이든 다뤼 가족들도 속으로는 뭐 이런 녀석이 있나 생각할 테지만, 그는 불유쾌하고 배은망덕한 손님의 태도를 보인다. 저녁 늦게서야 그는 기진맥진하여 집으로 돌아온다. 집에서는 가장이요, 강력한 지배자 보나파르트의 오른팔인 피에르 다뤼(뒤에 백작이 됨)와의 대화로부터 지칠 대로 지쳐 녹초가 되는 것이다. 가장 내적인 경향에서 본다면 군인은 이 꼬마 시인의 경애하는 동료라 해도 좋았다(다뤼는 그가 너무나 침묵으로 일관하기에 그를 무뚝뚝한 바보, 무엇보다 교양 없는 벙어리로 간주한다). 그럴 수 있는 것이 다뤼라는 사람은 여가가 생기면 틈틈이 호라티우스를 번역하고, 철학적 논설도 기술하며, 나중에 군복을 벗게 되면 베네치아의 역사를 저술할 작정이지만, 현재로는 보나파르트의 그늘에서 더 중요한 임무를 맡고 있기 때문이다. 일벌레인 그는 밤낮을 가리지 않고 군사참모부 별실에서 기획과 회계에 관한 서한들을 작성하지만, 그가 어떤 목표를 위해 일하는지 아무도 알지 못한다. 한편 소년 앙리가 그를 미워하는 이유는 근본적으로 다뤼가 그의 앞길을 도와주려 하는데 출세를 원치 않으며, 자기 자신을 향하고 싶어하기 때문이다.

그런데 피에르 다뤼는 어느 날 그 무위도식자를 부른다. 당장에 같이 국방청에 가자는 것으로, 그의 일자리가 있다고 했다. 카르바셰 다뤼가家에서 이제 작고 뚱뚱한 앙리는 손가락이 부르트도록 오전 열 시에서 새벽 한 시까지 수북한 편지와 보고서, 전달문들을 쓰게 된다. 이때까지도 그는 이 부질없는 편지질이 무엇에 소용되는지 알지 못하지만, 그러나 얼마 안 가 세계가 이를 알게 된다. 마랭고에서 시작하여 제국의 완성으로 끝나는 이탈리아 전선에 그가 한몫하리라는 것은 전혀 뜻밖의 일이었다. 드디어 "교관"은 전쟁이 포고되었노라고 비밀을 이야기한다. 소년 앙리는 안도의 숨을 내쉰다. 감사하나이다! 이제 이 성가신 인간 다뤼가 사령부로 옮겨야 할 테고, 이제는 한심한 편지질도 끝나리라. 그는 다시 안도의 숨을 내쉰다. 차라리 전쟁이 이 지긋지긋한 것, 그가 가장 싫어하는 두 가지 것, 즉 일과 권태보다는 나은 것이다.

1800년 5월. 보나파르트의 이탈리아 정벌군 후위부대가 로잔에 진주한다.

몇몇 기사단 장교가 힘차게 말을 몰며 한바탕 웃는 바람에 그들 투구 위의 깃대가 세차게 흔들린다. 그런데 우스꽝스런 풍경이 벌어진다. 저편 어느 성난 말 잔등에는 반은 시민이요 반은 군인인, 짧은 다리의 뚱보 소년이 쪼그리고 앉아서 멍청이처럼 엉성하게 고삐를 움켜쥐고 있다. 서투른 기수를 땅바닥에 내동댕이치려는 고집스런 동물과 한바탕 싸우고 있는 것이다. 그의 복부에 비스듬히 묶여 있는 기병용 장검은 계속 말 엉덩이에 부딪쳐 흔들거리고, 자꾸만 불쌍한 말을 간지럽힌다. 그리하여 말은 마침내 몸통을 치켜세우고 부지중에 질주해서는, 그 비운의 기수를 밭과 묘지 너머 저편에다 내던져 버린다.

장교들은 이 장면을 흥겹게 구경한다. 마침내 뷔렐빌레르 대위가 측은하게 생각하여 하급장교에게 명령한다. "가서 저 데미안을 도와주게." 명령을 받은 하급장교는 질풍처럼 쫓아가, 그 성난 말에다 가볍게 채찍질하여 조용히 멈추게 한다. 그리고는 고삐를 낚아채고, 분노와 수치가 뒤범벅되어 얼굴을 벌겋게 붉히고 있는 풋내기를 데려온다. 풋내기 앙리는 흥분하여 대위에게 묻는다. "뭐하자는 겁니까?" 이 영원한 공상가는 벌써부터 체포나 결투를 상상한다. 그러나 활달한 성격의 대위는 권력자 다뤼의 조카를 잘 모셔야 한다는 말을 들은 터라 그 즉시 매우 정중해진다. 대위는 자기 동료들을 소개하고, 의심스런 초보자의 이제까지 지내온 경력을 묻는다. 앙리는 흥분하여 얼굴을 붉힌다. 이 속물들에게 자신은 장자크 루소가 태어난 집 앞에서 눈물을 흘리며 서 있었노라고는 도저히 고백할 수 없는 것이다. 그래서 그는 대담하고도 교만하게 행동하는데, 말하자면 뻔히 드러나는 대담함을 가장함으로써 그들 모두의 환심을 사는 것이다. 장교들은 우선 친절하게 고도의 기마병술, 예컨대 말 탈 때는 둘째 손가락과 셋째 손가락 사이에 고삐를 똑바로 잡아야 한다든가, 군도를 직선으로 휘둘러야 한다는 것, 그 밖에 여러 가지 군사비밀들을 가르친다. 그런데 앙리 베일은 당장에 자신이 군인이나 영웅이라도 된 기분에 사로잡힌다.

그는 자신을 영웅으로 느끼거나, 적어도 다른 누군가가 그의 용기를 의심하는 것을 허용하지 않는다. 그는 서투른 물음이나 한숨이 입 밖에 나올 것 같으면 차라리 혀를 깨물 것이다. 세계적으로 유명한 생 베르나르 통과 후에 그는 태연히 안장에 앉아서, 거의 경멸조로 대위에게 영원히 잊을 수 없는 물음을 던진다. "그게 전부란 말입니까?" 그가 포르 바르 전선에서 몇 발의 포성을 들을 때, 그는 재차 놀라운 말을 던진다. "저런 것이 전쟁이라는 것입니까?" 여하튼 그는 폭약 냄새를 맡았고, 일종의 샌님 기질은 이제 사라진다. 그는 더욱 성급하게 말에 박차를 가해, 이탈리아 남쪽으로 서둘러 내려가며, 이제 다른 기질은 사라져간다. 전쟁의 짧은 모험을 겪고서 에로스의 끝없는 모험에 다가간다.

1801년 마일란트. 포르타 오리엔탈레의 코르소.

전쟁은 피에몬테 지방 여인들의 폐쇄성을 일깨웠다. 프랑스인들이 진주하면서부터 그녀들은 날마다 낡은 마차에 몸을 싣고, 파란 하늘 아래 번개치는 거리를 따라간다. 여인들은 간간히 마차를 세우고, 그네들의 애인이나 정부와 잡담하고, 때로는 뻔뻔스런 젊은 장교들에게 서슴없이 윙크하고, 또 때로는 부채와 꽃으로 뜻깊은 희롱을 벌인다.

밀폐된 그늘 속에서 숨죽인 채, 17세의 하사관은 고상한 여인들을 동경어린 눈으로 바라본다. 그렇다, 앙리 베일은 단 한 번의 전투에도 참가하지 않고 돌연 제6기병대 소속의 하사관이 되었던 것이다. 권력자 다뤼의 친척이라면 무엇이든 이루고도 남을 것이다. 그의 이마에는 프랑스 기병대, 검은 말 갈퀴 모양의 번쩍거리는 금속이 바람결에 휘날리고, 그의 흰 기병외투 뒤로는 커다란 군도가 묵직하게 덜거덕 거리며, 장화의 접지부에는 박차 소리가 울린다. 어제의 키작고 살찐 뚱보 소년이 진정으로 군인다워 보인다.

그는 본래 여기 코르소에서 빈둥거리며, 날마다 칼집을 닫아놓고 여인들을 동경어린 눈으로 바라볼 것이 아니라, 그의 중대에 합류하여 민치오 배후의 오스트리아군을 습격하는 데 가담할 일이었다. 그러나 이미 17세의 앙리는 그따위 전쟁놀이를 싫어할 뿐만 아니라, "칼 한 번 휘두르는 데 별로 정신이 소모되지 않는다"는 것을 일찍이 터득하고 있었다. 누군가가 막강한 다뤼의 친척이라면, 그는 시시한 사병직으로 근무할 것이 아니라 마일란트의 휘황찬란한 병참본부에 남을 테지만, 야전지에는 이렇다 할 미인도 없으려니와, 특히 번듯한 극장, 치마로 사의 오페라를 공연한다거나 뛰어난 여가수들이 등장하는 우아한 극장이 없는 것이다. 저 이탈리아 북부의 늪지대 여기저기에 야영하면서, 앙리 베일은 그의 본부를 차린다. 극장 5층 건물의 관람석에 불이 켜지면, 그는 항상 최초의 저녁손님으로 찾아온다. 그러면 여인들은 거의 살이 비치는 가벼운 비단옷 차림으로 입장하고, 정복차림의 군인들은 어깨에 단 휘장을 번쩍이면서 서로가 목례를 보낸다. 아, 저 이탈리아 여인들은 얼마나 아름답고, 얼마나 명랑하며 매혹적인가! 보나파르트가 마일란트 남편들의 고통과 해방을 위해 5만 명의 젊은이들을 이탈리아로 파견했건만, 여인들은 이를 얼마나 행복하게 향유하는가!

그러나 유감스럽게도, 그 모든 여인들 가운데 어느 여인도 그르노블 출신의 앙리 베일이 이 5만 명 중에 하나로 선발된 사람이라는 것을 결코 생각하지 못했다. 손님들 앞에서 흰 젖가슴을 스스럼없이 내놓고, 장교들의 턱수염에 입술을 부비는 둥그스레한 얼굴의 옷장사 딸이, 번뜩이는 눈초리에 좁게 파인 검은 눈의 이 원추형 머리 사내—그녀는 그를 농담조로, 또 조금은 무심한 투로 '중국인'이라 칭하는데—가 그녀에게 홀딱 빠져 있다는 것을 그들이 어찌 알겠는가? 더군다나 그가 조롱은 하면서도 일말의 동정심은 없지 않은 이 여인을 도달 불가능한 우상처럼 밤낮으로 꿈꾼다는 것, 그리고 그가 서민 출신의 이 뚱뚱한 신부를 그의 낭만적 사랑을 통하여 언젠가는 불멸의 존재로 만들리라는 것을 그들이 어찌 알겠는가? 그가 매일 저녁 다른 장교들과 파라오놀이를 하러 왔을 때, 그녀가 말을 걸면 말할 것도 없이 그는 멍청하고 수줍은 표정으로 구석에 앉아서는 얼굴이 창백해진다. 그런데 그가 한 번이라도 그녀의 손을 잡고, 은근히 무릎을 그녀의 무릎 쪽으로 밀착시켰다든가, 또는 그녀에게 편지를 보냈다든가, 아니면 "오, 내 사랑"이라고 속삭인 적이 있었던가? 그 밖의 노골적인 행위들은 프랑스 기병장교들에게는 늘상 있는 일인데, 젖가슴이 큰 안젤라는 꼬마 하사관을 거의 주목하지 않는다. 마찬가지로 미숙아 역시 그녀가 자신을 원하는 사람이면 누구에게나 얼마나 기꺼이, 그리고 얼마나 자청해서 사랑을 나누어주는지 알지 못한 채, 그녀의 호의를 등한시한다.

그의 기병용 장검이나 기수용 장화에도 불구하고 앙리 베일은 파리에 있을 때처럼 변함없이 수줍어한다. 소심한 돈 후안은 한결같이 동정을 지킨다. 그는 매일 저녁 거대한 폭풍을 잠재우려고 시도하는 것으로, 그의 노트에는 어떻게 하면 여인의 덕성을 효과적으로 극복할 것인가 하는 옛 급우들의 가르침이 상세하게 적혀 있다. 그럼에도 불구하고 사랑하는 여인, 신성한 안젤라의 곁으로 가자마자 저 이론적인 난봉꾼 카사노바는 그 즉시로 주눅이 들고, 혼란에 빠져 소녀처럼 얼굴을 붉히는 것이다. 완전한 남성이 되기 위해 그는 마침내 동정을 바치기로 결심한다. 마일란트의 어느 직업여성이 그에게 제단을 제공한다(그는 뒤에 수기에서 "나는 그녀가 누구이고 어떤 여인인지 완전히 잊었다"고 적고 있다). 그러나 유감스럽게도 그녀는 그의 첫 선물의 대가로 몹시 불결한 것을 선사한다. 자칭 원수의 부하들이 부르봉에서 이탈리아로 전파했고, 그 뒤로는 프랑스인들의 대명사가 되고 있는 병을 그에게 되돌려준다. 그리하여 비너스의 부드러운 봉사를 갈구하는 군신軍神은 수년간이나 엄격한 신 헤르메스의 형벌을 받는다.

1803년 파리. 다시 5층 다락방으로 돌아오고, 다시 시민으로 복귀한다. 군도는 없어지고, 박차와 연결선, 중위사령장은 구석에 처박혀 있다. 그는 병정놀이에서 많은 것을 얻었고, 그것을 신물나게 맛보았다. 그랬기에 "나는 그것에 취했다"고 그는 말한다. 덜 떨어진 사람들이 그에게 불순한 마을의 경계근무를 맡기면서, 말을 빗질하고 명령에나 따르기를 요구했을 때, 앙리 베일은 당장에 군복을 벗고 말았다. 순순히 복종하는 것은 이 고집불통에게는 도저히 안 될 말이다. 그의 최고행복은 "그 누구에게도 명령하지 않고, 누구의 예속자도 되지 않는 것"이다. 그리하여 그는 국방장관에게 사임장을 동봉한 짧은 편지를 쓰는 동시에, 인색하기 짝이 없는 아버지에게도 돈을 좀 썼으면 좋겠다고 편지 한 통을 따로 쓴다. 그런데 앙리가 그의 책들에서 가장 온유한 어조로 비방하는 호칭은 놀랍게도 "잡종" 내지 "아버지"이다(어쩌면 그의 아버지는 그가 여인들을 대하듯이 미숙하고 과묵하게 그를 사랑하는 것인지 모른다). 하지만 그가 그의 수기에서 항상 조롱조로 칭하는 아버지는 사실은 매달 빠짐없이 돈을 보내는 것이다. 그것이 물론 많은 돈은 아니지만, 그것으로 그럴 듯한 옷을 맞춘다거나 화려한 넥타이를 구입하고, 게다가 희극작품을 쓰기 위해 백지를 사는 데는 충분한 액수이다. 바로 이 시점에 그는 새로운 결심을 하고 있다. 앙리 베일은 더 이상 수학을 공부하려는 것이 아니라 극작가가 되려 한다.

우선 그는 이를 실행하는 방식으로 '코미디 프랑세즈'에 자주 가서 코르네유와 몰리에르 극을 익힌다. 그러자 두 번째 경험이 열리는 데, 이는 장래의 극작가에게 매우 중요한 의미를 갖게 된다. 요컨대 극작가가 되려면 여성에 대한 지식을 얻어야 하고, 사랑하고 사랑받고, "아름다운 영혼"과 "사랑하는 영혼"을 찾아야 하는 것이다. 그는 이에 따라 아델 르부페Adèle Rebouffet에게 화려한 저택을 만들어주고, 이 불운한 애인의 낭만적 욕망을 종국에 이르도록 향유한다. 다행히도 주인공의 욕망을 일주일에도 여러 번 추악한 방식으로 풀어주는 것은 음탕한 어머니(일기에 적고 있듯이)이다. 이런 것은 재미있고 교훈적이기도 하지만, 그러나 어떤 식으로든 예의바르고 열광적이며, 위대한 사랑은 아닌 것이다. 그래서 앙리는 끊임없이 숭고한 사랑의 우상을 찾아다닌다. 마침내 코미디 프랑세즈의 자그마한 인기 여배우 루아송이 그의 이글거리는 열정을 사로잡고, 더할 나위 없는 그의 총애를 한몸에 받는다. 그렇지만 앙리는 여인이 그를 거부하던 때보다 사랑에 깊이 빠지지 않는데, 왜냐하면 그는 오로지 도달할 수 없는 것만을 사랑하기 때문이다. 20세의 청년은 이렇듯 뜨거운 불꽃을 태우고 있는 것이다.

1803년 마르세유. 거의 믿을 수 없을 만큼 놀라운 변화가 일어난다. 그가 정말 나폴레옹 군대의 퇴역중위이자 파리의 신사, 어제까지만해도 시인이었던 앙리 베일이란 말인가? 그가 정말 마르세유 항구 왼쪽으로 나 있는 지저분한 소로의 계산대, 기름과 무화과 썩는 냄새로 진동하는 진열대에 앉아서, 검은 앞치마를 두르고 식민지 상품 소도매상, 뫼니에사社 잡화를 팔고 있는 판매원이란 말인가? 저것이 어제까지도 운문으로 장엄한 감정을 격조 있게 노래했으면서도, 오늘은 건포도와 커피·설탕과 밀가루를 소매하고, 고객들을 부추기고, 세관원과 공무원들에게 뇌물을 주는 숭고한 영혼의 소유자란 말인가? 틀림없다. 바로 그가 원형 머리의 고집쟁이 앙리 베일인 것이다. 트리스탄이 거지로 분장하여 연인 이졸데에게 접근하고, 공주가 시동 옷을 차려입고 십자군 대열의 믿음직한 기사를 따라갔다면 — 저 앙리 베일은 영웅적인 것을 이행하는데 — 그는 여기 마르세유 극단에 나오는 그의 연인 루아송을 따라오기 위하여, 잡화상에서 빵 굽는 일을 거들고 자질구레한 물건을 파는 점원이 되어 있었다. 누군가 극장에서 나오는 여배우를 데려가서 애인으로서 잠자리를 같이할 때, 날마다 설탕과 밀가루를 흠뻑 손에 묻히는 것은 어찌된 일인가?

얼마나 멋진 시간을 보내고, 얼마나 훌륭한 성취감을 맛보는가! 그러나 안타깝게도 낭만주의자란 그의 이상에 가까워질수록 점점 더 위험해지는 법이다. 사람들은 금세 동경의 남쪽 도시 마르세유가 그르노블과 똑같이 남방인들의 시끄러운 몸짓으로 촌스럽고, 길거리는 파리의 그것처럼 냄새나고 불결하다는 것을 발견하게 된다. 정열의 여신과 동거하는 사람일지라도, 이 여신이 항상 아름답지만 감정이 둔하다는 것을 경험하면 실망할 수 있으며, 또한 그럼으로 해서 그는 권태를 느끼기 시작할 것이다. 드디어 어느 날인가 그 여신이 극단에서 해고되어 구름처럼 파리로 떠나갈 때, 그는 기쁜 마음까지도 들게 된다. 다음날 쉬지 않고 다음 것을 찾기 위해서, 환영에서 불현듯 깨어나는 것이다.

1806년 브라운슈바이크. 다시 의상을 갈아입는다.

다시 의복을 갈아입지만, 더 이상 투박한 하사관 군복이 아니고, 오직 세탁소 여주인이나 여재봉사에게서 볼 수 있는 모습으로 분장한다. 이제 대군의 재정감독관 앙리 베일이 슈트롬 백작이나 브라운슈바이크 사교계의 어느 저명인사와 함께 거리를 활보하면, 독일 상류층 사람들은 모자를 벗고 정중하게 인사를 하느라 법석대는 것이다. 그러나 그는 예전의 앙리 베일이 아니어서, 약간은 그에 대한 수정이 필요하다. 그가 독일에서 그렇게 존엄스런 자리에 있으면서부터는 "앙리 베일 경"이 그의 칭호로 통한다. 물론 나폴레옹이 그에게 귀족 칭호를 수여한 것도, 어떤 작은 직책이나 그 밖의 훈장을 수여한 것도 아니었다. 다만 재빠른 관찰자 앙리 베일은 참새가 방앗간에 모이듯 허영심 있는 독일인들은 칭호를 좇는다는 것을 단번에 알아차린다. 그리고 여러모로 귀엽고 탐스러운 금발의 남자에게 춤을 청하는 귀족사회에서는 천민으로 보이고 싶지 않은 것이다. 알파벳 중에서도 저 두 글자 때문에, 호사스런 의복은 더더욱 특별한 후광으로 빛을 발한다.

본래 이 임무는 앙리 베일에게 짜증스럽게 여겨졌다. 그는 약탈지역으로부터 7백만의 군세軍稅를 긁어모아 정리하고 편성해야 하는 것이다. 그는 이 일을 보기 좋게, 그것도 왼손으로 신속하게 처리하고, 오른손은 남겼다가 당구를 친다거나 사냥총을 발사하는 등, 좀더 부드러운 만족을 얻는 데 사용한다. 독일에도 마음에 드는 여인은 존재한다. 금발의 귀족 출신 민헨에 대해 그는 플라토닉한 사랑의 욕구를 발산할 수 있는 것이다. 무도한 자들이 크나벨후버라는 아름다운 가명의 친구 연인을 가로채어 밤마다 그녀의 욕구를 풀어주지만, 앙리는 이로 인해 안정을 되찾았다. 아우스터리츠와 예나의 태양으로 그녀의 수프를 요리하는 원수와 장군들에 대해 질투심도 갖지 않고, 그는 전쟁의 어두운 그늘 속에 가만히 앉아, 책을 읽고 독일시를 번역하고, 누이 폴린Pauline에게는 놀랄 만큼 아름다운 편지도 쓴다. 점점 더 현명하고, 점점 더 대가다운 풍모를 지니면서 그는 삶의 예술가로 발전해 간다. 전쟁터에서는 항상 낙오된 여행객이지만, 모든 예술에는 지적인 애호가인 것으로, 그는 자유로워질수록 자기 자신에게 접근한다. 세상을 많이 알면 많이 알수록, 그에 대한 통찰력을 더욱 훌륭하게 체득한다.

1809년 빈, 5월 31일 쇼텐 교회. 어둡고 침침한 새벽녘.

첫 번째 긴 의자에는 검고 초라한 상복의 몇몇 노인과 노파들이 무릎꿇고 앉아 있다. 이들은 로라우 출신의 착한 노인, 하이든 아버지의 친척들이다. 프랑스인의 총탄이 돌연 사랑스런 도시 빈으로 무섭게 날아들었을 때, 저 선량하고 백발이 성성한 노인은 총탄에 맞아 비명횡사했던 것이다. 국가國歌의 작곡자 하이든은 애국심에 불타는 음성으로 "프란츠 황제를 보살피소서!"라고 목이 메어 더듬더듬 노래를 끝마쳤다. 그들은 굼펜도르프 변두리 지역 조그만 집으로부터 어린애같이 가벼운 육신을 끌어내어, 행진하는 군대의 소란한 와중을 지나 시신을 빨리 묘지에 안치해야만 했다. 이제 쇼텐 교회에는 빈 음악가들이 거장을 위해 진혼곡을 연주하고, 수많은 사람들이 그를 찬미하여 점령당한 집에서 뛰쳐나왔다. 어쩌면 그들 중에는 마구 헝클어진 사자머리의 작은 기인 베토벤이 끼어 있었는지도 모를 일이며, 또 어쩌면 슈베르트라 불리는 리히텐탈 출신의 열두 살배기 꼬마가 합창대열에 섞여 있었는지도 모를 일이다.

그러나 그 누구도 여기서 다른 자를 주목하지 않는다. 마치 프랑스 고급장교 같은 인물이 돌연 정복차림으로 나타나는데, 그는 화려하게 수놓은 궁중복 차림의 문예부원장을 따라서 들어오는 것이다. 모든 참석자들은 깜짝 놀란다. 그러나 선량하고 인자한 하이든 부친의 영결식에서 애도의 뜻을 전하려는 프랑스 침략자를 몰아내고자 했을까? 아니다, 절대로 그렇지 않다. 대군의 감독관, 앙리 베일 경은 완전히 사적인 용무로 참석한다. 그는 병영 어디에선가 이 영결식에 모차르트의 진혼곡이 연주된다는 말을 들었던 것이다. 이 의심스런 군인은 모차르트나 치마로사의 곡을 듣기 위해선 수백 마일도 멀다 않고 달려올 사람으로, 그에게는 이 경애하는 대가들의 40곡조가 4만의 전사자를 낸

번드르르한 세계사적 전투보다 더욱 소중하기 때문이다. 그는 조심스럽게 교회 의자로 걸어 들어와, 이제 천천히 연주되는 음악에 귀기울인다. 기이하게도 그에게는 진혼곡이 들려오는 것이 아니라, "너무 시끄러운" 소리가 들려오는 것으로 여겨진다. 그것은 "그가 생각하는" 모차르트 진혼곡, 새의 날개처럼 가볍고 유유한 곡이 아니다. 모차르트의 경우 예술은 언제나 전체적으로 명확한 윤곽과 음률적 한계를 초월하며, 인간의 목소리를 뛰어넘어 야성적이고 무구속적 영원성의 요소로 상승하는 데 반해, 지금 들려오는 곡은 그의 귀에 이질적이다. 저녁 때 케른트너토어 극장에서도 《돈 후안》은 쉽게 이해되지 않는다. 연주회장의 베토벤이(그는 베토벤에 대해 전혀 알지 못하고 있음) 한번 북풍의 거친 선율을 그에게 퍼부었다면, 스탕달은 이 성스러운 혼돈 앞에서 바이마르의 위대한 형제시인 괴테만큼이나 놀라워했을 것이다.

미사는 끝났다. 쾌활한 표정의 앙리 베일이 번쩍거리는 정복차림으로 당당하게 교회에서 걸어나와 묘지를 어슬렁거리며 따라간다. 그는 이 아름답고 깨끗한 도시 빈과 좋은 음악을 만드는 이 도시인들을 매혹적이라고 생각하며, 이 때문에 저 북부의 다른 독일인들처럼 거칠고 심각하게 깎아내리는 법을 모른다. 그는 본래 그의 소관부처로 돌아가 대군의 물자조달을 관장해야 했으나, 그것은 사소한 일로 여겨진다. 사촌 다뤼는 노새처럼 일만 할 것이고, 나폴레옹은 곧 승리를 획득하리라. 나폴레옹은 일에 재미를 느끼는 별난 괴인들을 창조하였고, 그들은 그 덕분에 잘살 수 있으니 얼마나 잘된 것인가. 이렇게 다뤼의 사촌 앙리 베일은 어릴 적부터 감사할 줄 모르는 악마의 예술을 실행하면서, 빈에 있는 다뤼 부인의 일벌레 남편에 대한 고통을 덜어줄 만한 더 편안한 직무를 선택한다. 은인의 부인에게 따뜻한 감정과 부드러운 태도로 선행을 베풀지 않는다면, 이는 은인을 배반하는 것이리라. 그들은 함께 말을 타고 나와 프라터 쪽으로 달려간다. 그의 부서진 욕망의 집 속에는 갖가지 친밀한 감정이 착종되어 있다. 그들은 화랑과 보석상, 귀족의 아름다운 고성을 구경하며, 그러다보면 어느 때는 경쾌하게 달리는 사륜마차를 타고 바그람 병사들이 치열하게 전투를 벌이고, 또 남편 다뤼가 곤경에 허덕이는 헝가리 국경 쪽까지 나아간다. 오후는 사랑으로 넘실대고, 저녁은 가장 좋아하는 모차르트와 그의 불멸의 음악으로 채워진다. 점차 감독관 의복을 입고 있는 기이한 인간은 그의 모든 삶의 의미와 기쁨이 예술에 있다는 사실을 깨닫는다.

1810년에서 1812년, 파리. 제국의 융성기.
점점 더 화려해진다. 돈 있는 한량—공적이 없음을 누가 알랴!—이 부드러운 여인의 도움으로 추밀원 고문관 겸 황실 재정감독관이 되었다. 그러나 다행히도 나폴레옹은 그의 자문역을 별로 중요시하지 않는다. 그들은 시간이 있고, 신나게 산보할 수 있는 것이다—아니, 마차 여행을 다닐 수 있는 것이다! 그도 그럴 것이 앙리 베일의 지갑은 이 갑작스런 직무금으로 가득 채워져 있고, 그리하여 그는 자신의 번쩍거리는 전용마차를 몰면서 카페 드 푸아Café de Foy에서 식사하고, 게다가 일등 재단사를 고용하고 있기 때문이다. 그의 사촌 부인과의 관계는 여전한데, 그 밖에도 베레테르Bereyter라 불리는 무용수와 관계한다(젊은날의 이상이 아니겠는가!). 20대보다 30대에 더 많은 여복을 누리는 것은 참말로 기이한 일이며, 남성이 차가워지면 차가워질수록 여성은 더욱 열정적이 된다는 것은 무어라 설명하기 힘든 것이다. 가난한 학생에게는 그리도 밉게 보였던 파리가 이제 서서히 마음에 들기 시작한다. 진정코 삶은 아름다워진다. 그리고 무엇보다 삶이 가장 아름다운 것은 돈뿐만 아니라 시간 또한 있다는 것, 게다가 시간이 넘쳐서 여유 있게 멋진 이탈리아를 회상해 보고, 그 세계로부터 《미술사*Histoire de la peinture*》라는 책 한 권을 쓸 수 있다는 사실이다. 아, 예술사적 작품을 저술한다는 것, 특히 앙리 베일 같은 사람이 편안하게 앉아서 그것을 완성한다는 것, 4분의 3 이상은 그저 남의 것을 베끼고, 나머지만은 익명과 익살을 섞어가며 제멋대로 행간을 채운다는 것, 이는 정말 유쾌하고 기상천외한 만족이 아닐 수 없다. 단순히 향락자로서 정신적인 것에 근접한다는 것 자체가 얼마나 행복한 일인가! 어쩌면 앙리 베일은 잃어버린 시간과 여인들을 회상하기 위해 나이 들면 한번 글을 쓰리라 생각하는지 모른다. 그렇지만 현재로는 그럴 필요가 없는 것이 삶은 과분할 정도로 풍족하기 때문이다. 삶은 작업실의 삶을 게을리해도 좋을 만큼 풍요롭고 아름다운 것이다!

1812년에서 1813년. 약간의 방해.

나폴레옹은 다시 한 번 전쟁을, 그것도 이번에는 몇천 마일 떨어진 곳에서 전쟁을 주도한다. 그러나 헤아릴 수 없이 먼 나라 러시아가 그 호기심 많은 탐험가를 전쟁터에 꾀어들인다. 한번 크렘린 궁전과 러시아인들을 구경하고, 국가 재정으로 동방 여행을 떠나, 당연히 후방에 머물면서 이탈리아와 독일·오스트리아에서 그랬듯이 안락하고 위험 없이 지낼 절호의 기회가 아닌가? 실제로 그는 위대한 남편에게 보내는 마리 루이제*Marie Luise*의 편지로 채워진 가방을 받으면서, 그녀의 청에 따라 호사스런 의장마차와 모피로 두른 썰매를 보내어 비밀우편을 가져오도록 명령한다. 목전에서 보는—앙리가 경험하여 알고 있는—전쟁은 그에게는 항상 죽도록 지루했기에, 그는 아무도 모르게 개인적인 놀이 몇 가지를 즐긴다. 12권의 가죽 띠를 입힌 수기집 《미술사》 사본이 그것으로, 이는 몇 년 전부터 시작된 흥미로운 유희인 것이다. 도대체 혼자서 일하기에는 참모본부처럼 좋은 곳이 어디 있겠는가? 그는 가만히 생각해 본다. 드디어 탈마Talma 또한 모스크바에 와서 거대한 오페라를 공연할 테고, 지독한 권태는 모면하게 되리라. 그러면 새로운 변화가 생기리라. 폴란드 여인들, 러시아 여인들….

　앙리 베일은 도중에 연극이 공연되는 역에만 마차를 세운다. 전쟁 속에서 여행하는 중에도 음악 없이는 지낼 수 없으며, 어딜 가나 예술은 그의 동반자임에 틀림없다. 그러나 정말로 놀라운 연극은 러시아에서 그를 기다리고 있는 것이다. 불타는 세계도시 모스크바는 네로 황제 이래로는 어느 시인도 관람하지 못한 대광경을 연출하고 있으니 말이다. 앙리 베일은 이런 파토스적 동인에도 불구하고 송시라고는 짓지 않는다. 그의 편지들은 이 불유쾌한 사건에 대해서는 거의 언급하는 바가 없다. 일찍부터 이 기묘한 향락자에게는 대대적인 세계의 무력시위가 열 곡조의 음악이나 한 권의 양서만큼도 소중하지 못한 것이다. 예술을 통한 심장의 미세한 전율이 보로디노에서 울려오는 포성보다 한층 더 그를 감동시킨다. 그는 자신의 삶과 다른 역사에 대해서는 별로 의미를 두지 않는다. 그리하여 그는 거대한 불기둥에서 예쁘게 매달린 볼테르를 낚아올려 기록하며, 이를 모스크바의 기념품으로 고이 간직하려고 한다. 그러나 이번 전쟁의 혹독한 여파는 이 방관자의 발가락까지 떨리도록 깊숙이 침투한다. 베레지나에서 병참관 베일은 별 탈 없이 면도할 여유를 갖지만(그런 걸 생각하는 유일한 장교이리라), 그러나 부서진 다리를 건너지 않으면 목숨이 경각에 달려 있다. 일기며 그의 수기《미술사》, 전쟁에서 낚아올린 주옥 같은 기록문, 말과 모피, 여행용 가방 등은 코사크인들의 수중에 들어간다. 몸에는 그저 갈기갈기 찢어진 옷을 걸치고, 비렁뱅이처럼 더러운 모습으로 쫓기면서, 게다가 피부는 혹한으로 덜덜 떨면서 프로이센으로 피신한다. 그런데도 그는 오페라를 통해 가쁜 숨을 가다듬는다. 다른 사람들이 목욕탕으로 달려갈 때, 그는 음악을 들으러 달려가 원기를 회복한다. 이처럼 대군의 전멸로 끝난 러시아 원정은 그에게 이틀 저녁 사이에 연주되는 간이곡보다 문제시될 게 없다. 귀환 도중 쾨니히스베르크에서 열린 〈티투스의 자비〉와 전선으로 이동중 드레스덴에서 공연된 〈비밀결혼〉이 그것이다.

1814년에서 1821년 마일란트. 다시 서민으로 돌아오다.

앙리 베일은 전쟁을 지겹고도 신물나게 겪는다. 이젠 어떤 전투도 이웃집 싸움 같고, 어느 것이나 그렇고 그래서 "실상은 아무것도 아닌 것"이 되어 버린다. 그는 모든 과제와 직무들, 조국이니 싸움질, 서류니 장교니 하는 따위에 싫증이 난다. 나폴레옹이 '전쟁광증'을 보이면서 다시 한 번 프랑스 정권을 탈취하건 말건, 그건 상관없는 일이다. 그의 일에 병참관 앙리 베일은 전혀 소용되지 않는다. 앙리는 누구에게도 명령하는 법이 없고, 누구에게도 복종하지 않는다. 그는 가장 자연스러우면서 가장 힘든 것만을 욕구한다. 끝까지 그는 자기 자신의 삶을 영위하고자 한다.

이미 3년 전, 그러니까 두 번의 커다란 나폴레옹 전쟁을 치르는 사이에 그는 지갑에 이천 프랑을 소지하고, 어린애처럼 즐거움에 벅차서 이탈리아로 휴가를 떠난 바 있었다. 벌써 그의 청춘기에 대한 향수가 시작되었던 것으로, 그것은 죽는 날까지 노년의 앙리 베일을 떠나지 않는다 ― 청춘기란 이탈리아 시절을 의미한다. 마차가 낡은 통로를 터덜터덜 굴러간 이래로, 그는 꼬마 하사관으로서 이탈리아와 여인 안젤라를 수줍고 부끄러운 태도로 사랑했으며, 이제 와서 갑자기 그에 대한 생각에 참을 수 없게 된 것이다. 그는 저녁 무렵 마일란트에 도착한다. 손과 얼굴의 흙먼지를 재빠르게 닦아내고, 옷을 부리나케 갈아입자마자, 그는 음악을 듣기 위해 마음의 고향, 극장 쪽으로 달려간다. 그리고 그의 말처럼 실제로 "음악은 사랑을 일깨운다."

다음날 아침부터 그는 서둘러 그녀에게 달려가 자신이 왔음을 알린다. 그녀는 여전히 아름다운 모습으로 나타나 정중하게 인사하지만, 그러나 낯설다는 표정이다. 그는 앙리 베일이라고 자신을 소개하는데, 그 이름은 그녀에게 생소할 따름이다. 그리하여 그는 주앵빌과 다른 친구들 이름을 기억해 내기 시작한다. 그제서야 사랑하는 여인, 수천 번 꿈꾸었던 여인의 얼굴이 환해지면서 미소를 머금는다. "아, 당신은 그 중국인이군요." 경멸조의 별명은 그녀가 이 낭만적 애인에 대해 알고 있는 유일한 것이다. 물론 앙리 베일은 이제 17세의 소년이 아닐 뿐더러 아무 짓도 못하는 얼간이 또한 아니다. 그는 대담하고 노골적인 태도로 당시와 현재의 열정을 고백한다. 그녀는 놀란다. "그러시면 왜 그걸 내게 얘기하지 않으셨죠?" 그녀는 너그러운 여자에게는 대수롭지 않은 일쯤이야 쾌히 승낙했을 것이라는 자세인데, 아직도 그럴 시간이야 얼마든지 있는 것이다.

이렇게 하여 낭만주의자는 11년이나 지난 뒤일망정 그 즉시로, 안젤라를 정복한 저 사랑의 승리일, 즉 9월 21일 11시 30분이라는 날짜를 멜빵끈에다 새겨넣을 수 있게 된다. 하지만 그런 뒤로 앙리는 파리로 급히 되돌아갔다. 1814년에 다시 한 번, 아니 마지막으로 그는 전쟁에 들떠 있는 코르소 지방을 감독하기 위해 파견된다. 조국을 방어해야만 하지만, 천만다행으로 파리에 세 명의 황제가 입성한다 — 정말 다행스런 까닭은 무책임한 프랑스인 앙리는, 비록 자국의 패배라 할지라도, 일단은 전쟁이 끝난다는 데는 기쁨을 감출 수 없기 때문이다. 이로써 그는 마지막으로 이탈리아를 향해 떠날 수 있고, 영원히 모든 관직과 조국으로부터 해방될 수 있는 것이다. 멋진 세월을 이탈리아에서 보내면서 앙리는 오직 음악에, 여인들과의 대화에, 창작에, 예술에만 몰두한다. 그는 방종한 안젤라처럼 사람을 간교하게 속이는 그런 여인들은 물론이고, 아름다운 마틸드처럼 부끄러워 거부하는 애인들과 몇 년간 지낸다. 그럼에도 불구하고 그는 그런 세월 속에서 점점 더 많이 자기 자신을 느끼고 인식한다. 그는 매일 저녁이면 극장에서 음악을 들으면서 영혼을 새롭게 순화하고, 또 때로는 당대의 가장 고귀한 시인 바이런과 대화를 즐긴다. 나폴리에서 라베나에 이르는 그 모든 이탈리아의 아름다움, 예술정신으로 교화된 그 모든 풍부함이 이렇게 함으로써 그 자신 속에 집약되는 것이다. 아무도 구속받지 않고, 아무도 방해하지 않는다. 그 자신이 주인이라면, 다른 한편으로는 그 자신이 명인인 것이다. 형용할 수 없는 자유의 세월이여! "자유 만세!"

1821년 파리. 자유 만세라고? 안 될 말씀. 이탈리아에서 자유를 언급하는 것은 더 이상 쓸데없는 소리다. 오스트리아 신사와 관리들은 이 말을 들으면 얼굴을 사납게 찌푸린다. 책도 마음대로 써서는 안 되는 것이다. 《하이든에 대한 서한집 *Briefe über Haydn*》이 표절이고, 그 밖에 《이탈리아 미술사》의 4분의 3 이상, 또는 《로마, 피렌체, 나폴리》 같은 책들이 완전히 표절이라고는 하지만, 책장들 사이 곳곳에는 오스트리아 당국의 코를 간질이는 각종 양념이 들어 있는 것도 알지 못하고 그렇게들 말하기 때문이다. 곧 오스트리아의 엄격한 검열관 바부르셰크 ―이름 한번 희한하지만, 이것이 실명임을 아무도 모르리라!―는 빈 경찰국장 제들니츠키에게 그 책들 속에 들어 있는 "수많은 지적사항"을 보고할 참이다. 이런 식으로 자유정신의 소유자이자 자유거주민 앙리는 쉽게 위험에 빠진다. 오스트리아인들은 그를 비밀결사당원으로 간주하는가 하면, 이탈리아인들은 그를 스파이로 간주한다—좋게 말해 그는 다시 환상을 얻기 위해 초라해지고 도망다닌다. 그런데 먼 안목으로 보면 자유를 위해서는 단 한 가지, 요컨대 돈이 필요한 것이다. 좀처럼 부친에게는 정중한 법이 없는 이 아버지의 서자는 이제 와서 그가 얼마나 얼간이 바보였는가를 명확히 깨닫는다. 부친은 그의 말썽꾸러기 자식에게는 약간의 돈도 남겨놓지 않았던 것이다. 그러니 어디로 갈 것인가? 그르노블은 숨이 막힌다. 부르봉가의 식충들이 빈둥빈둥 국고를 탕진한 이래로, 전선 후방에서의 멋지고 안락한 마차여행도 안 됐지만 벌써 지나간 일이다. 그리하여 앙리는 파리의 다락방으로 되돌아가 일할 준비를 갖춘다. 책을 쓰고 작업하는 것, 그것은 이제까지 순수 만족과 예술향유의 즐거움에 불과했었다.

1828년 파리. 철학자의 처 트라시 부인의 살롱.

깊은 밤. 양초가 거의 아래까지 타들어간다. 신사들은 카드놀이를 하고, 나이든 트라시 부인은 소파에 앉아 어느 후작 및 그녀의 친구들과 담소하고 있다. 하지만 그녀는 제대로 대화에 집중하지 못하고, 상대의 말소리를 들으려고 계속해서 귀를 불안하게 곤두세운다. 저기 뒤편 벽난로 근처의 다른 방에서 그들의 대화를 방해하는 갖가지 잡음이 들려오기 때문이다. 깔깔거리는 여인의 웃음과 크고 묵직한 어느 신사의 함박웃음이 들려오는가 하면, 이어서 "절대로 아니오, 그건 말도 안 되는 소리지" 하는 격노한 외침이 들려오고, 그리고는 다시 본래의 웃음이 터져나온다. 트라시 부인은 신경이 예민해진다. 이건 볼 것도 없이 항상 숙녀들을 뜨겁게 얼러대는 앙리 베일인 것이다. 그 밖에는 정말 영리하고 예민한 인간이자 호탕하고 쾌활한 인간이건만, 그러나 배우들과의 교제, 특히 이 이탈리아 부인 파스타와의 교제가 그를 형편없이 예절 없는 인간으로 만들었다. 트라시 부인은 손님들에게 잠깐 실례한다고 말하고, 아랫방으로 재빨리 건너가 좀 정숙해 달라고 요구한다. 그는 때맞춰 일어난다. 그리고는 마치 그의 비대함을 감추려는 듯, 럼주 한 잔을 손에 든 채 벽난로의 그늘가로 몸을 숙이는데, 이런 일화들은 총 쏘는 병사가 얼굴을 붉힐 만큼 불꽃을 튀긴다. 숙녀들이 웃고 항변하면서 달아날 것 같지만, 그들은 이 유명한 말재주꾼에게 사로잡혀 언제나 다시 신기하고 흥분된 모습으로 되돌아온다. 그는 바커스 신의 아들처럼 보인다. 얼굴은 붉고 번지르르하며, 눈은 초롱초롱 빛나고, 기질은 호쾌하고도 영악하다. 이제 트라시 부인이 다가온다. 그는 그녀의 냉랭한 눈빛에 한풀 꺾여 말문을 닫는다. 숙녀들은 그 기회를 빌려 미소띤 얼굴로 슬그머니 꽁무니를 뺀다.

곧 불이 꺼진다. 하인들은 촛농이 흐르는 샹들리에를 가지고 손님들을 계단 아래로 배웅한다. 밖에는 서너 대의 마차가 기다리고, 숙녀들은 각자 그녀의 남자들과 마차에 동승한다. 앙리 베일은 홀로 남아 우울한 심정으로 발길을 돌린다. 아무도 그와 함께 가지 않고, 아무도 그를 초대하지 않는다. 일화들을 이야기하는 것으로 그는 충분히 만족한다. 그렇지 않다면 그는 더 이상 여인들에게 아무짝에도 쓸모없을 것이다. 퀴리알 백작부인은 전처럼 무용수를 후원하는 데 돈이 부족하다는 이유로 그를 해고시킨다. 앙리 역시 서서히 늙어가는 것이다. 그는 낙담한 채 겨울비를 맞으며 리슐리외 가에 있는 그의 집을 향해 총총히 걸음을 옮긴다. 의복이 더럽혀져 있지만, 아직 이발사에게 돈도 주지 못한 마당에 그게 대수로운 것이 아니다. 인생의 가장 좋은 시절이 지나가면 모든 게 끝난 것 아닌가 하며 그는 정말 깊은 한숨을 내쉰다. 언짢은 마음으로 그는 꼭대기 층을 향해 힘없이 올라가는데, 그의 호흡은 마냥 무거워 헐떡거린다.

먼저 그는 불을 켜고 서류와 계산서를 훑어본다. 그런데 이 얼마나 비참한 잔고인가! 자산은 바닥나고, 책에서는 전혀 수확이 없다. 몇 년이 지난 현재 정확히 27권의 '사랑'에 대한 책들이 팔려나갔다. 불과 얼마 전만 해도 출판인은 "그의 책이 성스럽다고 하는 까닭은 어느 누구도 그런 감동을 자아내지 못하기 때문"이라고 그에게 철면피처럼 말한 바 있었다. 하루에 5프랑의 방세가 밀리고, 어느 귀엽고 발랄한 청년에게는 상당한 빚이 남아 있지만, 불쌍하게도 여인과 자유를 사랑하는 뚱뚱한 노신사에게는 여력이 없는 것이다. 이럴 때는 모든 것을 결산하는 것이 최후의 방편이다. 그는 2절지 종이를 꺼내서 이 우울한 한 달 사이에 다음과 같은 네 번째 유서를 적는다. "본 서명자는 나의 사촌 로맹 콜롱에게 리슐리외 가 71번지 내 호텔에 소유하고 있는 모든 것을 양도한다. 나는 직접 공동묘지로 이관되기를 바라며, 내 장례비용은 30프랑 이내로 한다." 그는 물론 추신을 남긴다. "내가 끼친 모든 폐에 대해 로맹 콜롱에게 부디 용서를 비는 바이다. 나는 무엇보다 이 회피할 수 없는 사건으로 말미암아 슬픈 일이 발생하지 않기를 간절히 부탁한다."

"이 회피할 수 없는 사건으로 말미암아"라는 문구 — 내일 친구들이 전갈을 받고 달려와 군용 권총의 탄환이 두개골에 박혀 있으면, 그들은 그 뜻을 이해하게 되리라. 그러나 다행히도 앙리 베일은 오늘도 피곤하다. 그는 자살을 하루 더 미루는데, 다음날 아침에는 친구들이 찾아와 그의 울적한 기분을 유쾌하게 해준다. 이때 친구들 중에 하나가 그의 방을 거닐다가 '쥘리앵'이라는 표제의 흰 2절지 종이를 발견한다. 그 친구는 호기심이 생겨서 이게 무슨 의미인가를 묻는다. 그러자 스탕달은 소설 하나를 쓰려던 참이라고 능청스럽게 대꾸하는 것이다. 이를 읽어본 친구들은 매우 감동스러워하면서 이 상심한 인간에게 용기를 북돋아준다. 이렇게 해서 실제로 그의 작품이 시작되는 것이다. 제목 '쥘리앵'은 삭제되고, 나중에 불멸의 명칭이 되는 '적과 흑'으로 대치된다. 이 날부터 앙리 베일은 정말 사라지고, 다른 이름이 영구한 세월을 살게 된다. 그 이름은 스탕달이다.

1831년 치비타베키아. 새로운 변신.

전함들이 축포를 터뜨리고, 돛대 위의 깃발은 세차게 나부끼며 경의를 표한다. 그때 한 뚱뚱한 신사가 화려한 프랑스 외교관 복장으로 기선에서 내린다. 경례!―수놓은 조끼와 상의와 연결된 바지 차림의 이 신사가 바로 프랑스 총영사 앙리 베일인 것이다. 과거에는 전쟁 덕분이었듯이 이제는 하나의 변혁, 즉 6월혁명 덕분에 그는 다시 한 번 높은 자리에 올랐다. 자유주의자가 되어서 어리석은 부르봉가에 끝까지 반기를 들었던 대가를 보상받는다. 게다가 활동력 있는 여성의 간언이 있었기에 그는 사랑스런 남국의 총영사가 되었던 것이다. 본래는 트리스트에 있기를 원했지만, 유감스럽게도 그곳의 메테르니히 경이 의심스런 책의 저자를 바람직하지 못하다 하여 체류를 거부하였다. 이 때문에 조금은 기분이 상한 채로 치비타베키아에서 프랑스를 대표하게 되지만, 하지만 어쨌든 여기가 이탈리아이고, 봉급도 만 오천 프랑이나 받으니 만족인 것이다.

치바타베키아가 지도상 어느 지점에 있는가를 당장에 알지 못한다고 부끄러워해야 할 것인가? 절대로 그렇지 않다. 이곳은 이탈리아의 모든 도시들 중에서도 가장 형편없는 도시이자, 하얀 석회암으로 덮여 있고, 무더위가 열기를 뿜어내는 쓸모없는 분지인 것이다. 항구가 있지만 그것도 고대 로마 범선이 출항한 이래로 점점 더 모래에 뒤덮여 좁아진 항구일 따름이며, 석회암이 퇴적되어 이루어진 도시는 그야말로 황량하고 공허하여, 여기 있는 "사람은 권태로워 죽을 지경이다." 이 유형지에서 앙리 베일은 로마로 가는 도로가 제일 마음에 드는데, 왜냐하면 로마까지는 불과 17마일이기 때문이다. 앙리 베일은 당장 이 길을 그의 품위를 높이는 데 자주 이용하기로 결심한다. 그는 본래 일을 해야 했다. 보고서를 꾸미고 외교업무도 수행하면서, 자리에 붙어 있어야 당연한 일이었다. 그러나 외무업무에는 까막눈인 베일은 보고서도 전혀 읽지 않는다. 이 앉아 있는 예술에 정신을 소모시킬 이유가 없다는 것이다—차라리 모든 실권을 그는 못된 인간, 그의 하급 관료 타베르니에Tavernier에게 넘겨준다. 이 심술궂은 작자는 그를 미워하는데, 그는 이 부랑자가 그의 빈번한 부재에 대해 떠벌리지 않도록 권세를 만들어주어야 하는 것이다.

앙리 베일은 여기서도 그의 공무를 소홀히 처리한다. 시인을 그토록 지긋지긋한 웅덩이에 빠뜨리는 국가에 대해 속임수를 쓴다는 것이 그에게는 진지한 이기주의자를 위한 영예로운 의무인 것처럼 생각된다. 그렇다면 로마에서 영리한 인간들과 화랑들을 구경하고, 어떤 핑계를 대서라도 파리로 돌아가는 것이 여기서 갈수록 둔감해지는 것보다 훨씬 더 나은 것이 아니겠는가? 항상 골동품 수집가 부치씨를 찾아가고, 똑같이 처량한 신세인 반푼귀족들과 잡담이나 할 수 있는 것인가? 하지만 이런 질문은 오해다. 오히려 그는 거기서 자기 자신과 대화를 나눈다. 이를테면 오래된 도서관에서 몇 권의 연대기들을 사들여, 그 중에서 가장 아름다운 것들을 빼내어 소설로 적는다. 그는 이미 늙어 버린 50년의 경륜으로 여전히 젊은 영혼을 소유하고 있는 듯 서술한다. 그렇다, 그것이 당연한 것이다. 시간을 잊지 않으려고 그 역시 자기 자신을 되돌아본다. 그런데도 그가 서술하는 과거의 수줍은 소년은 뚱뚱한 영사관에게 너무나 먼 것처럼 여겨진다. 그는 창작하는 가운데 "다른 인간을 발견하고 있다"고 믿는다. 앙리 베일, 소위 스탕달은 그의 청춘을 글로 쓰되, 아무도 이 약어 H. B., 이 앙리 브륄라르가 누구였는지 모르도록 부호로 두꺼운 노트 깊숙이 기입해 놓는다. 그리고는 모든 사람이 망각하던 자기 자신을 그 역시도 망각한다. 이것이 자기 젊음의 신생을 표현하려는 유쾌하고도 사기성있는 예술의 유희인 것이다.

　1836년에서 1839년, 파리.
　또다시 재생이 ─기적처럼!─ 일어나고, 그는 또다시 빛으로 귀환한다. 여인들이여, 신의 은총이 깃들기를. 모든 선은 그들로부터 오노니. 얘기인즉 그녀들은 오랫동안이나 외무장관이 된 그 명망 높은 드 몰레 백작을 구워삶아, 국가적인 대사에 그가 스스로 눈을 감도록 만들었다. 정말이지 치비타베키아의 총영사인 앙리 베일 씨는 멋대로 3주의 휴가를 슬며시 3년으로 연장했고, 그의 직무로 돌아갈 생각조차 하지 않고 있는 것이다. 그렇다, 3년간 총영사는 그의 늪 속에서 웅크리고 있는 대신에 파리에서 안락하게 안주하고, 그의 못돼먹은 부하와 있는 것이 아니라 그리스 출신의 도박꾼들과 보내면서 월급을 털어먹는다. 그는 시간이 있어서 기분좋은 것이다. 그는 또다시 사교계에 출입할 수 있지만, 연애사건을 꾀하는 데는 벌써부터 소심해진다. 그는 지금 하고 싶은 것, 특히 인생에 있어서 가장 아름답다고 생각되는 것은 얼마든지 할 수 있다. 호텔 방을 왔다갔다하면서 그는 소설《파름의 수도원》을 집필한다. 근무하지 않고도 두툼한 봉급을 받으니 마음대로 글을 휘갈길 수 있는 호사를 누릴 수 있는 것이다. 그토록 자유로우니 소설 한 권 쓰는 데 사탕이나 진통제가 전혀 필요없는 것이다. 지상에서 자유 이외의 다른 하늘은 그에게 존재하지 않는다.

그러나 그 하늘은 곧 무너져내린다. 강직하고도 너그러운 외무대신, 그의 보호자였던 드 몰레 백작이 —그를 위해 기념비를 세워준 절정기에!— 실각하고, 새로운 권력자 수Soult 원수가 외무대신 직책에 들어선다. 그는 시인 스탕달에 관해서는 아는 바 없고, 단지 교회국가 프랑스를 주장하고 그 대가로 3년간 파리의 극장들에서 여유 있게 앉아 있는 신사 앙리 베일만을 관등서열표에서 발견한다. 장군께서는 처음에는 뭐 이런 사람이 있나 놀라워하다가는, 공문서들은 팽개치고 빈둥거리는 게으른 관리에 대해 격분해 마지 않는다. 그리하여 지체 없이 떠나라는 엄한 훈령이 불벼락처럼 떨어진다. 앙리 베일은 투덜거리면서 관복으로 갈아입고, 시인 스탕달의 옷은 벗어던진다. 54세의 앙리 베일은 타는 듯한 무더위 속에서 피곤하고 짜증스럽게 유형지로 돌아간다. 그러면서 그는 이번이 마지막이라고 느낀다.

1841년 3월 22일 파리.

장대하고 뚱뚱한 남자가 불르바르 너머로 터덜터덜 힘들게 걸어가고 있다. 그러나 여기서도, 그가 멋쟁이 신사처럼 손에 든 지팡이를 빙빙 돌리면서 여인들을 바라볼 때는 한창나이의 젊은이와 진배없다. 한편 걸음을 옮길 때마다 그의 떨리는 팔은 땅바닥에 고정된 지팡이에 의존한다. 스탕달, 그는 1년 사이에 너무나 늙어 버렸다. 예전의 타는 듯한 두 눈은 무겁고 퍼렇게 그늘진 눈꺼풀 밑으로 느슨하게 처져 있고, 입술은 신경이 균열되어 갈지자로 씰룩거린다. 몇 달 전에는 마일란트에서 있었던 저 최초의 정사에 대한 격렬한 추억이 처음으로 그의 심장을 무섭게 두들겼다. 그는 방혈법放血法을 시술받았고, 거기에 연고와 여러 가지 물약들을 발라야 했다. 그리하여 마침내 외무부는 병자에게 치비티베키아에서의 송환을 허락했다. 하지만 파리가 무슨 소용이고, 《파름의 수도원》에 대한 발자크의 감동적인 글이 무슨 소용이랴? "일단 허무가 가깝게 스쳐가고," 이미 죽음의 손마디에 시험받는 남자에게, 어물쩍거리며 첫 번째 꽃송이를 피우기 시작하는 명성이란 아무 소용도 없는 것이다. 그는 비운의 그림자를 피곤하게 드리우며 계속해서 그의 집을 향해 무거운 발걸음을 옮긴다. 화려하게 빛나는 마차도, 한가롭게 잡담하는 보행자들도, 그리고 옷자락을 바스락거리는 매음부도 쳐다보지 않는다 — 천천히 멀어져가는 검은 점은 해 저문 저녁 거리의 어른거리는 빛의 유희에 따라 반사되는 비극의 장면이리라.

갑자기 떠들썩한 소요와 함께 호기심어린 무리들이 모여 있다. 뚱뚱한 신사는 바로 현금거래소 앞에서 쓰러져 눕는다. 눈망울은 초점을 잃은 채 돌출해 있고, 얼굴은 파랗게 질려 있다. 두 번째의 치명적 타격이 그를 엄습한 것이다. 사람들이 달려와 미약하게 숨쉬는 사람의 목을 뒤로 젖히고, 그를 약국으로 데려가고나서는, 그길로 그의 작은 호텔 방에다 옮겨놓는다. 그의 방은 무수히 많은 종이들과 메모지, 갓 시작한 작품들과 일기책들로 너저분하다. 그런데 거기 널려져 있는 글들 중 하나에는 기이할 정도로 선견지명있는 말이 씌어져 있는 것이다. "내 생각에 고의로 그러지 않는 한, 노상 객사하는 것은 전혀 재미난 일이 못 된다."

1842년, 궤짝.

값싼 화물, 거대한 나무궤짝이 덜그럭거리며 치비타베키아에서 이탈리아를 가로질러 프랑스로 운반된다. 그것을 여러 사람들이 끌어다 스탕달의 사촌이자 유언장의 집행인 로맹 콜롱에게 전달한다. 그는 경외심을 보이며(누가 신문들이 여섯 줄의 추모사조차도 내기를 꺼려했던

고인을 걱정하랴!), 이 기인의 모든 작품들을 출간하려 한다. 그는 해머로 궤짝을 뜯는다―아 맙소사, 그 안에는 얼마나 많은 종이가 들어 있고 또 그것은 얼마나 꼬불꼬불한 기호와 비밀부호로 난삽하게 씌어 있는가! 이 얼마나 한심한 글쟁이의 유물들인가! 그는 가장 읽기 쉽고 깨끗한 글들을 꺼내어 그대로 다시 베껴적는데, 이 충실한 사람조차도 이런 일에는 몹시 힘겨워한다. 그런데 《뤼시앵 뢰방》이라는 소설에는 "아무것도 할 일 없는" 체념자라고 적혀 있고, 자서전에도 역시 "이것으로 끝났다"라는 말이 적혀 있다. 그는 '앙리 브륄라르'라는 무용한 인간으로 유예된 채, 10여 년간이나 이렇게 종이쪽지 속에 남아 있는 것이다. 이제 이 전혀 '쓸모없는 뭉치,' 이 무용지물, 이 휴지 더미로 무얼 하겠는가? 콜롱은 모든 것을 궤짝에다 꾸려넣어 스탕달의 옛친구 크로체에게 보내며, 크로체는 그걸 다시 최후의 안식처 그르노블의 도서관으로 보낸다. 거기서 책들은 전통적 도서분류법에 따라 제각각 번호로 매겨진 쪽지가 부착되고, 그 위에 도장이 찍혀서는 도서목록으로 등록된다. 영령이여 고이 잠드소서! 스탕달 필생의 작품과 자서전적 삶을 기록한 2절판 서적 60권이 도서들의 거대한 무덤 속에 정식으로 보관되어 빛을 보지 못한 채 먼지를 풀풀 날리는 것이다. 무려 40년 동안이나, 이 잠자는 서적들에 손가락 때를 묻힌다는 것은 생각조차 할 수 없었다.

1888년 11월 파리.

인구는 불어나고, 도시는 확장된다. 파리에는 이미 8백만 명의 인파가 북적대지만, 그들이 항상 바쁘게 달려가고자 하는 것은 아니다. 어쨌든 대단위 사회는 몽마르트르로 향하는 새로운 도로를 계획한다. 문제는 방해물, 몽마르트르 묘지가 길을 가로막고 있는 것이다. 기술

자들은 그런 골칫거리에 대한 처방을 알고 있으니, 산 자들을 위해 죽은 자들 위로 인도교를 건설하자는 것이다. 그럴 경우 몇 개의 묘지를 파헤치지 않을 수 없는데, 이 때문에 네 번째 줄 11호에서 기이한 비문이 새겨진 완전히 버려지고 황폐한 묘지 하나를 발견한다. "밀라노인 아리고 베일, 말했노라, 썼노라, 사랑했노라." 이 묘지에는 이탈리아인이 잠들어 있단 말인가? 참으로 기이한 비문에 기이한 남자로다! 그러나 우연히 어느 누군가가 이 근처를 지나가다가 언젠가 프랑스 가명으로 신고된 작가 앙리 베일이 여기 묻혔다는 사실을 기억해낸다. 사람들은 긴급히 위원회를 결성하고, 약간의 기금을 모아 오래된 비문을 바꾸기 위해 새로운 대리석판을 사들인다. 그리하여 행방불명 되었던 이름이 돌연 부패된 시신 위에서 번쩍인다. 때는 1888년, 그러니까 사람들의 뇌리에서 망각된 지 46년째 되던 해이다.

그런데 기묘한 우연의 일치가 발생한다. 사람들이 그의 무덤을 생각해 내 그의 시신을 이장한 같은 해에, 그르노블에 찾아와서 무료한 시간을 보내던 폴란드의 젊은 언어학자 스트리엔스키Stryienski가 한번은 우연히도 도서관에 들른다. 그는 여러모로 낡고 먼지쌓인 2절판 수기집들이 모서리에 꽂혀 있음을 발견하며, 그 내용을 자세히 읽어서는 비밀을 밝혀내기 시작한다. 읽으면 읽을수록 그의 흥미는 그만큼 더해 간다. 그는 한 출판인을 추적한 끝에 그를 찾아낸다. 일기며 앙리 베일의 자서전, 뤼시앵 뢰방이 빛을 보게 되고, 이로써 최초로 스탕달의 진면목이 백일하에 드러나는 것이다. 스탕달의 진정한 동시대인들은 형제애의 영혼을 감동스럽게 인지한다. 왜냐하면 그는 현실적이고 시대부응적인 인간들에게 그의 작품을 전하려고 했던 것이 아니라 장래의, 다음 세대의 인간들에게 그것을 전하려 했기 때문이다. 그의 서적들을 보면, "나는 1880년에 가서야 비로소 유명해지리라"라는 구절이 여러 번 나온다. 당시에는 의지할 곳 없는 자의 허풍이 지금은 놀라운 현실이 되어 있는 것이다. 그의 육체가 무덤에서 발굴되는 세계적 순간과 동시에, 그의 작품은 허무의 어두운 그늘로부터 솟구쳐오른다. 그렇지 않았더라면 정녕 믿지 못할 사람이 그의 재생을 연도까지 정확하게 고지했던바, 시인은 이런 말뿐만 아니라 저런 말 속에서도 언제나 예언자인 것이다.

앙리 베일은 그의 창조적 갈등을 태어날 때부터 양친에게서 물려받았다. 이미 부친과 모친의 기질 사이에서 절반의 이종적異種的 요소가 날카롭게 상충된다. 셰뤼뱅 베일―셰뤼뱅이라는 이름에서 모차르트를 생각할 필요는 없으리라―또는 미움받는 패륜아 앙리가 항상 증오하여 '잡종'이라고 칭하는 아버지는 강인하고 인색한데다가, 영악하고 지나치게 돈만 아는 지방 부르주아를 대표하는 인물이다. 말하자면 플로베르와 발자크가 그들의 작품에서 성난 주먹으로 두들겨팬 부르주아의 대명사인 것이다. 부친에게서 앙리 베일은 거대하고 뚱뚱한 체격을 물려받고 있을 뿐만 아니라 철두철미 이기적인 자기편향성을 물려받는다. 반면에 모친 앙리에트 가뇽Henriette Gagnon은 낭만적 기질의 남쪽지역 출신이며, 심리학적으로 관찰해 볼 때도 로만 혈통임이 분명하다. 그녀는 라마르틴Lamartine으로부터 시를 익히고 장 자크 루소에게서 감상성을 체득하고 있어서인지, 본성 자체가 부드럽고 음악적이며, 감

스탕달

정이 풍부하고 남방적 감각을 소유한다. 앙리 베일의 에로스적 열정, 감정의 충일, 신경의 고통스럽고 예민한 거의 여성적 감수성은 일찍이 세상을 뜬 모친 덕분이다. 이 혈통의 상호 역류에 끊임없이 찢겨져나가면서, 이원성의 이 기괴한 자식은 평생 동안 '부성애와 모성애,' '리얼리즘과 낭만주의' 사이에서 거세게 흔들린다. 이런 까닭에 장래의 시인 앙리 베일은 늘 모순적이고 이중적 태도를 취하게 된다.

소년 앙리 베일은 일찍부터 감정이 이끄는 대로 매사를 결정한다. 그는 모친을 사랑한다(그의 고백에 따르면, 그는 심지어 모친을 위험할 정도의 조숙한 소년의 정열로써 사랑한다). 반면에 그는 '부친'을 경멸조로 증오한다. 그의 증오는 스페인 사람처럼 차갑고 냉소적으로 일그러져 있으며, 수상한 자를 심문하듯 부친의 뒤를 쫓아다닌다. 스탕달, 아니 '앙리 브륄라르'의 자서전보다 정신분석학적으로 그토록 훌륭한 오이디푸스 콤플렉스가 문학적 배경으로 깔려 있는 곳은 어디에서도 거의 찾아보기 힘들 것이다. 그러나 때이른 긴장이 찾아와 어린애를 무지막지하게 괴롭히는데, 그도 그럴 것이 모친이 일곱 살 때 삶을 하직했기 때문이다. 그리고 그가 열여섯에 마차를 타고 그르노블을 떠나는 순간 부친 또한 내적으로는 세상을 떠난 것으로 간주한다. 그 날부터 그는 부친에 대해 함구하며, 증오와 경멸을 마음속 깊이 새겨두고 묻어둔다. 그럼에도 불구하고 모질고 계산에 철저하며 꼼꼼한 시민인 부친은 온통 잿물을 뒤집어쓰고, 허연 석회가루로 범벅이 되어 멸시를 당하면서도, 50년 동안이나 앙리 곁에 거주하면서 그를 유령처럼 끈질기게 따라다닌다.

50년 동안 부친과 모친 두 분의 영적 혈통, 즉 엄격한 정신과 낭만적 정신이 그의 내부에서 끊임없이 싸운다. 그렇지만 어느 한편이 다른 한편에 항복을 선언하는 법은 전혀 없었다. 잠깐 동안 스탕달은 모

친의 오른편에 서 있는 아들이다. 그러나 다음 순간, 또는 어머니 편에
서 있는 순간까지도, 그는 부친의 아들인 것이다. 어떤 때는 수줍고 소
심하며, 어떤 때는 완고하고 반어적이고, 또 어떤 때는 몽상적이며 낭
만적이다가도, 곧바로 의심 많고 계산적인 성격으로 돌변한다 — 심지
어는 눈 깜짝할 사이에도 열기와 냉기가 뒤섞여 부글거린다. 감정이
이성을 넘쳐흐르는가 하면, 다시 지성이 감각을 냉철하게 제어한다.
한 번도 이 대립물은 온전히 하나로 화합되는 법이 없으며, 더욱이 다
른 편에는 결코 예속되지 않는다. 우리는 정신과 감정의 영원한 전쟁
을 치르는 가운데 소위 스탕달이라는 시인의 위대한 심리전보다 더 아
름다운 전투가 벌어지는 것을 거의 보지 못할 것이다.

일차적 선행조건은 그러나 결정전도 전멸전도 없다고 하는 사실
이다. 스탕달은 그 대립으로부터 패배했거나 지리멸렬하지 않았다. 이
향락자의 본성은 진실로 비극적인 운명을 피하기 위해 모종의 윤리적
냉담, 차갑게 관찰하고 경계하는 호기심을 늦추지 않는다. 평생 동안
이같이 깨어 있는 정신의 본질 때문에 그는 모든 파괴적이고 마성적인
힘을 조심스럽게 떨쳐내는 것이다. 그도 그럴 것이 그의 영악함의 지
상명령은 자기보존이기 때문이다. 그는 실제로도 나폴레옹 전쟁 내내
그런 식으로 매사를 이해했고, 그래서 그는 전선에서 멀리 떨어진 후
방에 머물렀다. 영혼의 전쟁에 있어서도 스탕달은 죽느냐 사느냐 하는
투쟁의 결단자로서 관찰자의 확실한 위치를 선택한다. 그에게 전적으
로 결여되어 있는 것은 파스칼, 니체, 클라이스트가 보여준 저 최후의
도덕적 자기희생이다. 그들은 그들의 모든 투쟁을 삶의 결단으로까지
강압적으로 끌고나갔다. 반면에 스탕달은 자신의 간극을 감정적으로
인고하면서, 그의 정신적 안정성을 바탕으로 하여 그 간극을 미적 연
극으로 향락하는 데 자족한다. 이 때문에 그의 본질은 그가 겪는 대립

으로부터 결코 뒤흔들리지 않는다. 그는 이 이중성을 한 번도 철저히 증오하는 법이 없으며, 오히려 그것을 진심으로 사랑하기까지 하는 것이다. 그는 다이아몬드를 자를 정도로 날카롭고 정확한 지성을 귀중한 어떤 것으로 사랑한다. 왜냐하면 그것이 그에게 세계를 이해시켜주기 때문이다. 그러나 다른 한편으로 스탕달은 감정의 충일, 그의 과도한 감수성 또한 사랑하는데, 왜냐하면 그것이 그를 진부한 일상의 무감각과 투박함에서 분리시켜 주기 때문이다. 마찬가지로 그는 두 본질의 극단에서 발생하는 위험 역시 알고 있다. 지성은 가장 숭고한 순간들조차 차갑게 하고 냉담하게 만들 위험이 있으며, 감정은 지나치게 모호하고 가상적인 것에 빠져들어 그의 삶의 조건인 명료함을 파괴할 위험이 있는 것이다. 그래서 그는 두 가지 영적 성격의 어떤 입장에 서더라도 다른 편의 특성을 기꺼이 배워 익히고자 한다. 스탕달은 그의 감정을 명료하게 하고, 다시 이성을 열정화하려고 부단히 노력한다 — 평생 동안이나 그의 '낭만적 지성'과 '지성적 낭만주의'는 동일한 긴장과 동일한 느낌을 자아낸다.

그러므로 스탕달의 표현법은 어떤 것이든 이중적이고, 결코 단순한 일의성一義性을 띠지 않는다. 이 이중세계 속에서만 그는 온전한 자아를 실현한다. 그의 가장 강렬한 순간들은 항상 본원적 대립들의 상호침투와 병존에 의거한다. 그는 언젠가 "그가 감흥이 없을 때는 재치도 없어 보였다"고 자평한다. 다시 말해 올바르게 사유하기 위해서 항상 감흥을 받아야만 하지만, 그러나 다시 정확하게 감각하기 위해서 자기 감흥의 박동수를 헤아려야 하는 것이다. 한편으로 그는 몽상을 삶에 있어 가장 귀중한 감각조건으로 찬양한다. "내가 가장 사랑하는 것은 몽상이었다." 그러나 그 반대유희, 진리 없이는 삶을 도무지 영위하지 못한다. "내가 명료히 보지 못할 때는 나의 세계 모든 것이 사라져 버렸다." 괴테는 언젠가 흔히 향락이라 부르는 것이 "자신에게는 항상 감각과 지성 사이에서 부동浮動한다"고 고백하고 있는데, 스탕달도 이런 점에서는 괴테와 조금도 다를 바 없다. 그는 오로지 정신과 피의 뜨거운 혼융에 의해서만 세계의 감각적 아름다움을 지각하기 때문이다. 그가 알기에 영혼의 유동성이란 오직 대립의 지속적 교대로부터만 생겨난다. 오늘날까지도 우리는 스탕달의 책 한 장만 넘겨도 신경계통의 저 따끔함과 통렬함, 소란하고도 짜릿하며, 폐부에 와닿는 생동감을 감지하는 것이다. 극단에서 극단으로 흐르는 이 생명력의 도약에 의해서만 스탕달은 그의 본질의 창조적이고 빛을 발하는 원동력, 힘의 열기를 향유한다. 점점 더 깨어나는 자기상승의 본능이 정열을 촉발함으로써 이 넓은 긴장영역을 보존하는 것이다.

자기완성의 이 같은 통찰과 세련된 기술 덕분에 스탕달은 이지적이고 동시에 감각적으로 영적 섬세함의 최고경지에 도달한다. 우리가 수십 년간의 세계문학을 되돌아보아도 그토록 섬세하면서 정신적으로 날카로운 감관을 찾아보기는 힘들 것이다. 그토록 명료하고 냉철한 지성에도 불구하고, 얇은 피하질로 이루어진 신경과민의 감각성은 빼어나기 그지없다. 하지만 바로 그런 신경과민, 요컨대 날카롭게 전율하고 감각하고, 관능적임으로 해서 그는 형벌을 받지 않을 수 없었다. 섬세함이란 언제나 다치기 쉬운 기질이다. 그리고 예술에 대해 은총인 것은 대부분의 경우 예술가에게 삶의 궁핍으로 변한다. 스탕달이라는 이 초유기적超有機的 존재는 얼마나 그의 주변세계로 인해 고통받는가! 그는 얼마나 낯설고 권태롭게 가련한 시간, 수난의 시간 한가운데 서 있는가! 이런 이지적 감정을 소유한 자는 비정신적인 것을 언제나 일종의 모독으로 느끼며, 이런 낭만적 영혼의 소유자는 우둔한 짓이나 진부한 윤리적 타성을 요마妖魔의 압박으로 느낀다. 동화 속의 공주가 수많은 잔털과 깍지들에 눌리면서야 비로소 완두콩을 감지하듯이, 스탕달 또한 모든 거짓말과 위장된 제스처를 고통스럽게 감지한다. 냉수가 병든 혀에는 효험 있듯이, 모든 사이비 낭만성, 격렬한 방종이라든가 애매모호한 것이 그의 알고자 하는 본능에 거부감을 일으킨다. 솔직함과 자연스러움에 대한 그의 감정, 그의 정신적 까다로움은 너무 많고 너무 적은 것을 똑같이 낯설게 느끼기 때문에 고통스러운 것이다 — "내가 가장 싫어하는 인간은 천박한 자와 속물이다."

그는 꼼꼼한 것뿐만 아니라 천박한 것에 고뇌한다. 감정으로 달콤하게 데워지고, 열정의 촉매로 끓어오른 단 하나의 구절이 그의 책 한 권을 못 쓰게 만들 수 있고, 서투른 움직임 하나가 가장 아름다운 에로스적 모험을 망쳐놓을 수도 있다. 언젠가 그는 나폴레옹의 전장을 감동스럽게 주목한다. 대포들이 천둥처럼 지축을 뒤흔들고, 노을진 구름 속에서 일몰의 태양이 돌연 번쩍번쩍 광채를 발하는 살육의 혼돈이 신경을 마비시키듯 무섭게 그의 예술가적 영혼을 자극한다. 그는 거기서서 공포를 공감하며 전율한다. 그때 우연히도 옆에 있던 장군이 이 무지막지한 연극을 호언 한 마디로 표현하는 것을 본 것은 불운한 일이다. 그는 "거대한 전쟁이로다!"라고 그의 옆사람에게 말을 건네는데, 이 졸렬한 감탄사를 내뱉자마자 그는 즉시 공감의 모든 가능성을 짓눌러 버린다. 그는 서둘러 자리를 뜨면서 자신의 치졸함에 욕하고 화내고, 실망과 허탈함을 금치 못한다. 그의 과민한 감각 언어가 조금이라도 쓸데없는 구절이나 거짓이 감정의 표현 가운데 섞여 있음을 느낄 때는 언제나, 그의 감정의 박자는 저항감을 노출한다. 불명료한 사고, 과도한 언어, 그때그때 느낌의 모든 과시와 과장은 이 감수성의 천재로 하여금 그 즉시 심미적 거부감을 토해 내게 한다. 그런 까닭에 동시대적 예술경향에 대해서도 거의 찬성할 수 없는데, 왜냐하면 당시

예술의 주류는 샤토브리앙의 경우 특히 감미롭고 낭만적이며, 빅토르 위고의 경우에는 사이비 영웅적 경향을 띠고 있기 때문이며, 그랬기에 그는 사람들과 쉽게 사귀지 못하는 것이다. 그러나 이렇게 지나친 신경과민은 대부분 자기 자신에 대한 반감으로 되돌아온다. 조금만 감각에 맞지 않는다든가 불필요한 감정의 고조가 있어도, 또는 감상적인 분위기에 빠진다든가 아니면 애매모호하고 비굴한 느낌이 엄습할 때면, 그는 언제나 엄격한 선생처럼 자신을 심하게 꾸짖는다. 점점 더 명석해지고 냉철해지는 오성이 그의 몽상 속으로 깊숙이 파고들어서 수치심의 모든 껍질을 가차없이 벗겨내는 것이다. 이제까지의 어떤 예술가도 이렇게 철저히 자기 명예심을 키운 적도 드물 것이며, 어떤 영혼의 관찰자도 이토록 무섭게 자기 비밀의 우회로와 미궁을 주의깊게 감시한 적은 드물 것이다.

　이런 식으로 스탕달은 자기를 인식하기 때문에 신경과 정신의 과민함이 그의 천재요 덕성이자 위험이라는 사실을 어느 누구보다 더 잘 알고 있다. 그는 "다른 자를 살짝 긁어놓는 것이 내게는 피가 나도록 상처입힌다"고 말한다. 다른 자들의 살갗을 가만히 스쳐지나는 것도, 이 극도로 예민한 자에게는 핏속까지 상처입힌다는 것이다. 그렇기에 그는 어린 시절부터 본능적으로 다른 자들, '타인들'을 자아에 대한 극단적 대립자, 낯선 이방의 혈통으로 느낀다. 이미 그르노블 시절의 작고 미숙한 소년은 급우들이 제멋대로 기뻐 날뛰는 것을 보았을 때 타아他我라는 것을 인지했고, 그 뒤로도 이탈리아에서 어린 티가 줄줄나는 약관의 하사관으로서 이를 경험했던 것이다. 정말이지 그는 다른 장교들이 마일란트 여인들을 희롱하고 일부러 큰소리가 나도록 군도를 딸그락거릴 때, 놀라운 시선으로 그 짓을 바라보면서 멋쩍고 서투르게 흉내내곤 했었다. 한데 그는 당시에 자신의 유약함과 서투름, 섬세한 성품을 남성다운 기질의 결핍 혹은 미숙아의 부끄러운 행태로 여겼었다. 그는 수년 동안—지극히 우스꽝스럽고 결국은 헛된 짓이건만!—그의 천성을 억누르고 철저히 속물이 되고자 노력했다. 그것은 오로지 이 전쟁판의 막돼먹은 사내들과 닮아보려는, 그리고 그들에게 뽐내보려는 시도에 불과했다. 갈수록 그는 이런 짓거리에 피곤해지고 고통을 느끼게 되며, 그리하여 다감한 인간은 자신의 치유불능의 이질성 속에서 우수 어린 매력을 발견한다. 심리학자의 본성이 깨어나는 것이다.

스탕달은 점차 자신에 대한 호기심이 발동하여 자신을 발견해 나가기 시작한다. 우선 그는 대부분의 사람들보다 자신이 훨씬 섬세한 신경조직의 소유자로서, 그들보다 훨씬 예민하고 민감하다는 사실을 확증한다. 주변 사람들은 그렇게 정열적으로 느끼거나, 그렇게 명료하게 사유하지 않는다. 아무도 자신처럼 열정의 감정과 명료한 사유를 동시에 소유하지 못하는 데 반해, 그는 가장 섬세하게 느끼고, 그러면서도 미세한 것조차 놓치지 않는 능력을 소유하고 있는 것이다. 물론 이 같은 별종 인간들의 유형, "우월한 존재"가 따로 있음은 의심할 바 없는 일이다. 그렇지 않고서야 어찌 그가 그 준엄하고 지혜로운 인간 몽테뉴, 자신과는 다르면서도 폭넓고 조야한 자들을 경멸하는 정신적 인간을 이해할 것이며, 그렇지 않고서야 어찌 그가 모차르트와 똑같은 영혼의 경쾌함이 자신의 내부에 지배적인가를 깨달을 수 있을 것인가? 그리하여 30여 세에 들어선 스탕달은 최초로 그가 불운한 인간의 대명사라기보다는 오히려 특수하고 기이한 자들의 부류, "특권적 존재"의 고귀한 혈통에 속한다는 것을 예감하기 시작한다. 그들은 상이한 국가, 상이한 민족과 조국에 여기저기 나뉘어 산재하면서 평범한 암벽들 속에 박혀 있는 보석처럼 탁월한 자태를 나타내왔던 것이다.

그는 자신이 그들 부류에 속해 있음을 감지한다(스탕달은 프랑스인
들에게 속해 있는 것이 아니다. 그는 프랑스 국적을 몸에 죄어 맞지 않는 옷처
럼 벗어던진다). 그는 어느 다른 나라, 눈에 보이지 않는 조국에 거주한
다. 대단히 섬세한 감관과 예민한 신경조직의 소유자들, 결코 천박한
무리와 일벌레들 속에 섞이지 않고 시간 속으로 도도히 노저어가는 부
류들과 거주하는 것이다. 그는 오직 이 "행복한 소수," 귀가 밝고 세련
된 시각을 지닌 자들, 밑줄도 치지 않고 책을 읽고, 번뜩이는 눈빛과
찰나의 시각을 매번 본능적으로 이해할 수 있는 재빠른 통찰자들에게
만 글을 쓴다―그는 그의 세기를 넘어서서 오직 그런 자들에게만 그
의 책을 선사하며, 오직 그런 자들에게만 그의 감정의 비밀을 슬며시
털어놓는다. 그가 드디어 경멸하는 법을 배운 이후로, 그에게는 객기
어린 허풍선이로밖에는 보이지 않고, 또 맵게 양념한 것, 진부하기 짝
이 없는 것을 떠벌이는 속물이 무슨 상관 있겠는가? 스탕달은 그의 주
인공 쥘리앵에게 "타인이 내게 무슨 소용인가"라고 거만한 투로 말하
게 한다. 그렇다. 그렇게 비속하고 천박한 세계에서 아무 결실이 없다
한들 부끄러워할 필요가 없는 것이다. "평등이란 사람을 즐겁게 해주
는 법칙"이고, 이런 천민과 동화되기 위해서는 평등한 업적을 세워야
하는 법이지만, 그러나 다행히도 "비범한 존재," "우월한 존재"가 있게
마련이다. 개별적이고 특이한 범례, 하나의 개체, 범인과는 다른 별종
이 있는 것이지, 떼지어 다니는 수놈의 무리가 있는 것은 아니다. 그
모든 외적인 굴욕, 출세하지 못한다거나 여인들로 인한 수치, 문학에
서의 완전한 실패, 이런 것을 스탕달은 자신의 특이함을 발견한 이래
로 그의 우월성의 증거로서 향유한다. 스탕달이 보여 주는 쾌활한 풍
모, 저 그럴듯한 쾌활과 태평스러워 보이는 자만심 때문에 그의 열등
감은 승리를 구가하는 것이다. 그는 이때부터 줄곧 의도적으로 공동체

에서 거리를 취한다.

　그는 단지 "그의 성격을 개발하고," 그의 영적인 모습을 누구보다 특출나게 다듬는 데만 근심한다. 미국적인 세계, 테일러 경제체제에서는 특수성만이 가치 있다. "조금이라도 비범한 것만이 흥미롭다." 자, 유별난 존재가 되어라! 우리들 내부에 존재하는 진기함을 고집하고 강화하라! 네덜란드에서 눈만 뜨면 튤립만 기르는 자라 해도 스탕달이 그의 모순과 독특함을 가꾸어 값진 화합물을 만들어낸 것보다 더 훌륭한 교배종을 재배하지는 못했을 것이다. 그는 그런 것을 '베일리즘'이라 칭하는 자기정신의 본질 속에, 예술과 다를 것이 없는 철학 속에 갈무리한다. 앙리 베일은 '베일리즘'을 앙리 베일이라는 존재 내에 영구히 보전하려 한다. 스탕달은 그의 시대에 대해 의식적으로 반대입장을 보임으로써 다른 모든 사람으로부터 더욱 철저하게 격리되며, "사회 전체와 전쟁 중에 있는" 주인공 쥘리앵처럼 살아간다. 그는 시인으로서는 아름다운 형식을 경멸하는 반면에 민법 책을 참다운 시학으로 선언하고, 군인으로서는 전쟁을 경멸하는가 하면, 정치가로서는 역사를 비웃고, 프랑스인으로서는 프랑스인들을 조롱한다. 그가 사방에다 자신과 인간들 사이에 도랑과 가시철망을 설치하는 것도 인간들의 접근을 막기 위함이다. 이러니 무슨 직업에 종사하든 실패가 따라다닌다. 군인이든 외교관이든 문학가든 하는 일마다 성과를 거두지 못하면서도 자부심만은 오히려 배가한다. "나는 떼지어 다니는 짐승이 아니고, 그럴진대 나는 아무것도 아니다." 그렇다, 아무것도 아니라는 것은 천민들이 볼 때만 해당된다. 다수의 무위도식자들에 섞여 있을 때에만 한 사람의 무위도식자가 성립되는 것이다. 그가 행복감을 느끼는 경우는 계급, 종족, 지위, 조국이니 하는 어떤 것에도 끼어들지 않을 때이다. 이 비속한 양 떼들 한가운데서 결실을 올리려고 큰길을 허겁지겁

다니는 대신에, 자기 길을 자기 발로, 다리 두 개 달린 하나의 역설처럼 이리저리 거니는 것에 감흥을 느낀다. 바삐 몰려다닐 바에는 차라리 제자리에 머물러 있거나 밖에 서 있는 편이, 아니 홀로 서 있는 편이 나으리라. 그렇지만 그것도 자유롭게 머물러야 하리라.

그런데 이 모든 강박과 간섭으로부터 자유롭게 머무르고 풀려난다는 것이 무엇인지를 스탕달은 천재다운 사고로 이해했다. 그가 이따금 궁핍 때문에 직업을 택하고 제복을 입어야만 한다면, 먹을 것에 핍박받지 않고, 세금이나 그 밖의 생계금을 해결하는 데 절대로 긴요한 것에만 정확히 벌어 쓴다. 그의 사촌이 그에게 기병 복장을 입혀줄 때도, 이 때문에 그는 자신을 조금도 군인으로 느끼지 않는다. 그는 소설을 쓰지만, 이 때문에 전문적 저술가로 헌신하지는 않는다. 화려하게 수놓은 외교관 복장을 입고 있을 때에도, 그는 집무 시간에 진정한 스탕달의 면모와는 피부와 솟아오른 복부, 뼈마디만 공유한 앙리 베일을 자리에 앉혀놓는다. 그러나 예술과 학문은 물론이요, 특히 관직에 있을 때의 그의 진면목은 일부분조차 거의 드러나지 않는다. 실제로 함께 공무를 맡아보던 동료들 중의 한 사람은 일생 동안 그가 프랑스의 위대한 시인과 똑같은 일을 수행했고, 또 같은 책상에서 문서를 내밀었다는 사실을 상상조차 하지 못했다. 그뿐만이 아니라 그의 저명한 문학동료들까지도(발자크를 제외한) 그에게서 재미있는 만담가 기질, 일요일이면 때맞춰 그들의 경작지로 승마 나오는 퇴역장교의 자태만을 알고 있었다. 아마도 동시대인들 가운데에서 쇼펜하우어만이 심리학적으로 위대한 형제 스탕달과 유사한 연금술적 정신의 고립성 속에서 영향력을 발휘하고 살았는지 모른다.

그러므로 저 스탕달 고유의 실체를 알게 하는 마지막 부분은 항상 도외시된 채 남아 있다. 이 진기한 요소를 화학적으로 규명한다는 것은 스탕달 본연의 실제적이고 강렬한 행위의 입증을 의미한다. 그는 한 번도 이기적 성품, 내향적 삶의 자세에서 보여지는 자기애욕을 부인한 적이 없었다. 정반대로 그는 자기 편집성을 자랑할 뿐만 아니라 심지어 '에고이즘'이라고 하는 새롭고 도전적인 세례명을 덧붙여 과시한다 — 같은 표기라 하더라도 이를 그의 비속하고 타락한 이복형제 '에고이즘'과 혼동해서는 결코 아니 된다. 그도 그럴 것이 에고이즘이란 남의 것을 무자비하게 강탈하며, 탐욕의 손과 질투심으로 잔뜩 찌그러진 얼굴을 가지고 있기 때문이다. 그것은 악의로 가득하고, 쩨쩨하기 짝이 없고, 도무지 만족할 줄 모른다. 에고이즘은 충동으로만 가득 차 있어서 메마른 감정의 야수성에서 헤어나지 못한다. 이에 반해 스탕달의 에고이즘은 어느 누구의 어떤 것도 탈취하려 하지 않는다. 그는 귀족적인 풍모로 돈벌레들에게 돈을, 명예욕에 사로잡힌 자들에게 관직을, 야심가들에게 훈장과 깃발을, 문학가들에게 명성의 비누거품을 허락한다 — 제발 그것으로 행복하기를! 그는 그들이 한줌의 티끌 때문에 으스대거나 비굴해지고, 칭호에 매달리거나 품위에 탐닉하는 모습들, 그리고 떼거지로 몰려다니면서 흡사 세계를 지배하기라도 하는 듯한 거들먹거림을 내려다보면서 비웃음을 흘린다 — 잘하는군, 잘해! 그들에게 반어적 미소를 짓기는 하지만, 거기에는 질투나 소유욕 따위는 들어 있지 않은 것이다. 제발 주머니에 돈을 가득 채우고, 배불리 먹고 살기를!

스탕달의 에고이즘은 단지 열정 어린 자기방어일 뿐이다. 그는 어느 누구의 구역도 침범하지 않고, 어느 누구의 문지방도 넘어가지 않는다. 그는 인간들 안에서 앙리 베일이 홀로 거처할 수 있을 만큼의 공명심, 다시 말해 개성이 강한 열대성 희귀식물이 방해받지 않고 움틀 수 있는 하나의 산실만을 원한다. 스탕달은 그의 관점과 경향, 그의 환희조차도 오직 자기 자신으로부터, 오직 독자적으로 길러내기를 원하는 것이다. 한 권의 책, 아니면 하나의 사건이 다른 사람 모두에게 얼마나 가치 있는가는 그에게 전혀 무관심하고 사소한 문제인 것처럼 보인다. 어떤 사실이 동시대와 세계사, 나아가 영원성에로 영향력을 행사할 것이냐 하는 것에도 그는 거만하게 반어적 태도를 취한다. 이를테면 전적으로 그의 마음에 드는 것만이 아름답다는 찬사를 받는다. 순간적으로 적절하다고 간주되는 것만이 올바르다. 그리고 그가 경멸하는 것은 천박하다. 이런 식의 생각을 독단적으로 피력한다고 해서 그는 불안해 하지 않는다. 이와는 반대로 고독은 그를 행복하게 해주고 자기감정을 강도 있게 해준다. "타인이 내게 무슨 상관이란 말인가!" 이런 쥘리앵의 표명 역시 순수하고도 잘 훈련된 에고이즘 미학의 중요한 일환인 것이다.

"그러나" 여기서 무분별한 항변은 중단된다. "무엇 때문에 에고이즘이라는 지극히 허황된 말이 유독 이 경우에만 당연하다는 것인가? 물론 멋지다고 생각하는 것을 멋지다고 칭하는 것이야말로 가장 당연한 일임에는 틀림없다. 그의 일생은 오직 개인적으로 좋다는 생각에 따라 이루어졌으니!" 지당한 말이고, 또 혹자는 그렇게들 말하고 싶어 한다. 그러나 자세히 관찰할 때, 누가 그토록 철저히 자유롭게 느낄 수 있으며, 그토록 자유롭게 사유할 수 있는가? 그리고 한 권의 책, 하나의 그림과 사건을 마치 자기가치에 따라 형성하는 것처럼 보이는 사람들이 있다 한들, 그들 중에 어느 누가 전 시대, 전 세계와 감히 시종일관 맞서 싸울 용기를 지니고 있는가? 우리 모두는 서로를 인정할 때 전혀 의식도 못하는 사이에 감동을 받는다. 시대의 대기는 우리의 폐, 심장 깊숙이 들어와 숨쉬고 있으며, 우리의 판단과 관점은 수없이 동시대의 그것과 마찰하면서 모르는 사이에 첨예화되고 날카롭게 닦여진다. 그런 과정에서 집단적 견해의 암시는 대기를 통하여 라디오 전파처럼 눈에 보이지 않게 사방으로 나래를 편다. 따라서 인간의 자연적 반사는 결코 자기주장이 아니라 시대적 견해에의 자기동화이거나 다수감정에의 항복인 것이다. 다수가 인간성을 강압적으로 적응시키는 지배적 다수이고, 그들 수백만이 본능적 또는 타성적으로 사적이고 개인적인 관점을 허용치 않는다면, 이미 거기에는 거대한 기계장치가 조용히 들어서 있는 것인지도 모른다. 이 수백만 명의 분위기가 자아내는 정신적 압박을 자신만의 독자적 의지로 저지하기 위해서 그에게는 항상 아주 특별난 괴력, 극도로 고조된 용기가 필요한 것이다. 몇 명이나 이런 그를 알고 있단 말인가! 그는 자신의 고유성을 보존하기 위하여 아주 비범하고 잘 다듬어진 힘을 그의 개체성 속에서 최대한 발휘해야 하는 것이다. 확고한 세계인식, 정신의 신속한 통찰력, 모든 무리와 집단에 대한 지상 최대의 경멸, 비도덕적인 행위까지도 주저하지 않는 결단성, 무엇보다도 두둑한 배짱, 자기입증을 위하여 조금도 흔들림이 없는 불굴의 용기는 스탕달 자신만이 지니고 있는 특징이다.

에고이스트 중에서도 에고이스트 스탕달은 이런 용기의 소유자였다. 그가 얼마나 대담하게 그의 시대, 모든 인간 전체와 홀로 대적하는가를 보는 것은 영혼을 즐겁게 한다. 그는 번갯불 같은 위풍만을 호신용 방패로 삼아, 기발한 술책과 강렬한 공격으로 반세기 동안이나 고군분투하는 것이다. 때로는 다치고 남몰래 피흘리면서 고통스럽게 살아가지만, 죽는 순간까지도 이런 태도를 견지해 나가며, 그럼으로써 자신의 고유성과 고집을 티끌만큼도 희생시키지 않는다. 반대입장이 그의 중요한 요소라 한다면, 자립은 그의 욕망인 것이다. 이 영원한 반정부주의자가 얼마나 무도하고 뻔뻔하게 일반적 견해를 반박하고, 또 얼마나 대담하게 이에 도전하는가 하는 것은 그의 책 수많은 곳에서 읽을 수 있다. 모든 것이 싸움판으로 뒤범벅되어 있고, 프랑스에서는 "영웅의 개념이 고수장鼓手長과 진배없노라"고 그가 말하는 시기에 있어서, 그는 워털루 전쟁을 카오스적 힘들의 전혀 파악할 수 없는 뒤죽박죽이라고 기술한다. 그는 사료편찬자들이 세계사적 서사시로 찬양하는 러시아 원정 기간 동안 개인적으로는 지겹게 권태로웠다고 서슴없이 고백한다. 그런가 하면 그의 애인을 다시 보기 위한 이탈리아 여행이 그에게는 조국의 운명보다 더욱 중요하고, 모차르트의 아리아 한 편을 감상하는 것이 정치적 위기를 느낄 때보다 훨씬 더 흥미로웠노라 확언하기를 부끄러워하지 않는다. 스탕달은 심지어 프랑스가 외국군에게 "정복당하는 것조차도 아무 일도 아닌 양 코웃음 친다." 일찍이 선택된 유럽인이자 세계정치가였던 그는 일순간도 전쟁광이나 동시대적 견해, "가장 천치 같은 사랑"인 애국주의, 국가주의를 위하여 근심하는 것이 아니라 오로지 그의 정신적 본질의 참된 구현과 실제화를 위하여 근심할 뿐이다.

무섭게 요동치는 세계사의 한가운데서 자신의 개인적인 것을 너무나 독단적이고 예민한 감성으로 강조한 나머지, 그의 일기장을 읽는 사람은 때때로 그가 정말로 이 모든 역사적 연대 속에서 자기 개인을 입증한 것이 아닌가 의심한다. 그러나 설령 그가 전쟁의 한가운데를 말타고 달리거나 아니면 관직에 앉아 있었다 해도, 어떤 의미로든 그런 것과는 전혀 상관없다. 스탕달은 항상 자기 자신에게만 머물러 있었다. 그는 결코 연대의식을 가져야 한다거나, 영혼을 감동시키지 않는 사건들에까지 정신적으로 참여해야 한다고는 느끼지 않았다. 연대기에 투영된 괴테가 세계사적 기념일에 중국책만을 읽고 있었듯이, 스탕달 역시도 그의 시대의 세계를 뒤흔드는 가장 충격적인 순간에 가장 개인적인 작업만을 기술한다. 시대사와 그 개인의 역사는 마치 다른 문자와 다른 어휘의 소산인 것처럼 보인다. 이 때문에 스탕달은 주변 세계에 대해 무책임한 대신에 자기 세계에 대해서는 그만큼 더 탁월한 존재가 되고 있는 것이다. 완벽하고도 가장 가치있는 에고이스트, 누구와도 견줄 수 없는 에고이스트 스탕달에게 있어서, 모든 사건은 기어코 영혼의 내적 감흥으로 환원된다. 스탕달 내지 앙리 베일이라는 일회적이고 다시는 반복될 수 없는 개체는 그런 감흥을 세계정황으로부터 경험하고 이로 인해 고통받는다. 어떤 예술가도 스탕달보다 더 고집스럽고 철저하며, 열광적 태도로 자아를 위해 삶을 영위하지는 못했을 것이며, 어떤 예술가도 이 영웅적 자기 편집광, 철두철미한 에고이스트보다 자기 자아를 위해 예술적 능력을 더욱 충만하게 전개하지는 않았으리라.

그러나 바로 이 자기탐닉적인 폐쇄성, 이 주도면밀한 밀폐성과 연금술적 밀봉술을 통하여, 스탕달이라고 하는 본질은 강렬하게 남아 있고, 우리에게 풍기는 자기 본연의 향기 또한 순수하게 보전되어 있는 것이다. 그리하여 동시대의 불순한 색감에 물들지 않은 그의 본질 속에서 우리는 진기하고 특이한 전형의 위대한 인간, 영원한 개체가 하나의 형상으로 살아 있음을 관찰할 수 있는 것이다. 정말이지 프랑스의 백여 년을 되돌아보아도, 어떤 작품 어떤 인물도 그의 작품과 그의 성격만큼 근본적으로 신선하며 새롭고, 순수성을 보존하고 있지는 못했다. 그 스스로가 시대와 거리를 취했기에 그의 작품들은 무시간적으로 영향력을 지니는 것이며, 또한 그는 그의 내적 삶만을 영위했기에 아직도 살아서 영향을 행사하는 것이다. 한 인간이 그의 시대를 위한 삶을 살면 살수록, 그는 점점 더 그의 시대와 더불어 사멸한다. 한 인간이 그의 참다운 본질 내부에 깊숙이 머무르면 머무를수록, 그는 더욱 소중한 인간으로 남아 있는 것이다.

예술가

진실을 말하자면, 나는 내가 남들에게 읽힐 만큼

어떤 재능이 있는지 전혀 확신할 수 없습니다.

그렇지만 가끔 글쓰는 것은 즐거운 일입니다.

그리고 그것이 전부인 것입니다.

― 발자크에게 보내는 스탕달의 편지

문학의 가장 열렬한 수호자 스탕달은 인간, 직업, 관직, 어떤 것에도 전적으로 헌신하지 않는다. 그런데 그가 장편 내지 단편소설, 심리적 작품 등의 책들을 창작할 때는 오직 이 책들의 집필에만 몰두한다. 하지만 이런 열정까지도 오로지 자기향유에만 봉사한다. 유고에서 "만족감을 주지 않는 어떤 것도 하지 않았음"을 자기 삶의 최대업적으로 찬양하는 스탕달은 이런 작업이 그에게 자극을 줄 동안만 예술가였다. 예술이 그의 최종목적, '즐거움,' 쾌락, 자기기쁨에 봉사하는 경우에만 그는 예술에 봉사한다. 그러므로 스탕달이 시인으로서 세계에 중요한 인물이 되었다 해서 그의 예술경향 또한 같은 식으로 헤아리려는 자들은 큰 오류를 범하는 것이다. 맙소사, 이 자유를 꿈꾸는 망상가가 시인 족속 중에서도 직업저술가로 간주되었더라면 얼마나 무섭게 격노했을 것인가!

그러나 그의 유언집행자는 완전히 자의적으로, 그리고 스탕달의 마지막 의지를 고의로 변형시켜서, 그가 이룬 문학적 과대평가를 비문에다 새겨넣는다. 그는 "썼노라, 사랑했노라, 말했노라"라는 대리석판을 주조하는데, 유언장에는 분명히 "말했노라, 썼노라, 사랑했노라"라는 다른 순서의 문구가 씌어 있는 것이다. 자신의 좌우명에 충실했던 스탕달로서는 이 순서에 의거하여 그가 삶을 창작보다 우선순위에 놓았다는 사실을 죽어서도 알고 싶어했던 것으로, 생시에도 그는 향락을 창작보다 더 중시했던 것이다. 여하한 저작행위조차도 그에게는 자기 전개의 오락적 보완 기능에 불과하거나, 권태를 이기기 위한 수많은 유희수단 가운데 어떤 것일 따름이었다. 문학이란 이 정열적 삶의 향락자에게 그저 우연성의 표현형식일 뿐 그의 개성의 결정적 표현 형식은 아니었다는 것을 인식하지 못하면 그를 제대로 알지 못하는 것이리라.

물론 젊은이로서 갓 파리에 당도해서는 이상적 사고에 벅차 있었고, 한번 작가가 되기를, 그것도 유명한 작가가 되기를 원한 적이 있었다. 그러나 17세의 소년치고 누가 그런 걸 원치 않으랴? 그는 당시에 몇 권의 철학적 논설들에 매달리고, 운문으로 된 희극도 손대보지만 결국은 미완성으로 끝난다. 그리고 나서는 17년간 문학을 완전히 잊어버리고 말을 타거나 관직에 앉아 있었으며, 한가롭게 가로수 길들을 산책한다. 공연히 사랑하는 연인들을 우울하게 우러러보지만 이도 헛된 일이다. 그는 글쓰는 일보다 미술과 음악에 훨씬 더 신경쓴다. 1814년에는 돈이 바닥나 말을 팔아야 할 지경에 이르는데, 이때 그는 남들이 모르는 이름을 사용하여 《하이든의 인생》이라는 책을 재빨리 써 갈긴다. 그뿐만이 아니다. 그는 뻔뻔스럽게도 가난한 이탈리아 저술가 카르파니의 원고를 도둑질한다. 그는 이 낯선 신사 봉베에게 자기 책을 도난당한 것을 알고서 부리나케 달려와 제발 돌려달라고 애원하지만 때는 이미 늦다. 그 뒤로도 그는 이탈리아 미술사를 저술하는데, 이것도 여기저기 다른 책들을 긁어모아 합성하고 거기에다 몇 가지 일화를 슬쩍 뿌려넣은 것에 불과하다.

그가 붓을 제멋대로 휘갈기고, 갖가지 익명으로 세상을 우롱하는 것은 한편으로는 돈이 굴러들어오기 때문이요, 다른 한편으로는 그런 짓에 재미를 느끼기 때문이다. 예컨대 오늘 그가 즉흥적으로 미술사학자를 자처하면, 내일은 국가경제학자를 자처하여 《기업가에 대한 음모 *Un complot contre les industrielles*》를 써내고, 모레는 문학평론가인 양 《라신과 셰익스피어》를 펴내거나 심리학자로서 《연애론*De l'amour*》을 위시한 몇 권의 책을 펴낸다. 이렇게 우연스런 시도를 행할 때마다 그가 인정하는 바와 같이, 저술이란 그에게 별로 힘든 일이 아니다. 누군가 영특한 머리를 지니고 있어서 그의 사고가 재빨리 말로 옮겨진다면, 창작과 담화 사이에는 거의 차이가 없으며, 말과 글로 옮기는 것 사이에는 더더욱 차이가 없는 법이다. 그도 그럴 것이 스탕달은 그의 책에다 연필로 아무렇게나 적거나, 아니면 손목을 가볍게 하여 휘갈겨쓸 만큼, 형식이라는 것이 그에게는 별로 의미가 없기 때문이다—그는 문학을 기껏해야 훌륭한 특산품의 감상 정도로 느낀다. 이미 스탕달이 자신의 본명 앙리 베일을 그의 창작품들에 등장시켜야 할 필요성을 느끼지 않는다는 사실은 모든 야망에 대한 그의 무관심을 입증하고도 남는다.

40세가 되어서야 스탕달은 비교적 자주 작업에 몰두한다. 왜 그럴까? 야망과 열정이 커졌다거나, 예술에 대한 사랑이 좀더 깊어져서일까? 아니다, 전혀 그런 것이 아니고 그저 배가 부르기 때문이다. 중년의 사나이는—유감스럽게도!—여성들에게서 얻은 소득이 별로 없을 뿐만 아니라 이렇다 할 재력도 없는 데 반해, 시간만 지겨울 정도로 남아돌기 때문이다. 짧게 말해 이 사나이는 "권태에서 벗어나기 위하여" 무엇인가 대용물을 필요로 하는 것이다. 가발이 언젠가 빽빽하게 엉클어진 머리카락을 대치하듯이 소설은 이제 스탕달에게 삶의 대용물이다. 사실적 삶의 모험이 약화되자 갖가지 꿈틀거리는 몽상들이 그 자리를 메우는 것이다. 그는 마침내 살롱에 앉아 마구 지껄이는 것보다는 글쓰기가 훨씬 재미나고, 또한 자신과의 대화야말로 그보다는 유쾌하고 정신적으로 풍부하다고 생각한다. 그렇다! 소설쓰기가 너무 진지한 것이 아니고, 또한 이 파리의 작가들처럼 손가락에 땀과 야심으로 얼룩지지만 않는다면, 이 일은 현실적이다. 그렇지만 않다면 소설을 쓴다는 것은 아주 상쾌하고 깨끗하고 고상한 만족감을 주는 일, 에고이스트에게도 걸맞은 작업일 뿐만 아니라 혼자서만 고고하게 즐길 수 있는 정신의 유희인 것이다.

중년의 사나이는 점점 더 이런 유희에서 짜릿한 자극을 느낀다. 이 일은 그리 큰 노고가 필요치 않다. 한 권의 소설쯤이야 머릿속에서 생각나는 대로 값싼 대필자를 시켜 석 달 내에 옮겨적을 수 있으니, 그리 큰 수고와 시간도 낭비할 까닭이 없는 것이다. 게다가 소설을 쓰면서 농담도 할 수 있고, 그의 적을 슬며시 조롱하고, 세상의 온갖 비천함도 반어적으로 꼬집을 수 있으리라. 가면을 쓰면 자신을 노출하지 않고도 희한한 젊은 애들의 속성으로 돌리는 영혼의 가장 연약한 흥분을 전달할 수 있으리라. 마음놓고 열정을 보일 수 있음은 물론이려니와, 어른이면서도 어린애처럼 꿈꾸는 데 부끄러워할 필요가 없는 것이다. 이렇게 하여 스탕달의 창작은 향락이 되고, 이를 통해 그것은 교화된 향락자의 가장 사적이고 내밀한 자기환희로 변전해 간다. 그러나 스탕달은 결코 위대한 예술 내지 위대한 문학사를 창조할 감각을 소유한 것은 아니다. 그는 "내가 아주 좋아하는 것에 대해서만 말했고, 소설을 만드는 기술에 대해서는 생각해 본 적이 없었다"고 발자크에게 솔직하게 고백한다. 스탕달은 형식뿐만 아니라 비평, 대중, 신문, 영원한 가치를 생각하지 않는다. 그는 창작을 할 때에도 완벽한 에고이스트로서 오직 자기 자신과 자신의 즐거움만을 생각한다. 그리하여 마침내, 아주 오랜 세월을 보낸 뒤인 50여 세에, 그는 책을 쓰면 돈도 벌 수 있구나 하는 아주 특별한 사실을 새삼 발견하는 것이다. 그리고 이것이 그의 쾌감에 박차를 가하게 되는데, 앙리 베일의 극단적인 이상은 여전히 고

독과 자립이기 때문이다.

　그의 책들이 제대로 수확을 가져온다고는 말할 수 없다. 대중의 위장은 건조하게 조리된, 기름과 감상성의 향료 없이 버무려진 음식에는 익숙지 않다. 그는 자기형성을 위해서라도 대중을 생각하지 않을 수 없는 시점에 도달해 있다. 요컨대 그는 다른 세기의 '행복한 소수' 엘리트, 1890년에서 1900년에 빛을 보는 세대에 비해 뒤처져 있는 것이다. 그런데도 스탕달은 동시대적 냉담에 그리 슬퍼하지 않는다. 마지막으로 그의 책들은 오직 자기 자신에게 보내는 편지들이다. "남들이 내게 무슨 소용인가?" 스탕달은 이렇게 자신을 위해서만 서한을 기록한다. 노년의 향락주의자는 새로운 재미, 마지막으로 즐길 수 있는 가장 짜릿한 유희거리를 찾아냈던 것이다. 언젠가처럼 다락방 책상에는 양초 두 개가 타고 있는 가운데, 그는 쓰거나 받아적게 하는 유희에 여념이 없다. 영혼과의 이 같은 친숙하고도 내밀한 자기대화는 생의 종말을 맞이하면서 모든 여인과 친구들, 카페 드 푸아나 그곳에서의 대화, 심지어 음악보다도 훨씬 더 중요해진다. 고독 속에서의 향락, 향락 속에서의 고독은 그의 최초와 최후의 근원적 이상인 것으로, 50여 세의 스탕달은 드디어 예술에서 자신을 발견한다.

　말년의 기쁨이 찾아오는 것도 사실이지만, 이는 우수 어린 황혼녘의 기쁨이자 이미 체념의 구름으로 뒤덮여 있다. 그럴 수 있는 것이 스탕달의 문학은 그의 삶을 창조적으로 결정짓기에는 너무나 뒤늦게 시작되기 때문이다. 43세의 나이에 그의 최초 소설 《적과 흑》이 나오고 ─초기작 《아르망스》는 진정한 의미의 대표작에 포함되기 어렵다─ 50세에는 《뤼시앵 뢰방》이, 이어서 54세에 세 번째 소설 《파름의 수도원》이 나오는 것이다. 이 세 소설이 그의 문학적 업적의 전부인 것으로, 동력의 중심부에서 볼 때 그것은 동일한 하나, 서로가 같은 근원체험 내지 본질체험의 세 가지 변형일 뿐이다. 그리고 그것은 바로 노인의 마음속에서 소멸되지 않고 항상 새롭게 재생되는 청춘기 앙리 베일의 영혼체험의 역사이기도 하다. 이 세 소설 모두에 나타나는 영혼의 역사가 그의 후배작가이자 경멸자 플로베르로 하여금 소설의 제목을 《감정교육》이라 칭하게 된 근본동인이라 할 수 있을 것이다.

이유인즉 그의 소설들에 등장하는 세 명의 젊은이, 즉 학대받는 농부 아들 쥘리앵, 심성이 유약한 후작 파브리치오, 은행가의 아들 뤼시앵 뢰방은 다같이 불처럼 타오르는 무절제한 이상을 가지고 차가운 세기의 한복판으로 휩쓸려 들어가기 때문이다. 그들 모두는 나폴레옹을 위시한 영웅성, 위대함, 자유에 대한 열렬한 신봉자로서, 감정의 충일을 못 이겨 현실적 삶을 용인하기보다는 높고 정신적인 것, 보다 활기찬 형식을 우선적으로 추구한다. 그들 셋 모두가 뜨거운 열정을 억누른 채 착종된 마음과 순결한 사랑을 여인들에게 바친다. 그런데 이들을 무섭게 일깨우는 것은 서리처럼 차갑고 역겨운 세상에서는 뜨거운 심장을 지녔어도 이를 감추고, 자신의 애끓는 마음조차 부인해야 한다는 결정적 인식이다. 그들의 순수한 출발은 '타인들'의 소심함, 시민적 불안, 스탕달이 영원한 적으로 간주하는 것들에 부딪쳐 산산히 조각난다. 그들은 점차 상대방의 계략 및 갖가지 권모술수, 교활한 계산을 배워가는 동시에 세련되고 거짓말을 하면서 세속적이고 차가워진다. 아니면 좀 더 의심스럽게도 그들은 영리해지고, 그것도 노년의 스탕달처럼 영악하고 이기적인 인간으로 변한다. 그들은 탁월한 외교관이나 사업의 천재, 기품 있는 주교가 된다. 짧게 말해 이 세 주인공 모두가 진실된 영혼의 왕국, 청춘과 순수한 자아를 고통스럽게 뿌리친 것으로 느끼자마자, 그들은 현실과 타협하고 그것에 동화되는 것이다.

50여 세의 앙리 베일이 이런 소설을 쓰게 된 근본원인은 이 세 젊은이 때문이었다. 아니, 그보다는 언젠가 비밀스럽게 가슴속에서 호흡하던 잃어버린 젊음, 또 한 번 열정적으로 체험하려는 "20세의 젊음" 때문이었다. 그의 박식하고 차갑고, 그러면서도 실망을 느끼는 정신은 세 젊은이를 통하여 자신의 청춘을 서술하는 한편, 그의 예술적 통찰력과 명석한 지성은 영원한 시작의 낭만주의를 표현한다. 그럼으로써 소설들은 놀랍게도 그의 본질의 원초적 대립을 통합한다. 여기서 청춘의 고귀한 혼란은 노년의 성숙한 통찰과 더불어 형상화되며, 정신과 감정, 사실주의와 낭만주의 사이에서 벌어지던 스탕달 본연의 삶의 투쟁은 이 불후의 소설들 속에서 승전고를 울린다. 개개의 소설에서 벌어지는 투쟁은 마랭고, 워털루, 아우스터리츠 전쟁처럼 지속적으로 인류의 회상에 남게 된다.

비록 서로의 운명이 상이하고 혈통과 성격도 다르지만, 이 세 명의 젊은이는 감정의 형제들이다. 그들은 그들의 창조자로부터 타고난 낭만적 기질을 물려받아 이를 발전시켜 나간다. 그들이 분담하는 세 가지 반대역할 자체가 바로 동일한 기질의 소산인 것이다. 이를테면 모스카 백작, 은행가 뢰방, 드 라 몰 백작은 다시 앙리 베일이라는 한 인물의 구현이지만, 그러나 그것도 완전히 정신적으로 명료해진 지성인, 이성의 뢴트겐 투시로부터 점차 모든 이상이 사라지고 근절된 후기의 지혜로운 늙은이의 분신들인 것이다. 이들 세 명의 배역자들은 삶이라는 것이 어떻게 젊은이로부터 형성되어 귀결되는가, 어떻게 그들이 "모든 분야에 열정적으로 관심을 갖다가 환멸을 느끼고 조금씩 깨어나는가"를 상징적으로 보여준다(이는 곧 앙리 베일 자신의 삶과 같다). 영웅적 공상가의 기질은 완전히 소멸된다.

이제 마법적 도취는 사라져 버리고 빼어난 책략과 술책이 이를 대신하며, 차디찬 유희 욕구가 본원적 열정을 대치한다. 그들은 세계를 지배한다. 모스카 백작은 귀족계층을, 은행가 뢰방은 현금거래소를, 드 라 몰 백작은 외교 업무를 마음대로 조정한다. 하지만 그들은 다같이 그들의 끈에서 춤추는 인형들을 좋아하지 않는다. 그들이 이런 인간들을 경멸하는 까닭은 인간들의 가련함을 너무나 상세히, 너무나 분명하게 알고 있기 때문이다. 아직도 그들은 아름다움과 영웅성에 대한 일말의 감정을 버리지는 못하지만, 그러나 그것은 사소한 감정일 따름이다. 그들이 지닌 모든 성취감은 모호하고 혼란한 동경, 아무것도 이루지 못하면서 영원히 꿈만 꾸는 청춘의 동경과 혼동되지는 않는 것이다. 냉철하고 영리한 귀족 안토니오가 젊은 혈기로 불타는 시인 타소와 비견되듯이, 이 현존의 산문작가는 그의 젊은 라이벌들에 대하여 반쯤은 후견자처럼 또 반쯤은 적대자처럼, 반쯤은 경멸조의 냉소를 흘리면서도 또 반쯤은 질투심으로 대처한다. 정신이 감정에 대립된다면, 명석함은 꿈과 대립된다.

스탕달의 소설세계는 남성적 운명의 영원한 양극성, 미에 대한 치기 어린 동경과 현실적 힘에 대한 확고하고도 반어적인 초월의지 사이에서 선회한다. 수줍어하면서도 뜨거운 욕망을 가슴속에 감추고 있는 젊은이들에게 여인들이 접근한다. 여인들은 종소리를 내면서 그들의 피끓는 동경을 받아들이며, 그들 갈망의 성난 포효를 그들이 애호하는 음악을 들려줌으로써 진정시킨다. 여인들은 이 젊은이들의 감정을 순수하게 연소시키는 것이다. 마담 드 레날, 마담 드 샤스텔레르, 산세베리나 공작부인은 이렇게 부드럽고 열정적이면서도 고상한 스탕달의 여인상像이지만, 그럼에도 불구하고 이들의 신성한 헌신이 젊은 연인들이 지녔던 처음의 영적 순수함을 보존시키지는 못한다. 한걸음 한걸음 삶으로 발을 디디고 들어갈수록 이 젊은이들은 인간 공동체의 늪으로 깊숙이 빠져들기 때문이다.

스탕달은 진흙과 불덩이를 혼합하여 현실세계의 재판관, 변호사, 장관, 의장대 장교, 살롱의 재담꾼을 만들어낸다. 각자가 오물처럼 찐 득찐득 달라붙고 늘어져 있는 이 사소하기 짝이 없는 허풍선이의 영혼 들을 주조해 낸다. 그러나 이는 얼마나 영원한 저주인가! 이 아무것도 아닌 자들이 일제히 도열하고 또 무수히 불어나, 지상에서 영원히 숭 고한 것을 짓눌러 버리니 말이다. 이렇게 그의 서사적 문체 속에는 치 유 불가능한 공상가의 비극적 암울함이 단도처럼 찌르는 환멸의 아이 러니와 뒤섞여 있는 것이다. 그의 소설들에서 스탕달은 현실세계를 증 오스럽게 그리는 만큼이나 이상적 상상의 세계 또한 타오르는 열정으 로 묘사하였다. 그는 이런 영역뿐만 아니라 저런 영역, 정신과 감정으 로 이루어진 이중세계 및 그것의 비밀을 대가다운 솜씨로 묘파했던 것 이다.

그러나 바로 이런 점 때문에 그의 소설은 후기작품들이면서 감정 의 젊음을 지니며, 사고의 깊이에서도 뛰어난 독특한 매력과 높은 수 준을 부여받는다. 그도 그럴 것이 반어적 거리만이 모든 열정의 의미 와 아름다움을 창조적으로 설명할 수 있기 때문이다. "열정에 빠진 자 는 열정을 받는 순간에는 다양한 색감을 구별하지 못한다." 다시 말해 감동을 받는 사람은 감동을 받는 순간에 느낌의 명암을 자세히 알지 못한다. 스탕달은 그의 열광을 서정시적 또는 찬가의 형식으로 끝없이 밀고나갈 수 있을 테지만, 그러나 그는 결코 그렇게 서술하지 않고 그 것을 서사적으로 표현한다. 참다운 서사적 분석이란 항상 명료성, 차 가운 피와 깨어 있는 오성, 이미 열정을 넘어서 있는 존재를 요구하는 것이다. 이렇게 해서 스탕달의 소설들은 내면과 외면을 동시적으로 소 유한다. 여기서 한 예술가는 남성의 상승과 하강의 한계에 부딪치면서 감정을 '지혜롭게wissend' 표현한다. 그는 정열에 또 한번 강렬한 공감을 느끼지만, 그것을 이미 '이해하여verstehen' 내면으로부터 밀도화하고, 외부로부터는 제한할 능력을 갖춘다. 이런 것만이 실로 스탕달 소설에서 내적인 것, 새롭게 연주되는 열정의 내향성을 관찰할 수 있도록 하는 충동이자 가장 깊은 욕망인 것이다.

이에 반해 외부의 사건, 기술적으로 이루어지는 소설의 외형은 예술가에게는 사소한 것으로 간주되고, 그만큼 그것은 그때그때 즉흥적으로 손쉽게 이루어진다(그의 고백에 따르면 소설의 한 장章이 끝나면 다음에 어떤 일이 일어날지 자신도 전혀 알지 못했다는 것이다). 오로지 내적인 파문으로부터만 그의 작품들은 예술적 힘과 감동성을 얻는다. 그의 작품들이 가장 아름답다고 여겨질 때는 그것이 영혼의 공감을 주는 순간이며, 가장 빼어나다고 여겨질 때는 스탕달 자신의 부끄럽게 감추어진 영혼이 그의 총아들의 말과 행위로 전위되거나, 또는 그 자신의 이중고 때문에 그의 인간들에게 고통을 주는 순간이다. 《파름의 수도원》에 나타나는 워털루 전쟁의 묘사는 이탈리아에서 보낸 청년기 전반의 그와 같은 천재적 축약이다. 그 자신이 이탈리아로 간 것처럼, 그는 쥘리앵을 나폴레옹의 전쟁터로 데려가 영웅적인 것을 발견하게 한다. 그러나 가면 갈수록 현실은 그에게서 이상적 표상들을 탈취한다. 덜그럭거리는 기병대 공격 대신에 현대전의 정신없는 뒤죽박죽을 도입하며, 나폴레옹 대군 대신에 막돼먹고 냉소적인 전쟁도당들을, 주인공 대신에 범인凡人, 즉 형형색색의 평상복을 차려입은 인간들을 찾아낸다. 그는 현실각성의 이 같은 순간들을 아주 교묘한 수법으로 보고한다. 우리가 살아가는 세속세계에서는 영혼의 황홀경도 세밀한 현실에 부딪쳐 항상 깨어지는데, 그는 이 같은 세계상을 어느 예술가도 비견될 수 없을 만큼 온전한 내포성으로 표현한다. 인간을 본질체험으로부터 표현할 때만 그는 예술적 오성을 초월하는 예술가로서 존재하게 되는 것이다.

“감정이 없을 때, 그는 재치도 없었다.”

그럼에도 불구하고 기이한 점은 스탕달이라고 하는 소설가는 바로 이런 공감의 비밀을 어떤 수단으로든 감추고 싶어한다는 사실이다. 그는 우연한 기회를 빌려, 그리고 결국은 반어적인 태도로 글을 대하는 독자가 이 상상력의 화신인 쥘리앵이나 뤼시앵, 파브리치오의 영혼 속에 얼마나 많은 그의 공감이 노출되어 있는가를 알아차린 데 대해 수치감을 느낀다. 이 때문에 스탕달은 그의 서사작품들에서 냉담한 체 가장하며, 그의 문체를 의도적으로 냉각시킨다. “나는 문체를 얻고자 전력을 기울인다.” 애처로운 것보다는 차라리 딱딱하게 보이고, 열정적인 것보다는 예술성 없는 것이, 서정시보다는 논리학처럼 보이는 것이 나으리라! 스탕달은 그리하여 구토를 일으킬 정도로 씹고 되씹은 말을 세상에서 내뱉었다. 그는 건조하고 즉물적인 문체에 완전히 익숙해지기 위하여, 매일 아침 작업하기 직전에 민법책을 읽는다. 그렇다고 스탕달이 그런 건조체를 그의 이상으로 생각한 것은 결코 아니었다.

진실로 그는 “논리에 대한 가장된 사랑,” 명료함에 대한 열정을 가지고 표현의 배후에서 증발하는 것처럼 보이는, 눈에 띄지 않는 문체를 추구하였다. “문체는 투명한 니스칠 같아서 그 밑에 있는 사실, 색깔, 이념을 변질시켜서는 안 된다.” 말은 기교적인 미사어구, 이탈리아 오페라의 ‘장식음’을 지니면서 서정적으로 전개되어서는 안 되고 그 반대로 대상의 배후에서 사라져야 한다. 그것은 잘 재단된 신사복처럼 유별남이 없어야 하고 영혼의 움직임만을 정확하고 명료하게 표현해야 한다. 명료함이야말로 스탕달에게는 특히 중요하기 때문이다. 그의 계몽적 투명성의 본능은 모든 모호함, 불투명성, 지나친 과장, 그리고 무엇보다도 장 자크 루소가 프랑스에 도입한 저 자기향락적 센티멘털리즘을 증오하는 것이다. 그는 가장 착종된 감정 속에서도 명료함과 진리를, 가장 암울한 감정의 미로에 떨어진 순간까지도 밝음을 추구하려 한다. '글쓰기'란 그에게 '해부하는 것,' 말하자면 복잡한 감정을 그것의 구성요소까지 해체하는 것, 병을 관찰하듯 정열을 임상학적으로 규명하는 것을 뜻한다. 자신의 깊이를 명확하게 재는 자만이 남성적으로 진지하게 그 깊이의 즐거움을 음미하는 법이고, 자신의 혼란을 관찰하는 자만이 자기감정의 아름다움을 인지하는 법이다. 그래서 스탕달은 아무리 자신이 망아의 감정 상태에 빠져 있을지라도, 깨어 있는 정신으로 숙고하려는 고대 페르시아인의 덕성을 기꺼이 실행하는 것이다. 그런 덕성에 세례받은 영혼을 가지고, 자신의 논리학과 동시에 그는 자기열정의 주인으로도 남아 있는 것이다.

자기감정을 인식한다는 것은, 지성을 통하여 열정의 본질을 규명하는 가운데, 그것의 비밀을 상승시킨다는 것과 같다. 이것이 작가 스탕달의 정형화된 공식으로, 이는 곧 그가 그의 영혼의 자식들, 그의 주인공들을 감각하는 방식과 정확히 일치한다. 그들 역시 맹목적 감정에 우롱당하기를 원치 않는다. 그들은 그런 감정을 지켜보고, 그것에 귀를 기울이고, 탐구하고 분석하고자 한다. 감정을 느끼는 것뿐만 아니라 그것을 '이해하려' 한다. 자신들의 감흥이 순수한가 불순한가, 그 배후에는 어떤 다른 것, 훨씬 더 심원한 감정이 가면을 쓰고 숨어 있는 것은 아닌가를 그들은 지속적으로 자신을 불신의 눈으로 살펴본다. 그들은 사랑을 하지만, 그런 중에도 항상 감정의 비등점을 차단하면서 그들을 누르는 기압골의 측정계를 면밀히 검사한다. 그들은 끊임없이 자신에게 물음을 던진다. "내가 그녀를 벌써 사랑하고 있단 말인가? 나는 아직도 그녀를 사랑하고 있는가? 나의 경향은 순수한가 또는 불순한가? 아니면 그녀에게 말재주나 피우면서 무엇인가 가장하고 있는 것인가?" 지속적으로 그들은 피끓는 맥박에 손을 대보고, 단 한 박자라도 뜨거운 혈액순환이 흥분을 멈추면 그 즉시 이를 알아차린다. 따라서 사건이 제아무리 격류처럼 빠르게 진행될 때도, "그는 생각했고" "그는 속으로 중얼거렸다"라고 하는 영원한 두 마디 어구가 서술의 긴박한 흐름을 끊어 버린다. 근육이 팽창하고 신경이 곤두설 때면 그들은 항상 물리학자나 관상학자처럼 이지적 해석을 내리려고 노력한다.

여기서 스탕달이 처녀성을 바치는 뜨거운 순간을 서술할 때조차도 얼마나 명석하고 또 얼마나 통찰력 있는 태도로 그의 인물들을 지켜보는지를 논증하기 위하여 《적과 흑》에 나오는 저 유명한 애정장면의 묘사를 예로 들어보겠다. 쥘리앵은 그의 삶을 걸고, 감히 밤 한 시에 모친 방 열린 창 옆에 있는 사다리로 처녀 드 라 몰의 방으로 침입한다. 여기까지는 낭만적 감성에 의해 고안되고 갈망이 짙게 배어 있는 계획된 행동이다. 그러나 열정이 고조된 순간에 그 둘은 갑자기 냉정을 되찾는다. "쥘리앵은 몹시 당황했다. 그는 자신이 어떤 짓을 하고 있는지 알지 못했고, 사랑 또한 전혀 느끼지 못했다. 당황해 하면서도 그는 대담해야 한다고 생각되어 그녀를 끌어안으려고 하였다. '안돼요'라고 그녀는 말하면서 그를 거세게 밀쳐냈다. 그녀로부터 거부당하자 그는 마음이 놓였고, 허겁지겁 옷을 걸쳐입었다." 이처럼 스탕달의 주인공들은 가장 방종한 모험의 와중에서도 지적 의식을 소유하고 있으며, 또 차갑게 깨어 있는 것이다. 이 장면을 계속 따라가보면, 흥분의 한가운데서도 깊은 숙고 뒤에야 결국 고집스런 소녀가 자기 부친의 비서에게 몸을 허락하게 되는 경로를 읽을 수 있을 것이다. "그를 너라고 부르는 것이 마틸드에게는 몹시 힘들었다. 그런데 마침내 그녀가 덤덤하게 너라고 부르며 친근함을 표현했을 때, 쥘리앵은 왠지 흡족한 기분이 아니었다. 아직도 행복을 느낄 수 없었다는 것은 놀라운 자기확증이었다. 마침내 이 감정을 함께 나누기 위해서라도 그는 좀더 신중한 숙고가 필요했다.

그리고 이런 숙고의 과정이 없었던들 그를 무조건 좋아하지만은 않았을 한 소녀의 호의를 깨닫는 가운데 그는 자신을 발견했다. 이 숙고 덕분으로 그는 욕망의 공허함을 뛰어넘는 행복을 창조했다." 바로 '숙고' 덕분에, 완전히 덤덤하고 뜨거운 열광이 배제된 '확증' 덕분에, 이 골수의 에로티커는 낭만적 애인을 유혹하였다. 소녀는 나중에 다시 한 번 이렇게 중얼거린다. "그이와 상의해야지. 사랑하는 사람과 상의하는 건 당연한 거야." 과연 여성이란 이런 기분이 들 때마다 해방되었던 것일까? 이에 대해서는 셰익스피어에게나 물어보아야 하리라.

일찍이 스탕달 앞의 어느 작가도 유혹의 순간에 이처럼 냉정한 감각으로 인간들로 하여금 자신을 절제하고 스스로를 헤아리도록 만들기는 어려웠을 것이다. 어느 누가 과연 스탕달의 온갖 성격처럼 정묘한 인간들을 창조할 수 있었겠는가? 하지만 여기서 우리는 이미 그의 심리적 서사예술의 가장 본질적 기법, 열기 자체를 더욱 가열시켜 분해하고, 감정을 자극하여 마디마디 쪼개는 기법에 접근해 있다. 스탕달은 결코 감정을 한꺼번에 관찰하는 것이 아니라 항상 그것의 개별성 속에서 관찰한다. 그는 확대경을 통하여, 심지어는 시간의 확대경을 통하여 감정의 결정체를 추적한다. 그의 천재적 분석정신은 사실공간에서 맹렬히 진동하며 움직이는 것만을 미분법을 사용하여 수많은 입자들로 분해한다. 그는 치밀한 수법을 사용하여 우리들 눈앞에서 영적 운동의 속도를 지연시키며, 그럼으로써 그 운동이 우리에게 정신적으로 한층 더 명료해지도록 만든다. 그러므로 스탕달의 소설행위는 세속적 시간 속에서 이루어지는 것이 아니라 완전히 영적인 시간 속에서(이것이야말로 그의 새로움이 아닐 수 없다!) 이루어진다. 그와 더불어 서사예술은 최초로(이런 발전을 예감이라도 하듯이) 무의식적 기능행위의 새로운 개명開明이라는 전환점을 맞이하게 되는 것이다.

《적과 흑》은 뒤에 가서 문학의 영혼학과 종국적으로 유대를 맺는 '실험소설roman expérimental'로의 도정을 개척하였다. 스탕달 소설의 여러 등장인물들을 보면 실로 실험실에서의 진지함이나 교실에서의 차가움을 연상하게 된다. 그럼에도 불구하고 스탕달에게 나타나는 열정적인 예술광은 발작처럼 창조적이면서도 논리적인 것에 집착하고, 명료함을 광적으로 추구하며, 영혼의 해맑음을 찾고자 열망한다. 그가 수행하는 세계형상화는 영혼의 본질을 파악하기 위한 우회로일 뿐이다. 그의 뜨거운 호기심은 도취에 빠져 있는 세속의 골짜기에서 인류만을 포박하지만, 거기에는 항상 유일한 인간만이, 깊이를 알 수 없는 인간, 스탕달의 소우주가 펼쳐 있다. 이 유일한 인간을 탐구하기 위해서 그는 시인이 되었고, 그는 형상화하기 위하여 형성자가 되었다. 물론 천재성을 통하여 가장 완벽한 예술가가 되었지만, 그럼에도 불구하고 스탕달은 예술에만 헌신하지는 않았다. 그는 영혼의 비약을 측정하고 이를 음악으로 변전시키기 위해서 가장 섬세하고 정신적으로 풍부한 도구인 예술을 사용하는 것이다. 결코 예술은 그에게 목적지가 아니었다. 예술은 그의 유일하고 영원한 목적지, 즉 자아의 발견과 자기 인식욕에 도달하려는 도정일 뿐이었다.

> **심리주의**
> 나의 진정한 정열은 알고 느끼는 것이다.
> 이런 정열은 한 번도 충족되지 않았다.

어느 점잖은 시민이 언젠가 사교계에서 스탕달에게 다가와, 공손하고 예의바른 태도로 이 낯선 신사의 직업을 묻는다. 당장에 그의 냉소하는 입가에는 악의가 가득 번지고, 조그마한 눈에는 오만방자한 불꽃이 튀긴다. 조금은 상대를 조롱하는 듯 겸양을 떨면서 그는 이렇게 대답한다. "나는 인간 감정의 관찰자라오." 이는 물론 비아냥거리는 즐거움을 만끽하고자 깜짝 놀라는 부르주아에게 불쑥 던지는 반어법이지만, 그럼에도 불구하고 이 유쾌한 변장놀이에는 상당한 솔직함이 섞여 있다. 그도 그럴 것이 영혼의 사실을 관찰하는 것만큼 전 생애를 걸고 그가 계획적으로 추진한 일은 진실로 없기 때문이다.

스탕달은 몇몇 인물들처럼 이런 것, 마법적 심리학자의 관능, 즉 "심리적 관능voluptas psychologica"을 알고 있었고, 또한 지긋지긋할 정도의 영적 인간이 지닌 이 같은 향락욕에 빠져 있었다. 그러나 감정의 비밀에 대한 그의 세련된 도취는 얼마나 능란하고 산뜻하며, 또 그의 심리예술은 얼마나 열정적인가! 영민한 신경들, 신통력 있는 감각이 발동되면, 호기심은 촉수를 내밀고 생동하는 사물들의 달콤한 영액을 탐미하면서 빨아들이는 것이다. 이 탄력적인 지성은 어떤 것을 낚아채려고 힘주어 손을 뻗을 필요가 없으며, 현상들을 강압적으로 압착하거나 이를 어떤 체계의 강요된 틀로 정렬하기 위하여 결코 그 매듭을 자르지 않는다. 스탕달의 분석에는 불시에 찾아오는 발견의 놀라움과 행운, 우연적 만남의 신선함과 기쁨이 스며 있다. 그의 남성적이고 기품 있는 사기놀음은 거만하기 짝이 없어서 인식한 것들을 추후로 인정하는 데 진땀을 흘리며, 이를 추적하기 위하여 논증의 고삐를 한치도 늦추지 않는다. 그는 사실을 정밀하게 분해하여 그 내장을 남김없이 파헤치는 자들의 몰취미한 작품을 증오한다. 미적 가치에 대한 그의 섬세한 감각과 예리한 감정의 손끝은 한 번도 야만적 욕망의 칼자루를 필요로 하지 않는다. 사물의 향기, 그 정수의 이리저리 떠다니는 분위기, 에테르처럼 가벼운 정신적 발산은 이 미식가에게 이미 사물이 지닌 완벽한 의미와 내적 본질을 드러낸다. 그리하여 그는 아주 사소한 사물의 움직임으로부터 하나의 감정을, 일화로부터 이야기를, 아포리즘으로부터 인간을 인식한다.

그에게는 이미 가장 사라져 버리기 쉬운 것, 거의 포착할 수 없는 미세함, '축약,' 생명력 있는 직감 등이 풍부하며, 바로 이 '미시적 관찰들'이 심리학에서 결정적인 것들임을 그는 알고 있다. 이미 은행가 뢰방은 "세부묘사 속에만 개성과 진실이 있다"고 말하는 것이다. 스탕달 자신도 "세밀함을 사랑하고, 이를 당연시하는" 시대의 방법을 높이 평가하면서 다음 세기를 앞서 예견하고 있다. 앞으로는 더 이상 공허하고 무겁고 얼기설기 짜여진 가설로서의 심리학이 전개되는 것이 아니라, 세포와 박테리아 분자의 진리를 근거로 육체를 설명하는 시대, 세세한 것에도 촉각을 기울이고 육체의 진동과 신경의 전율에 주의를 기울임으로써 영혼의 내포성이 계측되는 시대를 예고하는 것이다. 칸트의 후배들, 셸링이나 헤겔, 그 밖의 많은 학자들이 그들의 강단에서 아직도 요술부리듯 교수 모자를 흔들면서 전 세계를 주물럭거리는 똑같은 시간에, 이 고독한 인간은 방자한 철학자의 대전함大戰艦 시대, 거대한 체계의 시대가 끝나 버렸고, 잠수함처럼 물밑을 살그머니 기어다니는 세부관찰의 어뢰만이 정신의 바다를 지배한다는 것을 이미 알고 있는 것이다. 그러나 편협한 전문가들과 고루한 시인들 틈에서도 그는 얼마나 고독하게 이 영민한 예언술을 실행해 나갔는가!

참으로 그는 홀로 서서 그 모든 자들, 완고하고 학문에만 종사하는 영혼의 탐구자들을 앞지른다. 그가 그들을 앞지를 수 있는 까닭은 교양으로 꾸려진 가설들을 전혀 등에 짊어지고 있지 않기 때문이다. "나는 비난도 수긍도 하지 않고 관찰할 뿐이다." ―인식은 유희하듯이, 또는 운동하듯이 수행되는바, 이는 오직 자기 자신만을 알게 되는 즐거움에 기인하리라! 그의 정신의 형제 노발리스가 문학적 의미를 통하여 모든 철학을 능가하듯이, 그는 인식의 '꽃가루'만을 사랑하는 것이다. 스탕달은 이 우연히 흩날려 들어오면서도 모든 유기적인 것의 가장 내적인 의미로부터 침투된 양극성을 사랑한다. 뿌리에서 뻗어나온 체계들은 이 양극성을 모태로 하여 전개된다. 그의 관찰은 항상 사소한 것, 미시적으로만 지각될 수 있는 변화, 감정이 최초로 결정화結晶化되는 찰나로 제한된다. 그럴 때에만 그는 스콜라철학자가 오만하게 세계의 수수께끼라 칭하는 육체와 영혼의 결합을 삶에서 진지하게 감지한다. 바로 지각의 최소화 속에 그는 진리의 극대화가 존재함을 알아차리는 것이다. 그렇기에 그의 심리학은 무엇보다 사유의 세공술, 소품기예, 미세함을 다루는 유희처럼 보인다. 하지만 그는 가장 미세하고 정확한 지각이 어떤 이론보다도 감정의 충동세계에 훨씬 더 의미심장한 통찰력을 부여한다는 충격적인(올바른) 사실을 입증한다. "감정은 느끼기보다는 이해해야 한다." 영혼의 과학은 이 우연히 튀어나온 지각 이외의 다른 어떤 확실한 통로도 있을 수 없다. "감정만이 진실한 것"이어서 "평생에 걸쳐 다섯 내지 일곱 개의 이념을 주의 깊게 관찰하는 것으로 충분하다." 이미 법칙들—그러나 결코 억압적이 아니라 개인적일 따름인 법칙들, 개념적으로 파악될 수 있거나 단지 예감 가능하며 모든 순수 심리학의 욕망과 열정을 의미하는 하나의 질서가 예시되는 것이다.

　　이와 같이 세심하고 유용한 관찰로부터 스탕달은 이루 헤아릴 수 없이 많은 것, 한 치도 빈틈없고 일회적인 발견들을 창출해 내었다. 그 가운데 여러 개는 그때부터 모든 예술적 영혼분석의 공식이나 기본원리가 되었을 정도였다. 그러나 스탕달은 이 기초들 자체를 결코 유용화하지 않는다. 그의 눈에 순간적으로 포착된 이념들을 종이에 적어놓기가 번거로운 것으로, 그만큼 그는 이를 정리하거나 체계화하는 법이 거의 없는 것이다. 그의 편지들과 일기·소설들을 보게 되면, 이 힘차게 작용하는 핵심적 내용들은 여기저기 산재해 있고, 따라서 발견의 즐거움이란 그저 우연일 뿐이라는 것을 우리는 알 수 있다. 그의 심리적 작품 전체는 120줄 내지 길어야 200줄가량의 짧은 글 또는 소설의 일부분 정도로 요약된다. 그는 단지 몇 가지를 한데 묶는 수고도 행하는 법이 드물지만, 더구나 이를 현실적 질서, 완결된 이론으로 만들기 위해 더덕더덕 회반죽하는 일은 결코 없는 것이다. 두 개의 책표지 사이에서 그가 우리에게 제시하는 열정론, 저 사랑에 관한 단일 주제는 단편들, 문장, 일화들로 구성된 혼합체이다. 그는 이 책을 "사랑"이라 칭하지 않고 "연애론"이라고 조심스럽게 칭한다. 물론 번역하기에 따라서는 '사랑에 관한 몇 가지 분류Einiges über die Liebe'라고 하는 편이 더 나을지도 모른다. 하지만 여기에도 기껏해야 몇 가지 근본차이만이, 말하자면 자유로운 굴절이 있는 것으로, 예컨대 사랑-열정, 정열에서 우러난 사랑, 육체적 사랑, 감각적 사랑 등의 차이가 그것이다. 그렇지 않다면 그는 사랑의 형성과 과정에 관한 성급한 이론을 개관하고 있다고도 하겠다.

그럼에도 불구하고 그는 실제로 연필로만 아무렇게나 적어놓는다(정말 이 책은 그가 자필로 썼던 것이다). 게다가 모든 것이 암시와 추측, 재미난 일화들로 잡담하듯 써내려가는 무책임한 가설들에 제한된다. 그럴 수밖에 없는 것이 스탕달은 사색가라든가 철저한 사상가, 타인을 위한 사유자이기를 결코 원치 않았던 것이다. 그는 우연히 발견한 사실을 계속해서 추적하고자 애쓰는 법이 없다. 유럽의 이 한가로운 '여행자'는 깊은 숙고와 사유운동, 사유형성의 딱딱한 노고를 유유자적한 태도로 자기 영혼에 맡겨두거나, 아웅다웅 싸우는 수레꾼들과 편집광들에게 이를 무심히 양보한다. 사랑의 결정화結晶化라는 그의 유명한 이론으로부터 나온 것이 바로 수십 권의 소설들로서, 여기서 감정의 의식화는 순식간에 투명한 수정을 만들어내는 광천수 용액 안에 소금물로 절여진 광맥, 저 '잘츠부르크 광맥'과 비교된다. 한편 텐Taine은 종족과 환경이 예술가에게 미치는 영향에 대해 급히 써내려간 그의 비망록에서 두툼하고 짜릿한 가설 하나를 차용하였다. 스탕달 자신은 그러나 힘들여 일하는 작업자가 아니라 천재적 재능의 즉흥적 인간이었다. 심리학을 계기로 사용하되, 그것은 철저히 단편과 아포리즘에 국한될 뿐이다. 스탕달은 이런 면에서 그의 프랑스의 선배작가 파스칼, 샹포르, 라 로슈푸코, 보브나르그의 제자인 셈이다. 이들 역시도 모든 진리의 너풀거리는 본질을 심정적으로 존중하였기에 자신들의 통찰을 한데 묶어 어떤 묵직한 진리, 널찍한 자리에 거하는 진리를 결코 논하지 아니했다. 그가 자신에 대해 인식하는 방식은 완전히 임의적이고 그것이 인간을 편리하게 할 것인지 아닌지, 또는 그것이 현세에나 백여 년이 경과한 뒤에 참된 것으로 통용될지에는 무관심하다. 더욱이 과거의 어느 누가 이미 자신보다 앞서 그런 인식을 선행하였든, 아니면 다른 사람들이 그것을 답습하였든 그는 개의치 않는다. 그는 편안하게 생각하고 관찰하며, 호흡하듯 자연스럽게 말하고 글을 쓴다. 동행자를 찾는 일은 이 자유사상가의 본령도 근심거리도 아니다. 관조하되 한층 더 깊이 관조하고, 사색하되 한층 더 명료하게 사색하는 것, 그것이면 족히 행복한 것이다.

니체처럼 그는 사상의 결단력을 지니고 있을 뿐만 아니라 참으로 미혹적인 무도함까지도 지니고 있다. 그는 강렬하고 안하무인이어서 진리와 도박하거나 거의 육욕적인 태도로 인식을 사랑하는 것이다. 과도한 삶의 감정으로 팽배해 있는 그의 정신은 부글부글 끓어서 방울을 만들고, 포말처럼 공허하고 가볍게 떠오른다. 그림에도 불구하고 이런 거품의 정화인 경구들 하나하나는 항상 그의 영혼의 풍요로움에서 흘러나오는 이슬방울과도 같아서 사방으로 간간이 영롱한 색깔을 번뜩이며 내던진다. 스탕달 본연의 충만함은 그러나 늘 내부에, 죽음이 찾아와서야 비로소 깨어져 버린 갈고 닦은 유리잔 속에, 차갑고도 동시에 뜨거운 상태로 보존되어 있는 것이다. 물론 그의 내부로부터 터져 나온 방울들은 정신적인 것의 밝고 산뜻한 마력을 소유한다. 그것은 훌륭한 샴페인처럼 태만한 심장의 박동을 뒤흔들어 삶의 무딘 감정을 일깨운다.

그의 심리학은 잘 정련된 뇌수의 기하학이 아니라 현 존재의 집중화된 정수인 것이다. 그것이 그의 진리들을 참답게 만들고, 그의 통찰을 명료하게, 그의 인식을 세계보편적으로 만들며, 무엇보다 일회성과 지속성을 동시화한다—누군가가 아무리 부지런하게 사고한다 해도 탁월한 인간의 무심한 사고의 결단력만큼 완벽하게 의미를 포착한 적이 일찍이 없는 것이다. 이념과 이론들은 호머의 서사시에 나오는 저승신 하데스의 그림자처럼 항상 제멋대로 움직이는 도식자들이자 형상 없는 반사광에 불과하다. 이념과 이론이란 인간의 피를 마시고나서야 비로소 목소리와 형상을 얻는 것이며, 그제서야 인간을 위해 얘기할 능력을 갖추게 마련이다.

> **자기표현**
> 내가 누구였던가? 지금의 나는 누구인가?
> 이런 말을 하기엔 참으로 난처하다.

스탕달은 정말 대가다운 솜씨로 자기를 표현하기 위하여 오직 자기 자신이라는 스승만을 가지고 있었다. 그는 언젠가 이렇게 말한다. "인간을 알기 위해서는 자기 자신만을 연구하는 것으로 충분하다. 그런데 사람들을 알기 위해서는 그들을 실제로 겪어보아야 한다." 여기에다 즉시 덧붙여 말하기를, 그가 인간들을 알게 된 것은 책을 통해서이고, 그 밖의 모든 연구를 오로지 자기 자신에 대해 바쳤노라는 것이다. 따라서 스탕달의 심리학은 언제나 자기 자신에게서 출발하여, 자기 자신을 목적지로 하여 되돌아온다. 하지만 한 개체를 찾아가는 우회로 속에 인간적인 것의 영적 과정 전체가 포괄되어 있는 것이다.

스탕달은 자기관찰의 최초 학습기를 어린 시절에 경험한다. 일찍이 열정적으로 사랑한 어머니를 여의고 그는 자기 주변에 대해 적대적이고 이질적인 면만을 바라본다. 그는 그의 영혼을 부정하고, 그것을 아무도 알지 못하도록 위장한다. 일찌감치 그는 이 변장술을 지속적으로 사용하여 거짓말하는 "노예의 기술"을 터득한다. 방구석에 쭈그려 앉은 채 그는 격분의 세월을 모든 핍박자와 지배자, 예컨대 아버지와 아주머니, 선생 등의 말을 엿듣는 데 보낸다. 증오심에 사로잡힌 그의 눈초리는 분노를 삼키며 이글거린다. 그는 실제적이고 체계적인 연구도 하기 전에 심리학에 정통해 있는데, 이는 긴급한 자기방어, 오해된 존재의 강박 때문이다.

이렇게 위험하게 형성되는 두 번째 학습 과정은 더 오래, 아니 본질적으로는 일생을 두고 계속된다. 여기서는 사랑, 여인들이 그의 상급학교인 것이다. 우리는 진작부터 스탕달이 애정에 관한 한 영웅도 정복자도 아니요, 그가 즐겨 가장해 왔던 돈 후안 또한 절대로 아니라는 사실을—그 자신은 부인하는 멜랑콜리를—알고 있다. 메리메 Mérimée가 보고하고 있듯이 스탕달은 사랑에 빠져 버린 것처럼 보였으나, 애처롭게도 그는 항상 불운한 사랑에 빠져 있었다. 스탕달 역시 이렇게 말한다. "나의 일반적 태도는 불행한 애인의 그것이다." 그는 사랑함에 있어 불행했노라 고백할 뿐만 아니라 심지어 "나폴레옹 군대의 장교들 가운데 나처럼 여인을 소유하지 못한 장교는 몇 안 되었으리라"고 말하는 것이다. 그는 건장한 아버지의 혈통을 물려받은 동시에, 뜨거운 기질의 어머니로부터는 매우 충동적인 관능, '불 같은 성품'을 물려받았다. 그런데 그가 어떤 사람이 자신에게 '관능적'인가 개개인 하나하나를 침착하게 살펴보는 기질이라고는 하지만, 평생 동안 그는 상당히 비극적인 모습을 하고 있는 사랑의 기사로 머물러 있었다. 이 전형적 전희前戱의 향락자는 애정관계와는 상관없는 자기 집 책상에서 성적 전략을 짜는 데는 탁월한 것이다(그녀로부터 멀리 떨어져 있을 때는 대담해지고 과감할 것이라고 그는 호언장담한다). 일기를 보면 그가 언제 그의 현재 여신을 포획할 것인가 하는 것이 아주 꼼꼼하게 날짜까지 적혀 있다("이틀이면 그녀를 소유할 수 있었다"). 하지만 그는 그녀의 근처에도 거의 가지 못한다. 카사노바 지망생은 당장에 수줍어 어쩔 줄 모르는 철부지 생도로 변하는 것이다.

그가 스스로 고백하듯이 최초의 폭풍은 한결같이 이미 몸을 허락한 여인 앞에서의 남성의 내밀한 수치심으로 끝난다. 그의 정욕이 활발할 때쯤이면 그는 "수줍고 멍청해지며," 그가 여인에 부드러워야 할 때면 그는 냉소적이 된다. 그는 적극적 공격의 순간에 감상적이 되는 것이다. 단적으로 말하자면 지나치게 계산하고 치밀하게 생각하여 가장 좋은 기회를 놓치고 있는 것이며, 기회를 잃은 다음에는 다시 허둥지둥하거나 불안에 사로잡히고, 또는 감상적이 되는 것처럼 보인다거나 아예 "바보가 되어" 버린다. 이렇게 적기를 맞추지 못하는 낭만주의자 스탕달은 그제서야 자신의 상심을 "가볍게 옷자락 밑으로," 저 시끄럽고 험악하며 무뚝뚝해 보이는 기마병 외투 아래로 슬그머니 감추는 것이다. 그리하여 여성에 대한 '실패'는 그의 삶의 비밀스런 좌절이자 결국은 그의 친구들이 신나게 떠들어대는 패배담이 되고 있다. 철저한 사랑의 승리만큼 스탕달이 일생을 살아가면서 갈구한 것은 없을 것이다("사랑은 내게 언제나 가장 큰 사건, 아니 유일한 사건이었다"). 철학자든 시인이든, 나폴레옹이든 부러울 것이 없지만, 무수한 여인을 소유했던 가뇽 아저씨나 그의 사촌인 다뤼 장군에 대해서는 진정한 경애심마저 드러낸다. 이에 대해 정신적 또는 심리적 예술관점을 적용할 수는 없겠으나, 아마도 그 까닭은 누구라도 스스로가 지나치리만큼 감정에 몰두하는 것처럼 보일 때에야 여인에게서 긍정적인 결실을 얻는 데 전혀 지장이 없을 것이라는 점을 스탕달이 점차 인식하고 있기 때문일 것이다. "여인들을 소유하려고 노력하느니보다는 오히려 당구 한 판을 이기려고 노력할 때에만 여인들에게서 결실을 얻는 법이다." 그는 결국 다음과 같이 자신을 타이른다. "나는 난봉꾼의 재간을 갖기에는 너무나 예민하다." 어떤 문제에 대해서도 스탕달은 집요하고 심각하게 숙고하지 않았다. 그리고 성적인 것으로부터 발생하는 바로 이 예민하고 불신임적인 자기해부 덕분에 그는(그와 더불어 우리들 역시) 감정의 가장 섬세한 섬유질 내부를 완벽하게 꿰뚫어보게 되는 것이다.

그렇지만 스탕달이 보여주는 이 같은 체계적인 자기관찰이 아주 일찍 자기표현으로 나타나는 데는 또 하나의 특별한 이유, 지극히 기이한 이유가 있다. 그는 좋지 않은 기억력의 소유자인 것이다—아니 더 정확히 말하면 매우 고집스럽고 편향적인, 어쨌든 신뢰할 수 없는 기억력을 지니고 있으며, 그래서 그는 손에서 연필을 놓지 않는다. 요컨대 스탕달은 끊임없이 필기하고 필기하는 것이다. 그는 읽는 책 가장자리, 빈 종이, 편지, 특히 일기장에다 생각나는 대로 적어놓는다.

중요한 체험들을 망각하고, 그의 삶의 일관성이 중단될지도 모른다는
두려움이 작용하여서 그는 매 순간의 감흥 및 사건을 항상 문자로 고
정시킨다. 예컨대 퀴리알 백작부인의 편지, 그야말로 감동적이고 눈물
에 젖어 찢겨진 연애편지에다는 기록원이 냉철하고 정밀하게 기록하
듯 그들의 관계가 언제 시작되어 언제 끝났는가를 알게 하는 날짜, 그
밖에도 이탈리아 여인 안젤라 피에트라그루아를 며칠 몇 시에 드디어
정복했는가 하는 것까지도 그는 적어놓는다. 가끔씩 우리는 그가 손에
펜대를 쥐어야 비로소 생각하기 시작하는 것이 아닌가 하는 인상마저
받는다. 그의 이 민감한 기록광 때문에 우리는 그 모든 문학적 표명이
라든가 서한, 일화들로 이루어진 서적 60 내지 70권의 자기표현을 접
하는 것이다(오늘날까지도 거의 절반 가량은 출간되지 않고 있다). 그런데
이는 허영심이나 과시하고 싶어하는 고백욕에서 나오는 것이 아니라,
이기주의적 불안에서 비롯된 것이다. 스탕달은 다시는 얻을 수 없는
저 실체의 한 방울조차도 그의 기억 속에서 누수되지 않도록 배려하였
다. 정말이지 그의 자서전은 우리에게 그의 완벽한 모습 그대로를 보
여주는 것이다.

　　기억력의 이러한 특이성을 가지고 스탕달은 자신에게 속한 모든
것을 명석하게 분석한다. 우선 그는 그의 회상능력이 철저히 이기적이
라는 것을 입증한다. "나는 관심없는 것에는 전혀 기억력을 발휘하지
못한다." 그는 영혼 외적인 것, 숫자라든가 날짜, 어떤 사실, 장소 등을
거의 외지 못하며, 가장 중요한 역사적 사건들 중에도 개별사건은 모
조리 까먹는다. 여인들 또는 친구들의 경우에도(바이런과 로시니의 경우
조차도), 언제 그들을 만났던가 알지 못한다. 그런데도 그는 자신의 결
함을 부인하려는 것이 아니라 그것을 주저하지 않고 인정한다. "나는
오직 내 감정에 대해서만 진실성을 입증한다." 일단 느낌이 적중했을

때만 스탕달은 사물의 진실성에 대해 확신한다. 그는 그의 어느 작품 중에서 강한 어조로 다음과 같이 항변한다. "그가 갈망하는 것은 결코 사물의 실재를 묘사하는 데 있는 것이 아니라 사물이 그에게 남겨놓은 인상만을 묘사하는 데 있다."

분명히 입증될 수 있는 것은 스탕달에 있어서 사건 자체, '사물 자체'는 전혀 실존하는 것이 아니고 그것이 영혼의 감흥 속에서 작용할 때만 실존한다는 점이다. 그렇지만 이 한쪽으로 완전히 기울어진 스탕달의 감정 기억능력은 어느 누구도 비견될 수 없을 만큼 날카롭게 작동한다. 그는 전에 나폴레옹과 담소한 적이 있는지 전혀 기억하지 못하며, 자신이 생 베르나르 대성당 너머로 지나간 일을 실제로 회상하고 있는지 아니면 동판화를 생각해 낸 것인지조차 알지 못한다. 그런데도 스탕달이라는 동일인물은 한 여인에게서 일단 내적으로 자극을 받게 되면 그녀의 가벼운 몸짓, 억양, 움직임을 또렷하게 기억해 내는 것이다. 감정이 관심없이 머물러 있는 곳이면 어디서든, 미동 없이 정지해 있는 검은 안개층이 10여 년 넘게라도 종종 무겁게 서려 있다— 그런데 더욱 기이한 것은 감정이 다시 참을 수 없도록 격렬하게 치솟을 때에도, 스탕달의 회상 능력은 마찬가지로 소멸된다는 점이다. 수없이, 그리고 바로 그의 삶에 있어 가장 긴장된 순간을 맞이해서도(이를테면 알프스 등정이나 파리 여행, 여인과의 첫날밤을 묘사할 때에도), 그는 "느낌이 너무 강해서 전혀 기억이 없다"는 말만을 거듭 주장한다. 실로 밀폐된 감정 영역 밖에서의 스탕달의 기억력이라는 것은(이와 관련된 예술성 또한) 조금도 내세울 여지가 없는 것이다. "나는 인간적 회화만을 포착한다. 그 밖의 분야에서 나는 무지하다."

스탕달에 있어서 오직 영적으로 강조된 인상들만이 망각증세를 극복하는 것이며, 따라서 이 지독한 이기주의자가 자서전적으로 세계를 입증하는 자가 될 리는 만무하다. 왜냐하면 그는 반추하여 느끼되, 도대체가 반추하여 사고하지는 않는 까닭이다. 그는 영적 반성에 대한 우회로에서 —직접적이 아니라— 삶의 실제적 과정을 재구성한다. "그는 자기 삶을 창조한다." 발견하는 대신에 창조하고, 감정의 회상으로부터 사실을 시화詩化한다. 그렇기에 소설적인 것은 자서전적인 것과 일치하고, 자서전적인 것은 그의 소설과 일치한다. 그에게서 괴테 같은 시인이 《시와 진실》에서 보여준 자기세계의 포괄적 표현을 기대하기란 거의 불가능하다. 스탕달은 자서전적 작가 중에서도 당연히 단편작가短篇作家, 인상주의자임에 틀림없다. 실제로 그는 여행에서 얻어진 갖가지 우연한 인상, 으레 자기가 사용하기 위해 임의로 결정한 수십 년간의 일기에 의거해서만 자화상을 만들기 시작한다. 먼저 사소한 감흥들이라도 그것이 뜨겁기만 하다면 글로 기록하고 포착한다. 손에서 그 감흥들이 포획된 새의 심장처럼 불안하게 박동하면 그리하는 것이다! 그는 그 감흥들을 날아가지 못하도록 꼭 움켜쥐지만, 그렇다고 사방으로 밀치면서 흘러가는 이 불안한 물결, 기억이라는 것을 신임하는 것은 결코 아니다! 사소한 일, 알록달록 커다란 궤짝에 쌓여 들어가는 감각의 순수 장난감을 부끄러워하지 않는다. 어른이 그의 사라진 감정의 호기심과 소박한 것에 그리 쉽게 동화되리라고는 어느 누구도 짐작하지 못하리라. 고로 어린애로 하여금 감정의 이 미세한 순간적 형상들을 꼼꼼하게 주워담아 보관토록 하는 것이 바로 천재적 본능이다. 성숙한 남성이자 박식한 심리학자, 빼어난 예술가 스탕달은 이를 먼 훗날 감사하는 마음과 동시에 능숙한 솜씨로 청춘의 이야기라는 거대한 유화 속에 질서정연하게 담게 되는 것이다. 그것이 뒤에 자신의 어린 시절을 경이롭고 낭만적인 시각으로 형상화한 《앙리 브륄라르》라는 자서전적 소설인 것이다.

그도 그럴 것이 스탕달은 그의 소설들이 그렇듯이 느지막한 나이에 들어서야 그의 청춘기의 정신적 형성을 의식적이고 자서전적인 작품에서 구성하려고 하기 때문이다. 이를테면 로마 몬토리오의 성 베드로 성당 계단에 어느 늙수그레한 남자가 앉아서 지나간 인생을 곰곰이 생각한다. 몇 달만 더 지나면 그는 50세가 되는 것이다. 청춘은 하염없이 지나가고, 여인이며 사랑 또한 돌아오지 않는다. 이제야말로 "내가 누구였고, 어떤 인간으로 살아왔던가"를 물어볼 시간이 도래한 것이리라. 세월이 흘러가 버린 이 시점에서 심장은 다시금 도약과 모험을 위하여 민첩하고 강렬하게 되기에는 노쇠하였다. 이미 긴 여정의 결론을 끌어내고, 과거를 되돌아볼 순간에 와 있는 것이다. 그런데 저녁때, 대사 집 모임을 끝내고 무료하게 귀가하는 도중에—무료한 까닭은 더 이상 어떤 여인도 정복하지 못하고, 또 쓸데없는 대화에도 지쳤기 때문인데, 불현듯 스탕달은 이런 결심을 하게 된다. "나는 내 삶을 글로 쓰리라! 그것이 2년 내지 3년 내에 끝나게 되면, 내가 어떻게 살아왔는가를 마침내 알게 되리라. 유쾌했는가 우울했는가, 현명했는가 멍청했는가, 용감했는가 비겁했는가를. 그리고 무엇보다 내가 행복한 인간이었는가 아니면 불행한 인간이었는가를 알게 되리라."

이는 참으로 가볍게 내려진 시도이면서, 동시에 혹독한 과제인 것이다! 그도 그럴 것이 스탕달은 '앙리 브륄라르'라는 젊은이로 되돌아가 '그저 참되게' 존재하기를 시도했기 때문이다(그는 브륄라르라는 이름을 우연히도 호기심을 가진 자들에게 알려지지 않도록 암호로 적고 있다). 그렇지만 참된 존재, 자기 자신을 거역하여 참다운 존재로 돌아가는 것이 얼마나 어려운 일인가를 그는 잘 알고 있다! 어떻게 과거의 그늘진 미로에서 몸을 곧추세우고, 환영과 빛을 구별할 것이며, 또 어떻게 꾸불꾸불 펼쳐진 길 뒤에서 항상 가면을 쓰고 기다리던 거짓으로부터 빠져나온단 말인가? 심리학자 스탕달은 여기서 ― 최초이자 거의 유일한 자로서 ― 천재적 방법을 창안한다. 그는 지나치게 감흥적인 회상의 현혹에 속지 않도록, 되도록이면 생각나는 대로 빠르게 붓을 옮기고, 반복해서 읽든가 깊이 숙고하지 않는 즉흥적 방법을 택한다("나는 체면 차리지 않고 단숨에 써내려가는 것을 원칙으로 한다"). 그는 자기회상을 신속한 필치로 단숨에 써내려가면서도, 정말이지 매번 종이 위에 씌어진 것을 반복해 읽지 않는다. 뿐만 아니라 작품 전체가 마치 친구에게 보내는 사적인 편지인 양, 문체나 통일성, 방법적 조형성 때문에 전혀 걱정하지 않는다. "거짓없이 쓰기를 바라노라. 아무런 환상도 품지 않고, 기꺼이, 친구에게 보내는 편지인 양 쓰고 있다." 이 문장에서 말마디 하나하나가 모두 중요하다. 스탕달이 자기를 표현함에 있어, "바라는 바" 진실되게, "아무런 환상도 품지 않고"라든가 "기꺼이 친구에게 보내는 편지인 양"이라는 문구는 바로 "장 자크 루소처럼 거짓을 꾸미지 않으려는" 태도를 나타낸다. 그는 솔직한 추억을 위하여 미美를, 심리학을 위하여 예술을 의식적으로 희생시키는 것이다.

사실상 소설 《앙리 브륄라르》는 순수 기예적 측면만을 고찰할 때 《에고이스트의 회상》이라는 의심스런 예술작품의 재판再版이나 다름없다. 두 작품의 공통성은 지나치게 성급하고 경솔하며, 무계획적으로 허술하게 짜여 있다는 점이다. 회상 속에 축적된 사실들을 성급하게 꺼내어서 순식간에 책으로 꾸몄건만, 그는 그것이 제대로 짜여졌는지 아닌지 무관심할 뿐이다. 그의 메모장과 똑같이, 가장 숭고한 것이 가장 천박한 것, 상식 밖의 것이 가장 내밀한 개성과 인접해 있는 것이다. 그러나 바로 이 같은 무구속성, 셔츠 바람으로 자유분방하게 씌어진 자기서술이 갖가지 솔직함을 드러낸다. 그 밖의 어느 2절판 서적보다도 영혼의 기록이라는 면에서는 이런 솔직함의 단면 하나하나가 훨씬 더 강도 있게 작용하는 것이다. 모친에 대한 위험할 정도의 편애, 부친에 대한 지독한 증오심 따위를 숨기지 않는 저 결정적 방식의 고백, 다른 사람의 경우라면 무의식의 모퉁이에나 비굴하게 잠복해 있을 그 같은 순간들은 검열관이 이를 감찰할 시간을 갖기도 전에 솔직하게 튀어나온다. 이 가장 내밀한 요건들은 의도적으로 억압된 도덕적 무관심의 순간에 거침없이 — 이렇게밖에는 말할 수 없다 — 관철된다.

스탕달은 자신을 "아름답게" 또는 "도덕적으로" 꾸밀 만큼 느낌들에 여유를 두는 법이 없는데, 바로 이 같은 천재의 심리학적 세계를 통해서만 그는 가장 육감적인 순간의 느낌들, 무디고 태만한 다른 것들을 물리치고 절규하듯 도약하는 순간의 느낌들을 언어로 정리한다. 완전히 벌거벗고도 수치심이라고는 모르는 영혼의 상태에서 이 파렴치한 죄와 괴벽이 돌연 매끄러운 종이 위에 씌어져, 최초의 인간의 눈빛을 빤히 응시하는 것이다. 그 얼마나 기막힌 비극적 광란의 소용돌이인가! 이 조그만 어린이의 심장으로부터 얼마나 거대한 원초적 마성의 격한 감정이 쏟아져나오는가! 도저히 잊을 수 없는 장면이 있는데, 그것은 그리도 증오하던 세라피 아주머니가 죽었을 때 꼬마 앙리가 취하는 태도로서 — 스탕달에 의하면 "가련한 소년기를 집요하게 추적했던 두 악마 중의 하나"가 아주머니요, 다른 하나는 부친이었다 — 여기서 냉혹하면서도 원초적 고독에 몸을 떠는 소년은 "무릎꿇고 신에게 감사를 드린다." 그런데 이런 기록 바로 옆에(스탕달에 있어 감정은 미로처럼 여러 겹으로 중첩되어 있다), 이 마녀가 소년의 성적 조숙함을 자극한 적이 있노라는 짤막한 메모가 씌어져 있는 것이다. 실로 인간이 얼마나 다층적이고, 또 얼마나 크나큰 명암과 모순이 신경 끝에서 교감하는가 하는 것을 스탕달만큼 예리하게 감지한 사람은 거의 없었으리라. 그는 날지 못하는 어린 영혼이 일찍부터 비천함과 숭고함, 야만성과 예민함을 아주 얄팍한 장소에다 꽃잎처럼 차곡차곡 포개어 지니고 있음을 자각한다. 그리고 바로 이 우연한 발견, 전혀 무심한 상태에서의 발견을 통하여 자서전의 분석이 비로소 시작된다.

바로 이 같은 태만함, 형식과 건축학은 물론이요 후세에의 영향과 문학, 도덕과 비평을 구분하지 않는 태도, 요컨대 이런 시도에서 보여지는 당당한 개성과 자기향락적인 면 때문에, 앙리 브륄라르는 누구와도 비견될 수 없는 영혼의 기록으로 살아 있다. 스탕달은 그의 소설들 속에서 끊임없이 예술가가 되기를 원했다. 여기서 그는 자기 자신을 향한 호기심에 타올라 감격하는 인간이자 개체일 뿐이다. 그의 자화상은 필설로는 형용하기 어려운 단편적인 것의 묘미와 즉흥적인 것의 자발적 진리를 내포한다. 따라서 그의 작품과 자서전을 읽는다 해도 결국은 스탕달의 실체를 알아내지 못한다. 끊임없이 우리는 그가 제기하는 수수께끼를 해독하고, 그를 인식하면서 이해하고, 이해하면서 다시 인식하는 과정에 새롭게 접근해 감을 느낄 뿐이다. 하여 그의 저녁놀처럼 붉게 물든 뜨겁고도 차가운 영혼, 날카로운 신경과 지성으로 전율하는 영혼은 오늘날까지도 열정적으로 살아 움직이는 것이다. 스탕달은 자기 자신을 형상화하는 가운데 그가 지닌 호기심의 욕구와 영혼의 통찰을 새로운 세대의 문턱으로 밀어넣었다. 이를 통해 우리 모두는 자기질문과 자기진단이라는 불꽃 튀는 즐거움을 전수받았다.

영원한 현존
1900년대에 가서야 나를 이해하리라.
— 스탕달

스탕달은 19세기라는 한 세기 전체를 뛰어넘었다. 그는 18세기, 디드로와 볼테르가 살았던 거친 물질주의 시대에 출발하여 오늘날 과학이 되어 버린 영혼학, 심리물리학의 시대 한가운데 상륙한다. 니체가 말하고 있듯이 "어떻게든 그를 따라가, 그를 열광시킨 수수께끼 몇 개를 얻어내기 위해서 두 세대가 필요했다." 놀랍게도 그의 작품은 거의 노쇠하거나 냉각되지 아니했고, 그가 선취한 발견들의 대부분은 이미 공동자산이 되었으며, 그의 예언 중에 많은 것은 아직도 실현되는 과정으로 활동하는 것이다. 그의 동시대인 이전으로 멀리 되돌아가보아도, 그는 결국 사람들 머리 위에 떠 있었다. 발자크만은 예외라 하겠는데, 왜냐하면 발자크와 스탕달 그 두 사람만은 예술의 영향이라는 면에서도 극히 상반되는 관계에 있으면서, 그들 자신의 시대를 초월하여 작품을 형상화했기 때문이다.

발자크의 경우를 보게 되면 그는 계층과 계층의 변화, 돈이 지닌 막강한 사회적 권력, 정치의 메커니즘을 당시에 통용되던 관계 이상으로 무한히 확대하였다. 반면에 스탕달은 그 누구보다 "앞서가는 심리학자의 눈, 정확한 사실포착으로" 개체를 잘게 분해하고, 이를 미묘하게 표현하였다. 발자크가 사회의 발전 과정을 올바르게 파악하였다면, 스탕달은 새로운 심리학을 개진하였다. 발자크의 세계비전이 '현대라는 시대'를 예견하였던 데 반해, 스탕달의 직관은 '현대적인 인간'을 예견했던 것이다.

그도 그럴 것이 스탕달의 인간이란 자기관찰에 따라 숙련되고, 심리학에 의해 창조된 오늘날의 우리들이기 때문이다. 즉 의식이 있음으로써 더욱 즐거워하되 도덕적 편견이 적고, 갖가지 차가운 인식론에는 피곤해 하면서도 자기본질의 인식을 갈구하는 인간이 스탕달의 인간인 것이다. 섬세한 인간이란 우리에게, 비록 고독한 낭만적 기질의 스탕달이 자신을 그렇게 느꼈다 해도, 더 이상 거대한 괴물도 기인도 아니다. 왜냐하면 스탕달 이후로 심리학과 정신분석이라는 새로운 과학이 비밀을 밝히고 착종된 것을 분해하는 갖가지 섬세한 도구로 우리에게 사용되었기 때문이다. 그럼에도 불구하고 이 "훤히 앞날을 내다보는 인간"(다시 호칭하여 니체적 인간!)은 우편마차를 타고서 나폴레옹 군대의 제복을 입은 이래로 수많은 것을 우리와 함께 나누었던 것이다. 그의 독선 없는 태도, 때 이른 유럽선택주의, 세계의 기계적 냉각에 대한 혐오, 그 모든 거창한 집단적 영웅성에 대한 증오 등은 과연 우리에게 어떤 선언이란 말인가! 자기 시대의 센티멘털한 감정의 고조를 자부심으로 여기는 그의 교만은 얼마나 당당한가! 그는 우리 시대에 도래할 그의 세계적 순간을 얼마나 잘 예견하였던가!

그가 기발한 실험을 행함으로써 문학에 대해 열어놓은 자취와 도정은 무궁무진하다. 그의 주인공 쥘리앵이 없었다면 도스토엡스키의 《라스콜리니코프》는 생각할 수 없었을 것이고, 워털루 전쟁에 대한 저 최초의 생생한 현실묘사가 없었다면 톨스토이의 보로디노 전투 또한 상상하기 어려웠을 것이다. 한데 니체의 격렬한 사상적 쾌감은 그의 말과 작품에서처럼 극히 소수의 인간으로 말미암아 완전히 새롭게 환기되었던 것이다. 그리하여 이런 자들, 스탕달이 평생 동안 찾으려 했어도 허사였던 "박애정신의 인간들," "우월한 인간들"이 그를 반갑게 맞이하였다. 아니 그의 자유로운 세계정신이 유일하게 인정한 "뒤늦은 조국," 말하자면 "그와 유사한 인간들"이 달려와 그에게 영원히 시민권과 시민의 제관을 수여하였다. 실로 그의 세대의 어떤 사람도, 심지어 그를 형제로 맞이한 발자크조차도, 오늘날을 살아가는 우리들의 정신과 감정 속에 그토록 초시대적 친근감으로 남아 있지는 못할 것이다. 우리는 그의 체온이 담겨진 심리학적 매개물, 그 차가운 종이쪽을 만지면서 그의 형상을 가깝게 호흡하고 친밀감을 느낀다. 물론 그가 몇몇 인물들처럼 자기를 탐구하는 과정에서 모순으로 이리저리 비틀거리고, 현란한 색채로 인광을 발하면서 가장 비밀스러운 것을 형상화했음에도 불구하고, 우리는 그 깊이를 도저히 헤아리지는 못한다.

그는 정말이지 비밀스런 삶을 자기 내부에서 완성시켰으면서도 이를 결코 끝낸 것은 아니었고, 항상 우리 곁에 살아 있다. 그도 그럴 것이 이런 기행자奇行者들은 순간을 통하여 서로 호응하여 영원히 현존할 것이기 때문이다. 바로 영혼의 가장 섬세한 비약이 시간 속에서 가장 멀리 퍼져 나가는 파장을 지니는 것이다.

카사노바
Giovanni Giacomo Casanova 또는
Giovanni de Seingalt Casanova
1725~1798

●
●
●
●

나는 자유인, 세계시민이라고 그는 내게 말한다.
— 1760년 6월 21일, 알브레히트 폰 할러에게 보내는 편지에서
카사노바에 대해 무랄트Muralt가 한 말

카사노바는 세계문학에서 특수한 사례, 대단히 운이 좋은 사례로 등장한다. 그 이유는 무엇보다 빌라도가 신앙에 귀의했듯이 이 유명한 협잡꾼도 창조적 정신의 신전에 불법적으로 뛰어들었기 때문이다. 또한 그의 문학적 품격은 뻔뻔스럽게 알파벳으로 끼적거린 생갈트Seingalt의 기사라는 칭호만큼이나 믿을 수 없었기 때문이다. 예쁜 귀부인에게 주려고 침대와 도박판을 오가며 즉흥적으로 쓴 몇 편의 시들은 사향 냄새와 학자연하는 낌새까지 풍겼다. 게다가 우리의 선량한 자코모 카사노바가 철학까지 시작했을 때, 사람들은 하품을 하지 않으려고 입을 꽉 다무는 편이 나았을 것이다. 그렇다! 카사노바는 거의 문학적 품격 같은 것이 없었다. 고타에서처럼 이곳에서도 이렇다 할 직위나 자격도 없는 기식자寄食者, 불청객에 지나지 않았다. 그러나 평생 그랬듯이 뱃심 좋게도 여러 개의 얼굴로 살아가는 데 성공했다. 예컨대 그는 초라한 배우의 아들로 태어나 파문당한 성직자, 퇴역장교, 악명 높은 사기도박꾼으로서 황제와 왕들의 궁전에 드나들었고, 결국은 어느 소공국 최후의 귀족 리뉴Ligne 왕자의 품에 안겨 죽음을 맞이했다. 그의 미미한 정신이 비록 시대의 바람 속에서 흡사 재처럼 날렸다 해도, 카사노바의 길게 드리워진 그림자는 불멸의 인간들 속으로 끼어들었다.

그러나 참으로 기이한 사건이 아닐 수 없다! 그의 유명한 동향인들과 아르카디안 지역의 시인들, "신성한" 시인 메타스타시오Metastasio가 도서관의 잡동사니 내지 문헌학자의 생계수단이 되어버린 반면, 찬사를 받으며 영글어진 카사노바의 이름은 오늘날에도 모든 사람들의 입에 오르내리고 있다. 이미 《구원된 예루살렘》과 《충실한 양치기》가 소중한 역사적 유품으로 읽히지 않은 채 서가에서 먼지만 일으킨다면, 그의 사랑의 일리아드는 현세의 개연성에 따라 지속성을 가지고 열렬한 독자들을 맞이하게 될 것이다. 교활한 행운의 도박사 카사노바는 단번에 단테와 보카치오Boccaccio 이래로 이탈리아의 모든 시인들을 뛰어넘었다.

더욱 더 놀라운 것은 카사노바가 판돈 하나 없이 영원한 전리품을 얻고자 했으며, 어쨌든 불멸의 이름을 얻었다는 사실이다. 이 도박사는 실제의 예술가들이 갖고 있던 책임감 따위는 생각조차 하지 않았다. 작품을 위해 날밤을 샌다든지, 죽자 사자 낱말을 갈고 닦아야 의미가 순수하고 영롱해지며, 언어가 투명해진다는 것에 대해서는 아는 바가 전혀 없었다. 다양하지만 눈에 보이지 않고 보상도 바랄 수 없는 창작의 어려움, 장년이 되어서야 비로소 인식하게 되는 시인의 일에 대한 성취감, 삶의 온기와 행복을 단념하면서까지 작업에 몰두하는 시인의 영웅적 희생에 대해서는 아는 바가 없었다.

정말이지 카사노바라는 사람은 언제나 삶을 가볍게 꾸려나갔다. 즐거움, 향락, 수면, 쾌락 등 할 것은 다 하면서도 불멸의 이름을 얻었다. 그는 명성을 얻으려고 손가락 하나 까딱하지 않았으나, 명성은 운이 좋은 그의 수중에 쉽사리 들어왔다. 지갑에 금화 한 닢이 있는 한, 사랑의 램프에 기름 한 방울만 남아 있는 한, 손에 잉크를 묻힐 생각이 없었다. 걸인처럼 문전박대의 처지에 빠지고, 성 불능으로 여인들의 조롱거리가 되고 나서야 비로소, 머리가 벗겨진 노년의 카사노바는 체험의 대용품인 일로 도피했다. 흥미나 욕구도 사라지고, 피부병으로 몸을 긁는 이빨 빠진 들개처럼 불만에 가득 차게 되어서야, 그는 투덜거리며 칠순의 노쇠한 인간 카사노바에 대해 자서전을 쓰기 시작했다.

그는 자신의 삶에 대해 서술했고, 그것이 그의 문학적 최대 업적으로 남게 되었다. 하지만 어떤 삶을 이야기했던가! 5편의 장편소설, 20편의 희극, 다수의 단편소설과 삽화들, 매혹적이고 박진감 넘치는 상황설정과 일화들이 생생한 하나의 인물로 압축되었던 것이다. 여기서 바로 그의 삶이 예술가나 창작가의 정돈된 노력 없이 예술작품으로서 풍성한 모습을 드러냈다. 그러므로 그의 명성의 엉클어진 비밀 또한 가장 납득할 만한 방식으로 풀리게 되었다. 왜냐하면 그의 자서전에 나타나는 바와 같이 카사노바는 천재로서가 아니라, 체험한 그대로의 자신을 보여주고 있었기 때문이다. 다른 사람이라면 창작해야만 하는 것을, 그는 생생하게 경험했다. 다른 사람이 정신으로 하는 것을, 그는 관능적인 육체로 형상화했다. 이 때문에 펜과 환상은 현실을 부차적으로 새롭게 꾸밀 필요가 없었다. 그것은 이미 극적으로 이루어진 실존을 적을 수 있는 종이로 충분했다.

동시대의 어떤 작가도 상황과 변화라는 면에서 카사노바가 체험한 것처럼 그렇게 많은 것을 창안해 내지 못했다. 어떤 이력을 가진 사람도 그토록 대담한 곡선을 그리며 한 세기 내내 비약하지 못했다. 우리가 순전히 사건의 내용만을 가지고(정신적 근거와 인식의 깊이가 아니라) 괴테나 루소 및 동시대인들의 자서전과 카사노바의 자서전을 비교한다면, 전자의 경우는 카사노바에 비해 전환이라는 면에서 옹색할 뿐만 아니라 공간적으로도 매우 협소하다는 것이 입증되었다. 전자의 목적 지향적이고 창조적 의지가 지배적인 삶의 이력은 사교의 영역에 있어서는 촌스럽고 고루했다. 반면에 카사노바의 도도한 모험적 삶은 마치 매일 속옷을 갈아입듯이 나라와 도시, 직업, 분야, 여자를 다양하게 바꿨다. 카사노바가 형상화라는 면에서 아마추어였다면, 저들은 향락에 있어서 아마추어였던 것이다. 정신적 인간은 현존의 모든 폭과 환락까지도 알고자 동경하면서 그의 과제, 그의 작업에 매여서 꼼짝하지 못한다는 것이 영원한 비극이었다. 정신적 인간은 자신에게 부과된 의무 때문에 자유스럽지 않았고, 질서와 땅에 구속되어 있었다. 참된 예술가라면 그 누구나 자기 현존의 대부분을 창조를 위해 투쟁하며 외롭게 살아가는 법이다. 이와는 달리 삶 자체를 위해 살아가려는 비창조적인 인간은 직접적인 현실에 몰두한 채 자유롭고 방탕하게 향락만을 즐긴다. 요컨대 목표를 설정한 자는 우연성을 외면하고 지나쳤다. 예술가는 대부분 체험하지 못한 것만을 늘 형상화해 왔다.

그러나 이들과 상반된 느긋한 향락주의자들에게는 다양한 체험을 완결된 형태로 가져오는 힘이 결여되어 있었다. 향락주의자들은 스스로를 순간에 맡김으로써 그 순간을 독점하는 데 반해, 예술가는 최소한의 체험조차 영원한 것으로 만들지 못했다. 두 극단은 결실을 맺도록 보완하지 못하고 서로가 결렬되어 있는 것이다. 술이 있는 자에게는 잔이 없고, 잔이 있는 자에게는 술이 없다. 이는 해결 불가능한 역설적 상황이었다. 행동하는 인간이나 향락주의자들은 작가들보다 더 많은 체험을 이야기할 수 있지만, 형상화할 능력이 부족했다. 반면에 창조적인 인간들은 사건을 보고할 만큼 충분히 체험하지 못했기 때문에, 계속 창작과정에 매달려야만 했다. 작가들은 자서전을 쓰는 법이 드물었지만, 반면에 멋진 체험을 자서전에 담아야 할 인간들은 그것을 쓸 능력이 거의 부족했다.

이런 상황에서 카사노바라는 멋지고 거의 유일한 행운의 사례가 발생했던 것이다. 마침내 열정적인 향락주의자, 전형적인 순간의 포식자가 자신이 겪었던 파란만장한 일들을 이야기하기 시작했다. 그의 이야기에는 도덕적 변명이나 시적 미사여구, 철학적 치장도 없었다. 그는 있었던 일 그대로를 아주 사실적으로, 열정적으로, 때로는 위기감을 고조하고, 때로는 분탕질을 쳐가면서 냉정하고도 흥미롭게 이야기했다. 비천하고, 저속하고, 불결한 것도 마다하지 않았으나, 시종일관 흥미진진하고 박진감이 넘쳤다. 더구나 문학적 허영심이나 독단적 허풍, 참회조의 회한, 자기현시적인 고백 따위는 보이지 않았다. 그는 독자들에게 부담감을 주는 일 없이 차분하게 이야기를 끌고 나갔다. 그것은 마치 파이프 담배를 입에 물고 술집 테이블에 앉아 있는 노병老兵이 비스킷처럼 바삭바삭하고 탄내 나는 모험담을 편견 없는 청중들에게 흥미진진하게 들려주는 것과도 같았다.

이렇게 할 수 있는 자는 머리를 쥐어뜯어 이야기를 만드는 그런 상상력의 소유자나 창작자가 아니라, 삶 자체를 이야기하는 시인 중의 시인 카사노바였다. 하지만 그는 예술가의 가장 겸허한 요건, 즉 믿기 어려운 것을 믿게 만드는 일에 대해서만은 충실했다. 꽤나 이상한 불어의 사용에도 불구하고 그의 교묘한 수법과 힘은 예술가의 요건에 완벽하게 도달했다. 그러나 둑스 성의 사서로 있으면서 통풍으로 떨며 투덜거리던 이 노인은 훗날 나이 지긋한 문헌학자와 역사가들이 자신의 추억에 대해 18세기의 가장 소중한 유품으로 연구하면서 몸을 숙이게 될 것이라곤 꿈에도 생각하지 못했다. 우리의 선량한 자코모는 자신의 옛일을 떠올리며 우쭐해하곤 했는데, 그의 방자한 적수 펠트키르히너 집사가 그의 사후 120년이 지나면 아마 카사노바 협회가 발족되어 그의 모든 메모와 자료를 검사하고, 연루된 여성들을 추적하게 될 것이라고 한 말을 그저 무례한 농담에 불과하다고 자서전에 적었다. 허영심 많은 카사노바가 자신의 사후 명성을 예상하지 못하고, 이로 인해 품격, 열정, 심리학의 좁은 범주에만 머물렀다는 것은 다행이라 하겠다. 왜냐하면 의도하지 않은 일만이 저 걱정 없는 태연자약, 자연스런 솔직성에 도달하기 때문이다.

둑스의 늙은 도박사는 언제나 그랬듯이 아주 느긋하게 최후의 도박판인 책상으로 걸어가서는, 최후의 일격을 날리기 위해 운명을 향해 자신의 비망록을 던졌다. 그러고 나서 그는 결과를 확인하기도 전에 자리에서 일어나 너무 일찍 떠나가 버렸다. 이렇게 하여 그의 최후의 도박이 불멸로 이어졌으니, 이 얼마나 기적 같은 일인가! 이 "행운의 광대"는 도박에서 멋지게 승리한 것이다. 이에 반대하여 격앙하고 항변한다 해도 더 이상 소용없는 일이다. 사람들은 그의 도덕적 결핍과 풍기문란을 이유로 이 존경스런 친구를 경멸할 수 있을 것이다. 또한 사람들은 그를 역사가로 인정하지 않거나, 예술가로서도 존재를 부정할 수 있을 것이다. 그러나 오직 한 가지에 대해서만은 그를 묵살할 수 없다. 왜냐하면 그 모든 시인과 사상가를 통틀어도 카사노바 이래로 세계는 그의 삶보다 더 낭만적인 소설을 창조하지 못했고, 그의 형상보다 더 환상적인 모습을 만들어내지 못했기 때문이다.

군주의 저택이 있는 어느 작은 도시의 극장이었다. 여가수가 대담한 콜로라투라로 아리아를 막 끝냈고, 이어서 우레와 같은 박수소리가 울려 퍼졌다. 그러나 방금 부르기 시작한 남성 서창은 관객들의 주의를 끌지 못하고 있었다. 멋쟁이 남성들은 관람석을 오가면서 손잡이가 달린 안경으로 여성들을 살펴보기도 하고, 은수저로 그윽한 향취의 젤리와 오렌지색 셔벗을 먹기도 했다. 이런 와중에 무대 위에서 광대가 그의 파트너와 발끝으로 춤추며 선회하는 것은 거의 부질없어 보였다. 바로 이때였다. 갑자기 모든 사람들의 시선이 호기심으로 번뜩이며 한 낯선 사내에게로 집중되는 것이었다. 그는 늦게 당도했지만 당당하고 태연하게, 우아한 남성의 경쾌한 발걸음으로 이제 막 관람석에 들어서고 있었다. 그를 아는 사람은 아무도 없었다. 헤라클레스처럼 우람한 체격에서는 부유함까지 흘러넘쳤다. 잘 재단된 잿빛 비로도 의복은 화려하게 수놓은 비단 조끼 위에서 주름이 잡혀 있었다. 고급스런 금빛 레이스는 브뤼셀제 가슴장식 목핀에서부터 비단 양말에 이르기까지 화려한 예복의 검은 선을 부각시키고 있었다. 그는 한 손에 하얀 깃이 달린 모자를 무심히 들고 있었는데, 장미 기름 내지 새로 유행하는 포마드의 달콤한 냄새가 이 우아한 이방인에게서 살짝 풍겨 나왔다.

이제 그는 맨 앞줄 난간에 멍하니 기대서 있었다. 반지를 낀 그의 손은 기념장식이 박힌 영국제 강철로 된 검을 보란 듯이 잡고 있었다. 자신이 사람들의 주목을 받고 있다는 것을 느끼지 못하는 것 같았다.

그는 무관심한 척하면서 관람석을 살피기 위해 그의 손잡이 달린 안경을 들어올렸다. 사방에서 벌써 쉬쉬 하는 소리가 들려왔다. 저 남자는 후작일까, 부유한 외국인일까? 관객들은 서로 머리를 맞대고 경외심에 가득 차서 소곤거렸다. 그의 가슴에 비스듬히 걸려 있는 진홍색 띠와 그 위에서 흔들리는 다이아몬드 장식의 훈장에 대해 관심이 쏠리고 있었다.(그가 반짝이는 보석으로 치장한 그 훈장이 딸기 값보다 더 싼 하찮은 십자훈장이라는 것을 아무도 인지하지 못했다.) 무대 위의 가수들은 자신들에게 관심이 점점 없어진다는 것을 금방 알아차렸고, 서창 또한 그만큼 느슨해졌다. 왜냐하면 경쾌하게 춤추던 무용수들이 혹시라도 멋진 밤을 함께 보낼 돈 많은 공작님이라도 오신 것은 아닌지, 바이올린과 비올라 연주자들 너머로 엿보고 있었기 때문이다.

　　그러나 백여 명의 관객들이 이 낯선 사람의 정체와 출신의 수수께끼를 풀기도 전에, 관람석의 여성들은 벌써 그의 다른 면을 알아보고는 거의 까무러칠 지경이었다. 이 낯선 사내는 그야말로 미남일 뿐만 아니라, 남성적인 매력이 흘러넘쳤다. 그는 강인해 보이는 몸매, 떡 벌어진 어깨, 근육질로 된 두 팔의 소유자로서, 무쇠처럼 단단해 보이는 육체에는 어디 한 군데 약해 보이는 곳이 없었다. 이런 사내 중의 사내가 돌진하기 직전의 황소처럼 목을 아래로 내린 채 서 있었던 것이다. 옆으로 보면 그의 얼굴은 로마 주화를 떠올리게 했다. 동판 같은 검은 머리의 윤곽은 금속처럼 아주 예리하게 경사를 이루었다. 시인들이 시기할 만큼 적당히 돌출한 이마 둘레에는 밤색의 연한 곱슬머리가 뒤덮고 있었다. 뻔뻔스럽고 건방져 보이는 코는 갈고리처럼 우뚝 솟아 있었고, 골격이 튼튼해 보이는 턱과 그 턱 아래로는 다시 호두알 두 개 크기의 둥근 목젖이 튀어나와 있었다.(여성들은 이를 남성의 힘을 가장 확실하게 보증하는 상징으로 여겼다.) 얼굴의 이런 특징은 분명히 그의 과

감성, 승부욕, 결단력을 말해주고 있었다. 반면에 붉고 관능적인 입술만은 부드럽게 궁형을 그리며 촉촉하게 젖어 있었고, 그 안으로 석류 씨알처럼 하얀 이들이 드러나 있었다.

이 잘생긴 남자는 극장의 어두운 관람석을 따라 천천히 얼굴을 옆으로 돌렸다. 균형 있게 치켜 올라간 짙은 눈썹 아래로 두 개의 검은 눈동자가 초조한 빛을 깜빡거렸다. 그것은 바로 먹이를 노리는 사냥꾼의 눈빛인 것으로, 독수리처럼 단숨에 먹이를 덮칠 기세였다. 하지만 그의 눈빛은 깜빡일 뿐, 전혀 타오르지 않았다. 등대의 조명등처럼 관람석을 따라가면서, 마치 남자들을 검사라도 하는 것 같았다. 사실은 돈으로 살 수 있는 뭔가를 고르듯이, 보금자리 속의 따뜻하고 벌거벗은 여자들, 하얀 살결의 여자들을 음미하고 있었다. 그는 전문가처럼 까다롭게 여자들을 번갈아가며 관찰했고, 자신 역시 뭇사람들의 시선을 느꼈다. 이때 그의 관능적인 입술이 약간 느슨해지는 것 같더니, 살짝 벌린 입가에 숨결 같은 미소가 번지기 시작했고, 그러자 처음으로 새하얀 넓은 치아가 반짝거리며 들여다보였다. 아직은 이 미소가 특정한 어느 여인이 아니라, 모든 여인을 향하고 있었다. 아니, 그의 미소는 여인들의 의복 속에 벌거벗은 채 뜨겁게 감추어진 모든 여인들의 본능을 향하고 있었다.

그러나 이제 그는 관람석에 있는 아는 사이의 한 여자에게 슬그머니 눈길을 돌렸다. 그리고는 시선을 그곳에 집중시켰다. 그러자 우단처럼 부드럽고 동시에 반짝이는 광채가 그의 눈에서 넘쳐흘렀다. 그것은 바로 노골적으로 뭔가를 묻는 눈빛이었다. 그는 왼손은 검 위에 놓고, 오른손은 묵직한 깃털 모자를 움켜잡고 있었다. 이제 사내는 그녀에게 다가가 서로 알고 있는 사이임을 암시하듯 몇 마디 중얼거렸다. 그리고는 근육질의 목을 우아하게 구부려 그 귀부인의 내민 손에 입

맞추고, 아주 정중하게 말문을 열었다. 하지만 그의 아첨공세에 당황한 듯 그녀는 뒤로 물러섰다. 이런 그녀의 태도에서 아리아 같은 그의 목소리가 이 여인에게 얼마나 감미롭게 들렸는지 알 수 있었다. 당혹스런 그녀는 몸을 뒤로 젖히며 그를 동행인들에게 소개했다. "생갈트의 기사님입니다." 서로 의례적인 인사가 정중하게 오갔다. 그들은 이 손님에게 자리를 권했지만, 그는 겸손하게 사양했다. 이렇게 서로 인사치레를 나누는 사이에 은근히 대화가 시작되었다. 카사노바는 점차 다른 사람들이 들리도록 목소리를 높였다. 연극배우의 말투처럼 그는 모음을 부드럽게 발음하는 한편, 자음은 리드미컬하게 굴려서 발음했다. 그는 관람석 너머까지 들릴 만큼 점점 더 뚜렷하게, 과시하듯 큰 소리로 이야기했다.

　카사노바는 대화에 귀를 기울이는 옆 사람들이 그가 얼마나 재치 있고 유창하게 프랑스어 및 이탈리아어를 구사하는지, 또 그가 얼마나 능란하게 호라티우스Horatius의 시를 인용할 수 있는지 들어주기를 원했다. 얼핏 보기에는 그가 우연히 반지 낀 손을 난간에 올려놓은 것 같았지만, 실은 멀리서도 자신의 값비싼 커프스와 특히 손에 낀 큼직한 보석반지가 번쩍이는 것을 보여주려는 것이었다. 이때 그는 다이아몬드로 장식된 담배 케이스에서 멕시코산 코담배를 꺼내 주위의 기사들에게 권했다. "제 친구인 스페인 대사가 어제 이것을 급사를 통해 보내왔지요."(옆의 관람석에서도 이 말을 들을 수 있었다.) 그러자 기사들 중 한 신사가 정중하게 이 담배 케이스 위에 그려진 세밀한 그림을 보고 감탄했다. 이에 카사노바는 태연하게 대꾸했지만, 그 소리는 너무 커서 홀 전체로 울려 퍼졌다. "그건 쾰른의 선제후로 있는 친구가 보내준 선물이랍니다." 그는 아무 의도 없이 이렇게 말하는 척했지만, 이 허풍선이는 이렇게 말하면서도 계속 맹금의 눈초리로 재빨리 좌우를 살피며 자신의 영향력을 탐지해내고 있었다.

그렇다. 모두가 그에게 몰두하고 있었다. 특히 그는 귀부인들의 호기심이 자신에게 쏠려 있음을 느꼈다. 자신이 주목과 놀라움, 찬사의 대상이 되고 있음을 감지하자, 그는 더욱 대담해졌다. 그는 교묘하게 대화의 분위기를 전환하여 이웃 관람석의 귀부인을 대화에 끌어 들이려 했다. 그곳에는 후작의 애인이 좌석에 앉아서 카사노바의 파리식 프랑스어를 기분 좋게—그도 이를 느끼고 있었다— 엿듣고 있었다. 그는 어느 아름다운 여인에 관해 얘기하면서 그에게 미소로 답하는 선제후의 애인을 향해 품위 있는 몸짓으로 정중하게 찬사를 보냈다. 이제 그의 친구들에게는 생갈트의 기사를 귀부인에게 소개할 일만 남았다. 도박은 이미 끝났다. 내일 정오쯤이면 카사노바는 이 도시의 가장 고귀한 사람들과 식사를 하게 될 것이다. 내일 저녁에는 궁전의 어딘가에서 파라오 게임을 하자고 제안하고는, 초대자의 돈을 모조리 따게 될 것이다. 밤에는 이렇게 화려하게 차려 입은 여자들 가운데 누군가, 벌거벗은 누군가와 동침하게 될 것이다.—이 모든 것은 그의 대담하고 열정적인 태도, 승리에 대한 강한 의지, 그의 구릿빛 얼굴에 드러난 자유롭고 남성적인 아름다움 덕분이었다. 여인들의 미소와 손가락에 낀 보석, 다이아몬드 시곗줄과 황금 레이스, 은행장들과의 신용거래와 귀족과의 우정은 생각만 해도 멋진 것이었다. 그러나 이보다 더 멋진 것은 다채로운 삶을 마음껏 영위할 수 있는 자유였다.

그러는 사이에 프리마돈나가 새로운 아리아를 부르기 위해 준비를 마쳤다. 그녀가 깊이 머리를 숙여 인사하자, 카사노바의 화술에 매료되었던 기사들은 얼른 그녀를 초대해서는, 후작의 애인을 접견하도록 자리까지 마련했다. 이제 카사노바는 제자리로 돌아와 앉았다. 왼손은 검 위에 올려놓은 채, 아름다운 갈색 머리를 수그리고는, 마치 전문가인양 노래에 귀를 기울였다. 그의 등 뒤에서는 관람석마다 똑같이 누구냐고 묻고 대답하고, 쉬쉬 하는 소리로 야단이었다. "생갈트의 기사"라는 말이 입에서 입으로 전해졌다. 생갈트의 기사라는 것 외에 더이상은 누구도 알지 못했다. 그가 어디 출신이고, 무엇을 하는 사람인지, 어디로 가는 길인지 그 누구도 알지 못했다. 오직 그의 이름만이 호기심에 가득 찬 어두운 홀 전체로 퍼져 나갔다. 뿐만 아니라 그의 이름은 무대 위의 여가수들에게까지 불길 번지듯 춤추며 퍼져 나갔다.

하지만 갑자기 베니스 출신의 어린 여자 무용수가 웃음을 터트렸다. "생갈트의 기사? 아, 저 사기꾼! 저 사람은 카사노바야, 부라넬라의 아들이지. 젊은 신부였는데, 5년 전에 내 언니를 꼬여내어 순결을 빼앗았지. 늙은 브라자딘의 익살광대에 사기꾼, 룸펜, 무뢰한이야!" 그럼에도 불구하고 이 쾌활한 아가씨에게는 그의 몹쓸 짓조차도 그리 나쁘게 보이지 않는 것 같았다. 왜냐하면 그녀는 무대 뒤에서 그에게 아는 척하며 눈을 깜빡이고, 손끝을 요염하게 입술에 갖다 댔기 때문이다. 카사노바 역시 그녀를 인지하고 기억해냈다. 하지만 걱정할 필요가 없었다. 그녀는 저 고상한 바보들과의 작은 도박을 방해하지는 않을 것이고, 오히려 오늘 밤 그와 동침하기를 바랄 테니까 말이다.

모험가들
너의 유일한 능력이 사람들의 어리석음 때문이라는 것을
그녀는 아는가.
— 카사노바가 사기도박꾼 크로체에게

　　7년 전쟁부터 프랑스 대혁명에 이르는 25년 동안 유럽 전역에 걸쳐 폭풍전야의 정적이 감돌고 있었다. 오스트리아의 합스부르크 Habsburg왕조와 프랑스의 부르봉Bourbon왕조, 독일의 호엔촐레른 Hohenzollern왕조는 전쟁에 지칠 대로 지쳐 있었다. 시민들은 기분 좋게 담배연기로 동그라미를 만들었고, 군인들은 그들의 편발을 손질하거나, 쓸모없게 된 무기들을 닦고 있었다. 이렇게 그 동안 전쟁으로 시달렸던 나라들은 잠시 숨 돌릴 시간을 갖게 되었다. 그러나 영주들은 전쟁이 없어서 지루하게 지냈다. 그들은 하루하루가 권태로워서 죽을 지경이었다. 독일과 이탈리아의 영주, 그 밖에 소공국의 영주들은 하나같이 따분해서 어떻게든 즐겁게 지내기를 원했다. 그러나 겉으로는 위대해 보여도 실상은 가련한 선제후들과 공작들은 신축하여 물기도 마르지 않은 로코코풍의 성에 분수와 오랑제리, 맹수의 투기장, 화랑, 동물원, 보물창고 등을 가지고 있었음에도 도무지 지루함을 달랠 수가 없었다. 그러다 보니 심지어 예술후원자 및 애호가가로 자처하며 볼테르나 디드로와 편지를 교환하고, 중국산 도자기, 중세의 주화, 바로크 시대의 회화들을 수집하는가 하면, 프랑스의 희극배우나 이탈리아의 성악가 및 무용수들을 초청하기도 했다. 오로지 바이마르의 군주만은 지혜롭게 실러, 괴테, 헤르더라는 세 명의 독일 시인을 궁정으로 초대하여 교류를 맺고 있었다.

　　그 밖에 산돼지사냥과 물놀이 등은 연극에 삽입되는 막간극으로 바뀌기도 했는데, 그 이유는 세상이 피곤해지면 언제나 도박의 세계, 연극, 유행과 춤이 무엇보다 중요해지기 때문이다. 그래서 당시에 영주들은 돈과 외교적 수완을 발휘하여 가장 흥미로운 익살꾼, 최고의 무용수, 음악가, 철학자, 금 채굴업자, 내시, 오르간 연주자 등을 빼앗기 위해 서로 더 비싼 값을 불렀다. 글루크와 헨델, 메타스타시오와 하세는 물론이고, 히브리의 신비주의자와 매춘부, 폭죽 제조가, 산돼지 몰이꾼, 인쇄공과 발레의 대가 등은 어떻게 해서든 영주들이 서로 빼앗아가려던 대상이었다. 그나마 영주들에게는 의전 담당관과 각종 의식들, 석조 건물로 된 극장과 오페라극장, 공연 무대와 발레단이 있어서 약간의 권태로움을 달랠 수가 있었다. 하지만 이 가운데 한 가지 부족한 것은 이 소도시의 지루함에 체스를 권할 수 있는 인물, 언제나 동일한 60명의 귀족과 그들의 단조롭기 짝이 없는 얼굴에 참다운 사교계의 모습을 부여할 수 있는 소금 같은 인물이었다. 요컨대 고귀한 신분을 지닌 사람의 방문이나 흥미로운 손님들, 소도시의 권태라는 반죽에 넣을 몇 알의 건포도, 넓은 세상으로부터 소도시의 답답한 대기 속으로 불어오는 약간의 바람이 부족했다.

　어떤 궁전에서 권태롭다는 소리가 들리면, 수많은 가면과 변장을 한 모험가들이 도처에서 주르륵! 소리를 내며 달려왔다. 어느 누구도 그들이 어디에 숨었다가 나왔는지 알 수 없었다. 그렇지만 순식간에 그들은 그곳에 도착해 있었다. 여행 마차나 영국산 마차를 타고 달려와, 최고급 호텔의 가장 우아한 방을 손쉽게 빌려 투숙했다. 그들은 인도군대 내지 몽고군대의 제복처럼 환상적인 복장을 하고, 멋들어진 칭호를 지니고 있었다. 이 칭호들은 실제로는 그들의 구두 장식물처럼 가짜 보석이나 마찬가지였다. 그들은 각종 외국어로 말하면서 자신들이 영주나 실력자들을 잘 알고 있다고 주장했다. 그 밖에도 여러 군대에서 복무했고, 여러 대학에서 수학했노라고 떠벌렸다. 그들의 가방은 갖가지 계획들로 가득 차 있었으며, 말만 무성해서 실행하지 못할 약속들에 대해서도 공수표를 남발했다. 그들은 복권과 특별세, 국가연맹 및 공장 등의 계획에도 참여했으며, 여자와 훈장, 이탈리아 가수들을 제공하는 일에도 관여했다. 설령 그들의 지갑에 금화가 몇 개밖에 없을지라도, 그들은 공기 착색에 관한 비밀을 알고 있다고 모든 사람의 귀에 대고 속삭였다. 그들은 미신을 믿는 사람들에게는 점성술을 이용하여 마음을 사로잡았고, 쉽게 현혹되는 사람들에게는 여러 계획들을 알려주었다. 도박꾼에게는 카드를 바꿔쳤으며, 앞을 내다보지 못하는 사람들에겐 능란한 사교술로 접근했다. 그러나 이 모든 것은 눈에 보이지 않는 어둡고 두터운 구름층에 비밀스럽게 싸여 있었다. 그것은 미지의 것으로 숨어 있어서 더욱 흥미로웠다. 그들은 마치 도깨비불처럼 돌연 빛을 발하며 위험한 것에 뛰어들거나, 궁전의 갑갑하고 둔중한 대기 속에서 이리저리 깜빡이며 다녔다. 그들은 유령처럼 현란하게 춤을 추며 왔다가는 사라져버렸다.

영주들은 궁정에서 그들을 접견하며 즐거워했지만, 그들에게 주의를 기울이지는 않았다. 그들의 귀족 여부를 묻기보다는 오히려 그들의 부인이 낀 결혼반지, 그들과 동행한 소녀들의 처녀성에 더 관심이 많았다. 단 한 시간만이라도 즐겁게 함으로써 모든 영주들이 앓고 있는 권태라는 병을 누그러뜨리는 사람이라면, 물질주의의 철학으로 느슨해진 비도덕적 분위기 속에서 무조건 환영받았다. 그들이 창녀처럼 위안을 주고, 그 대가로 파렴치하게 돈을 빼앗아 가지 않는 한, 영주들은 모든 것을 기꺼이 허용했다. 간혹 몇몇 예술가나 사기꾼 무리들은 귀족들에게 발길질을 당하기도 했다.(모차르트도 그런 일을 당했다.) 또는 무도회장에서 곧장 감옥으로 직행한다든지, 심지어는 황제의 극장 장인 아플리시오Afflisio는 갤리언선의 노예로 전락했다.

이런 사람들 가운데 어떤 교활한 자들은 서로 싸움을 하여 세금징수원, 고급 창녀의 정부나 궁녀들의 애인, 심지어는 진짜 귀족이나 남작이 되는 경우도 있었다. 그러나 대체로 고기가 새까맣게 탈 때까지 기다리는 것은 좋지 않았다. 그럴 수밖에 없는 것이 그들의 마법의 가치는 신선함과 익명성에 달려 있었기 때문이다. 그들이 너무 무례하게 카드를 구부리거나, 무절제하게 주머니 깊숙이 손을 넣는다거나, 너무 오랫동안 궁전에서 안주한다면, 누군가가 갑자기 다가와 그들의 외투를 벗기고, 도둑이라는 낙인이나 태형 자국을 폭로할 수 있는 것이다. 자주 분위기를 바꾸는 길만이 교수대에서 구출될 수 있는 방법이었다. 따라서 행운의 기수들은 끊임없이 유럽 전역으로 마차를 몰고 다녔고, 어두운 사업의 여행자로서 또는 집시로서 이 궁전 저 궁전 떠돌았다. 이렇게 같은 형상을 한 사기꾼의 회전목마는 18세기 내내 마드리드에서 페테르부르크, 암스테르담에서 프레스부르크, 파리에서 나폴리까지 수없이 맴돌았다.

카사노바가 매번 도박장이나 궁전에서 같은 부류의 유랑자들, 즉 탈비스, 아플리시오, 슈베린과 생제르맹을 만났던 것이 우연이라고 말하는 사람도 있겠지만, 이처럼 끊임없는 방랑은 이에 숙련된 자들에게는 즐거움이라기보다는 오히려 도피였다. ─ 단기간의 체류만이 안전을 보장했고, 상호 협력만이 서로를 보호할 수 있었다. 왜냐하면 그들은 피를 나눈 형제이자, 프리메이슨 비밀결사, 모험가들의 조합이었기 때문이다. 그들이 서로 만나는 곳에서는 사기꾼 중의 사기꾼을 지도자로 삼았다. 어느 하나가 다른 자를 상류사회로 진출하게 밀어주고, 그들이 한 패거리임을 인정함으로써 그들의 행위가 정당화되었다. 그들은 서로 여자를 바꿔 가졌을 뿐만 아니라, 상의와 이름도 바꾸어 가졌다. 하지만 서로 바꿀 수 없는 것은 바로 그들의 직업이었다. 그들은 모두 배우와 무용수, 음악가, 행운의 기사, 창녀, 연금술사로서 궁정 주변에 기생하며 살았다. 유태인과 예수회를 제외하면, 당시에 그들은 융통성 없고 소견이 좁은 귀족과 자유롭지 못했던 어리석은 시민들 사이에서 이 세계에 존재하던 유일한 국제적 인물들이었다.

그들과 더불어 근대가 시작되었고, 새로운 착취 기술이 생겨났다. 그들은 더 이상 무장하지 않은 사람들을 약탈하지 않았으며, 거리의 마차도 빼앗지 않았다. 그들은 허영심 많은 자들을 위협하고, 경솔한 자들의 기를 꺾어 납작하게 해 주었다. 이런 새로운 소매치기 기술은 세계시민의 정신 및 세련된 수법과 연합관계를 맺었다. 방화 살해처럼 기존의 난폭한 방식 대신에 카드에 표시를 하거나 카드를 바꿔치기 함으로써 그들은 돈을 갈취했다. 더 이상 주먹도 함부로 휘두르지 않았다. 술에 취한 얼굴이나 대위들의 거친 습관 역시 볼 수 없었다. 그들에게서는 고상하게 반지를 낀 손과 분을 바른 가발, 무관심한 이마가 보일 따름이었다. 극장에서 그들은 언제나 손잡이 달린 안경을 사용했고, 무용수처럼 선회하거나 배우처럼 멋지게 낭독하기도 했으며, 철학의 대가인 양 심각하게 행동했다. 그들은 불안한 눈빛을 대담하게 감추었고, 도박판에서는 교묘하게 패를 속였으며, 여인들에게는 감언이설로 유혹하여 사랑의 색조와 보석을 빼앗았다.

부인할 수 없는 사실은 정신적, 심리적 성향이 그들 모두의 내면에 잠재해 있었다는 점이다. 이로 인해 그들은 사람들의 공감을 얻을 수 있었고, 그들 가운데 몇몇은 천재적인 경지에 이르게 되었다. 실로 18세기 후반은 그들의 영웅시대, 황금기, 절정에 이른 고전주의 시대였다. 이는 앞서 루이 15세 치하에 7인의 프랑스 대시인과 이후 바이마르의 경이로운 시기에 나타난 몇몇 불멸의 인물들이 보여준 형식과 천재성을 모조리 합쳐놓은 것과 같았다. 이렇게 당시의 고상한 사기꾼과 불멸의 모험가의 위대한 플레이아데스Pleiades 칠요성七曜星은 유럽 전체에 걸쳐 승리의 빛을 발하고 있었다. 곧 영주들의 지갑에 손대는 일 따위로는 충분하지 않았다. 그리하여 그들은 시대적 사건에 대담하게 관여하고, 세계사의 거대한 룰렛 도박판을 돌리기 시작했다. 유랑자였던

아일랜드의 존 로John Law는 그의 어음 발행인들과 함께 프랑스 재정을 완전히 가루로 만들었다. 남자와 여자의 중간 존재, 즉 중성이라는 의심과 풍문에 시달렸던 데 온D'eon은 국제정치를 이끌어 나갔다. 둥근 머리에 키가 작은 백작 노이호프Neuhoff는 코르시카의 진짜 왕이 되었지만, 결국 탑에 구금된 채 일생을 마쳤다. 평생 읽기와 쓰기를 제대로 배우지 못한 시칠리아의 시골 청년 칼리오스트로Cagliostro는 악명 높은 목걸이 사건으로 왕국의 목을 조를 올가미를 만들어냈다. 귀족 출신의 모험가였기에 이들 가운데 가장 비극적인 삶을 살았던 늙은 트렌크Trenck는 결국 단두대의 이슬로 사라졌으나, 빨간 모자를 쓰고 자유의 영웅 역할을 비극적으로 잘 해냈다. 연령을 초월한 마법사 생제르맹Saint Germain은 프랑스 왕을 자신의 발아래 굴복시켰다. 그는 오늘날에도 밝혀지지 않은 출생의 비밀로 학자들의 열기를 우롱하고 있다.

이렇게 그들 모두는 어떤 권력가들보다 더 강한 권력을 손에 넣고 있었다. 그들은 학자들의 눈을 현혹시키고, 여인들을 유혹하고, 부자들의 재산을 빼앗았으며, 직분이나 책임감과는 상관없이 정치적 꼭두각시의 끈을 은밀하게 잡아당겼다. 그런데 전혀 악인이 아니었던 최후의 모험가 카사노바는 이 길드의 역사가로서 자신에 대해 이야기하는 동시에, 다른 모든 조합원들을 묘사했다. 그는 가장 유쾌한 방식으로 잊을 수 없는 불멸의 인물들, 일곱 명에 관한 이야기를 완성했다. —그들 각자는 다른 모든 시인들보다 유명했고, 당대의 어떤 정치가들보다 더 효과적으로 힘을 행사했으며, 몰락을 예고한 이 세계에서 잠시나마 주인으로 행세했다. 왜냐하면 파렴치한 행위를 재능으로 삼았던 영웅들, 신비스러운 연극을 위선적으로 보여주었던 영웅들의 시대는 유럽에서 불과 삼사십 년 지속되었을 뿐이었기 때문이다. 이 영웅들의 시대는 그들의 가장 완성된 전형, 가장 완벽한 천재, 광적인 모험가 나폴레옹을 통해 자멸하고 말았다.

천재는 언제나 재능을 발휘할 때에만 진지해진다. 천재는 에피소드의 역할로는 만족하지 못하며, 자신만을 위하여 세계라는 거대한 무대를 요구한다. 코르시카의 무산자 보나파르트가 스스로를 나폴레옹이라 칭했다면, 카사노바 생갈트나 칼리오스트로는 비겁하게 귀족의 가면을 쓰고 시민적 면모를 은폐하는 법이 없었다. 그들은 당당하게 시대에 맞서 정신적 우월성을 요구했으며, 간계로 승리를 훔치기보다는 마땅한 권리로서 승리를 염원했다. 모험정신은 이 모든 재능의 천재였던 나폴레옹과 더불어 영주들의 접견실에서 황제의 알현실로 옮겨갔다. 모험정신은 불법적인 자가 권력의 정점에 올라감으로써 종말을 맞이했다. 이에 따라 모험정신의 머리 위에 유럽의 왕관이 씌워지게 된 것이다.

교양과 재능

그는 문필가로서 영국과 프랑스에 머물며, 기사들과 여성들에게서 대단한 이득을 얻었던 간계가 많은 인물이라고 사람들은 말한다. 언제나 다른 자의 희생의 대가로 살아가고, 순진한 자들의 마음을 사로잡는 것이 그의 방식이었기 때문이다[…]. 언급한 카사노바와 친숙해진다면, 우리는 그의 내면에서 불신, 기만, 음란과 호색이 아주 무섭게 하나로 모여 있음을 알게 된다.

— 1755년 베니스 종교재판소의 비밀보고문

카사노바는 자신이 모험가라는 사실을 한 번도 부인한 적이 없었다. 이와는 반대로 라틴계 사람들이 잘 알듯이 언제나 기꺼이 속고 속이는 이 세상에서 그는 바보처럼 속느니 차라리 속이는 자, 털을 깎이는 양이기보다는 차라리 털을 깎아주는 자의 연기를 맡았다는 것에 대해 호언장담하며 자랑스럽게 말했다. 그러나 단 한가지만은 단호하게 거부했는데, 그것은 거칠게 남의 주머니를 턴 갤리언선 노예들이나 교수형에 처해진 불량배들과 어리석은 자들의 손에서 세련되고 우아한 마술로 돈을 갈취하는 자신을 혼동하는 것이었다. 사기도박꾼인 아플리시오 내지 탈비스와의(반쯤은 동업자로서) 만남을 시인해야 할 때면, 늘 그는 회상록에서 자신의 혐의를 조심스럽게 부인했다. 그럴 것이 비록 카사노바와 이 두 사기꾼들이 동일한 지평에서 만났을지라도, 그들은 서로 다른 세계로부터 연원했기 때문이다. 카사노바는 문화적 혈통을 가진 상류사회 출신이었고, 다른 둘은 저 아래 세상의 무산자 출신이었다. 이는 실러의 《군도群盜》에서 대학생이었던 윤리적인 두목 칼 모어가 같은 도둑무리였던 슈피겔베르크와 슈프테를레를 경멸했던 것과 같았다. 두 도둑은 거칠고 야만적인 행위를 저질렀지만, 칼 모어에게는 반대로 뭔가 감동적인 것이 있었기 때문이다.

이렇게 카사노바는 훌륭하고 신성한 모험정신으로부터 모든 귀족적 품위를 사취하는 그런 사기도박꾼 패거리와는 언제나 자신을 단호히 구분했다. 왜냐하면 실제로 우리의 자코모 카사노바는 모험적 행위에 대해 귀족 칭호를 주어야 한다고 주장했으며, 사기꾼이 행하는 희극배우의 기쁨을 매우 섬세한 예술로서 평가할 줄 알았기 때문이다. 그의 말에 귀를 기울여보면, 이 세상의 철학가들에게는 어리석은 자들을 골탕 먹이고 즐거워하는 일이야말로 윤리적 의무였다. 허영심 많은 자들을 속이고 소박한 자들을 기만하는 일, 재산을 모조리 탈취하여 수전노들의 근심을 덜어주는 일, 남편들의 눈을 피해 유부녀와 간통하는 짓 외에 다른 윤리적 의무란 없었다. 그것은 성스러운 정의의 사자로서 이 세상의 모든 어리석음을 벌주는 행위였다. 속임수란 카사노바에게는 예술일 뿐만 아니라, 도덕을 초월하여 존립하는 의무였다. 이 추방된 왕자는 의무를 충실하게 이행했다. 그는 새하얀 양심과 비할 바 없는 당위성을 가지고 이 의무를 이행했다.

정말이지 카사노바가 단순히 돈이 없거나 일하기 싫어서 모험가가 된 것이 아니라는 것만은 그를 믿어도 좋을 것이다. 타고난 천부적 기질, 끝없는 천재성이 그를 모험가로 만들었다. 양친에게서 연극적 재능을 물려받은 그는 전 세계를 연극무대로, 유럽을 배경으로 삼았다. 협박, 현혹, 기만, 우롱은 중세의 재담꾼 오일렌슈피겔Eulenspiegel처럼 그의 몸에 밴 기능이었다. 어쩌면 그는 가면과 장난의 축제가 부여하는 즐거움 없이는 살 수 없었을지도 모른다. 괜찮은 직업을 선택해서 거기에 적응할 기회가 수백 번이나 있었다. 그러나 어떤 시험이나 유혹도 그를 시민생활에 안주하도록 잡아둘 수 없었다. 백만금을 주면서 직책과 지위를 보장했어도, 그는 이를 받지 않았을 것이다. 오히려 그는 언제나 자기 본연의 유랑민 같은 처지, 새의 깃털처럼 가벼운 존재 속으로 도피하려고 했다. 그러므로 교만하게 자신을 다른 행운의 기사들과 구분하려는 그의 의도는 정당화될 수 있는 것이다. 메세르 카사노바는 어디까지나 정식 결혼을 통해 태어났으며, 그것도 꽤나 존경받는 가문 출신이었다. "라 브라넬라"로 불리던 그의 어머니는 유명한 오페라 성악가로서, 전 유럽의 오페라 무대에서 탁월한 재능을 발휘했다. 카사노바의 형인 프란체스코 카사노바의 이름은 서양미술사에서 늘 나타나는 이름이다. 그의 작품은 오늘날에도 기독교 전용 미술관에서 찾아볼 수 있다.

카사노바의 가까운 친척들은 대부분 존중받는 직업에 종사했는데, 이른바 존경스런 변호사, 공증인, 사제의 예복을 입고 있었다. —
따라서 우리는 그가 천민 출신이 아니라, 모차르트나 베토벤처럼 예술
적 분위기의 시민계층 출신이라는 것을 알게 된다. 이들처럼 카사노바
도 그 모든 광대짓과 조숙한 여성 편력에도 불구하고 우수한 인문주의
적 언어교양을 누릴 수 있었다. 라틴어, 그리스어, 프랑스어, 히브리어
를 능란하게 구사했으며, 스페인어와 영어도 조금은 할 수 있었다. —
다만 우리의 사랑스런 독일어는 30년 동안이나 입 밖에 뱉어본 적이
없었다. 그는 철학과 마찬가지로 수학에 특출했으며, 16세에는 이미
신학자로서 베니스의 교회에서 첫 연설을 한 바 있다. 그런가 하면 바
이올린 연주자로서 산 사무엘 극장에서 1년 동안 자신의 생활비를 조
달할 수 있었다. 그가 18세에 파두아에서 취득하고자 했던 법학박사
학위가 진짜든 허풍이든, 이 중요한 문제에 관해 저명한 카사노바 연
구자들은 오늘날까지도 서로 옳다고 갑론을박 하고 있다. 어쨌든 그가
많은 학문을 습득한 것은 사실이었다. 그는 화학, 의학, 역사, 철학, 문
학에 정통했으며, 특히 신비의 학문이었기에 한층 더 즐겁게 배웠던
것은 점성술, 금세공술, 연금술이었다. 무엇보다 귀엽고 발랄한 소년
카사노바는 육체를 사용하는 궁중의 기교들에 특별한 재능을 보였다.
댄스, 펜싱, 승마, 카드놀이에서는 마치 우아한 기사처럼 훌륭한 솜씨
를 보였다. 이토록 그는 모든 것을 재빠르고 훌륭하게 배워 익혔는데,
더구나 뛰어난 기억력은 정말 환상적이었다. 70년 동안 한번 본 얼굴
은 절대로 잊지 않았다. 보고, 듣고, 읽고, 말한 것은 모조리 그의 뇌리
에 박혀 있었다. 그의 최상급의 자질은 이 모든 것들이 합쳐져서 이루
어진 것이다. 실로 카사노바는 학자, 시인, 철학자, 기사 등 전 분야의
달인에 거의 근접해 있었다.

　물론 이 '거의'라는 말은 카사노바의 다양한 재능을 칼날처럼 냉

정하게 표현한 것이다. 그럼에도 불구하고 그는 전 분야에 있어서 거의라는 수준에 머물러 있었다. 시인이지만 완벽한 시인은 아니었고, 도둑이었지만 전문가가 아니었다. 그는 가장 높은 정신적 영역에 거의 도달했지만, 동시에 갤리언선의 노예로 전락할 위험도 있었다. 어떤 하나의 재능도, 직업도 그는 완벽하게 실현할 수 없었다. 그는 가장 완벽한 아마추어로서 예술과 학문에 대해 믿기지 않을 정도로 많은 것을 알고 있었다. 실제로 창조적인 수준에 이르기 위해서는 손톱만큼이 부족했다. 특히 의지와 결단력, 인내심이 부족했다. 그가 1년만 책과 씨름했다면, 그는 뛰어난 법률가, 노련한 역사가가 될 수 있었을 것이고, 어떤 분야에서든 교수가 될 수 있었을 것이다. 그러나 카사노바는 뭔가를 철저하게 한다는 것은 생각해본 적이 없었다. 그 무엇도 원치 않았고, 오로지 눈에 보이는 것에만 만족했다. 물론 이 눈에 보이는 가상도 사람을 속일 수 있고, 남을 속이는 일은 무엇보다 그에게 매우 흥미진진한 행위였다. 그는 어리석은 자들을 속이기 위해 심오하고 많은 지식이 필요치 않다는 것을 확신하고 있었다.

카사노바는 그 어떤 일에 대해서도 조금씩은 알고 있었고, 고비마다 훌륭한 조력자가 나타나 그를 도왔다. 더욱이 배짱 한번 좋아서 겁먹는 일이 없었다. 어떤 과제가 주어져도, 그는 자신이 이 분야에서 풋내기라는 것을 결코 인정하지 않았다. 오히려 그 즉시 진지하고도 전문가다운 표정을 지으며, 천부적인 사기꾼으로서 아주 교묘하게 난관을 돌파해 나갔다. 제아무리 추잡한 사건에 휘말려도 그는 언제나 천연덕스럽게 위기에서 빠져나왔다. 언젠가는 파리에서 베르니스 추기경이 카사노바에게 복권에 관해 아느냐고 물은 적이 있었다. 물론 아는 바가 없었지만, 정말 허풍선이답게 안다고 자신 있게 대답했다. 그는 심의회에서 확고부동한 능변으로 이미 20년간 닳고 닳은 은행가 행세를 하며 재정계획에 참여했다. 발레시아에서는 이탈리아 오페라에 사용할 대본이 없었다. 카사노바는 책상에 앉아서, 즉시 대본을 지어 냈다. 만일 작곡까지 해달라고 그에게 요구했다면, 그는 틀림없이 옛날 오페라들을 긁어모아 뭔가를 만들어냈을 것이다.

러시아의 여제女帝에게는 달력 개혁자와 천문학자로 등장하고, 라트비아의 쿠얼란트에서는 즉흥적으로 전문가인 체 광산을 조사했다. 베니스 공화국에서는 비단염색을 위한 새로운 방법을 권하기도 했다. 스페인에서는 토지개혁가 및 식민지 개척자로 등장하며, 요제프 2세 황제에게도 고리대금업에 반대하는 장황한 상소문을 제출하기도 했다. 발트슈타인 공작을 위해 희극을 지어 바치기도 했으며, 공작부인을 위해서는 다이아나라는 나무와 그와 비슷한 연금술적 모조품을 만들었다. 마담 루맹에게는 솔로몬의 열쇠로 금괴를 열어주었고, 프랑스 정부를 위해 주식을 사기도 했다. 아우크스부르크에서는 포르투갈의 사신으로 행세했으며, 볼로냐에서는 의학을 위한 소책자를 만들었다. 트리스트에서는 폴란드 제국의 역사를 집필했고, 《일리아드》를 8행시 운율로 번역했다. ─ 단적으로 말해 약방의 감초 같은 사람은 한 가지의 특기도 없지만, 그의 다리 사이에 탈 것만 넣어주면 무엇이든 잘 탈 줄 알았다. 우리는 그가 남긴 저서목록을 대충 훑어보기만 해도, 만능의 철학자, 새로운 라이프니츠가 부활했다고 믿게 될 것이다. 오페라 〈오디세우스와 키르케〉 외에도 두꺼운 소설책 한 권, 정육면체 두 배에 관한 시도, 로베스피에르Robespierre와의 정치토론 등이 목록에 열거되어 있다. 만약 누군가 그에게 신의 존재를 신학적으로 증명해 보라고 요구했거나, 또는 순결에 대한 찬가를 작곡하라고 요구했다면, 아마도 그는 단 2분도 망설이지 않았을 것이다.

아무튼 그의 천부적 재능은 참으로 대단했다! 학문, 예술, 외교, 사업수완 등 다방면에 걸쳐서 능란했다. 이런 재능이 놀라운 경지에 도달할 만큼 충분했더라면 어땠을까? 그러나 카사노바는 의식적으로 자신의 재능을 순간적으로 파괴해버렸다. 그 모든 것을 이룰 수도 있었지만, 아무것도 되지 않는 길을 선택했다. 그러나 그는 자유로웠다. 그를 행복하게 하는 것은 자유와 무구속적 상태였다. 어떤 직업에의 정착이나 고정적인 거처보다 마음껏 방랑하는 것이 훨씬 더 좋았다. "나를 어딘가에 매어두려는 생각은 나에게 항상 역겨웠다. 이지적인 생활 태도는 내 천성에 전혀 어울리지 않는다." 그의 참된 직업은 어떤 직업도 갖지 않는 것이라고 그는 느꼈다. 모든 직업과 학문을 적당히 맛보고, 배우처럼 매번 의상과 배역을 바꾸는 것이 자신에게 어울린다고 생각했다. 도대체 무엇 때문에 자신을 구속하는가! 그는 어떤 것도 갖거나 간직하려 하지 않았다. 그 어떤 것에 대해서도 가치를 인정하지 않았고, 어떤 것도 소유하려 하지 않았다. 왜냐하면 그의 광적인 열정은 하나의 삶이 아니라, 세상에 태어나 수백 개의 삶을 살도록 요구했기 때문이다.

카사노바는 자랑스럽게 말했다. "나의 가장 큰 보물은 내가 나 자신의 주인이라는 것, 그리고 불행을 두려워하지 않는다는 것이다." 이 말은 그가 빌렸던 생갈트의 기사라는 칭호보다 그를 더욱 귀족처럼 보이게 하는 남자다운 구호였다. 그는 다른 사람들이 자신에 관해 어떻게 생각하는지 전혀 개의치 않았다. 그는 도덕의 울타리를 넘어서서 매혹적인 태평세월을 보냈다. 하지만 휴식하거나 쾌적하게 시간을 보낼 때가 아니라, 오로지 도약하거나 내몰릴 때에만 그는 현존의 쾌감을 느꼈다. 그 모든 장애를 벗어나 가볍고 즐겁게 세월을 보낸 덕분에 카사노바는 모든 것을 하늘에서 내려다보듯 지상에서 착하게 살아가는 모든 사람들이 정말 가소롭게 여겨졌다. 그들은 한 가지 일, 매번

동일한 일에 자신을 따뜻하게 감싸 넣는 자들에 불과했다. 콧수염을
기르고 군도軍刀를 찰카닥거리지만, 장군의 호통에 무릎을 꿇는 병사
들이나, 종이를 한 장 한 장 먹어치우는 책벌레 같은 학자들, 돈 자루
위에 앉거나 돈 궤짝 앞에 앉아서 불안에 떨며 밤을 지새우는 수전노
들도 카사노바에게는 가소로웠다. 그 어떤 지위, 토지, 호화찬란한 의
복도 그를 유혹할 수 없었다. 어느 여인의 따뜻한 가슴이나 어느 지배
자의 국경선도 그를 잡아둘 수 없었다. 지루한 직업생활은 더더욱 말
할 것도 없었다. 여기서도 그는 모든 감옥을 용감하게 부수고, 인생을
시시하게 보내기보다는 오히려 모험적으로 살고자 했다. 행복할 때는
오만하게, 불행할 때에는 침착하게, 언제 어디서나 용기와 자신감을
가지고 살고자 했다. 그도 그럴 것이 용기란 카사노바의 삶의 예술에
서 가장 중요한 핵심, 최고의 재능이었기 때문이다. 그의 재능 중의 재
능은 안전하게 사는 것이 아니라, 위험을 무릅쓰고 사는 것이다. 그리
하여 조심스럽게 살아가는 수많은 사람들 한가운데에서 돌연 한 사람
이 자신의 모든 것을 걸고, 그 모든 기회를 잡기 위해 몸을 던진 것
이다.

그러나 운명은 부지런한 사람보다는 불손한 모험가에게, 인내하
는 사람보다는 무례한 자에게 더 많은 것을 선사했다. 운명은 전체 종
족에게보다는 이 무절제한 사람에게 더 많은 것을 배려해 주었다. 운
명은 카사노바라는 자를 붙잡아 위아래로 던지고, 유럽 전역으로 굴러
다니게 했으며, 그를 위로 치솟게 하다가도 도약하는 그의 발을 걸어
넘어뜨렸다. 운명은 그에게 여인을 양식으로 주었으며, 노름판에 빠진
바보로 만들었다. 운명은 그를 열정의 불로 자극하고, 성취감을 맛보
도록 기만했다. 운명은 그를 끈질기게 따라다니며 권태에 빠지지 않도
록 해주었고, 언제나 지칠 줄 모르는 그에게 끊임없이 일거리를 가져

다주었다. 유희의 동행자인 그에게 새로운 전환과 모험을 선사했다. 그리하여 수백 년에 한 번 나올까 말까한 그의 삶은 넓고 화려하게, 다양하고 변화무쌍하게, 환상적으로 다채롭게 채색되었다. 이제 카사노바는 이런 자신의 삶을 보고함으로써, 불멸의 시인들 가운데 한 사람이 되었다. 하지만 그의 의지가 아니라, 삶 자체의 의지를 통하여 이렇게 된 것이었다.

현세의 철학
나는 철학자로 살았다.
— 카사노바 최후의 말

영혼의 무게가 작을수록 삶의 유동하는 폭은 더 넓어지게 마련이다. 카사노바처럼 재빠르고 민첩하게 물 위에서 춤을 출 수 있으려면, 무엇보다 코르크처럼 가벼워야만 한다. 자세히 관찰하면, 수없이 감탄을 받아온 그의 삶의 예술의 특징은 어떤 특별한 긍정적 미덕과 힘에 있는 것이 아니라, 부정적인 것에 기인한다. 그는 일체의 도덕적, 윤리적 억압에서 벗어나 전혀 부담감을 갖지 않는다. 힘차게 피가 끓는 이 열정적인 인간을 우리가 심리학적으로 샅샅이 해부해보면, 우선 그에게는 윤리적 기관들이 전혀 없음을 확인하게 된다. 심장, 허파, 간, 피, 뇌, 근육 그리고 정삭精索에 이르도록 그 모든 것은 아주 튼튼하고 정상적으로 잘 발달되어 있다. 그러나 영혼의 한 지점, 모든 윤리적 특성과 확신들이 신비하게 성격을 형성케 하는 바로 그 지점만은 완전한 진공상태, 아무것도 없는 빈 공간이라는 사실에 우리는 놀라지 않을 수 없다. 산과 알칼리, 유엽도와 현미경을 사용해 보아도, 이 건장한 유기체에서 소위 양심이라고 부르는 그런 실체의 흔적을 우리는 증명할 수가 없다. 하지만 이것으로 카사노바의 경쾌함과 천재성의 비밀이 설명된다.

이 행복한 인간은 감각만을 지니고 있었을 뿐, 영혼은 소유하지 않았다. 다른 사람들에게는 성스럽고 중요해 보이는 것이 그에게는 티끌만큼도 가치가 없었다. 그에게 도덕적 또는 시간적 제약 따위를 설명하려고 노력해도, 흑인이 형이상학을 이해하는 만큼도 그는 알아듣지 못했다. 조국에 대한 사랑?—73년간 거처도 없이 늘 발길 닫는 대로 살아온 이 세계시민은 애국주의를 혐오했다. 그는 자기 주머니를 가득 채우고, 여인들을 쉽게 침대로 유혹할 수 있는 곳이면 다리를 책상 밑으로 쭉 펴고 집처럼 안락하게 느꼈다. 종교에 대한 존경심?— 만일 신앙고백이 그에게 눈곱만큼만 이익을 준다면, 그는 그 어떤 종교도 받아들여 머리도 깎고, 심지어 중국식으로 변발을 땋아 늘어트릴 수도 있었을 것이다. 도대체 피안을 믿지 않고, 따뜻하고 거친 현세만을 아는 그에게 종교가 무슨 소용이었겠는가? "저 뒤에는 아마 어떤 것도 존재하지 않을 것이다. 아니면 적절한 시기에 그것을 경험하게 될 것이다." 이렇게 카사노바는 전혀 흥미 없다는 듯 태연하게 논박했다. 그는 단호하게 모든 형이상학적 거미줄을 끊어 버렸다! 하루를 즐기고, 매 순간을 확실하게 붙잡아라. 포도송이처럼 단물을 빨아먹고, 그 찌꺼기는 돼지들에게 던져 버려라. 이것이 카사노바의 유일한 원칙이었다. 그는 엄격하게 감각세계만을, 눈에 보이고 도달할 수 있는 것만을 고수했다. 매순간마다 달콤한 향락의 최절정을 손으로 꾹꾹 눌러 짜냈다.

카사노바의 철학은 조금도 한계를 넘는 법이 없었다. 이 때문에 그는 직접적인 것으로의 자유로운 흐름을 방해하는 명예, 예의, 의무, 수치심, 신의와 같은 그 모든 윤리적, 시민적 겉치레들을 웃으며 던져 버릴 수 있었다. 명예라고? 카사노바가 명예를 가지고 무엇을 시작할 수 있단 말인가? 그는 살찐 펄스탭Falstaff의 명예란 먹지도 마실 수도 없는 것이라는 확고한 신념과 견해를 같이 했다. 영국의 용감한 국회의원이었던 펄스탭은 언젠가 의회심의에서 다음과 같이 묻고 주장한 바 있었다. 즉 사후 명성에 관해 노상 이야기들 하는데, 그것이 대체 영국의 복지 및 안녕을 위해 무슨 일을 했는지 알고 싶다. 명예란 향유되는 것이 아니라, 각종 의무와 책임감을 통해 향유를 가로막는다. 그러므로 명예란 쓸데없는 것이다. 카사노바는 의무와 책임감 따위만큼 세상에서 싫은 것이 없었다. 그가 알고 있고 인정하는 의무란 오직 편안하고 자연스러운 것, 그의 튼튼한 육체에 기쁨을 주고, 여인들에게도 가능한 한 최고의 쾌감을 듬뿍 선사하는 것이었다. 이 때문에 그는 자신의 뜨겁게 달아오른 현 상태가 다른 사람들에게 좋은지 나쁜지, 신맛인지 단맛인지, 또 자신의 행동이 불명예스럽고 파렴치하게 보이는지 절대로 묻지 않았다.

수치심? 뭐 이렇게 해괴망측한 낱말인가! 정말 이해할 수 없는 개념이다! 그렇다, 수치심이라는 어휘는 그의 인생 백과사전에는 완전히 빠져 있었다. 카사노바는 라차로니Lazzaroni처럼 태연하게 군중들 앞에서 바지를 내리고, 파안대소하며 자신의 성기를 보여주었다. 다른 사람 같으면 고문대에서도 인정하지 않을 사기행각, 불발로 끝난 사건들, 치욕스런 일, 성기의 파손과 매독치료 등을 그는 거침없이 크게 떠벌였다. 그럴 수밖에 없는 것이 그의 몸에는 윤리적 차이를 구분해 내는 신경조직, 윤리적 복합체를 위한 기관이 전혀 없었기 때문이다. 사람들이 그에게 사기꾼이라고 비난하면, 그는 어안이 벙벙해져서는 이렇게 대답했다. "그래요, 하지만 당시에 나는 돈이 없었거든요!" 그리고 그에게 여자를 유혹한 일에 대해 죄과를 물으면, 그는 웃으면서 이렇게 대답했다. "그 여자 시중을 들었을 뿐이라오!" 성실한 시민들의 호주머니에서 저축한 돈을 빼앗아 놓고도 미안하다는 말 한 마디 하지 않았다. 반대로 그는 회고록에서 자신의 사기행각을 냉소적인 어투로 강조했다. "어리석은 사람을 속인다면, 우리는 이성에 복수하는 것이다." 그는 자신을 변호하지 않았고, 후회도 하지 않았다. 성회聖灰의 수요일에 엉망이 되어버린 삶, 은행 파산으로 끔찍한 빈곤과 예속으로 끝나게 된 삶을 한탄하는 대신에, 이빨 빠진 오소리 신세의 카사노바는 뻔뻔하면서도 매혹적인 글을 썼다. "내가 현재 부자라면, 나는 내 죄를 인정하겠다. 그러나 난 무일푼이며, 가진 것을 다 써버렸다. 이런 사실이 내게는 위안이며, 나를 정당화한다."

이렇게 카사노바의 철학은 호두 속에 들어 있는 것처럼 안락했다. 그의 철학은 다음과 같은 규정으로 일관해 있었다. 즉 근심 없이 자발적으로, 현세의 삶을 살아갈 것. 가능하다 해도 지극히 불확실한 천국에 대한 전망으로 자신을 속이지 않을 것. 어떤 희한한 신이 우리에게 세계라는 도박판을 만들어 주었으니, 우리는 여기서 즐거워하고, 그 도박 규칙을 있는 그대로, 그것이 옳든 그르든 묻지 않고 받아들여야만 한다는 것. 실제로 카사노바는 이 세계의 변화가능성 내지 변화의 당위성에 관해 이론적으로 숙고하느라고 1초도 소비하지 않았다. "인류를 사랑하시오, 그러나 있는 그대로의 인간을 사랑하시오"라고 그는 볼테르와 대화했다. 그는 저 희한한 일에 책임을 지는 조물주와 그 조물주의 낯선 용무에 끼어들지 않았다. 오래된 반죽을 건드리지 않음으로써 손을 더럽히지 않았고, 더 간단하게 이 반죽에서 재빠른 손놀림으로 건포도 알만 빼먹었다. 바보들이 잘못되는 것은 카사노바에게 지극히 당연했다. 신이 설령 영리한 자들을 다시 돕지 않을지라도, 스스로 돕는 것은 그들 자신에게 달려 있었다. 어떤 자는 비단 양말에 마차를 타고 다니고, 어떤 자는 누더기를 걸치고 굶주림에 떨도록 세계가 어차피 그렇게 기형으로 만들어졌다면, 이제 저 마차에 스스로 올라타는 것은 분별력 있는 자에게는 유일한 과제일 수 있었다.

그는 한 번도 분노를 터트리지 않았고, 그 옛날 욥처럼 신을 향해 왜냐고 불손한 질문을 해본 적도 없었다. 그는 모든 사실을—정말 효율적으로 감정을 절제했다—선악의 꼬리표를 달지 않고 단순히 있는 그대로 받아들였다. 15세의 작고 더러운 네덜란드의 오모르피는 이가 들끓는 침대에 누워서 불과 2탈러에 순결을 팔려고 했지만, 2주일 뒤에는 독실한 기독교 신자인 왕의 애첩이 되어, 사슴공원이 있는 궁에서 온통 보석으로 치장하며 살다가, 곧바로 어느 호의적인 남작의 부인이 되었다. 이 남작 역시 얼마 전에는 베니스의 변두리에서 거리의 불쌍한 악사 노릇을 했지만, 얼마 뒤에는 명문가의 양아들이 되어, 손에는 다이아몬드가 번쩍이는 부유한 청년으로 돌변하였다. 카사노바는 조금도 흥분치 않고 이런 일을 호기심을 자아내는 일이라고 기록했다. 그렇다, 완전히 불공평하고 계산할 수 없는 것이 세상인 것이다. 바로 이런 세상이 영원히 존속할 것이기에, 만유인력의 법칙이나 미끄럼틀을 위한 복잡한 기계구조를 구성하려고 노력할 필요도 없는 것이다. 사람들은 손톱으로 할퀴고 주먹으로 때려 빼앗으려 한다. 이것이 바로 지혜인 것이다. 우리는 인류를 위해서가 아니라 오직 자신만을 위해서 철학을 해야 한다. 이런 것이 카사노바가 의도한 것이었다. 파도처럼 강하고, 탐욕스럽고, 단호해야 한다. 다음 시간을 고려함이 없이 물밀듯 다가오는 순간을 재빨리 포착하여 그것을 모조리 소모해야 한다. 살아 숨 쉬는 것만이, 쾌락에는 쾌락으로 응수하고, 뜨거운 살결

에는 열정과 애무로 화답하는 것만이 이 확고한 반反형이상학자 카사
노바에게 정말 실제적이며 흥미롭게 생각되었다.

이렇게 카사노바의 세상에 대한 호기심은 오직 유기적인 것, 인간
에 기초해 있었다. 그는 평생 단 한 번도 생각에 잠겨 밤하늘의 은하수
를 쳐다본 적이 없었을 것이다. 이미 자연은 완전히 그의 관심 밖에 있
었다. 성급히 뜨거워지는 그의 심장은 고요하고 장엄한 자연에 감동되
어 불타오를 수 없었다. 우리는 16권에 이르는 그의 회고록을 한번 들
여다볼 필요가 있다. 그곳에는 눈매가 날카롭고, 냉철한 감각의 인간
이 유럽의 가장 아름다운 고장들, 포시리프에서 톨레도에 이르기까지,
제네바 호수에서 러시아 초원까지 여행을 한다. 그러나 이 수많은 경
관의 아름다움에 감동하여 지은 단 한 줄의 글을 찾는 일도 헛수고가
되고 만다. 군인들이 가득한 선술집 구석의 작고 더러운 접대부가 미
켈란젤로의 어떤 예술품보다 그에게는 더욱 소중했다. 공기가 탁한 어
느 주점에서의 카드놀이가 소렌토의 일몰 광경보다 더 아름다웠다. 자
연이나 건축물 같은 것은 조금도 카사노바의 머릿속에는 없었다. 왜냐
하면 그에게는 우리를 우주적으로 맺어주는 유기체와 영혼이 완전히
결여되어 있었기 때문이다. 그에게 세계란 오로지 화랑과 산책로가 있
는 도시들이었다. 저녁이면 마차들이 굴러가기 시작하고, 어둡게 흔들
리는 미녀들의 보금자리가 될 수 있는 곳이 바로 카사노바가 아는 세
계였다. 그곳에는 카페들이 기분 좋게 기다리며, 호기심 많은 자들을
골탕 먹이도록 도박판이 준비되어 있었다. 또한 오페라와 사창가가 유
혹의 손을 내밀고 있어서, 원하기만 하면 재빨리 여인과 하룻밤을 보
낼 수도 있었다. 그 밖에도 요리사들이 각종 소스와 요리를 만들면, 백
포도주와 적포도주를 마시며 음악을 듣는 음식점들도 있었다.

도시만이 이 쾌락적 인간을 위한 세계였다. 거기에는 그의 구미에

맞는 형태로 다수의 여인들이 살고 있었다. 물론 여인들의 수는 늘 변화했다. 그는 도시의 한가운데에 살면서 호화로운 궁정의 분위기를 좋아했는데, 그곳에서는 쾌락적인 것이 예술적인 것으로 승화될 수 있었기 때문이다. 그가 어느 누구도 따를 수 없을 만큼 관능적이기는 했어도, 이 넓은 가슴의 카사노바는 결코 거친 감각의 인간은 아니었다. 그는 음악성이 풍부한 아리아에 매료되었고, 시 한 수로 행복에 잠기기도 했으며, 교양 있는 대화에 주흥이 일기도 했다. 박식한 남자들과 책에 대해 이야기하거나, 한 여인에게 흠뻑 빠지기도 하고, 어두운 관람석에서 음악을 감상하는 것, 바로 이런 것이 마술처럼 현존의 쾌감을 무한히 상승시켰다. 그러나 우리는 이 때문에 착각해서는 안 된다. 카사노바의 경우 예술에 대한 사랑은 유희적인 것, 그저 즐기려는 애호가의 기쁨을 넘어서지 못했다. 그에게는 정신이 삶의 시중을 들어야 하고, 삶이 정신의 시중을 드는 것이 아니었다. 따라서 그는 예술을 단지 최음제, 감각을 흥분시키는 미약, 육체적 향락을 위한 부드러운 전희로 간주했다. 카사노바는 그를 열망하는 귀부인에게 시 한 수와 양말대님을 함께 건넸으며, 그녀를 열정에 휩싸이도록 아리오스토Ariosto를 낭송했다. 그런가 하면 기사들과는 볼테르나 몽테스키외에 관해 담소하곤 했는데, 이는 지식인임을 입증하고, 궁극적으로는 그들의 지갑을 교묘하게 털기 위해서였다. —물론 남부 출신의 이 감각주의자는 예술과 학문이 자기목적이자 세계의 의미가 될 만큼 그에 대한 이해의 수준이 높지 않았다. 이 유희적 인간은 표면적인 것, 순간과 빠른 변신의 인간만을 원했기 때문에, 어떤 것에서든 본능적으로 깊이를 바라지 않았다. 그에게 변화란 "만족의 소금"이며, 만족은 다시 이 세계의 유일한 의미였다.

따라서 카사노바는 하루살이처럼 가볍고 비눗방울처럼 투명하게,

사건들이 반사해 낸 빛을 반짝이며 이 시대를 흔들고 지나갔다. 일찍이 어느 누구도 그처럼 이 시대의 특성과 부단히 변화하는 영혼의 형상을 제대로 포착하지 못했다. 어느 누구도 그처럼 성격으로부터 영혼의 핵심을 분리해내지도 못했다. 카사노바는 도대체 어떤 인간이었을까? 선인 또는 악인? 정직한 인간 또는 거짓된 인간? 영웅 아니면 건달? 자, 이제 밝혀볼 때가 왔다. 그는 상황에 따라 변색하고, 변화를 거듭했다. 돈 문제에 관해 그보다 더 고귀한 기사를 찾아낼 수 없었다. 카사노바는 매혹적인 오만과 고상한 태도로, 고위 성직자처럼 사랑스럽게, 귀족처럼 느긋하게, 두 손 가득 돈을 들어 흥청망청 뿌렸다. "절약은 나와는 상관없다." 그는 흡사 귀족출신의 후견인인 양 처음 보는 사람조차 식사에 초대하여, 돈 상자와 금화 꾸러미를 선물하거나, 때로는 보증까지 서주어 그 사람을 황홀경에 빠트렸다. 그러나 비단옷 속의 주머니가 헐렁해지고, 지갑 속에서 지불되지 않은 어음들이 부스럭거리면, 사태는 돌변했다. 그렇다, 이럴 경우 나는 카드를 하는 저 신사에게 돈을 걸지 말라고 충고할 것이다. 정말이지 그는 좋은 성격도, 나쁜 성격도 아니었다. 이런 것과는 상관없었다. 그의 행동에는 도덕적 기준 따위는 없었다. 요컨대 그는 천부적으로 비도덕적인 인간이었다. 그의 모든 결정들은 타고난 순발력에 따라 매끄러웠고, 그의 반사적인 행동은 이성, 논리, 도덕과 전혀 무관하게 신경조직과 혈관에서 흘러나왔다.

그가 여인의 낌새를 느꼈을 때면, 미친 듯이 혈관이 박동하며 맹목적으로, 자신의 기질이 이끄는 대로 달려 나갔다. 도박판을 보기만 하면, 그의 손은 어느새 호주머니 속으로 들어가 있었고, 자신도 모르는 사이에 그의 돈이 도박판 위에서 짤랑거리기 일쑤였다. 화가 치밀어 오르면 핏줄이 빳빳이 서고, 쓰디쓴 침이 입 안에 고였으며, 두 눈은 충혈된 채 주먹을 불끈 쥐고 분노를 향해 돌진했다. 그의 형 벤베누토 첼리니Benvenuto Cellini가 말했듯이 화가 난 그의 모습은 미처 날뛰는 황소 같았다. 카사노바는 이렇게 외쳤다. "나는 나 자신의 극복에 성공한 적이 없었고, 앞으로도 그럴 것이다." 그는 심사숙고하거나 앞일을 예상하지도 않았다. 오히려 곤궁에 처했을 때에야 비로소, 간교하고도 천재적인 영감이 갑자기 떠올라 위기를 모면하곤 했다. 그는 아주 작은 행동조차도 미리 계획하거나 계산하지 않았다. 그렇게 하기에는 너무 참을성이 없었던 것으로 보인다. 이런 면은 그의 회고록에서 무수하게 확인되었다. 말하자면 그의 결정적 행위들, 아주 어리석은 장난이나 교묘한 사기행각은 돌발적인 기분의 동시폭발에서 나온 것이지, 결코 정신적 계산에서 비롯된 것은 아니었다. 그는 어느 날 단숨에 수도원장의 옷을 벗어 던지고, 돌연 충동적으로 군인이 되어 적지에서 포로가 되기도 했다. 그는 단순히 기분에 따라 러시아나 스페인으로 여행을 떠났다. 뚜렷한 직책이나 추천도 없이, 이유와 목적을 자문해 보지도 않은 채 여행길에 올랐다. 그의 모든 결정들은 뜻밖에 발사된 총알처럼 자신의 신경조직, 기분, 참을 수 없는 권태에서 비롯되었다. 하지만 바로 그런 대담한 무계획성 덕분에 그의 체험세계가 아마도 충만해질 수 있었을 것이다. 그도 그럴 것이 보다 논리적으로 점잖게 묻고 계산하면, 모험가가 될 수 없으며, 전략적 체계로는 그토록 환상적인 삶의 대가가 될 수 없었기 때문이다.

그러므로 카사노바처럼 뜨거운 충동적 인간을 희극 및 소설의 주인공으로 삼으려던 그 모든 작가들의 특별한 노력은 완전히 공염불에 불과했다. 그처럼 깨어 있는 영혼에 대하여 숙고적인 면이나 파우스트-메피스토의 성향을 심으려는 노력은 무모한 시도였다. 그의 매력과 도약의 힘은 오로지 숙고하지 않는 태도, 즉 비도덕적 태만의 결과였다. 그의 혈관 내에 세 방울의 감상성을 짜서 넣는다면, 지식과 책임이라는 부담감 때문에 그는 더 이상 카사노바가 아니었다. 만일 그를 진지한 서생차림으로 분장하거나 양심으로 그를 억압한다면, 그의 피부는 낯설어 소름이 끼칠 것이다. 왜냐하면 이 느슨한 현세의 아들은 철두철미 광적인 인간으로서, 단순과 권태라는 악마를 참을 수 없었기 때문이다. 그가 만일 광적인 인간이 아닌 경우는 그를 충동하는 광기가 시민의 이름으로 지극히 평범한 얼굴을 내보일 때뿐이었다. 내적으로는 공허했기에 그는 끊임없이 삶의 재료를 끌어 모아야만 했다. 그러나 부단히 모든 것을 가지려는 그의 의지는 끝없는 갈증으로 온나라와 제국을 탐하던 현실적 강탈자 나폴레옹의 광기와는 거리가 멀었다. 또한 카사노바의 의지는 모든 여자들을 유혹할 수 있다고 느낌으로써 여자의 세계, 이 다른 무한성의 세계를 독점할 수 있다고 믿었던 돈 후안의 광기와도 성격을 달리했다. ─ 단순한 향락자인 카사노바는 최정상의 경지를 추구한 적이 없었고, 다만 만족감이 지속되길 원했다.

　특히 카사노바는 홀로 있는 것, 빈 공간의 차가움 속에서 고독하게 떨고 있는 것만은 원치 않았다. 고독을 무척이나 싫어했다! 그를 재미있게 해줄 노리개가 없는 경우, 우리는 그가 적막감에 사로잡혀 불안에 떠는 것을 관찰할 수 있다. 그는 저녁마다 낯선 도시를 찾아다녔고, 그랬기에 저녁 무렵에는 단 한 시간도 자기 방에 혼자 있거나 책을 읽지 않았다. 우연히 그에게 재밌거리를 선사할 바람이라도 불어오지 않을까, 요컨대 웬 처녀가 하룻밤 따뜻한 가슴으로 봉사하지나 않을까 하고, 그는 사방으로 코를 킁킁거렸다. 그는 지하 선술집에서 우연히 만난 손님들과 잡담을 하고, 도박꾼들이 사기를 칠 때마다 제동을 걸기도 하고, 비천한 창녀와 하룻밤 자기도 했다. 내적인 공허함 때문에 그는 더욱 강렬하게 생동하는 것, 인간들 곁으로 다가갔다. 다른 인간들과 살을 부딪쳐야만 그의 활력이 불타올랐기 때문이다. 홀로 있는 그는 가장 우울하고 권태로운 사내들 가운데 하나였을 것이다. 우리는 이런 점을 그의 저서에서(회고록은 제외하고) 알아차릴 수 있다. 그는 권태를 "단테가 묘사하기를 잊어버린 지옥"이라고 말한 바 있는데, 이로 미루어 우리는 둑스에서 보낸 그의 고독한 세월에 대해 알 수 있는 것이다. 만일 그가 팽이처럼 회초리를 맞아가며 계속 돌지 않았다면, 그는 바닥에 비참하게 자빠지고 말았을 것이다. 이처럼 카사노바는 도약을 위해 외부의 자극적 충동을 필요로 했다. 그는 (다른 수많은 모험가들처럼) 창조적 힘이 부족한 모험가였다.

이 때문에 그는 삶의 자연스런 긴장이 중단될 때면, 곧바로 도박이라는 인위적인 긴장을 끌어들였다. 왜냐하면 도박은 아주 단시간 내에 삶의 긴장을 반복했으며, 인위적 위험과 운명의 축소판을 만들어냈기 때문이다. 따라서 도박은 순간을 위해 살아가는 인간들의 도피처이자, 한가한 자들의 영원한 흥밋거리였다. 도박 덕분에 짜릿한 감정의 밀물과 썰물이 폭풍처럼 솟아났다. 도박은 내면적으로 공허한 자들에게 그 무엇과도 대치할 수 없는 일과였다. 카사노바는 어느 누구보다 도박에 깊숙이 빠져들었다. 여인을 보면 욕정을 참을 수 없었듯이, 돈이 노름판 위에서 뒹구는 것을 보면 손가락이 경련하듯 호주머니 밖으로 튀어나왔다. 그는 물주가 유명한 약탈자로서 사기도박의 명수임을 알아보았고, 또 그와의 도박에서 질 것을 뻔히 알면서도, 남은 돈 전부를 베팅하는 모험을 감행했다. 어떤 것도 그의 도박에 대한 열광, 무절제하고 멈출 줄 모르는 광기를 이처럼 명백하게 보여주지 못했다. 다시 말해 그 역시 약탈자이긴 했지만, 가장 불운한 기회조차 자제하며 판을 거둘 수 없었기에, 계속 돈을 빼앗기기 일쑤였다. 한 번이 아니라 스무 번, 백 번씩이나 가까스로 벌어들였던 판돈을 거듭 새로운 도전의 기회 때문에 몽땅 잃고 말았다. 그러나 바로 이 때문에 그는 진정한 도박꾼 중의 진짜 도박꾼으로 낙인찍혔다.

카사노바는 이기기 위해 (얼마나 지루할까!) 도박을 하는 게 아니라, 놀이를 위해 도박을 즐겼다. 그는 승패를 끝냄으로써 긴장을 완화하려고 한 것이 아니라, 지속적인 긴장 상태를 유지하려 했다. 빨강과 검정, 다이아와 에이스 등 단시간 내에 승부가 갈리는 영원한 모험의 열기, 바로 이런 분위기 속에 있어야 그는 자신의 신경이 살아 움직임을 비로소 감지했고, 열정이 끓어넘치는 것을 느낄 수 있었다. 심장의 수축과 확장, 뜨거운 공기의 들이쉼과 내쉼처럼 그는 도박판에서의 승패, 여성을 정복하고 버리는 것과 같은 치열한 대립관계를 필요로 했다. 말하자면 그에게는 빈곤과 부의 대립과 같은 무한히 연장된 모험이 필요했다. 화려한 삶조차도 돌발적 사건이나 변고로 간격이 생기게 마련이므로, 그는 이 빈 휴식기간을 카드라는 운명의 인위적 긴장으로 채우고자 했다. 그리고 광적인 도박 덕분에 그는 위에서 아래로 곤두박질치며 무無의 나락으로 떨어지고 말았다. 어제는 아직 호주머니에 금이 가득한 귀족으로서 의전마차 뒤에 시종이 둘이나 있었지만, 오늘은 벌써 그의 다이아몬드들도 어느 유태인에게 팔리고, 바지는 취리히의 전당포에 잡혀 있었다. ― 이는 농담이 아니다. 그 영수증이 발견되었다!

그러나 모험의 황제는 바로 이와 같은 삶을 원했던 것이다. 행복과 절망의 갑작스런 폭발로 찢겨나가는 삶을 말이다. 이를 위해 그는 늘 자신의 격렬한 존재를 최후의 담보로 삼아 운명을 향해 내던졌다. 그는 열 번이나 결투하면서 하마터면 죽을 뻔했고, 열두 번씩이나 감옥행 내지 노예선에 끌려갈 뻔했으며, 수백만의 홍수가 그를 덮치고는 사라졌다. 하지만 그는 단 한 번도 손을 구부려 물 한 방울 적시지 않았다. 그는 언제나 도박과 여자, 순간과 모험에 매번 전력을 다했다. 이 때문에 그는 어느 은퇴자의 재산으로 연명하는 비참한 거지가 되어 죽음을 맞이했다. 이로써 마침내 카사노바는 최고의 삶, 무한히 충만한 삶을 얻게 되었다.

호색가

내가 일찍이 유혹했던가? 아니다, 난 그 자리에 있었다. 자연이 달콤한 마술로 자신의 작품을 막 시작했을 때, 나 역시 자리를 뜨지 않았다. 영원히 나의 가슴은 그 모든 자연에게 감사하고 있었기 때문이다.
— 아르투어 슈니츨러Arthur Schnitzler의 《스파의 카사노바Casanova in Spa》에서

카사노바는 모든 분야에 걸쳐서 훌륭한 예술애호가였으나, 수준은 대체로 형편없었다. 그는 엉성한 시구와 최면의 철학론을 썼고, 바이올린 켜는 솜씨도 그저 평범했으며, 외국어 회화도 기껏해야 백과전서파처럼 대화를 나누었다. 처음부터 그가 더 두각을 나타낸 것은 악마가 창안했을 잡기들이었다. 예컨대 파라오 게임, 카드놀이, 숫자 맞추기, 주사위 던지기, 도미노 게임, 사기도박, 연금술과 외교술에 있어서는 훨씬 더 빼어난 이해력을 보였다. 그러나 무엇보다 사랑의 유희에 있어서만은 가장 탁월한 마술사 또는 대가였다. 여기서 그의 수백 가지의 부족하고 단편적인 재능들이 창조적 화학반응에 따라 완벽한 호색가의 순수한 원소와 결합하였다. 이 서투른 애호가는 색정에 있어서만큼은 반박의 여지없이 천재였다. 애초부터 그의 육체는 사랑의 여

신 아프로디테Aphrodite에게만 봉사하도록 창조된 것 같았다. 다른 일이라면 쳐다보지도 않았을 그의 천성은 사랑에 관해서만은 예외적으로 탐욕스럽게, 주먹을 불끈 쥐고 냄비 속에 손을 집어넣고는, 즙과 감각, 힘과 아름다움 등 그 모든 것을 탈취했다. 그리하여 여인들에게 기쁨을 주는 진짜 사내가 생겨났던 것이다. 수컷, 사나이, 남자, 뭐라고 칭해야 할지 모르겠지만, 가장 중요한 것은 그가 탄탄하고 강인하면서도 열정적인 남성의 표본이라는 사실이다. 카사노바라는 정복자를 당시의 유행처럼 날씬한 몸매의 유형으로 생각한다면, 그것은 잘못된 생각이다. 이 미남은 결코 예쁜 청년이 아니라, 헤라클레스의 딱 벌어진 어깨에 로마의 레슬러처럼 근육질의 육체를 지닌 남성다운 남성이었다. 집시소년처럼 아름다운 갈색 머리를 가졌으면서도 용맹하게 돌진하는 용병의 모습을 연상시키며, 격정에 사로잡힌 채 머리카락을 휘날리는 숲의 신과도 같았다.

카사노바의 육체는 강철과 같았고, 넘치는 힘으로 충만해 있었다. 네 번의 매독, 두 번의 약 중독, 열두 곳의 칼자국, 악취 풍기는 스페인 감옥과 그 양철 지붕 밑에서 지낸 처참한 세월들, 무더운 기후의 시칠리아에서 혹한의 모스크바로 향한 갑작스런 여행들, 이 모든 것들은 그의 남근의 힘과 효력을 조금도 훼손하지 않았다. 언제 어디서든 불꽃처럼 타오르는 눈빛이나 여인과의 가벼운 접촉만 있어도 그 기능은 충분했다. 어느새 무적의 남근은 불길에 싸여 작동하기 시작했다. 그는 숨 가쁘게 살아온 25년 동안 이탈리아 익살극의 단골 메뉴인 저 전설의 칼을 잘 보존하면서, 여성들에게는 가장 유능한 정부로서 더 고단수의 수학을 끊임없이 가르쳤다. 그런데 그의 심기를 사납게 하는 잠자리에서의 악평을(스탕달은 그의 논문 《사랑L'Amour》에서 그 중요성을 인정하여 독립된 장章을 할애하고 있다) 나이 마흔까지는 소문이나 풍문으로만 알고 있었다. 욕정이 치밀어 오르거나 그치지 않으면, 지칠 줄 모르는 그의 육체는 모든 여성의 동태를 민감하게 살피며 호시탐탐 기회를 노렸다. 카사노바는 격정적인 소모에도 불구하고 마르지 않는 정열, 어떤 담보도 꺼리지 않는 유희충동의 소유자였다. 실로 이 색정의 대가만큼 천부적으로 완벽한 현으로 된 육체라는 악기, 평생 동안 유희를 즐기도록 사랑의 비올라를 선사받은 사람은 거의 없을 것이다.

그러나 이 대가다운 솜씨는 그것이 제대로 유지되기 위해서는 특별한 담보, 즉 완전한 헌신과 철저한 집중을 요구했다. 하나의 충동만이 열정의 극대화에 이를 수 있으며, 한 방향으로의 집중만이 가장 완벽한 능력을 이루어낼 수 있었다. 음악가에게는 음악, 작가에게는 형상화, 수전노에게는 돈, 운동의 마니아에게는 기록이 중요한 법이다. 마찬가지로 호색에 완벽한 가치를 부여하는 사람에게는 여인과 구애, 갈망과 소유가 가장 소중하고 유일한 세계재화로 변해야 했다. 그는 수많은 여인들의 질투 사이에서 단지 한 여인에게만 열정을 바쳐야 했다. 그럼으로써 그 열정에 내재한 세계의 의미와 무한성을 파악할 수 있었다. 거의 모든 면에서 충실하지 않았던 카사노바는 여성을 향한 정열에서 만큼은 늘 충실했다. 만일 그에게 베니스 공화국 총독의 반지나 푸거 가문의 보물들, 귀족의 작위, 집과 관직, 장군직이나 시인의 명성을 준다고 제의했어도, 새로운 여인의 살결을 위해서라면 그는 태연히 이 겉만 번지르르한 것, 어리석고 무가치한 것들을 몽땅 내던져 버렸을 것이다. 차라리 그는 무엇으로도 대치할 수 없는 달콤한 눈빛, 순순히 가슴에 안기는 순간을 선택했을 것이다.

카사노바는 사랑의 모험을 위해서라면 이 세상의 모든 약속들, 명예와 지위, 품위를 파이프담배 연기처럼 날려 버렸다. 심지어 모험의 시도가 가능성에 불과할지라도 그랬다. 왜냐하면 이 호색가는 자신의 욕망을 채우려고 사랑에 빠질 필요까지는 없었기 때문이다. 이미 어떤 예감, 잡힐 듯 잡힐 듯 다가오는 모험의 바스락거리는 소리가 그의 상상에 불을 지폈다. 이런 수백 가지의 사례에서 하나만 예를 들어보자. 카사노바가 아주 시급한 용무로 속달우편을 가지고 나폴리로 여행하는 에피소드가 제2권 서두에 등장한다. 이때 여행 도중에 여관에 투숙한 그는 우연히 옆방 침대에서 아름다운 여인을 보게 되었다. 그녀의 곁에는 헝가리 출신의 대위가 누워 있었다. 그런데 정말 기가 막힌 사실은 당시에 그 여인이 아름다운지 아닌지는 알 수 없었다는 점이다. 침대보 밑에 숨겨진 여인을 그는 전혀 볼 수 없었기 때문이다. 그는 단지 젊은 여인의 웃음소리를 들었을 따름이었다. 하지만 바로 그 여인의 웃음소리가 그의 콧구멍을 떨게 했던 것이다. 그는 이 여인에 관해서는 아무것도 알지 못했다. 그녀가 매혹적인지, 아름다운지 추한지, 젊은 여자인지 늙은 여자인지, 순종적인지 반항적인지, 자유로운지 아니면 결혼을 했는지, 아는 것이 하나도 없었다. 그럼에도 불구하고 그는 본래의 중요한 용무조차 포기해 버렸다. 그는 이미 떠날 준비를 마친 말들을 마차에서 풀은 뒤 파르마Parma에 머물렀다. 아주 사소하고 무르익지 않은 모험의 기회조차 늘 유희를 갈망하는 이 도박꾼을 미칠 정도로 자극했던 것이다.

　언제 어디서나 카사노바는 자신만의 가장 본성적인 감각에 있어서 겉으로는 무감각해 보여도, 실은 매우 현명하게 행동했다. 처음 만난 여인과 한 시간을 보내기 위해, 그는 밤과 낮을 가리지 않고 언제든 필요하면 바보가 될 준비가 되어 있었다. 그가 갈망하는 한 어떤 일에도 그는 놀라지 않았고, 그가 정복하고자 하는 한 어떤 저항에도 까딱하지 않았다. 언젠가 그에게는 별로 중요치 않았던 독일의 시장 부인과 재회하기 위해, 그는 내키지는 않지만 뻔뻔스럽고 태연하게 쾰른의 어느 낯선 사교모임에 나타났다. 사실 이 여인이 그를 행복하게 해줄 것인지 전혀 알지도 못하는 상황이었다. 그런데 이 모임을 주최한 주인의 비난에도 그는 이를 꽉 깨물고 참았으며, 다른 사람들의 비웃음에도 철면피처럼 인내심을 발휘했다. 하지만 그가 발정하여 전전긍긍할 때, 몽둥이로 두들겨 맞는다면 이 호색한은 어떤 기분이었을까? 아마 그는 차디찬 지하실의 쥐와 해충들 틈에서 굶주리고 떨면서도, 목적을 위해 하룻밤을 견뎠을 것이다.

혹시 새벽에 전혀 쾌적하지는 않지만 사랑을 나눌 시간이 찾아온다면, 그는 수십 번의 자상刺傷, 권총발사, 모욕, 협박, 질병, 굴욕도 마다않고 모험을 감행했을 것이다. ─ 그가 사랑하는 아프로디테를 위해, 진실로 사랑하는 한 연인을 위해 그랬다면 이해할 수도 있을 것 같다. 그러나 카사노바는 여인이라면 누구든 상관없이 당장 취할 수 있는 여인, 종種으로 보아 단지 여성이기에 그에게 욕정을 일으키는 여인을 원했다. 카사노바의 감각기관이 흥분으로 들떠 있을 때면, 그 모든 뚜쟁이들과 포주들은 세계적으로 유명한 이 난봉꾼의 지갑을 아주 편안하게 털 수 있었고, 매번 상냥한 남편들과 친절한 오빠들이 그를 추잡한 사건으로 끌고 들어갔다. 하지만 대체 그가 욕정을 느끼지 않을 때가 있었던가? 그의 색욕이 완전히 진정된 때가 언제였던가? 항상 새로운 노획물을 갈망하면서, 그의 욕망은 끊임없이 미지의 것을 향해 진동했다. 이 남성의 육체는 산소와 잠, 운동처럼 끊임없이 부드러운 쾌락의 침대를 먹이로 요구했고, 동요하는 감각은 모험의 팽팽한 긴장을 필요로 했다. 언제 어디서든 카사노바는 거의 하루라도 여자 없이는 몹시 불편했다. 금욕이란 카사노바의 어휘로 번역하자면 어리석음과 권태였다.

그의 대단한 식욕과 지칠 줄 모르는 소비방식으로 보아, 여인들의 질이 대체로 완전하지는 않았다는 것이 놀라운 일은 아니었다. 낙타처럼 큰 위로 욕망을 소화하는 카사노바는 미식가가 아니라 단순한 대식가에 불과했다. 따라서 카사노바의 연인이라는 사실이 그 자체로 특별히 자랑스러운 것은 아니었다. 고상한 신사의 품위가 떨어질지언정 그에게는 헬레나Helena든 숫처녀든 상관없었고, 상대하는 여자들이 재치 있거나 교양 있고, 매력적일 필요도 없었다. 쉽게 자극받는 자에게는 단지 여자가 있다는 사실로 충분했다. 다시 말해 자연적으로 형성된 자궁과 남성의 반대 성을 지닌 여자, 그의 욕망을 가득 채워줄 여자라면 충분했다. 그러므로 널찍한 사슴공원이나 거기서 생겨나는 낭만적 또는 미학적 상상들은 아예 버리는 것이 좋을 것이다. 잡식성의 프로 호색가가 그렇듯이, 카사노바의 수집품은 매번 가치가 고르지 않았던 것으로 증명되었다. 그것은 미의 화랑과는 거리가 멀었다. 물론 그 가운데 몇몇 여인은 부드럽고 귀여운 소녀의 얼굴을 하고 있었다. 이와 관련하여 사람들은 그의 동향인이었던 화가 레니Reni와 라파엘, 또는 루벤스Rubens가 그린 몇 점의 그림들, 부셰Boucher가 가녀린 펜으로 그려 넣은 비단 부채들을 떠올릴지도 모르겠다. 그러나 그 곁에는 갖가지 추한 형상들, 그 찌푸린 상을 호가스Hogarth의 성난 연필만이 재현할 수 있을 영국 거리의 창녀들, 고야의 분노를 일으켰을 추악한 늙은 마녀들, 툴루즈 로트레크Toulouse Lautrec의 양식으로 그려진 병에 감염된 창녀의 얼굴들, 농부와 하녀들이 존재했다.

　카사노바의 수집품은 이렇게 미와 추, 정신과 비속함이 다채롭게 뒤섞여 있었다. 왜냐하면 이 범세계적 호색한은 관능을 맛보는 데 있어서 무엇이든 마다하지 않았고, 정욕의 반경 또한 기이하고 이상한 길로 위험스럽게 확장되었기 때문이다. 그의 모험은 모든 연령층에 걸쳐 있어서, 오늘날처럼 규제받는 시대에서는 가차 없이 검사의 심문을 받아야 했을 것이다. 그 정도로 카사노바는 흉측하게 깡마른 여인에서부터 폐인에 가까운 70세의 위르페 공작부인에 이르기까지 한계가 없었다. ─끔찍하기 짝이 없는 이 애정행각에 대해 일찍이 한 남자가 후세에까지 수치심도 모르고 털어놓았다. 전혀 고전적이 아닌 발푸르기스의 색정적인 밤이 모든 나라, 모든 계급에 걸쳐서 회오리바람을 일으켰던 것이다. 첫 경험의 수치심과 전율로 얼굴을 붉히는 가장 부드럽고 순결한 여인들, 레이스 장식의 옷을 입고 보석의 광채로 빛나는 우아한 귀부인들이 사창가의 쓰레기 같은 창녀들, 선술집의 비천한 여인들과 윤무를 추자고 성급히 손을 건넸다. 냉소적인 꼽추, 음험한 절름발이, 품행 나쁜 아이들, 발정 난 노파들, 이 모든 여인들이 걸어 나와 마녀의 춤을 추었다. 숙모가 조카에게 아직도 따뜻한 침대를 양보하고, 어머니가 딸에게 아직 포근한 잠자리를 비워주었다. 뚱쟁이는 자기 자식들을, 호의적인 남편은 늘 욕망을 갈구하는 카사노바의 집에 자신의 마누라를 밀어 넣었으며, 군인을 상대하던 창녀들은 같은 날 밤에 귀부인들과 재빨리 잠자리를 교환했다.

그렇다, 카사노바의 애정행각을 무의식적으로 화려하고 멋진 동판화처럼 우아하고 사랑스런 취향으로 보여주려는 습관을 우리는 버려야 할 때가 왔다. 그렇다, 백번 맞는 말이다. 우리는 여기서 이것저것 가리지 않는 잡식성의 호색을 남성적 관능이 지닌 거대한 광기로 간주해야 한다. 카사노바의 경우처럼 고갈되지 않는 리비도는 돌덩이도 깨트리며, 무엇보다 어느 것 하나 가만 놔두고 지나가는 법이 없다. 일상적인 관계 못지않게 난잡함 또한 그를 유혹했다. 변태적인 행위도 그를 달아오르게 했으며, 터무니없는 사건 역시 그를 흥분시켰다. 이가 득실대는 침대들, 더러운 속옷들, 애매모호한 소문들, 호객꾼들과의 친분, 은밀한 또는 정식으로 청한 관중들, 비열한 착취 내지 온갖 질병들, 이 모든 것 따위는 유럽을 포옹하려는 신성한 황소에게는 별로 감지되지 않는 사소한 것들이었다. 그는 또 다른 주피터로서 어떤 형태로든 여성세계 전체를 품에 안고자 했다. ― 거의 광기에 가까운 쾌락 속에서 가장 자연적인 것뿐만 아니라 환상적인 것에 대해 무한정한 호기심을 갖고 있었다. 그러나 이런 남성적 욕망에 있어서 전형적인 것은 아무리 핏발이 지속적으로 솟구칠지라도 결코 본성의 바닥을 범람한 적이 없었다는 점이다. 즉 카사노바의 본능은 성의 최종 한계점에서 돌연 정지했던 것이다. 예컨대 거세된 남자와의 접촉은 그에게 구역질을 일으켰으며, 남색을 위한 남창들을 그는 지팡이로 때려 내쫓았다. 그 모든 간접적 성행위와 성도착은 기이할 정도로 정절을 지키며 그의 완벽하게 천부적인 공간, 여성의 세계로만 국한되었다. 하지만 여기서만은 그의 열정은 한계를 알지 못했다. 그의 성적 열망은 장애나 정지도 없이, 어느 여인이든 가리지 않고 수없이, 주저 없이 달려나갔다. 그리스에 존재하던 숲의 신처럼 그의 욕망은 영원히 도취된 여인들, 새로운 여인에게서 새롭게 충전된 쾌락의 힘을 가지고 힘차게 나아갔다.

그러나 바로 이런 욕망의 가공할 만한 능력, 본성적이고 도취적인 측면이 카사노바에게 여성을 지배할 수 있는 전대미문의 힘, 도저히 항거할 수 없는 힘을 부여했다. 여인들은 이미 혈관을 타고 흐르는 그의 끈질긴 본능에서 남성이라는 동물, 불타오르며 자신들을 향해 뜨겁게 달려오는 인간을 감지했다. 그러면 그들은 이 열광의 남자에게 기꺼이 소유를 허락했다. 그가 여인들에게 홀딱 빠졌기 때문에 여인들도 그에게 모든 것을 허락했다. 물론 그는 개별적인 여인 하나하나에게 사로잡힌 것이 아니었다. 그보다는 여성이라는 남성의 반대 성 자체, 다수로 된 여인들에게 빠진 것이었다. 마침내 여인들은 직감적으로 일과 의무에 완전히 지쳐버린 남편이나 간혹 부수적으로 여인들에게 구애하는 그런 남자와는 다른, 오로지 여인밖에 모르는 한 남자가 나타났다고 느끼게 되었다. 카사노바는 이렇게 힘찬 개울물처럼 전력을 다해 여인들에게 달려가고, 매사에 아낌없이 자신을 소모하면서 망설이거나 우물쭈물 하지 않았다. 정말이지 그는 남김없이 자신을 헌신할 줄 알았다. 그는 육체에 남아 있는 쾌락의 마지막 한 방울까지도, 호주머니 속에 있는 금전 한 닢도 주저 없이 여인에게 바칠 준비가 되어 있었다. 이 순간 자신의 여성에 대한 갈증을 멈춰줄 수 있는 여인이면 족했다. 즐거워하는 여인들의 얼굴, 행복에 겨워 웃고 황홀해 하는 모습은 카사노바에게 있어서 모든 향락이 지닌 최종적 기쁨이었다.

돈이 있는 한 카사노바는 그 어떤 여인에게든 정성들여 고른 선물들을 한 아름씩 안겨줌으로써, 그들의 공허한 허영심을 사치로 달래주었다. 그는 여인의 옷을 벗기기 전에 그 여인을 화려하게 입히고, 레이스로 치장해주기를 좋아했다. 그런가 하면 진귀한 보석을 선물하거나 엄청난 낭비벽과 열정의 불꽃놀이를 보여주어 여인을 깜짝 놀라게 했다. 그는 피가 끓어오를 때면 사랑하는 연인에게 금으로 된 비를 뿌리는 신 주피터와 같았다. 실제로 그가 주피터와 비슷했던 점은 이렇게 비를 뿌리곤 이내 구름 속으로 사라진다는 사실이었다. "나는 여인들을 미친 듯이 사랑했었다. 그러나 나는 늘 여인보다는 자유를 선호했다." 그렇다고 해서 그의 난봉꾼으로서의 명성이 줄어든 것은 아니었다. 그렇다! 이로 인해 오히려 그의 이미지는 훨씬 더 고양되었다. 왜냐하면 바로 그가 번개처럼 돌연 나타났다가 사라짐으로써 유일하고 특별한 사내, 다시는 반복될 수 없는 멋진 모험에 대한 추억이 여인들의 뇌리에 각인되어 있었으며, 다른 남자들과의 습관적이고 진부한 잠자리로는 지워질 수 없는 체험이었기 때문이다. 모든 여성들은 본능적으로 이 남자가 남편으로는 불가능하다는 것을 느끼고 있었다. 그들은 오직 애인, 밤의 신으로서 그를 가슴속에 간직하며 기억하게 될 터였다. 그는 모든 여인들의 품을 떠났지만, 그들은 난봉꾼 이외의 다른 모습은 원치 않았다. 따라서 카사노바는 자신의 본모습 그대로, 바람기 있는 자신의 열정에 충실하기만 하면, 어떤 여인이든 얻을 수 있었다.

그는 자신이 지닌 욕정의 화려한 저장소를 이용하여 쾌락에는 쾌락으로, 육체에는 육체로 상대했고, 그러면서도 죄의식에 빠지는 일이 전혀 없었다. 이 때문에 그의 여인들도 축제를 치른 뒤에는 자신들의 순수한 사랑의 기대가 우롱 당했다고 느끼지 않았다. 그럴 것이 얼핏 봐도 부도덕해 보이는 그가 여인들에게 성적 쾌감 이외에는 다른 황홀경을 요구하지 않았고, 영원히 사랑한다고 속삭이지도 않았기 때문이다. 이런 그의 태도는 늘 여인들이 사랑의 기대에서 깨어나는 수고를 덜어주었다. 물론 이런 식의 성애를 저질의 사랑, 성적 피부접촉에 불과한 영혼이 없는 동물적 사랑이라고 칭하는 것은 개개인의 자유일 것이다. 그러나 그 자체의 성실성을 왜곡해서는 안 된다. 공개적으로 솔직하게 소유욕을 표명하는 이 태연스런 허풍선이가 낭만적 몽상가들보다 여인들에게 더 진실하고 선행을 베푸는 것은 아닌가?

괴테와 바이런의 인생 뒤안길에는 수많은 여인들이 깨어지고 조각난 삶으로 물러나야 했다. 그 이유는 사랑에 있어 보다 높고 우주적인 본성들이 부지중에 여인의 영혼을 너무 확대함으로써, 이 뜨거운 입김은 더 이상 현세의 형태를 찾으려는 데 관여하지 않았기 때문이다. 반면에 카사노바의 불타오르는 열정은 어느 여인의 마음도 거의 다치게 하지 않았다. 그는 여인들을 괴롭히거나 절망감을 주지 않았다. 수많은 여인들에게 행복을 주었지, 신경을 건드린 적이 없었다. 그 모든 여인들은 순수 감각적 모험에서 무사히 일상생활로, 남편에게든 아니면 다른 정부에게로 돌아갔다. 그는 열대의 바람처럼 단지 여인들의 머리 위를 스쳐 지나갔고, 이로 인해 여인들의 감각은 뜨겁게 부풀어 올랐다. 하지만 그는 여인들을 과도하게 달아오르게 하거나, 침해하지도 않았다. 그는 파괴 없이 정복했고, 부패 없이 유혹했다. 바로 그의 성애는 쉽게 손상될 수 있는 영적 현실에서가 아니라, 외피로 싸인 견고한 조직에서 진행되었기 때문에, 그의 정복은 파국을 야기하지 않았다.

카사노바의 열정은 단순히 성애로서 작용할 뿐, 어떤 극단적인 광기로까지는 발전하지 않았다. 설령 그가 헨리에테나 아름다운 포르투갈 여인이 그를 떠나서 절망한 것처럼 행동할지라도, 그것 때문에 불안해 할 필요가 없다. 그런 일 정도로 권총을 잡을 사람이 아니었다. 정말이지 그는 이틀만 지나도 다른 여자와 함께 있거나, 사창가에서 빈둥거렸을 것이다. 만일 갑이라는 수녀가 무라노에서 도박장까지 그를 찾아올 수 없었다면, 그녀 대신 을이라는 수녀가 나타나곤 했다. 그는 이렇게 빨리 위로를 얻었다. 어느 여인이 떠나가면, 어느 다른 여인이 그 자리를 대신했다. 그는 진짜 호색가로서 완벽하게 한 여자에게만 홀딱 빠지는 것이 아니라, 다수의 여인들, 끊임없이 그들을 갈아치우는 수많은 모험에 빠지곤 했다는 것을 우리는 어렵지 않게 확인할 수 있다. 언제가 그는 다음과 같이 아주 위험한 말을 내뱉은 적이 있었다. "당시에 나는 단 하나의 사랑에 대해 어느 정도 호기심이 있다고 어렴풋이 느꼈다." 우리는 이제 그를 좀더 이해하기 위해 호기심이라는 낱말을 상세히 분석해보자. 여기서 호기심이란 새로운-열망이라는 두 낱말의 합성어로서, 늘 새로운 것을 향한 새로운 갈망, 늘 다른 여인들에 대한 새로운 경험에의 갈망을 의미한다. 에로스라는 지칠 줄 모르는 장기판 위에서 그를 자극한 것은 언제나 개체가 아니라, 새로

운 변형과 새로운 배합이었다. 그가 무엇을 취하고 버리느냐는 숨을
들이쉬고 내쉬는 것처럼 당연하고 자연스러웠다. 그런데 그의 순수 기
능적인 향락은 무엇 때문에 카사노바가 예술가로서 그 수많은 여인들
가운데 어느 한 여인도 우리의 영혼에 각인되도록 하지 않았는가를 설
명해준다.

　그의 모든 서술로 미루어 분명히 그는 연인들의 얼굴을 똑바로 바
라본 것이 아니었다. 어느 정도 거리를 두고, 성적인 그윽함을 음미하
듯 바라보았다는 혐의가 짙었다. 그를 열광으로 불타오르게 한 것은
이탈리아 사람답게 늘 동일한 것, 즉 어딘지 투박하고 탐스러운 촉감
을 지닌 여인의 성적 돌출의 순간이었다. 언제나 싫증나도록 만지고
싶은 "눈처럼 하얀 가슴", "성스러운 반구半球", "품위 있는 자태", 우
연히 노출된 "가장 비밀스런 매력", 바로 이런 것이 카사노바의 눈을
끌었다. 이는 마치 성에 눈을 뜬 고등학생이 자기 집 하녀의 구석구석
을 훔쳐보는 것과도 같았다. 예를 들어 그의 달력에는 헨리에테, 이레
네, 바베테, 마리우치아, 에르멜리넨, 마르콜린, 이그나치아, 루치아,
에스터, 사라, 클라라 등의 이름이 가득 적혀 있었다. 이 수많은 여인
들에게서도 남아 있는 것은 살색 젤리처럼 따뜻하고 육감적인 체취,
그 흔적뿐이었다. 이에 대해 달력에는 성관계의 성취도와 열광을 표시
하는 기호 및 숫자가 혼란스럽게 적혀 있었다.—이 기록들은 술주정
뱅이가 아침에 깨어나 간밤에 누구와 어디서 무엇을 마셨는지 기억할
수 없는 것처럼 뒤죽박죽이었다. 카사노바는 여인들을 피부만으로 즐
기고, 표피로 느꼈으며, 살과 살의 접촉으로 인식했다. 그러므로 우리
는 예술의 정확한 잣대를 통하여 호색한과 사랑하는 자 사이의 차이를
극명하게 알게 되었다. 나아가 모든 것을 얻었으나 소유하지 않는 자,
작은 것을 얻었으나 이 순간적인 것을 정신적으로 무한히 승화시키는

자 사이의 차이 또한 알게 되었다.

실제로 비참한 사랑의 영웅 스탕달은 단 한 번의 체험을 통해 삼천 번의 밤을 새웠던 카사노바보다 더욱 승화된 영혼의 실체를 분리해 냈다. 에로스가 정신적 황홀경의 어떤 지점까지 상승될 수 있는가에 관해서는, 4연으로 된 괴테의 시가 카사노바의 16권짜리 책들보다 더 많은 예감을 주고 있다. 이 때문에 더 높은 의미에서 관찰해보면, 카사노바의 회고록은 소설이라기보다는 오히려 통계보고 자료, 문학이라기보다는 전쟁체험기에 가깝다. 그것은 육체의 편력을 담은 오디세이, 영원한 헬레나를 찾아 떠나는 영원한 욕정의 사내 일리아드와 같다. 회고록의 가치는 양이나 질에 달려 있는 것이 아니다. 카사노바의 회고록은 개별 사례가 아니라, 변형과 다양한 형태에 의해 충분한 가치를 지닌다. 물론 정신적 의미심장함 같은 것은 찾아보기 힘들다.

그러나 바로 이런 체험의 충만함을 맛보기 위해, 늘 사실만을 기록할 뿐 거의 정신력을 측정하지 않았던 우리의 세계는 카사노바를 호색에 있어서 개선장군의 상징으로 찬양하고, 명성에 걸맞도록 그의 머리에 찬란한 왕관을 씌웠던 것이다. 오늘날 독일어나 모든 유럽의 언어로 카사노바는 미워할 수 없는 기사, 여성포식자, 유혹의 대가를 의미한다. 그리고 헬레나, 피리네, 니농 드 랑클로가 여성의 신화를 대표하듯이, 카사노바라는 이름도 남성의 신화를 대표한다. 물론 인류는 항상 수백만의 하루살이 가면으로부터 불멸의 전형을 창조하기 위해, 보편적 사례를 하나의 얼굴로 특수화할 필요가 있었다. 그리하여 베니스 희극배우의 아들 카사노바는 모든 시대에 걸쳐 사랑의 영웅으로 통용되는 이런 뜻밖의 명예를 거머쥐게 되었던 것이다. 하지만 그는 모두가 선망하는 자신의 왕좌를 두 번째의 전설적 동반자와 나누어야만 했다. 카사노바의 곁에는 스페인의 귀족출신 경쟁자 돈 후안이 음울하고 악마적인 모습을 하고 나타났다. 유혹의 대가들인 이 둘 사이에도 뭔가 미묘한 차이가 있다는 것이 종종 언급된 바 있었다. 그렇지만 레오나르도와 미켈란젤로, 톨스토이와 도스토옙스키, 플라톤과 아리스토텔레스가 보여준 정신적 반명제는 이 두 사람에게서는 성립되지 않았다.

이 두 남성의 성은 서로 유형적으로 되풀이되었기 때문에, 호색을 대표하는 두 가지 형태 간의 대립은 생산적인 효과를 자아냈다. 이유인즉 그들이 두 마리의 매처럼 같은 방향으로 나아가, 부끄럽게 또는 행복하게 비명을 지르는 여인들의 무리 속으로 파고들어 갔을지라도, 그들의 정신적인 태도는 완전히 다른 종류로 나타났기 때문이다. 돈 후안은 스페인의 히달고 계층에 속하는 귀족으로, 폭동을 일으켰으면서도 감정적으로는 여전히 가톨릭 신자였다. 푸르상그르 스페인 혈통인 그의 감성적 사고방식은 온통 명예라는 개념에 묶여 맴돌았고, 마치 중세의 가톨릭 신자처럼 무의식적으로 육욕을 "죄악시"하는 교리에 따르고 있었다. 혼외정사는(그래서 더욱 매력적인) 기독교의 형이상학적 관점에서 악마적인 것, 신에 대한 거역, 금기를 의미했고, 여성이나 계집은 이런 죄악의 도구로 간주되었다. 여성의 본질, 그 존재조차도 이미 유혹이자 위험이었고, 따라서 겉보기에 여성의 가장 완벽한 미덕 역시 허상과 기만, 뱀의 가면에 불과했다. 돈 후안은 이 악마의 성에서 비롯된 순결이나 정조를 믿지 않았고, 어떤 여성이든 그들의 옷 속에 나체를 감추고 있어서, 유혹에 빠지기 쉽다는 것을 알고 있었다. 나아가 그는 여인들이 얼마나 유혹에 무력한 존재인지 수많은 예를 들어 폭로하고, 세상과 신에게 증명해 보였다. 요컨대 접근할 수 없었던 귀부인들, 충실한 척하는 아내들, 몽상적인 소녀들, 신에게 서약한 수녀들, 그들 모두를 예외 없이 침대로 끌어들임으로써 자신의 주장을 입증했다. 아마 교회의 천사만이 이 모든 어리석은 감각적 행위에서 실수하지 않았을 것이다. 이런 식의 행위만이 광기의 엽색가 돈 후안을 부단히 거듭되는 유혹의 행위로 거세게 몰아갔다.

그러므로 여성의 숙적 돈 후안을 다정한 사내 또는 여인들의 친구, 단순한 연애가로 보려는 것처럼 어리석은 일은 없다. 왜냐하면 그는 단 한 번도 어느 연인을 위해 진실한 사랑과 애착을 보인 적이 없었고, 오히려 깊은 증오심을 보이며 악마처럼 여인들을 다루었기 때문이다. 그가 여인을 취하는 것은 결코 자기 소유욕에서 비롯된 것이 아니라, 늘 여인에게서 가장 소중한 것, 명예를 강탈하기 위해서였다. 그의 쾌감은 카사노바의 경우처럼 성기에서 치솟는 것이 아니라, 두뇌에서 흘러나왔다. 왜냐하면 이 영혼의 사디스트는 어떤 여인이든 항상 여성스러움 자체를 더럽히거나 모독하고, 손상을 입혀야 만족했기 때문이다. 그의 향락은 수치심으로 어쩔 줄 모르는 여인들의 절망을 미리 맛봄으로써 채워졌다. 따라서 사냥에서 느끼는 그의 쾌감도 난이도가 높으면 높을수록 상승되었다. 카사노바와는 정반대로 여인이 옷을 늦게 벗을수록 그는 승부욕이 가중되었다. 한 여인에게 접근하기 어려우면 어려울수록, 그의 최후의 승리는 더욱 완전한 가치를 지니게 되는 것이며, 어느 여인도 유혹에 무력하다는 자신의 명제 또한 그 증명력을 획득하는 셈이었다. 저항이 없는 곳에서는 그의 충동도 시들했다.

카사노바처럼 사창가에 있는 돈 후안이란 상상할 수 없었다. 유부녀는 물론이고 수녀를 농락하는 등 되풀이되어서는 안 될 범죄행위, 철면피한 악마적 행위만이 그를 핏속까지 자극했다. 만일 그가 한 여인을 소유한 뒤라면, 그의 실험은 이미 끝난 셈이었다. 유혹당한 여인은 단지 부호와 숫자로 기록될 뿐이었다. 실제로 그는 이를 기록하기 위해 레포렐로라는 서기를 고용한 바 있었다. 돈 후안은 단 하룻밤, 마지막 밤조차도 자신의 파트너를 다정한 눈으로 쳐다볼 생각을 하지 않았다. 왜냐하면 사냥꾼이 쏘아 죽인 짐승의 곁에 머물지 않듯이, 이 전문적 엽색가는 실험을 마친 뒤에는 자신의 희생물 곁에 머물지 않았다. 그는 계속 다른 여자를 사냥해야 하며, 가능한 한 많은 여인들을 포획해야 했기 때문이다. 이로 인해 그의 집요한 엽색행위는 악마적인 위치를 점하게 되었다. 그의 가장 근원적인 충동은 그를 이 완성할 수 없는 사명과 욕정으로 거세게 몰고 갔다. 말하자면 그는 모든 여인들을 대상으로 삼아 여성의 취약성을 세계적으로 입증하려고 했다. 돈 후안의 성애는 휴식도 없었고, 만족도 없을 만큼 끝이 없었다.

실제로 여인들은 돈 후안의 냉혹한 기교에 걸려들자마자, 그를 악마 자체로 생각하게 되었다. 여인들은 어젯밤에 내품었던 사랑의 열정만큼이나 무섭게 이 사기꾼인 숙적을 증오하기 시작했는데, 돈 후안은 자고난 다음 날 아침이면 여인들의 열정에 비웃음을 흘리며 차디찬 냉소를 끼얹었기 때문이다(모차르트는 이를 〈돈 조바니Don Giovanni〉라는 영원불멸의 오페라로 작곡했다). 그를 상대한 여인들은 자신들의 나약함을 수치스러워하며 분노에 몸을 떨었다. 그들을 속이고 기만한 이 악당을 향해 무기력하지만 분노에 가득 차 발을 동동 굴렀다. 이제 이 여인들은 그를 근거로 남성 전체를 증오했다. 돈나 안나, 돈나 엘비라 등 1003명에 달하는 여인들은 그의 계산된 충동에 굴복하였고, 영원히 정신적으로 여성이라는 족쇄에 매여 있을 수밖에 없었다.

반면에 카사노바에게 몸을 바쳤던 여인들은 그를 신처럼 떠받들며 감사를 표했다. 그는 여인들의 어떤 감정도 사취하지 않았고, 여성으로서의 자존심에 조금도 상처를 입히지 않았다. 오히려 그는 이 여인들에게 그들 존재에 대한 새로운 확신을 선사했다. 스페인의 사탄 돈 후안이 여인들을 무섭게 경멸했던 바로 그 순간, 성애의 대가 카사노바는 육체와 육체의 열정, 뜨겁게 타오르는 불길 속으로의 침잠을 여인들에게 가르쳤다. 그는 여인들에게 남녀의 이런 사랑을 참된 관능, 여성으로서의 행복한 의무로 인식시켰다. 그는 가볍고 사랑스런 손길로 조심스럽게 옷을 벗기듯, 아직 성숙하지 못한 여인들의 두려움과 수줍음을 벗겨냈다. 그들은 모든 것을 다 바친 뒤에야 비로소 완전한 여성이 될 수 있었다. 이럴 때면 그 역시 행복감에 사로잡혀 환한 미소를 지어보였고, 자신이 맛본 황홀감을 여인의 덕분으로 돌렸다. 성의 완벽한 향유는 남녀가 신경과 맥박을 함께 나누며 공감할 수 있을 때에야 비로소 이루어졌다. "나의 쾌감의 5분의 4는 항상 여인들을 행복하게 해줌으로써 성취되었다." 이렇게 그는 향락과 열정을 여인과 동등한 관계로 누리고자 노력했다. 헤라클레스 같은 성적 능력에도 불구하고 카사노바는 자신의 육체보다는 상대 여인의 육체가 서서히 달아올라 황홀경에 빠지기를 원했다.

카사노바의 마음을 사로잡았던 것은 스페인의 경쟁자 돈 후안처럼 거칠고 난폭한 소유욕이 아니라, 오히려 여인에게 베풀려는 열정이었다. 따라서 그에게 몸을 바친 여인들은 전보다 더 여성스러워졌다. 왜냐하면 그들은 성에 대해 더 잘 알고, 더 자유스럽고, 더 육감적이 되었기 때문이다. 그리하여 그의 연인들도 즉시 이 행복한 제단을 위해 새로운 신자를 찾아 나섰다. 언니는 자신의 동생을 달콤한 헌신을 위해 제단으로 데려왔고, 어머니는 자신의 딸을 부드러운 선생에게 소개했다. 그들은 다른 여인들을 카사노바라는 베푸는 신의 의식과 윤무 속으로 끌어들였다. 바로 여성이라는 동질적 본능으로부터 돈 후안에 의해 유혹되었던 여인들은 새로 구애를 받은 여인들에게 여성의 적인 돈 후안에 대해 경고했다(하지만 늘 헛수고였다!). 이제 그들은 카사노바를 여성의 신으로 신격화하여, 사심 없이 다른 여인들에게 추천해 주었다. 그리고 카사노바가 자신의 형상을 초월하여 전 여성을 사랑했듯이, 여인들도 카사노바를 넘어서서 열정의 남자이자 대가인 카사노바의 모든 것을 사랑하게 되었다.

어둠의 세월

나의 인생에서 내 마음에 꺼려지고 나 자신도 파악하지 못한 일들을 얼마나 자주 저질렀던가! 하지만 나는 어떤 비밀스런 힘에 의해 자극받았고, 의식적으로 그 힘에 저항을 하지 않았다.

— 카사노바의 회고록에서

공평하게 말해 우리는 여성들이 위대한 유혹자인 카사노바에게 저항 없이 빠져드는 것을 비난해서는 안 된다. 우리 남성들조차 그와 대면할 때면 언제나, 그의 매혹적인 열정적 처세술에 굴복하려는 유혹에 빠져든다. 어떤 남성도 카사노바의 회고록을 질투심 없이 읽기는 쉽지 않기 때문이다. 나아가 이 모험가의 광적인 삶, 그의 두 손 가득 움켜쥔 향락, 자신의 현존을 게걸스럽게 빨아들이는 쾌락주의는, 우리가 초조하고 불만족스러운 순간을 맞이할 때면, 정신적으로 덧없이 방황하는 우리의 삶보다 지혜롭고 현실적이라고 생각되기 때문이다. 그의 철학은 매사 불평을 내뱉는 쇼펜하우어의 가르침과 칸트의 돌처럼 냉정한 독단주의보다 더 생동감 넘치는 것처럼 여겨진다. 우리의 고착된 존재, 체념을 통해서만 확고해지는 실존은 카사노바의 실존과 비교해 보는 순간 얼마나 빈약한 것처럼 보이는가!

우리는 선입견 내지 사후판단事後判斷을 가지고 스스로 속박된 채,

한 걸음 옮길 때마다 양심의 쇠공을 무겁게 끌고 다닌다. 우리의 발걸음이 이렇게 무거운 데 반해, 저 가벼운 심장과 가벼운 발을 가진 사나이는 모든 여인들을 포옹하고, 모든 나라로 날아다니며, 우연성의 그네를 타고 천국과 지옥을 오갔던 것이다. 실제로 어떤 남자도 다음의 사실을 부인하지 못할 것이다. 카사노바의 회고록을 읽는 그 누구도, 삶의 처세에 있어 이 빛나는 대가에 비해 스스로 형편없다고 느끼지 않을 수 없다. 여러 번, 아니 백 번이라도 우리는 괴테나 미켈란젤로, 발자크보다는 카사노바가 되기를 원할 것이다. 철학으로 위장한 이 사기꾼의 문학가연 하는 글에 대해 처음에는 약간 냉소를 짓지만, 여섯 권이나 열 권, 열두 권쯤에서는 이미 그를 참으로 현명한 사람이고, 그의 현세철학 또한 모든 가르침 가운데 가장 영악하고 매력적인 것으로 간주하고 싶어진다.

그럼에도 불구하고 다행인 것은 카사노바 스스로 우리의 때이른 감탄을 제자리로 돌려놓는다. 그의 처세술의 목록에는 위험한 구멍이 뚫리기 시작했기 때문이다. 즉 그는 늙는다는 사실을 잊었던 것이다. 그가 지닌 향락주의적 수법은 오로지 감각적인 것에만 몰두해 있어서 젊은 감각, 육체의 생동적 힘에만 전적으로 의존해 있었다. 따라서 혈관에서 불꽃이 힘차게 타오르지 않자마자 그 즉시 시들고, 향락의 철학은 멀겋게 풀어져 맛없는 죽이 되어버렸다. 오직 싱싱한 근육, 단단하고 하얀 치아로만 나름대로 삶을 지배할 수 있지만, 이런 것들이 시들기 시작하고 감각도 말을 듣지 않으면, 향락의 철학이라는 것도 갑자기 무너져 버리는 것이다. 향락의 포식자에게 있어 존재의 굴곡은 급강하를 그리도록 되어 있었다. 그럴 수밖에 없는 것이 방탕한 자는 비축 없이 모든 것을 탕진해 버리며, 한순간에 자신의 온기를 모두 잃어버리기 때문이다.

이에 반해 얼핏 체념한 것 같아 보이는 정신적 인간은 축전지처럼 자신의 내부에 지속적으로 충만한 온기를 비축한다. 정신적 인간이 되기로 맹세한 자는 그늘진 세월 속에서도, 가끔은 가부장적인 시대(괴테 시대!)에 이르도록 순화와 변용을 체험했다. 정신적 인간은 설령 피가 식을지라도 자신의 현존을 지성적 해명과 놀라움으로 상승시키고, 육체의 열등한 탄력에 대해서는 그 대신 대담하게 비상하는 개념의 유희가 보상을 해주었다. 그러나 온갖 사건의 비약만이 내적 흐름을 가능케 하는 순수 감각적 인간은 말라버린 개울물의 물레방아처럼 멈춰 서 있었다. 늙는다는 것은 그에게 새로운 것으로의 전이가 아니라 무無로의 몰락을 의미했다. 삶이라는 가혹한 채권자는 버릇없는 감각이 너무 일찍 성급하게 가져간 것을 이자까지 쳐서 되돌려 받았다. 이렇게 카사노바의 지혜는 그의 행운이 다하면서 끝나버렸고, 그의 행운 역시 젊음이 다하면서 끝나버렸다. 그는 아름답고 당당하게, 힘찬 모습으로 등장하는 동안에만 지혜로워 보였다. 우리는 그의 나이 40세까지는 은근히 그를 질투하지만, 그 이후로는 그를 동정의 눈초리로 바라보게 된다.

그럴 것이 베니스에서 가장 화려한 카사노바의 카니발은 우울한 성회 수요일을 맞이하며 일찌감치 끝나버렸기 때문이다. 그의 늙어가는 얼굴 위로 주름살이 나타나듯, 어두운 그림자가 살금살금 그의 흥겨운 삶의 이야기 속으로 들어온다. 그럴수록 승리를 보고하는 일도 드물어지고, 갈수록 짜증스런 일만 늘어난다. 그는 점점 자주―물론 매번 죄도 없이―부도어음, 위조지폐, 저당 잡힌 보석 따위의 사건에 연루되고, 영주들의 궁전에 초대되는 일도 드물어졌다. 런던에서는 체포되어 교수대로 보내지기 불과 몇 시간 전에, 안개 낀 밤을 틈타 도주해야만 했다. 바르샤바에서는 범죄자처럼 추적을 당하고, 빈과 마드리드에서는 추방당했으며, 바르셀로나에서는 40일간 감옥에 구금되었다. 피렌체에서도 그는 쫓겨났으며, 파리에서는 즉시 사랑하는 도시를 떠나라는 "법원의 명령서"를 받고 떠나야 했다. 어느 누구도 카사노바를 좋아하지 않았으며, 누구나 하나같이 모피에서 이를 털어내듯 그를 멀리했다. 도대체 우리의 카사노바가 무슨 일을 저질렀기에, 갑자기 세상이 한때의 총아를 이렇게 엄격하게 도덕적으로 문제시하는 것인가라고 우리는 놀라서 자문하게 된다. 그가 악의를 품거나, 사기라도 쳤단 말인가? 세상이 모두 그에게 돌연 등을 돌릴 만큼, 그가 자신의 수상하지만 사랑스런 성격을 바꾸었단 말인가? 아니다, 그는 예전과 같았고, 앞으로도 그럴 것이다. 숨을 거둘 때까지 사기꾼 내지 협잡꾼, 광대, 문학애호가로 살아갈 것이다. 단지 이제 그의 도약하는 힘을 그토록 탄력 있게 떠받쳐주던 원소가 부족해지기 시작했을 따름이었다. 자신감, 젊음에서 우러나오는 승리의 감정이 부족해진 것이었다.

몹쓸 죄를 지은 곳에서 그는 벌을 받았다. 맨 먼저 여인들이 그의 곁을 떠났다. 작고 초라한 델릴라Delilah, 런던의 사창가에 있던 영악한 소녀가 사랑의 화신 삼손에게 치명상을 입혔다. 이 에피소드는 그의 회고록에서 가장 멋진 부분이었다. 왜냐하면 이 에피소드는 가장 진지하고 인간적이며, 이로 인해 카사노바가 전환점을 맞이하게 되었기 때문이다. 생전 처음으로 유혹의 대가가 여인에게 농락을 당했다. 그것도 덕을 갖춘 고결하고 접근하기 어려운 여인이 아니라, 머리에 피도 안 마른 교활한 창녀에게 당한 것이다. 어린 나이지만 그녀는 카사노바를 얼리고 뺨칠 만큼 노련했다. 그녀는 그의 호주머니 돈을 몽땅 털고도, 자신의 천한 몸에는 얼씬도 못하게 만들었다. 돈을 내고 또 냈음에도 불구하고 카사노바는 모욕적으로 거절을 당한 채, 저 어린 창녀가 멍청하고 낯 두꺼운 이발사 보조에게 돈도 안 받고 몸을 내주는 꼴을 우두커니 바라보아야 했다. 그가 돈과 꾀와 힘을 다 써가며 탐욕스럽게 갈구해도 얻을 수 없었던 것을 그녀가 손쉽게 내주었을 때, 카사노바의 자존심은 죽음의 일격을 맞았다. 바로 이 순간부터 그의 오랜 상승세는 어딘지 불안하고 흔들리게 되었다. 40세의 때이른 나이에 그는 자신을 세상에서 승승장구하게 해주던 동력이 더 이상 제대로 작동하지 못한다는 것을 경악하며 인정해야 했다. 처음으로 그는 정체되어 버렸다는 공포에 사로잡혔다. "보통 노년이 다가오는 것과 연관된 노쇠의 시작을 인정할 수밖에 없는 것이 내게는 가장 큰 걱정이었다. 청춘과 힘의 의식으로부터 생겨나는 그런 확고한 자신감을 나는 더 이상 갖고 있지 않았다."

그러나 자신감이 없는 카사노바, 언제라도 여자들을 매료시킬 초인적 힘이 없어진 카사노바, 아름다움과 잠재력, 돈도 없는 카사노바란 과연 무엇인가? 과거에는 남근과 행운의 총아로서 뱃심 좋게 달려들고, 의지를 갖고 승리를 과시하던 카사노바가 이제 세상과의 카드놀이에서 가장 좋은 패를 잃어버렸으니, 그는 대체 무엇이란 말인가? "모종의 연령에 도달한 신사"는 우수에 젖어 다음과 같이 대답했다. "행운이 더 이상은 알아주지 않고, 여인들은 더욱 몰라보는" 나라는 사람은 날개 없는 새, 남성의 매력이 없는 남성, 행운 없는 정부情夫, 밑천 없는 도박꾼, 탄력과 아름다움도 없는 비참하고 권태로운 육체에 불과하다. 향락의 승리를 외치며 혼자만 지혜롭다고 자만하던 그 모든 기백은 사라져 버렸다. 이제 처음으로 "체념"이라는 위험한 낱말이 그의 철학 속으로 스며들게 되었다. "내가 여인들을 사랑으로 유인하던 시기는 지나가 버렸다. 나는 그들을 포기하든가, 그들의 호의를 돈으로 사야만 한다." 카사노바에게는 전혀 이해할 수 없던 체념이라는 생각이 잔인하게도 사실이 되어버린 것이다. 그렇다. 여인을 사기 위해서는 돈이 필요하지만, 그 돈을 항상 여인들이 마련해 주었기 때문이다. 놀라웠던 순환은 멈추고, 유희는 끝나버렸다. 심상치 않은 권태가 온 갖 모험의 대가에게도 시작된 것이다. 그리하여 늙고 가련한 카사노바 는 남의 집을 기웃거리는 식객, 세상에 대해 호기심이 많았던 카사노 바는 스파이가 되었다. 도박꾼은 사기꾼과 거지, 사교계의 총아는 고 독한 글쟁이와 비방자로 전락하고 말았다.

무수한 사랑의 전투에서 싸웠던 노익장 카사노바가 무장을 해제 했다는 것은 충격적인 광경이었다. 뻔뻔스럽고 불손한 광대가 신중하 고 겸손해졌다. 아주 조용하고 은밀하게 이 위대한 행운의 희극배우는 성공의 무대에서 퇴장했다. 그는 이제 "자신의 처지에 어울리지 않는" 화려한 의복들을 벗어치우고, 반지와 다이아 버클, 담배통과 아울러 그 잘난 자만심도 던져버렸다. 철학 역시 뒤집은 카드처럼 책상 밑에 집어던지고, 나이라는 냉혹한 삶의 법칙 앞에 고개를 숙였다. 이런 법 칙에 따르면 시들어 버린 창녀는 뚜쟁이가 되고, 노름꾼은 사기도박 꾼, 모험가는 식객이 되어야 했다. 그의 몸속에서 피가 따뜻하게 돌지 않게 된 이후로, 이 세계시민은 한때 그토록 사랑했던 세상 한가운데 에서 갑자기 추위 떨기 시작했다. 이와 동시에 그는 대단히 감상적으 로 고향을 그리워하기 시작했다. 그리하여 한때는 오만불손했던 자(고 상하게 끝내는 법을 몰랐던 가련한 자!)는 참회하는 마음으로 죄 많은 머 리를 숙이고, 베니스 당국에 처량하게 용서를 구하는 것이었다.

카사노바는 심문관들에게 아첨으로 일관된 보고서, 애국심에 넘 치는 소장을 작성했다. 이는 베니스 정부를 공격하는 데 대한 "반박 문"으로, 그는 자기가 고초를 겪었던 베니스의 감옥이 "통풍이 잘되는 공간"이며 인류애의 천국이라고 뻔뻔스럽게 아부의 글을 써 보냈다. 그의 생애에서 가장 비극적인 이 에피소드들에 관해서는 더 이상은 어떤 것도 그의 회고록에 나와 있지 않았다. 그의 회고록은 너무 일찍 끝을 맺고 있으며, 치욕의 시절에 대해서는 아무것도 이야기하지 않는다. 그는 아마도 수치로 달아오른 얼굴을 감추기 위해서 어둠 속으로 물러났다. 그런데 우리는 이런 그를 보면서 거의 즐거워지는 것을 느낀다. 만일 그가 물러나지 않았다면, 이 박제가 되어 버린 수탉, 노래를 다 부른 퇴물 가수는 우리가 그렇게 오랫동안 부러워하던 승리의 기쁨을 얼마나 비참하게 왜곡시켰을 것인가!

이후 몇 년간 상가가 즐비한 메르체리아 거리에 허름한 옷을 걸친 다혈질의 뚱보 신사가 베니스 사람들이 무슨 말을 하는지 열심히 엿듣고, 술집에 앉아 수상한 사람들의 동정을 살피고, 저녁에는 심문관에게 보내는 지루한 스파이 보고서를 끼적거렸다. 이 깨끗하지 못한 정보들에는 안젤로 프라톨리니라는 서명이 되어 있었다. 은혜를 입은 끄나풀, 참으로 상냥한 스파이의 가명이었다. 그는 자신이 젊은 시절에 들어가 보았고, 그곳을 서술함으로써 유명해졌던 바로 그 감옥으로 몇 푼의 금화를 받고 낯선 사람들을 보내고 있었다. 그렇다, 화려한 안장을 덮고 멋지게 치장한 생갈트의 기사, 여인들의 총아이자 멋들어진 유혹자가 헐벗고 비천한 밀고자, 악당 안젤로 프라톨리니가 되었던 것이다. 한때는 다이아몬드 반지를 끼던 손이 더러운 사업에 뛰어들어 잉크 자국을 사방으로 뿌려대었고, 급기야 당국마저도 이 불만투성이의 불평가를 단번에 해고해 버렸다. 그 이후로 몇 년간은 소식이 없었다. 아무도 이 반쯤 망가진 난파선이 결국은 보헤미아에서 좌초될 때까지 어떤 비극적 항로를 달렸는지 알지 못한다. 다만 이 늙은 모험가가 한 번 더 유럽을 집시처럼 방랑했다는 것을 알 뿐이었다. 귀족들 앞에서는 발정 난 고양이처럼 야옹거리고, 부자들에게는 알랑거리며 자신의 옛 기술을 시도해 보았던 것이다. 즉 사기도박, 신비한 밀교의식,

뚜쟁이 등의 짓거리를 반복해 보았다. 하지만 그의 청춘의 신이었던 철면피한 배짱과 자신감은 사라져버려서, 여인들은 그의 주름살에 비웃음을 보냈으며, 그 어떤 짓거리도 성공할 수 없었다.

카사노바는 빈 주재 대사관의 비서 노릇(아마 다시 스파이 노릇), 하찮은 작가 일을 함으로써 근근이 연명했다. 반복해서 경찰의 추방령을 받았던 그는 모든 유럽 도시의 쓸모없는 불청객이었다. 빈에서는 끝으로 어떤 늙은 창녀와 결혼하여, 그녀의 수입으로 어느 정도 안정을 찾고자 했다. 그렇지만 이것도 실패하고 말았다. 마침내 어느 비밀스런 학문의 대가이자 부호인 발트슈타인Waldstein 백작이 그가 기식하던 파리의 한 게시판에서 다음과 같은 글을 읽으며 동정심에 사로잡혔다.

이 강 저 강 표류하는 시인,
출렁이는 물결의 서글픈 장난감이자
난파선의 조각난 쓰레기여!

그는 이 수다스럽고 쇠약한, 그러나 아직은 재미있는 냉소적 인간에게서 뭔가 흥밋거리를 찾아내고는, 은혜를 베풀어 그를 둑스 성의 도서관 사서로 받아들였다. 물론 말이 좋아 도서관 사서였지, 이곳 사람들은 소위 궁중의 익살광대라고 불렀다. 백작은 끊임없이 채권자들에게 차압을 당하는 이 골동품 같은 인간을 정확히 1000굴덴의 연봉으로 사들였다. 이후 그는 둑스에서 살았는데, 더 정확히 말해 13년간 죽어가고 있었다.

둑스에서 수년간 가려져 있던 그의 모습, 카사노바를 어렴풋이 기억나게 하는 어떤 존재, 말라비틀어진 미라가 갑자기 나타났다. 이런 그의 형상은 시들었지만 날카롭고, 오직 자신의 담즙을 통해 보존된

기묘한 박물관의 전시물 같았다. 백작은 그를 손님들에게 보여주기를 좋아했다. 그를 본 손님들은 다 타버린 분화구, 재미나고 위험성이 없으며 남쪽 지방 특유의 다혈질로 인해 익살스런 남자, 보헤미아의 새장에서 권태로 인해 서서히 죽어가는 사람이라고 생각했다. 하지만 이 늙은 사기꾼은 한 번 더 세상 사람들을 우롱했다. 그들 모두가 카사노바는 이미 끝난 인간으로 묘지와 관만을 기다리고 있는 자라고 생각하는 동안, 그는 기억을 모아서 다시 자신의 인생을 구성하고, 영악하게도 불멸의 세계로 끼어들려는 모험을 감행한 것이다.

> **늙은 카사노바의 초상**
> 이제 사물들의 모습은 다른 것으로 변했다. 나는 나를 찾고 있다. 그러나 나는 과거의 내가 아니다. 나는 존재한다고 생각하지 않는다. 그것이 아니라 나는 존재했었다.
> — 노년의 카사노바 초상화에 기록된 글

1797년, 1789년, 혁명이라는 피의 빗자루가 로코코의 화려한 18세기를 쓸어냈다. 기독교도인 왕과 왕비의 머리가 단두대의 바구니 속에 담기고, 수많은 영주들과 소공국의 주인들, 베니스의 심문관 나리들을 코르시카 출신의 키 작은 장군이 쫓아내 버렸다. 사람들은 더 이상 백과전서파의 글이나 볼테르, 루소를 읽지 않고, 전쟁터에 대한 요란스런 공고문을 읽었다. 성회 수요일의 재가 온 유럽에 흩날리고, 카니발은 끝났으며, 로코코 시대도 종말을 고했다. 이 모든 것은 후프 스커트와 분을 바른 가발, 은장식이 달린 구두, 브뤼셀 제품의 레이스와 더불어 끝나버렸다. 사람들은 더 이상 빌로도 의상을 입지 않고, 정복이나 일반 양복을 입었다.

그러나 기이하게도 한 사람, 보헤미아의 저 어두운 구석에 박혀 있는 그 옛날의 남자만은 시대를 잊었다. 마치 호프만Hoffmann의 이야기에 나오는 기사 글루크처럼 훤한 대낮에 오색찬란한 수새 한 마리가 비단 조끼와 도금한 단추들, 낡아빠진 노란 레이스컬러, 비단 양말과 꽃무늬 대님, 하얀 궁중용 깃털 모자를 쓰고 둑스 성에서 나와서는, 울퉁불퉁한 보도를 걸어서 시내로 들어갔다. 이 진귀한 노인은 아직도 옛날식 모대가발毛袋假髮에 분을 잘못 발라서(시중들 사람이 없어서!) 이상한 모양이었다. 더욱이 그의 떨리는 손은 황금빛 레이스가 달린 구식의 등나무 지팡이에 의지해 있었는데, 이런 지팡이는 1730년 파리의 팔레루아얄에서나 볼 수 있었다. 이 사람이 정말 카사노바, 아니 그의 미라였다. 그는 궁핍과 분노와 매독에도 불구하고 아직 살아 있었다. 피부는 양피지 같고, 침을 흘리며 떨고 있는 입 위에는 갈고리 같은 코가 얹혀 있었고, 숱이 많은 눈썹은 텁수룩하고 하얗게 세어 있었다. 이 모든 것에서는 나이와 부패의 냄새가 풍겼다. 오직 새카만 눈만은 옛날의 불안을 아직도 간직하고 있었는데, 반쯤 감은 눈꺼풀 밑에서는 악의에 찬 눈동자가 날카롭게 번뜩였다. 그러나 그는 좌우로 눈을 잘 돌리지 않았다. 뭔가 언짢은지 혼자서 중얼거렸는데, 좋은 기분이 아닌 것 같았다. 카사노바는 운명이 그를 보헤미아의 거름더미에 던져버린 이후로는 기분이 좋은 적이 없었다.

뭣 때문에 쳐다보겠는가! 이 멍청하게 하품하는 인간들, 커다란 주둥이로 감자나 처먹는 독일 내지 보헤미아의 바보들에게는 눈빛 한 번 주는 것도 감지덕지한 것 아닌가! 더러운 마을 밖으로는 나가보지도 못한 촌놈들, 한때는 폴란드의 시종장 배에 총구멍을 내주었고, 교황으로부터는 황금 박차를 하사받은 이 생갈트의 기사를 보고도 정중하게 인사할 줄 모르는 인간들에게는 지나친 대접이 될 터였다. 더욱 분통이 터질 일은 여인들조차 그를 존경하지 않고, 촌스러운 웃음이 터져 나오지 않도록 두 손으로 입을 틀어막는 것이었다. 그런데 여인들은 자신들이 웃는 이유를 잘 알고 있었다. 그럴 것이 하녀들이 신부에게 이 중풍에 걸린 노인이 자신들의 스커트 자락을 들치기를 좋아하고, 알아듣기 힘든 말로 지저분한 소리를 지껄인다고 말했었기 때문이다. 그럼에도 불구하고 이 비천한 농민들은 성에 있는 빌어먹을 하인들 떼거리보다는 나은 편이었다. 바로 그들에게 카사노바는 꼼짝없이 잡혀 있어서, "당나귀 같은 놈들의 발길질까지 참아야 하다니" 하며 한탄할 정도였다.

그 중에서도 펠트키르히너와 자신의 시중을 드는 비더홀트는 정말 참기 힘들었다. 악당들 같으니라고! 그들은 어제만 해도 고의로 소금을 다시 그의 수프에 떨어뜨리고, 마카로니를 태우고, 그의 함에서 초상화를 꺼내어 변기 위에 걸어놓았다. 쓰레기 같은 놈들은 감히 로겐도르프 백작 부인이 선사한 검은 점박이 강아지 멜람피케를 그 귀여운 짐승이 자연스런 욕구를 방에서 해결했다는 이유로 때리기까지 했다. 아, 좋았던 그 시절은 어디로 갔단 말인가! 과거에는 그까짓 하인놈 따위는 간단히 빈 방에 가두고, 건방진 놈을 참기는커녕 뼈가 떡이 되도록 두들겨 팼었지. 한데 오늘날에는 로베스피에르라는 자 덕분에 천박한 악당들이 윗자리를 차지하고, 자코뱅당원 놈들이 시대를 망쳐놓았다. 그런데 그 자신도 이빨 빠진 늙고 처량한 개의 신세였다. 하루종일 신세타령이나 하면서 투덜거린다고 무슨 소용이랴! 차라리 천한 놈들에게 침이나 뱉어주고, 방으로 올라가서 호라티우스나 읽는 게 나았다.

그러나 오늘은 왠지 분통이 전혀 끓어오르지 않았다. 흡사 인형처럼 이 미라는 이 방에서 저 방으로 경련에 떨면서 성급하게 더듬고 다녔다. 그는 낡은 궁중용 프록코트를 차려입고, 훈장들을 먼지 하나 없이 깨끗하게 솔질하여 옷에 달았다. 왜냐하면 오늘은 테플리츠 전하가 리뉴 왕자와 다른 몇몇 귀족을 데려오고, 식탁에서는 프랑스어로 대화할 것이라고 백작께서 알려왔기 때문이다. 그러면 질투하는 하인놈들이 이를 갈면서도 그의 시중을 들어주지 않을 수 없을 터였다. 놈들은 허리를 굽히고 접시를 들고 있어야 할 터였다. 어제처럼 개에게 뼈다귀를 던지듯 상한 음식을 접시에 던지지는 못할 것이다. 그렇다, 그는 오늘 점심은 커다란 식탁에서 오스트리아의 기사들과 함께 하게 될 것이다. 그들은 세련된 대화를 즐기고, 철학자가 이야기하면 존중하며 들어주는 사람들이었다. 한때는 볼테르 씨조차도 경의를 표했고, 황제와 왕비들에게서도 인정받았던 카사노바가 아니더냐!

어쩌면 귀부인들이 물러나자마자, 백작님과 왕자님은 아주 친밀하게 어떤 원고 중에 일부를 읽어달라고 청할지도 모른다. 그럼, 그 분들이 내게 청하고말고. 키르히너, 이 지저분한 놈아! 고귀하신 발트슈타인 백작님과 야전사령관 리뉴 왕자께서 나의 재미난 체험 중에서 한 부분을 읽어달라고 내게 청하실 거라 이거야. 그러면 나는 그렇게 해야겠지. 물론 안 해도 상관은 없어! 나는 뭐 백작님의 하인도 아니고, 복종할 의무가 있는 것도 아니니까. 나는 하인배 따위가 아니거든. 나로 말할 것 같으면 손님이자 도서관 사서이고, 입주 외국인으로 그분들과 함께 있는 것뿐이지. 너희 놈들은 그게 무슨 뜻인지도 모를 것이다, 이 자코뱅당원 같은 놈들아. 하지만 몇 가지 일화들을 그분들에게 이야기하려는 거다! 내 스승인 크레비용Crebillon의 섬세한 방식으로, 아니면 베니스 방식으로 몇 가지 매콤한 것을! 그래, 우리는 아무튼 귀족들이고, 서로가 뉘앙스로 이해하는 사이지. 우리는 웃으면서 교황님의 궁전에서처럼 검붉은 부르군트 포도주를 마시게 될 것이다. 그리고 전쟁, 연금술, 갖가지 책들에 관해 대화를 나누게 될 테고, 무엇보다 이 늙은 철학자에게 세상과 여인들에 관해 이야기 좀 해달라고 하겠지.

카사노바는 흥분하여 열려 있는 홀들을 이리저리 돌아다녔다. 이 메마르고 심술궂은 작은 새는 악의와 오만으로 눈을 반짝거렸다. 그는 십자훈장의 테두리를 두르고 있는 가짜보석을— 진짜는 이미 오래전에 영국의 유태인이 가져갔다—닦고, 세심하게 머리에 분을 바르고, 거울 앞에서 루이 15세 궁전의 오래된 각종 인사법과 예법들을 연습했다.(이런 속물들 가운데 있으면 그 모든 예법을 잊게 마련이었다.) 그런데 척추에서는 우두둑하고 심상치 않은 소리가 났다. 물론 이 낡은 수레를 마차에 달고 73년간이나 유럽 전역을 다녔으니 대가를 치르는 것은 당연했다. 더구나 여인들에게 얼마나 정력을 소모했던가. 그러나 적어도 이 위쪽 뇌에는 아직도 위트가 완전히 고갈되지는 않았다. 아직은 신사양반들을 즐겁게 해드릴 수 있고, 그들 앞에서 인정도 받을 수 있었다. 그는 레케 공작부인을 위하여 프랑스어로 된 환영의 시 한 수를 둥글게 굴린 약간 떨리는 필치로 종이에다가 베껴 적고는, 이어서 사랑의 무대를 위한 자신의 새로운 희극에 화려한 헌사를 써넣었다. 이곳 둑스에서도 자신의 본분은 잊지 않았다. 그는 기사로서 흥미로운 문학 집회를 존경으로 맞이하는 방법을 알고 있었다.

실제로도 그랬다. 마차들이 도착하고 그가 통풍에 걸린 다리로 허리를 숙이고 높은 계단을 올라가자, 백작과 그의 손님들은 하인들에게 외투 및 모피코트와 모자를 던졌지만, 카사노바에게는 귀족의 관례대로 정중하게 포옹을 해주었다. 백작은 그를 손님들에게 그 유명한 생갈트의 기사라고 소개하면서 그의 문학적 업적을 찬양했다. 그러자 귀부인들은 그를 서로 옆자리에 앉히려고 경쟁하는 것이었다. 식사가 끝나고 아직은 식탁이 정리되질 않아서, 남자들은 파이프 담배를 피우고 있었다. 이때 그가 미리 예상한 대로 왕자는 그의 박진감 넘치는 회고록의 진척에 대해 문의했다. 의심의 여지없이 저명한 작품이 될 회고록에서 한 부분 낭송해줄 것을 신사 숙녀들이 이구동성으로 간청했다. 그의 은혜로운 후원자인 백작께서 이렇게 청하니 어찌 거절할 수가 있으랴? 사서께서는 열심히 자기 방으로 올라가, 15권의 책들 가운데 비단 줄무늬가 있는 것을 뽑았다. 그것은 부인들이 있어도 읽을 수 있는 몇 안 되는 수작 중의 하나로, 베니스의 감옥에서 도망친 사건을 다루고 있었다.

그는 얼마나 자주 많은 사람들에게 이 비할 바 없는 모험을 이미 읽어주었는지 모른다. 쾰른과 바이에른의 선제후, 영국의 귀족들 앞에서, 그리고 바르샤바 궁에서 낭송한 내용이었다. 물론 사람들이 트렝크 씨의 감옥 이야기로 법석을 떨고는 있지만, 여기 모인 신사 숙녀들은 카사노바가 저 무뚝뚝한 프로이센 출신의 트렝크 씨와 얼마나 다르게 이야기하는지 알아차려야 했다. 왜냐하면 그는 최근에 대단히 놀라울 정도로 복잡한 몇 부분을 변형시켜 삽입했고, 끝으로 위대한 단테에서 매우 훌륭한 부분을 인용하여 넣었기 때문이다. 큰 박수가 낭송에 보답했고, 백작은 그를 포옹하면서 왼손으로 금화 몇 닢을 그의 주머니 속에 넣어주었다. 그 누구도 알 리 없겠지만, 그것들을 아주 요긴하게 쓸 수 있었다. 까닭인즉 온 세상 사람이 모두 그를 잊어도, 채권자들만은 아무리 멀리 떨어져 있어도 이곳까지 그를 찾아왔기 때문이다. 보라, 정말로 몇 방울의 굵은 눈물이 그의 뺨을 타고 흐른다. 이제 왕자님의 부인이 선량하게 그의 축복을 빌어주고, 모든 사람들은 이 빛나는 걸작의 조속한 완성을 위해 건배를 해주는 것이 아닌가!

그러나 유감스럽게도 다음 날에는 이미 말들이 덜커덩 소리를 내
며 마구에 묶이고, 사륜마차들이 문 앞에 대기해 있었다. 주인 나리들
이 프라하로 여행을 떠나려는 것이었다. 우리의 사서께서는 세 번씩이
나 자신도 그곳에 시급한 용무가 있노라고 예민하게 암시를 했음에도,
아무도 함께 가자는 말 한 마디 없었다. 그는 이 찬 바람 스치는 거대한
둑스의 돌담 안에 남은 채, 저 불손한 보헤미아의 하인배들에게 꼼짝없
이 내맡겨진 것이다. 그들은 백작의 마차바퀴 뒤로 먼지가 사라지기도
전에, 또 다시 야비한 웃음소리를 그의 귓전에 뿌리는 것이었다. 사방
에 야만인들뿐이고, 프랑스어와 이탈리아어로 아리오스토나 장 자크
루소에 대해 이야기할 줄 아는 사람이 없었다. 그렇다고 문헌에 파묻혀
사는 슐레지엔의 오피츠Opitz, 아니면 서신교환의 영예를 허락한 몇몇
착한 귀부인들에게 노상 편지나 쓰고 있을 수는 없었다. 둔중한 회색
안개처럼 권태가 다시 인적 없는 방안에 내려앉았고, 어제는 잊었던 통
풍이 두 배나 잔인하게 다리를 비틀어 놓았다. 카사노바는 투덜거리며
궁중예복을 벗어던지고, 두텁게 솜을 넣은 터키의 잠옷을 떨리는 뼈마
디 위에 걸쳐 입었다. 그리고는 유일한 추억의 피난처, 책상으로 투덜
거리며 기어갔다. 하얀 원고더미 옆에는 동강난 펜들이 기다리고 있었
고, 종이들은 반가운 듯 바스락거리고 있었다. 거기 앉아서 그는 신음
소리를 내뱉으며 떨리는 손으로 쓰고 또 썼다. 그를 쓰도록 몰아가는
축복받은 권태여! 이렇게 그의 삶의 역사가 무르익고 있었다.

죽은 뼈 같은 이마, 미라처럼 말라버린 머리가죽 안에는, 흡사 딱
딱한 껍질 안에 하얀 호두알이 들어 있듯이 천재적인 기억력이 생생하
게 살아 있었다. 이마와 뒷머리 사이의 이 작은 공간에는 반짝이는 눈,
숨 쉬는 넓은 콧구멍, 딱딱하고 탐욕스런 두 손이 수천의 모험에서 낚
아챘던 그 모든 것이 그대로 깨끗하게 보존되어 있었다. 더욱이 하루

에 13시간이나("13시간, 그것은 내게 13분처럼 흘러간다.") 거위깃털 펜을
움직이게 하는 통풍 걸린 손가락은 과거에는 향유하며 쓰다듬었던 온
갖 매끄러운 육체들을 기억하고 있었다. 책상 위에는 그의 옛 애인들
의 빛바랜 편지들, 메모, 머리칼, 계산서, 기념물 등이 뒤죽박죽 섞여
있었다. 꺼진 불꽃 위로 아직은 은은한 연기가 남아 있듯이, 빛바랜 추
억들의 달콤한 향기가 눈에 보이지 않는 구름처럼 여기서 떠돌고 있었
다. 모든 포옹, 온갖 입맞춤, 모든 헌신이 이 찬란한 환상으로부터 솟
구쳐 올랐다. 아니 과거를 불러내는 것은 노고가 아니라 즐거움이었
다. 그것은 카사노바의 말대로 "즐거웠던 일을 회상하는 기쁨"이었다.

통풍에 걸린 노인의 두 눈은 빛나고, 입술은 열기와 흥분으로 떨면
서 카사노바는 반쯤 기억해냈거나 새로 만든 대화를 입으로 중얼거렸
다. 부지중에 과거에 만난 여인들의 목소리를 흉내 내고, 자신의 농담
에 대해 스스로도 웃었다. 그는 먹고 마시는 것, 빈곤, 비참, 굴종, 성
불능, 노년의 모든 비탄과 괴로움도 잊어버렸다. 그 대신 추억의 거울
속에서 꿈꾸듯 젊어져서는 헨리에테, 바베테, 테레제 등의 주문으로
불러낸 그림자들에게 웃으면서 다가갔다. 어쩌면 그는 실제의 여인들
보다 주문으로 불러낸 존재들과 더 기쁘게 즐겼는지 모른다. 이렇게
그는 쓰고 또 썼으며, 예전에 혼신을 다하여 감행했듯이 손가락과 펜
으로 모험을 감행했다. 여기저기 손으로 더듬어 고치고, 읽어보고, 만
족스런 웃음을 터트리면서 자신을 잊어버렸다.

문 앞에서는 버릇없는 하인들이 서서, 히죽거리며 딴죽을 걸기 일
쑤였다. "그 안에서 누굴 보고 웃고 계신가, 이탈리아 바보 영감님?"
그들은 그의 괴팍함을 비웃으며 손가락으로 이마를 가리켰다. 그런 뒤
술을 마시기 위해 계단을 쿵쾅거리며 내려가, 노인을 지붕 밑 다락방
에 홀로 남겨두었다. 이 세상에서 어느 누구도 그에 관해 알지 못했다.

코앞에 있는 사람이든, 세상 끝에 있는 사람이든 알지 못했다. 이 늙고 성난 노인은 빙산 꼭대기에 사는 솔개처럼 저 위 둑스의 탑에서 누구도 알지 못하게 살아가고 있었다. 마침내 1798년 6월 말, 노쇠하여 삭아버린 심장이 파괴되고 사람들이 전에는 수없는 여인들로부터 뜨겁게 포옹을 받았던 육체를 파묻었을 때, 교회의 기록책자는 그의 이름조차 제대로 적어놓지 않았다. "베니스 사람 카사네우스"라고 틀린 이름을 기재했고, 나이 또한 "84세"라고 잘못 써넣었다. 그는 가장 가까이 있는 사람에게도 모르는 존재가 되었다. 어느 누구도 그의 묘비를 걱정하지 않았고, 어느 누구도 그의 글에 관심이 없었다. 육체는 썩어 문드러지고, 편지들도 썩어 잊혀졌다. 그의 16권짜리 책들도 세상의 망각 속에서 도둑이나 무심한 사람들의 수중에서 떠돌아다녔다. 어느 누구보다 더 생동적인 삶을 살았던 카사노바는 1798년에서 1822년까지의 25년 동안 사람들의 뇌리에서 완전히 떠나 있었다.

> **자기묘사의 천재**
> 용기를 갖는 것만이 중요하다.
> ― 회고록 서문에서

그의 생애가 모험적이었듯이, 그의 부활 또한 모험적이었다. 1820년 12월, 이때만 해도 카사노바라는 인물은 사람들의 기억 속에서 사라져 있었다. 그런데 저명한 출판업자인 블로크하우스Blockhaus는 전혀 알지도 못하는 겐첼Gentzel이라는 신사에게서 편지를 받았다. 이 편지는 마찬가지로 미지의 인물인 카사노바의 저작 《1797년까지의 나의 인생사》라는 원고를 책으로 출판하고 싶다는 내용이었다. 블로크하우스는 어쨌든 그 원고들을 가져오게 했으며, 이를 전문가들이 철저하게 읽고 검토했다. 그들이 얼마나 감동을 받았는지는 쉽게 알 수 있었다. 이어서 원고는 즉시 번역되고 교정에 들어갔다. 아마도 이 과정에서 상당히 왜곡된 것으로 보이는 원고는 무화과 잎으로 치부를 가림으로써 사용 가능하게 조정되었다. 이 책은 제4권이 나왔을 때 벌써 대단한 성공을 거두었고, 어떤 기민한 파리의 해적출판자가 독일어로 번역된 본래의 프랑스어 작품을 다시 프랑스어로 번역할 정도였다. 따라서 이중으로 번역되고 수정된 셈이었다.

이제 나름대로 욕심이 생긴 블로크하우스는 그 해적판에 대해 자신의 프랑스어 번역판을 발간하여 뒤통수를 때렸다. 요컨대 회춘한 카사노바는 온 나라와 도시들에서 전보다 더 활기차게 부활했지만, 그의 원고만은 블로크하우스의 차가운 서가에 파묻혀 있었다. 오직 신과 블로크하우스만이 카사노바의 원고가 어떤 샛길과 불법거래를 통해 23년간 돌아다녔고, 그 중에 얼마나 유실되고, 거세되고, 변조되었는지를 알 것이다. 온전한 카사노바의 유산으로 보기에는 전체 사건들이 과장된 비밀이나 모험, 불성실, 속임수의 냄새를 풍기고 있었다. 그러나 우리가 시대를 통틀어 가장 뻔뻔하면서도 가장 박진감 있는 모험소설을 갖게 되었다는 사실조차도 얼마나 놀라운 일인가!

카사노바 자신은 정말 이 괴물이 출판되리라고는 전혀 믿지 않았다. "7년 전부터 나는 오직 내 기억들을 글로 쓰는 일만 하고 있다"라고 언젠가 이 류머티즘에 걸린 은자가 고백한 바 있었다. "그리고 이 일을 시작한 것을 나는 매우 후회하고 있지만, 이 일을 끝낸다는 것은 점차 내게 필연성이 되었다. 그러나 나는 내 이야기가 결코 대중의 빛을 보게 되지는 않으리라는 희망을 가지고 쓰고 있다. 왜냐하면 정신의 촛불을 꺼버리는 불쾌한 검열이 출판을 결코 허락하지 않을 것이라는 점을 배제할지라도, 나는 병의 최종 단계에서는 아주 이성적인 자세로 내 모든 노트들을 눈앞에서 불태우기를 희망하기 때문이다." 다행히도 카사노바는 본연의 자신처럼 결코 이성적이 되지 못했다. 자신의 말처럼 그의 "두 번째 낯 뜨거움", 즉 자신이 얼굴을 붉히지 않는다는 사실에 대한 낯 뜨거움조차 그를 방해하지 못했고, 그는 힘차게 펜대를 잡고는 날마다 12시간씩 자신의 아름답고 둥근 필체로 늘 새로운 종이에 이야기를 가득 꾸며나갔다. 이와 같은 회상들은 "미쳐버리지 않기 위한, 또는 분노로 죽어버리지 않기 위한 유일한 해결책이었다. 나와 발트슈타인 백작의 성에 살고 있는 시기심 많은 무뢰한들 쪽에서 걸어오는 불쾌감과 일상의 번잡함에 대한 분노로 죽지 않기 위해서였다."

권태를 쫓으려는 수단이나 굳어져 가는 지식의 방지책으로서 회고록을 집필했다면, 그것은 카사노바 같은 사람에게는 너무 사소한 동기일지 모른다. 하지만 우리는 권태가 형상화의 강력한 계기가 되었다는 사실을 무시해서는 안 된다. 예를 들어 돈키호테는 세르반테스의 황폐한 감옥시절 덕분에 생겨났다. 스탕달의 주옥 같은 글들은 치비타베키아Civitavecchia 소택지에서의 망명시절에 완성되었다. 오직 인위적으로 어둡게 만들어진 방에서만 삶의 가장 다채로운 그림들이 탄생하는 법이다. 발트슈타인 백작이 선량한 자코모를 파리나 빈으로 데려가 잘 먹이고 여체의 냄새라도 맡게 해주었더라면, 누군가 그에게 사교계에서 정신의 명예훈장이라도 달아주었다면, 이 흥겨운 이야기들은 초콜릿이나 서벗에 섞여 들어가 버리고, 결코 잉크 속으로는 흘러들어가지 않았을 것이다. 그러나 이 늙은 오소리는 홀로 보헤미아의 다락방에 앉아 추위에 떨면서, 마치 죽음의 나라에서 등을 돌렸다는 듯 이야기를 끌어나갔다.

그의 친구들은 죽었고, 그의 모험들은 잊혀 졌으며, 아무도 그에게 존경을 표하지 않고, 아무도 그의 말을 경청하지 않았다. 늙은 마법사는 오직 자신이 살아 있다는 사실을, 또는 적어도 살았었다는 사실을 스스로 입증하기 위하여 한 번 더 밀교의식을 행하고, 그럼으로써 과거의 형상들을 주문을 외어 불러낸 것이다. 실제로 그는 "나는 살았었다, 고로 존재한다vixi, ergo sum"라고 자신의 회상록에 기록했다. 배고픈 자는 고기 굽는 냄새로 살아가고, 상이군인과 사랑에 상처받은 사람은 자신의 모험을 이야기하는 맛으로 살아간다. "나는 과거를 기억해냄으로써 즐거움을 새로 맛본다. 그리고 나는 지나간 곤궁을 비웃는다. 지금은 더 이상 그것을 느끼지 않기 때문이다." 카사노바는 노년의 장난감, 과거라는 오색 파노라마를 자신을 향해서만 작동시켰다. 그는 다채로운 추억으로 비참한 현실을 잊으려 했고, 그 이상은 바라지 않았다. 이처럼 다른 일에는 완전히 무관심한 태도야말로 그의 작품에 자기묘사로서 유일한 심리적 가치를 부여해 주었다. 자기 생애를 이야기하는 사람은 대체로 목적에 따라 행동하며, 어느 정도는 관객을 의식한다. 반면에 카사노바는 자신을 무대에 올려놓고, 스스로가 관객이 되어 부지중에 특수한 자세, 흥미로운 성격을 연습했다.

유명인들은 자기묘사에 있어서 자유로운 적이 없었다. 그들의 자화상은 처음부터 세인들의 환상이나 체험에 이미 각인된 것과 마주치기 때문이다. 따라서 그들은 자신들의 의지와는 반대로 자기묘사를 이미 형성된 전설에 맞도록 만들어내지 않을 수 없었다. 그들 유명인들은 자신들의 명성 때문에 조국, 자식들, 도덕, 존경심과 명예심 따위를 고려해왔다. ― 언제나 많은 사람들의 울타리에 들어 있는 사람은 여러 모로 제한을 받는다. 그러나 카사노바는 전적으로 장애가 없는 상황의 사치를 누릴 수 있었다. 가족이나 윤리, 사태에 대한 고려로 근심할 필요가 없었다. 자식들은 뻐꾸기 알처럼 다른 새둥지에 내다버렸고, 그와 잤던 여인들은 이미 오래전에 이탈리아, 스페인, 영국, 독일의 지하에 묻혀 썩어가고 있었다. 조국이나 고향, 종교 따위는 그를 제약할 수 없었다. 제기랄, 이러니 그가 누구를 보호할 수 있단 말인가! 자기 자신이라도 간수하면 다행이겠지! 그가 회상록을 써내려간다고 그 자신에게는 이득이 되거나, 그렇다고 해가 되는 것도 아니었다. "무엇 때문에"라고 그는 자문하면서 이렇게 말했다. "내가 참되지 않아야 할 이유라도 있는가? 사람은 자기 자신을 절대로 속이지 않는다. 그리고 나는 단지 나 자신만을 위해 쓴다."

참되다는 말은 카사노바에 있어서는 심각하거나 진지하게 행동한다는 의미가 아니다. 그것은 지극히 단순하다. 거리낌 없고, 가혹하고, 뻔뻔스러울 정도로 솔직하다는 의미이다. 그는 옷을 벗고 편안하게 알몸으로 있으면서, 사멸되어 가는 육체를 한 번 더 따뜻하게 관능의 물결에 밀어 넣었다. 실제의 관객에 둘러싸여 있든 아니면 상상의 관객에 둘러싸여 있든 상관없이, 자신의 추억 속에서 멋대로 박수치거나 불손하게 물장구쳤다. 문인이나 장군, 시인이 자기 자랑을 늘어놓듯 모험을 이야기하는 것이 아니라, 부랑자가 자신의 칼싸움을 신명나게 들려주듯, 서글프게 늙어가는 창녀가 연애의 순간들을 고백하듯, 요컨대 완전히 노골적이고 주저 없이 솔직담백하게 모험담을 써내려갔다. "나는 내 고백에 얼굴을 붉히지 않는다"라는 말이 〈나의 삶에 대한 개요〉라는 제목 아래 좌우명으로 들어가 있었다. 그는 양 볼을 부풀리거나 후회하면서 미래를 기웃거리지도 않았다. 그는 직선적으로, 입에서 나오는 그대로 서술해나갔다. 이런 까닭에 그의 책이 세계사에서 가장 솔직하고 자연스러운 것 가운데 하나가 되었고, 비도덕적인 면에서도 어느 시대 못지않은 노골성을 보여준다는 사실은 전혀 놀라운 일이 아니었다. 그 책이 감각적으로 거칠지라도, 그리고 민감한 사람들에게는 근육을 자랑하는 운동선수의 허영기처럼 눈에 뻔히 드러나도록 음경 근육을 장난의 대상으로 삼고 있지만, 이렇게 뻔뻔스런 행진은 길을 슬쩍 감추는 비겁한 눈속임이나 요통에 걸린 정사보다는 훨씬 멋들어진 것이다.

그 시대의 다른 에로틱한 글들, 예컨대 그레쿠르, 크레비용의 사향처럼 달콤한 장밋빛 외설 아니면 포블라스의 글과 비교해 보라. 이 글들에서 성욕은 목동의 누더기 옷을 걸쳐 입고 있으며, 사랑은 음란한 장난처럼 색정적인 발레 크로스샤세를 추며 나타난다. 이 따위 장난으로는 아이도 매독도 얻지 못한다. 카사노바의 경우 남성의 사랑은 요정들이 장난스럽게 발을 담그는 잔잔한 물의 정경으로 나타나는 것이 아니라, 세계를 자기표면에 반사하는 무시무시한 자연의 격랑으로 표출된다. 그것의 가장 깊은 심연에는 지상의 온갖 진흙과 티끌들이 뒤섞여 흘러간다. ─다른 어떤 자서전 서술가도 남성이 지닌 성충동의 경악과 사나운 분출을 그처럼 보여주지 못했다. 여기서 마침내 남성의 사랑에 있어 육체와 정신의 완전한 혼융을 보여주는 용기 있는 자가 나타난 것이다. 감상적인 사건들, 순결한 사랑 이야기뿐만 아니라 창녀촌의 모험들, 적나라한 성, 남자라면 누구나 거쳐야 하는 섹스의 모든 미로를 이야기하는 것이다.

다른 위대한 자서전 서술가들, 괴테나 루소는 자기묘사에 있어서 전혀 사실과 다르지는 않을지 몰라도, 절반만 이야기하거나 침묵을 통해 사실을 은폐하기도 했다. 이 두 사람은 의식적으로 기억의 일부를 지우거나 아니면 못 본 척함으로써 그들의 연애사에서 맛없는 부분, 순수 성적인 일화들을 교묘히 묵살했다. 반면에 영적으로 채색된 클레르헨, 그레첸과의 감상적 또는 열정적 사랑의 부분을 확대했다. 이렇게 그들은 부지중에 남성적 사랑의 순수한 이미지를 승화시키곤 했다. 괴테, 톨스토이, 평소에는 그다지 점잔빼지 않는 스탕달까지도 수많은 침대에서의 모험과 지극히 세속적인 사랑과의 조우를 양심의 가책으로 재빨리 흘려 넘겨버렸다. 그래서 이 뻔뻔할 정도로 솔직하고 철면피한 인간 카사노바, 이런 일에서 모든 장막을 치워버린 카사노바가 없었다면, 세계문학은 남성의 성에 대한 솔직담백하고 철저히 복합적인 상을 갖지 못하게 되었을 것이다. 카사노바에게서 마침내 관능이라는 성적 추진체가 온전히 작동하는 것을 보게 되면, 우리는 끈적거리고 불결하고 타락하게 된 육체의 세계에 들어와 있음을 발견한다. 그는 섹스뿐만 아니라 사랑의 모든 면에서 진실했다. 양자 사이에는 엄청난 차이가 있지만! 그는 사랑의 세계에서만은 있는 그대로 진실했다.

카사노바가 진실하다고? 나의 귓가에는 문헌학자들이 화가 치밀어 의자에서 벌떡 일어나는 소리가 들리는 것 같다. 그들은 지난 50년 동안 그의 성적 역사의 행적들을 찾아 기관총을 쏘아댔고, 그럴듯한 거짓말을 유포하기도 했다. 하지만 잠시 침착하게 기다리시라! 의심의 여지없이 이 교활한 사기도박꾼, 전문적인 거짓말쟁이는 자기 회고록에서도 카드들을 인위적으로 뒤섞었다. 그럼으로써 그는 자신의 뒤틀린 운명을 바로잡았고, 곤경에 빠졌을 경우에는 종종 거기서 나올 수 있는 빠른 발을 마련했다. 그는 결핍을 통해 풍성해진 환상의 온갖 요소들을 가지고 치장하고, 가장자리를 감치고, 사랑이라는 스튜 요리에 후추 및 온갖 양념으로 미각을 돋우었다. 이와 같은 일은 의도적이 아니라, 자신도 의식하지 못하는 사이에 일어났는지 모른다. 아니, 우리는 그를 세부적인 사실 하나하나에 목을 매는 사람, 믿음직한 역사가로 보려 해서는 안 된다. 학문이 우리의 카사노바를 엄밀한 틀로 재려고 하면 할수록, 그는 더욱더 사기꾼에서 벗어나지 못한다. 그러나 아주 작은 착각, 예컨대 연도의 오류, 기만과 허풍, 고의적이거나 분명한 건망증은 이 회고록에 내재된 총체적 삶의 확고부동한 진실에 조금도 해를 입히지는 않았다. 의심할 바 없이 카사노바가 예술가의 당연한 권리를 가지고 시간과 공간을 혼합하거나 사건을 더 감각적으로 만들고, 개개의 사실들을 풍요롭게 꾸몄다는 것은 의심의 여지가 없다. 하지만 그가 자신의 삶과 시대를 전체로서 파악하는, 진솔하고 솔직하고 분명한 방식이 어떻다는 것인가? 그 혼자만이 아니라 한 세기가 돌연 생생하게 무대에 등장하고, 대립으로 시끄럽고 전기 충전이 된 극적 에피소드들 속에는 사회 및 국가들의 제반 계층과 계급이 소용돌이친다. 그런가 하면 온갖 풍경과 대기는 뒤죽박죽 섞여서 나타나고, 미풍양속이든 불륜이든 가리지 않고 출현한다.

심층의 깊이를 측량하지 못하는 표면적인 결함 때문에, 그의 관찰 방식은 당시의 풍속을 기록하는 다큐멘터리의 형태를 취하게 되었다. 그는 사건의 충만함으로부터 개념적으로 본질을 도출해내지 않았다. 이 때문에 모든 현상들에 내재한 감각적인 느낌이 손상되는 일이 없었다. 그렇다! 그는 모든 것을 느슨하게, 정돈되지 않은 채로 놓아두었다. 삶의 실체가 그렇듯이 모든 것을 분류하거나 결정화하는 법이 없이 우연의 연속에 맡겨두었다. 어떤 일이든 재미만 있으면, 중요성에 있어서 매번 우선순위를 차지했다(세상을 판단하는 가치기준이었다!). 그는 위대함과 사소함, 도덕적 또는 현실적으로 선과 악도 알지 못했다. 이 때문에 카사노바는 프리드리히 대제와의 대화록을 10페이지 앞에 있는 어린 창녀와의 대화보다 조금도 세밀하게 감동적으로 묘사하지 않았다. 카타리나 여제의 겨울 궁전을 서술한 것과 똑같은 사실성과 철저함으로 파리의 사창가를 서술한다. 그에게는 파라오 게임에서 금화를 얼마나 많이 땄는지, 또는 하룻밤에 뒤부아 내지 헬레네 지거와 몇 번이나 잤는지가 문학사의 대가인 볼테르와 대화를 갖는 것만큼이나 똑같이 중요한 일이었다. 세상사의 어떤 것에 대해서도 그는 도덕적 또는 미학적 무게를 부여하지 않음으로써, 세상은 자연스런 균형을 그대로 유지할 수 있었다. 지적인 면으로 보자면 카사노바의 회고록이 삶의 흥미진진한 풍경들 사이를 두루 여행한 어느 똑똑한 일반여행자의 메모보다 더 나을 것이 없다는 사실은 철학을 운운하면서까지 따질 일도 아니겠지만, 그의 책은 18세기의 역사적인 여행안내서 내지 유쾌한 스캔들의 연대기, 한 시대의 일상을 관통하는 완벽한 단면도로서 대단한 가치를 지닌다.

카사노바 이외에 다른 어느 누구를 통해서도 18세기의 일상과 문화, 이를테면 무도회나 극장, 커피숍, 축제, 여관, 도박장, 사창가, 사냥, 수도원 및 요새를 더 잘 알 수는 없을 것이다. 우리는 그를 통해서 당시에 사람들이 어떻게 여행하고, 식사하고, 놀고, 춤추고, 거주하고, 사랑하고, 즐겼는지를 알게 되었다. 미풍양속과 예절, 말하는 방식, 생활방식 등을 알게 된 것이다. 그 밖에도 이런 유례 없이 풍요로운 사실들과 현실을 향하여 아주 소란스런 인물들까지 등장하는데, 이런 정도면 20권의 장편소설을 가득 채우고, 10세대에 이르는 단편소설 작가들에게 소재를 공급하기에 충분할 정도였다. 얼마나 풍부한가! 병사들과 영주들, 교황들과 왕들, 불한당들과 사기도박꾼들, 상인들과 공증인들, 내시들, 사냥터의 몰이꾼들, 가수들, 처녀들과 창녀들, 작가들과 철학자들, 현자와 바보들, 일찍이 한 인간이 책이라는 울타리 속에 한꺼번에 몰아넣은, 가장 흥미진진하고 다채로운 인간 동물원이었다. 수많은 단편소설들과 드라마들이 카사노바의 회고록 덕분에 멋진 인물과 상황의 연출이 가능했는데, 아직도 이 광산은 고갈될 줄 모르는 것이다. 이 소설의 광장에서 10세대가 새로운 건축을 위해 돌을 캐왔듯이, 앞으로도 문학의 몇 세대들이 이 무한한 원천에서 기초자료와 인물들을 빌려올 것이다.

그러므로 그의 불확실한 재능에 대해 콧등을 찌푸리거나, 법에 위배되는 세속적 행실 때문에 도덕적으로 비난해도 소용없는 짓이며, 그의 철학적 홀짝거림에 흠을 들춰내며 앙갚음해 보아도 아무 소용없는 짓이다. 이제 자코모 카사노바는 교수대의 형제인 비용Villon과 그 밖의 온갖 어두운 인간들과 마찬가지로 세계문학에 속하게 되었고, 수많은 도덕적 문인들이나 재판관보다 훨씬 더 오래 생존할 것이다. 그는 생시에나 사후에도 미학의 모든 통용원리가 논리적 모순임을 증명했으며, 도덕의 교리문답을 불손하게 책상 밑으로 집어던졌다. 그의 지속적인 영향력을 통하여 분명하게 밝혀진 사실은 재능이 뛰어나거나 부지런하고, 예의바르고, 고귀하고, 숭고하다고 해서, 문학적 불멸의 거룩한 신전에 들어가는 것은 아니라는 점이었다. 카사노바는 작가가 아니어도 세상에서 가장 흥미로운 소설을 쓸 수 있고, 역사학자가 아니어도 가장 완벽한 시대상을 쓸 수 있다는 것을 입증했다. 저 최후의 심판은 과정이 아니라 독자에 대한 영향이 어떤지를 묻는 것이며, 품행이 아니라 그 힘을 묻는 것이기 때문이다. 그때 그때의 완벽한 감정은 생산적이 될 수 있다. 뻔뻔함과 수치심, 평범함과 강한 성격, 악과 선, 도덕과 부도덕도 매한가지로 생산적이 될 수 있는 것이다. 영속성을 위해서는 영혼의 형식이 결정적인 것이 아니라, 인간으로서의 풍부함이 결정적인 것이다. 오직 내포적인 힘만이 영속성에 도달할 수 있다. 한 인간이 강하고 힘차게, 통일적이면서도 일회적으로 삶을 살아가면 갈수록, 그는 더욱 완벽하게 자태를 드러낸다. 영원불멸이란 도덕적 품행이나 선과 악에 대해서는 전혀 알지 못하기 때문이다. 작품과 강도만이 거기에 도달하기 위한 잣대가 된다. 영원불멸은 인간의 순수성이 아니라 통일성, 초지일관된 범례와 형태를 요구한다. 이를 위해 도덕은 아무것도 아니며, 내포적인 힘만이 전부인 것이다.

슈테판 츠바이크와 그의 세계적 문호들에 대한 전기

해설: 원당희

　　슈테판 츠바이크Stefan Zweig는 1881년 오스트리아의 수도 빈에서 유태계의 혈통을 지니고 태어나 주로 빈과 잘츠부르크에서 문필활동을 시작했다. 어린 시절부터 섬세한 감각과 문학적 감수성을 지녔던 그는 수많은 고전작품을 읽으며 해박한 지식을 쌓았고, 청소년기에는 보들레르Baudelaire와 베를렌Verlaine 등의 시집을 탐독하면서 시인으로서의 습작기간을 거쳤다. 그는 빈 대학에서 독문학과 불문학, 철학, 사회학, 심리학 등을 두루 섭렵했으며, 특히 프로이트의 정신분석학에 지대한 영향을 받았다. 이런 배경을 가지고 츠바이크는 그의 처녀시집 《은빛 현Silberne Saiten》을 필두로 수많은 소설 및 전기들을 발표하기 시작한다. 하지만 1938년 독일에서 히틀러가 정권을 장악하고 급기야 오스트리아를 합병하자, 그는 유태인 탄압을 피해 런던으로 피신했다가 미국을 거쳐 브라질에 정착한다. 그는 고난의 망명생활 속에서 심한 우울증에 시달리다가, 1942년 2월 브라질의 페트로폴리스에서 부인과 동반자살로 생을 마감한다. 종종 '평화주의자' 또는 '극단적 자유주의자'라는 평을 받던 그는 "나는 이 시대에 어울리지 않는다. 이 시대는 내게 불쾌하다"라는 내용의 유서를 남기고 자유로운 죽음을 선택한다.

시인으로 출발한 츠바이크는 시보다는 오히려 소설과 전기문학에서 탁월한 재능을 발휘한다. 특히 중단편 소설에서 자신만의 독특한 영역을 개척하면서 수많은 작품을 발표한다. 잘 알려진 중단편 소설로는 〈감정의 혼란〉, 〈모르는 여인의 편지〉, 〈환상의 밤〉, 〈불타오르는 비밀〉 등이 있으며, 대표적인 전기로는 본서 《천재 광기 열정》, 《마리 앙투아네트》, 《발자크》, 《마리아 슈투아르트》가 있다.(본서의 원제목은 《세상을 건축한 명인들Baumeister der Welt》이다.)

츠바이크가 시보다는 소설과 전기문학에서 명성을 얻게 된 까닭은 여러 근거가 있을 수 있겠지만, 무엇보다 산문의 단점이라 할 수 있는 외적 사건의 나열이나 장황한 설명, 지루한 이야기전개, 서술형식의 건조함을 시적인 감흥과 주관의 역동적인 모멘트를 통하여 흥미롭고 환상적이며 생동감 있도록 형상화하는 데 있다고 할 수 있다. 그의 산문들에는 대체로 평범한 삶을 거부하는 기인, 괴벽이나 편집광적偏執狂的 존재, 지하생활자, 사기도박꾼, 광기에 사로잡힌 천재 등이 삶이라는 운명의 무대에 외롭게 등장한다. 그들은 모두가 아주 독특한 방식으로 살아가면서 일상적인 삶이나 사회적 울타리에서 필연적으로 이탈한다. 말하자면 츠바이크의 경우에는 특수한 것, 상도에서 벗어난 것, 소외되고 버려진 것, 심지어는 추악하고 변태적인 것조차 인간 본성과 관련된 자유의 조건으로 제시되거나, 인류의 운명으로 그려진다. 바로 여기에 츠바이크의 인간을 파악하려는 시각, 프로이트적 정신분석의 메스가 순간순간 번뜩이고 있는 것이다. 하지만 인간을 분석하고 해부하는 행위가 그에게서 이성의 냉혹함이나 잔인하고 억압적인 성격으로 나타나는 것이 아니라, 인간에 대한 관심과 사랑, 열정, 동정심을 의미한다는 점에서 독자는 그의 작품들이 지닌 사랑의 윤리, 공감共感의 미학을 느끼게 된다. 츠바이크는 이렇게 말한다. "관계와 관계를 헤아리는 것이 나를 핏속까지 자극한다. 특수한 인간들은 그들의 순수 현존을 통해 내 인식욕구에 불을 지핀다."

이 책《천재 광기 열정》은 톨스토이, 도스토옙스키, 니체, 발자크, 스탕달 등의 세계적인 문호들이 자신의 인생에서 어떻게 자기의지를 펼치고 살았으며, 또 어떻게 인류사에 깊은 영향을 미치게 되었는가를 보여주는 전기집이다. 그럼에도 불구하고 여기서 츠바이크가 은밀히 꾀하는 것은 소설적 전기 또는 전기적 소설이라는 대단히 흥미로운 시도이다. 왜냐하면 그는 인물들의 사실관계만을 기록해 나가는 것이 아니라, 그것을 넘어서서 자신의 주관에 투영된 인물들의 재창조를 시도하기 때문이다. 그렇기에 이 전기에 나오는 인물들의 삶은 다른 전기 내지 평전에서는 볼 수 없는 강렬한 환상적 색채와 미묘한 음영을 띠고 있으며, 그들의 행적 또한 마치 소설의 주인공들처럼 상상의 무한 공간을 자유롭게 떠다니는 것처럼 느껴진다. 한 마디로 표현하자면 이 전기집은 단순한 사실이나 기록의 재생이 아니라 창조적 산문, 소설에 가까운 전기 내지 전기에 가까운 소설인 것이다. 이런 의미에서 톨스토이, 도스토옙스키, 발자크, 니체 등은 츠바이크 소설의 주인공들이라는 상당히 아이러니한 등식까지도 가능해진다.

예컨대 츠바이크는 발자크의 전기 편에서 "나폴레옹이 칼로써 이루지 못한 것을 내가 펜으로 이루리라"는 발자크의 경구警句를 인용하면서 다음과 같이 박진감 넘치는 소설적 언어의 유희를 감행한다. "나폴레옹처럼 발자크는 파리의 정복으로부터 출발한다. 그는 먼저 지방을 거머쥔다. 어떤 의미로는 각 지방의 대변자가 그의 국회의사당으로 모여든다. 그러고 나서는 승승장구하는 보나파르트 총독의 방식대로 그의 부대를 모든 나라로 파견한다. 그는 사방으로 팔을 뻗어 그의 인물들을 노르웨이 해변이나 스페인의 뜨거운 모래벌판으로, 이집트의 시뻘건 하늘 아래로, 베레지나의 얼어붙은 다리로 파견한다. 도스토옙스키에 대한 서술 또한 객관적 진술이라는 전기의 한계를 넘어서 있다. "그는 도박을 하며 운명에 도전했다. 그가 도박에 건 것은 지니고 있던 판돈 전부가 아니라, 자기 자신이었다. 그가 이런 도박에서 얻은 것은 극도의 정신몰입, 치명적인 전율, 엄청난 불안, 악마적 세계에 대한 느낌이었다. 훌륭한 천부적 재능을 타고났으면서도 그는 신성에 대한 새로운 갈증에 취해 있었다."

이런 면은 다른 인물들에게서도 예외 없이 부각된다. 츠바이크가 디킨스를 소인국의 걸리버로 비유하면서 영국을 은근히 조롱할 때, 그의 전기는 번뜩이는 재치와 환상으로 가득 찬다. "디킨스는 영국의 전통과 시민적 기호의 강압에 머물면서 소인국 사람들의 현대판 걸리버가 되었다. 한 마리의 장대한 독수리처럼 이 밀폐된 세계를 박차고 오를 수도 있었을 그의 경이로운 환상은 성공이라는 발목을 죄는 쇠사슬에 묶이고 말았다." 스탕달에 대한 평가 또한 아주 흥미롭다. "스탕달은 진흙과 불덩이를 혼합하여 현실세계의 재판관, 변호사, 장관, 의장대 장교, 살롱의 재담꾼을 만들어낸다[…]. 이 아무 것도 아닌 자들이 일제히 도열하고 또 무수히 불어나, 지상에서 영원히 숭고한 것을 짓눌러버린다"고 요약한다. 톨스토이에 대한 묘사는 지극히 유려하면서도 정곡을 찌른다. "82세의 고령에도 말을 타고 15마일이나 질주하고", 들판에서는 농부들과 함께 농주를 마시지만, "톨스토이의 예술은 도취도 안식도 알지 못하고, 그의 예술은 늘 신성하고 냉철한 동시에 흐르는 물처럼 유유하다."

그런가 하면 니체의 죽음에 관한 장면에서는 전기에 '내적 독백' 내지 '의식의 흐름'과도 같은 서사적 기법을 도입한다.

"프리드리히 니체는 다른 신들을 살해한 뒤로는 자신이 세상을 지배하는 신이었다…. 아, 그는 누구였던가?… 십자가에 못 박힌 자, 죽은 신인가 또는 살아 있는 신인가?… 그의 청춘의 우상인 디오니소스?… 아니면 둘 다일까? 둘 다 십자가에 못 박힌 디오니소스인가?… 가면 갈수록 생각들이 헝클어지고, 머릿속에는 폭풍이 밝은 광채를 동반한 채 거세게 윙윙거렸다…. 이것은 빛일까, 음악일까? 비아 알베르토 5층의 작은 방에는 음향이 흐르기 시작했고, 사방에는 빛들이 번쩍이며 움직였다. 하늘은 온통 빛과 소리로 가득했다. 아, 얼마나 아름다운 음악인가! 눈물이 그의 턱수염을 타고 따뜻하게, 뜨겁게 흘러내렸다. […] 이때 마차 한 대가 도착했다…. 바퀴가 덜커덩거리듯이, 기이한 소리가 들렸다. 아마 사람들이 노래를 부르려는 것 같았다…. 그래, 그들은 곤돌라의 뱃노래를 부르기 시작했고, 그도 함께 따라서 불렀다…. 무한한 어둠 속에서 노랫소리가 울려 퍼졌다. […] 영혼 깊숙이 태풍의 세례를 받은 자에게는 그 어떤 사람의 말도 들리지 않았다. 악마와 눈을 마주친 니체는 눈이 부셔 뜰 수가 없었다.

무엇보다 츠바이크는 도스토옙스키에 대한 평가에서 사실묘사 및 전기적인 형식을 초월하여 허구적 상상력의 절정을 보여준다. 일종의 묵시록적默示錄的 예시豫示의 장면을 통하여 도스토옙스키의 예술적 비전과 불멸성을 표출하고자 시도한다.

도스토옙스키의 세계란 대체 어떤 세계란 말인가! 그의 세계에서는 기쁨이란 기쁨은 모두 차단되고, 희망 또한 추방되고 없다. 고통에서 구제될 통로도 없고, 그의 희생물 주위로 무한히 높아만 가는 담장이 세워져 있다.[…] 그들 모두는 (역주: 그의 작중인물들은) 쇠사슬 끄는 소리를 내며 감옥, 시베리아의 강제수용소에서 몰려나온다. 구석방, 창녀촌, 수도원에서 몰려나온다.[…] 이제 절망의 어둠으로 휩싸인 이 지옥의 딱딱한 사방의 벽에서 갑자기 운명의 찬가가 울려 퍼지고, 연옥으로부터 감사의 열렬한 불꽃이 타오른다.[…] 아, 삶이여, 순교자인 당신이 지적 의지로 창조한 놀라운 삶이여, 그들은 창조자인 당신을 찬양하여 노래한다! 위대한 당신이 고뇌하며 복종했던 지혜롭고도 무자비한 삶이여, 그들은 당신의 승리를 선포하누나! 고뇌 속에서 신을 인식했기에 수천 년에 걸쳐 울려 퍼지는 욥의 영원한 절규, 그리고 불가마 속에서 육체가 타오르는 동안 부르던 다니엘과 친구들의 환희의 찬가, 당신은 그걸 다시 듣고자 하누나!

그 밖에도 츠바이크 자신처럼 동반자살로 삶을 마친 비운의 극작가 클라이스트라든가, 평생 '생갈트의 기사' 라는 믿기 어려운 호칭으로 여인들을 매료시키고 도박에 빠져 살던 카사노바의 삶이 츠바이크의 날카로운 형안과 열정의 프리즘을 통하여 되살아난다. "카사노바의 책은 18세기의 역사적인 여행안내서 내지 유쾌한 스캔들의 연대기, 한 시대의 일상을 관통하는 완벽한 단면도로서 대단한 가치를 지닌다. 카사노바 이외에 다른 어느 누구를 통해서도 18세기의 일상과 문화, 이를테면 무도회나 극장, 커피숍, 축제, 여관, 도박장, 사창가, 사냥, 수도원 및 요새를 더 잘 알 수는 없을 것이다. 우리는 그를 통해서 당시에 사람들이 어떻게 여행하고, 식사하고, 놀고, 춤추고, 거주하고, 사랑하고, 즐겼는지를 알게 되었다." 이렇게 츠바이크는 희대의 사기꾼이요 난봉꾼이라는 카사노바의 흉허물보다는, 18세기의 풍속을 비천한 사창가와 주점에서부터 귀족사회에 이르기까지 가장 잘 반영한 카사노바의 16권짜리 회상록에 불후의 가치를 부여할 만큼 자유롭고 창조적인 작가인 것이다.

요컨대 앞서 언급한 공감의 미학 또는 공감의 심리학이 본서 《천재 광기 열정》 전체를 조망하고 관류하는 그의 관점이자 사상의 요체인 것으로, 사랑, 자유, 열정, 동정심, 평화, 인류애 등등 뜨거운 감정의 교류만이 그와 그의 작품을 이해하는 열쇠라고 할 수 있다. 이런 의미로 슈테판 츠바이크처럼 뜨겁게 열정적으로 자유롭게 살다가, 최후의 순간에도 자유롭게 죽음을 선택한 사람은 역사상 거의 없었을 것이다. 하지만 그의 친구들과 다른 동시대인들에게는 "어두운 밤이 지나 마침내 아침의 여명이 밝아오기를 열망"하면서, 그는 어느 먼 미지의 나라로 영원히 떠나갔다.

---

* 본서 《천재 광기 열정》은 1958년 출간된 독일 피셔출판사의 《세상을 건축한 명인들 Baumeister der Welt》의 번역판이다. 최초의 번역은 1993년 예하출판사에서 《천재와 광기》라는 제목으로 본인 외에 이기식, 장영은 공역으로 나온 바 있으나, 해당 출판사가 없어지면서 절판 처리되었음을 밝혀둔다.